Tracey O’Hara
Aeternus

PIPER

Zu diesem Buch

Antoinette Petrescu ist mit Leib und Seele Venatorin, eine perfekt trainierte Kämpferin, die blutrünstige Vampire zur Strecke bringt. Als ein längst tot geglaubter Feind auf sie Jagd macht, ist Antoinette gezwungen, Hilfe anzunehmen. Doch kann sie dem attraktiven Christian Laroque vertrauen? Schließlich ist er ein Vampir – wenn auch einer von den Guten …

Tracey O'Hara wuchs mit den Werken von Stephen King, Raymond E. Feist und J. R. R. Tolkien auf und entdeckte dabei ihre Liebe zu Abenteuerromanen und Paranormal Mysterys. Wenn sie nicht schreibt, liest oder Heavy Metal hört, verbringt sie Zeit mit ihrem Mann, zwei Söhnen und drei Katzen. Sie lebt in Australien. Weiteres zur Autorin unter: www.traceyohara.com

Tracey O'Hara

AETERNUS

Eisiger Kuss

Aus dem Amerikanischen
von Michael Siefener

Piper München Zürich

Entdecke die Welt der Piper Fantasy:

Piper-Fantasy.de

Von Tracey O'Hara liegen bei Piper vor:
Aeternus. Eisiger Kuss
Aeternus. Sanfter Tod

MIX
Papier aus verantwortungsvollen Quellen
FSC
www.fsc.org
FSC® C014496

Deutsche Erstausgabe
September 2012

Titel der amerikanischen Originalausgabe:
»Night's Cold Kiss«, Eos, Harper Collins, New York 2009

Umschlaggestaltung: Guter Punkt, München/www.guter-punkt.de
Umschlagabbildung: Artwork Larry Rostant/Artist Partners
www.artistpartners.com
Satz: psb, Berlin
Papier: Pamo Super von Arctic Paper Mochenwangen GmbH, Deutschland
Druck und Bindung: GGP Media GmbH, Pößneck
Printed in Germany ISBN 978-3-492-26866-0

Für meine Jungs
David, Corey und Seamus

1 JÄGER UND GEJAGTE

Antoinette schlich durch die Gasse, während unbekannte Schatten aus der Finsternis auf sie zudrängten. Auf ihrer Oberlippe standen Schweißtropfen. Sie wischte sich mit der Hand über das Gesicht, bevor die unangenehm salzige Feuchtigkeit in ihre Mundwinkel rinnen konnte.

Schweiß tröpfelte ihren Rücken hinunter. Sie zupfte sich das feuchte T-Shirt von der klebrigen Haut. Wenn sie die schwüle Luft in die Lunge sog, war es, als würde sie versuchen, durch ein warmes, nasses Laken zu atmen.

Verdammte Hitze. Warum hatte er nicht einen etwas kühleren Ort gewählt?

Aber sie kannte das Motiv. Miami mit seiner ständig wechselnden Bevölkerung war der perfekte Jagdgrund.

Während der beiden letzten Wochen hatte sie zusammen mit ihrem Bruder Nici den vampiristischen Nekrodrenier durch drei Staaten verfolgt. Die Leichenspur des Mörders hatte sie hierher geführt, und nun waren sie ihm so nahe gekommen, dass sie ihn schon fast schmecken konnte.

Ein Schrei durchbohrte die stille Dunkelheit. Antoinette ging zu Boden und legte die Hand um den Pistolengriff. Ein zweiter Schrei zerriss die Nacht, und sie entspannte sich wieder. Nur ein paar kämpfende Kater.

Andere Geräusche drangen zu ihr vor: Irgendwo rechts tröpfelte Wasser, ferne Polizeisirenen heulten, und Tiere kreischten – sowohl zweibeinige als auch vierbeinige –, aber nirgendwo gab es eine Spur von ihrem Ziel.

Als sie den Kopf drehte, bemerkte sie ein Glitzern auf dem Boden und schaute nach rechts zum zerbrochenen Fenster in der Seitenfront des alten Lagerhauses. Glas knirschte unter ihren Stiefeln, während sie darauf zuging. Sie hielt sich am Fenstersims fest und zog sich hoch.

Antoinette blieb auf dem Sims hocken, bis sich ihre Augen an das Zwielicht gewöhnt hatten. Der Gestank aus dem Inneren traf sie mit beinahe körperlicher Wucht; das faulige Aroma war eine Mischung aus schimmeligem Papier, altem Urin und Tierkot. Doch dahinter befand sich etwas Zarteres und weitaus Verwirrenderes. Es war der Geruch von Schmerz, der Geruch des Bösen, der Geruch des Todes. Der Gestank eines nekrodrenischen Nests.

Christian wartete still und geduldig. An seinem Aussichtspunkt im Gebälk des Lagerraums in etwa dreißig Fuß Höhe hatte er sie schon gehört, als sie noch nicht zu sehen gewesen war.

Sie kam durch dasselbe Fenster, das er vorhin benutzt hatte, und er atmete ihren Geruch ein, behielt ihn in sich, schmeckte ihn, genoss ihn. Den Geruch eines Menschen.

Sie hockte auf dem Fenstersims, rümpfte angeekelt die Nase und kniff die Augen zusammen, während sie in die fernsten Ecken des verlassenen Gebäudes spähte. Selbst wenn sie den Blick nach oben gerichtet hätte, wäre er vor jeder Entdeckung sicher gewesen, denn er befand sich vollkommen im Schatten. Nach wenigen Minuten sprang sie leise in den Raum, kauerte sich nieder, stützte sich dabei mit den Händen am Boden ab, hielt den Kopf schräg und lauschte.

Ihre Kleidung – von der kugelsicheren Kampfweste des Sondereinsatzkommandos bis zu den festen schwarzen Armeestiefeln – war sehr gut für eine geheime Mission geeignet und hob ihre schlanke, athletische, aber unverkennbar weibliche Figur deutlich hervor. Sie hatte weder Parfum noch einen synthetischen Duft aufgelegt und trug nur ihren eigenen natürlichen Geruch. Ein dicker Zopf aus blassblondem Haar fiel ihr über eine Schulter; das Ende berührte den Boden, als sie sich niederkauerte. Sie war eindeutig eine Venatorin, und zwar eine sehr erfahrene, was an ihren Bewegungen zu erkennen war, obwohl er vermutete, dass sie nicht älter als fünfundzwanzig war.

Eine Pistole steckte im vorderen Holster der Kampfweste unter der linken Brust, und ein Katana-Schwert war auf ihrem Rücken befestigt; der Griff befand sich in Reichweite über ihrer rechten Schulter. Seine Neugier war angestachelt. Bei dieser Frau handelte es sich entweder um eine sehr dumme oder um eine äußerst erfahrene Jägerin alter Schule. Christian vermutete Letzteres.

Sie erhob sich und ging an der Wand entlang. Aus den Augenwinkeln nahm Christian eine verschwommene Bewegung wahr, als eine streunende Katze sanft auf dem Fenstersims landete. Das struppige Tier warf der jungen Frau einen raschen Blick zu, sprang in den Raum und rannte hinter einige Kartons, die vor der Wand aufgestapelt waren.

Das Herz der Jägerin schlug so laut und schwer wie ferner Donner. Wenn er ihr näher wäre, hätte er die Angst, die sie verströmte, schmecken können. Schon hatte sie das Schwert aus der Scheide gerissen. Beeindruckend. Sie in Aktion zu sehen, mochte eine angenehme Ablenkung darstellen. Abermals atmete er ihren Duft ein und leckte sich die Lippen. Sein Appetit war geweckt.

Ich frage mich, ob sie genauso gut schmeckt, wie sie riecht.

Antoinette schloss die Augen und zwang sich, langsamer zu atmen, während sie das Schwert wieder in die Scheide steckte.

Verdammte Katze.

Sie atmete tief ein, riss sich zusammen und schaute sich um. Unwillkürlich fuhr ihr ein Schauer am Rückgrat entlang, und sie schüttelte sich. Es sah ihr gar nicht ähnlich, so schreckhaft zu sein. Irgendetwas stimmte hier nicht, aber sie wusste nicht, was es war. Sie verspürte zwar keine unmittelbare Gefahr, aber ihre Nackenhaare hatten sich gesträubt.

Auf der anderen Seite des Gebäudes befand sich die Tür, nach der sie gesucht hatte. Antoinette riss den Klettverschluss einer Tasche an ihrer Weste auf. Ein Schweißtropfen rann an ihrem Nasenflügel entlang, erreichte die Spitze und tropfte ihr auf den Handrücken. Sie schleuderte ihn weg und fluchte leise. Nici durfte in dem Lieferwagen mit Klimaanlage warten, während sie durch dunkle Gassen und stinkende, verlassene Lagerhäuser schleichen musste.

Sie lächelte und schüttelte den Kopf. *Ich will es schließlich nicht anders.* Wenn sie im Wagen hätte warten müssen, wäre sie verrückt geworden. Es war gut und richtig, dass sie und nicht Nici das Venator-Examen bestanden hatte – er war bei seinen Computern und all diesem technischen Mist besser aufgehoben.

Sie leckte sich über die trockenen Lippen, zog ihre Taschenlampe hervor, durchquerte den Raum und legte das Ohr an die Tür. *Kein Holz, sondern Metall.* Die unerwartete Kühle an ihrer Wange verschaffte ihr eine kurze, aber höchst willkommene Erleichterung.

Dahinter war nichts zu hören – nicht der leiseste Ton. Die Klinke bewegte sich leicht unter ihrer Hand – ein Zeichen von regelmäßiger Benutzung –, und mit sanftem Druck schwang die Tür auf.

Der Geruch des Dreniers drang aus dem Erdgeschoss herauf und war stärker als die Spuren hier oben, aber ebenfalls nicht frisch. Wenn er auf der Jagd war, würde er bald hierher zurückkehren. Zumindest hoffte sie das. Sie schluckte schwer und trat durch die offene Tür. Nur weil er nicht zu Hause war, bedeutete das nicht, dass dort unten keine anderen bösen Überraschungen auf sie warteten.

Antoinette schaute auf die schmale Treppe, die in die tintengleiche Schwärze hinunterführte, und zog die Pistole aus dem Holster. Obwohl ihr Herz nun ein wenig schneller schlug, waren ihre Hände trocken und zitterten nicht.

Sie zog den Ladestreifen heraus und sah nach der Munition. Die speziellen Hohlspitzgeschosse waren mit Silbernitrat gefüllt, dem einzigen Gift, das bei Dreniern wirkte. Vor dem Einsatz hatte sie die Kugeln bereits ein Dutzend Mal überprüft, aber es war besser sicherzugehen, als später das Nachsehen zu haben. Sie schob den Ladestreifen mit dem Handrücken wieder in den Griff, entsicherte die Waffe und stieg die Treppe hinunter.

Jeder Schritt brachte sie dem dunklen Erdgeschoss näher, und jeder Schritt machte sie noch ein wenig vorsichtiger. Sie schaltete die Taschenlampe ein und hielt sie über ihre Pistole, während sie den Strahl geradewegs vor sich hielt. Die Tür am oberen Ende der Treppe wurde mit einem lauten Knall zugeschlagen. Antoinette pochte das Herz bis zum Hals. Sie wirbelte herum und beobachtete die Treppe hinter sich. *Leer.*

Je tiefer sie kam, desto kühler wurde es, und der Schweiß auf ihrer Haut trocknete allmählich. Sie drehte den Kopf hin und her und lauschte nach Anzeichen für einen Hinterhalt. Die Sekunden wurden zu Minuten. Nicht einmal ein Rascheln ertönte, während sie weiter nach unten schritt.

Der saure Geruch nach verschüttetem Whiskey und altem Sex wurde stärker, je tiefer sie kam. Sie hielt sich die Rückseite der Pistole gegen die Nase, um andere, noch unangenehmere Gerüche zu blockieren, aber es half kaum.

Als sie das Ende der Treppe hinter sich ließ, hallten ihre Schritte laut durch die unheimliche Stille. Sie stieß eine leere Weinflasche um, die über den mit Zeitungen übersäten Betonboden rutschte, und folgte ihr mit dem Strahl ihrer Taschenlampe. Einige Fuß entfernt kam sie zum Stillstand – unmittelbar vor einem hochhackigen roten Lederstiefel. *Mist.*

Antoinette fuhr mit dem Lichtstrahl über den Stiefel hoch zu einem Torso in Unterwäsche und schließlich einem Kopf mit zerzausten blonden Haaren. Als sie sich neben den Körper hockte, drehte sich ihr der Magen um. *Verdammt.* Diesen Teil ihrer Arbeit hasste sie, besonders wenn die Opfer schon eine Weile tot waren. Unbeholfen steckte sie sich die Taschenlampe zwischen Schulter und Kinn, schob das feine Haar aus dem Gesicht des Opfers und enthüllte glasige blaue Augen, die ins Nichts starrten.

Ein Kichern der Erleichterung entfuhr ihr, bevor sie etwas dagegen unternehmen konnte. Es war nur eine Puppe – lebensecht, aber eindeutig bloß eine Puppe.

Sie beschrieb mit der Taschenlampe einen weiten Bogen und erkannte weitere aufblasbare Sexpuppen, die verstreut inmitten des Unrats lagen.

Abschaum. Dieser Drenier war offenbar sexuell abartig veranlagt und hatte eine Vorliebe für Nekrophilie. Vermutlich benutzte er die Sexpuppen zwischen seinen Morden. Kein Wunder, dass sich die Ausbeute in der letzten Woche verdoppelt hatte. Aber war er noch hier? Oder hatte er sich bereits in sein nächstes Jagdrevier begeben?

Im Schein ihrer Taschenlampe durchsuchte Antoinette

den Abfall. Da es hier keinen Gestank von verwesendem Fleisch gab, behielt er seine Opfer wohl nicht, wie es einige andere taten. Vermutlich folterte er sie hier, worauf der Gestank von altem Blut und Kot hindeutete, und lud sie dann anderswo ab.

Plötzlich traf der Lichtstrahl einen Rucksack, halb im Unrat verborgen. Darin fand sie Kleidung und einiges andere, aber nichts wirklich Interessantes – bis ihre Finger gegen etwas Festeres stießen. Sie zog eine kleinere Tasche hervor, öffnete sie und fand ein dickes Bündel Geldscheine und einige Münzen. Vor allem aber fand sie Dinge, die zu den Beschreibungen der persönlichen Gegenstände passten, welche den Opfern der Zielperson gehört hatten. Seine Souvenirs.

Er würde zurückkehren – das hier würde er auf keinen Fall aufgeben. Sie legte den Rucksack dorthin zurück, wo sie ihn gefunden hatte, und wischte sich die Handflächen an ihrer Jeans ab. Ihre Haut prickelte vor Abscheu.

Jetzt konnte sie nichts weiter tun als abzuwarten. Aber nicht hier unten, nicht in der Dunkelheit, die zu ihm gehörte und ihm einen Vorteil verschaffte.

Als sie die Treppe wieder hochschritt, schien diese nicht mehr annähernd so lang zu sein wie vorher. Antoinette erreichte die Tür, blieb stehen und lauschte. Noch immer war nichts zu hören, aber er könnte durchaus da draußen sein und auf sie warten. Sie trat durch die Tür und schaute sich um, während sie mit ihrer Waffe in die Ecken, auf das Fenster und die Kartons zielte. Alles war sauber.

Die Dunkelheit verbarg die Ecken und Balken der hohen Decke. Sie schnupperte die faulige Luft und suchte nach einem frischen drenischen Geruch. Die Zeitungen hatten berichtet, dass heute Morgen wieder eine Leiche gefunden worden war. Das Opfer war gefoltert worden, bevor man ihm die Kehle durchgeschnitten und es vergewaltigt hatte – das Markenzeichen dieses kranken Bastards. Er würde kräftig nach diesem jüngsten Mord stinken.

Als sie sich umdrehte, richteten sich ihr die Nackenhaare auf, und sie wirbelte wieder herum. Etwas beobachtete sie von den Deckenbalken aus. Etwas … oder jemand. Sie spürte die Blicke, die auf ihr ruhten, trat näher und blinzelte in die Finsternis. Sie konnte nichts erkennen, aber …

Ein gläsernes Klirren ertönte von draußen, und sofort suchte sie Schutz hinter den Kartons. Als etwas Schweres auf dem Boden landete, spannte sich Antoinette an.

Da war er. Endlich.

Adrenalin schoss durch ihre Adern; sie spürte es in ihrem Blutstrom und hieß den klaren Blick willkommen, den es ihr verschaffte. Sie schlich in einem Kreis hinter den Drenier und hielt sich dabei im Schutz der Kartons. Er war viel größer, als sie erwartet hatte. Und er stellte sie vor ein weiteres Problem. Er war nicht allein.

Christian entspannte sich ein wenig. Das Handgemenge draußen auf der Gasse hatte die Ankunft der Zielperson bereits angekündigt, lange bevor die Frau es gehört hatte. Der Drenier hatte ihn vor der Entdeckung bewahrt, gerade als die Venatorin in Christians Richtung gesehen hatte – als hätte sie seine Gegenwart irgendwie in der Finsternis gespürt. Dann war sie verschwunden, als der Drenier unbeholfen den Raum betreten hatte.

Nun wies der unverkennbare Gestank die Zielperson als das aus, was sie war – ein Nekrodrenier, die schlimmste Art der Aeternus-Rasse. Christian unterdrückte seinen Abscheu.

Diesem hier gefiel es, Schmerz und Angst zu verbreiten.

Die Verstärkung der Gefühle eines Opfers veränderte den Geschmack seines Blutes und machte den Rausch des Dreniers noch mächtiger, wenn er tötete. Jede Empfindung bot eine andere Erfahrung. Das süße Blut der Leidenschaft sorgte für ein euphorisches Hochgefühl, während die streng riechende Angst zu einem scharfen, konzentrierten Rausch führte, so wie ihn Kokain bei einem Menschen hervorrief – zumindest hatte man ihm das gesagt.

Und der Drenier war nicht allein. Ein junges Mädchen hing schlaff über seiner Schulter. An seinem rhythmischen Herzschlag erkannte Christian, dass es noch lebte.

Er entschied, sich nicht in die Angelegenheit der menschlichen Venatorin und des Dreniers einzumischen – zumindest noch nicht. Venatoren waren im Allgemeinen sehr darauf bedacht, als Einzige in ihrem Gebiet tätig zu werden. Zudem verstieß es gegen die RaMPA-Anweisungen für einen Agenten wie ihn selbst, sich mit der Zielperson eines ausgebildeten Venators anzulegen. Zumindest versprach es ein interessanter – vermutlich sogar ein unterhaltsamer – Kampf zu werden.

Die Kartons, die ihr Schutz boten, verhalfen ihr offensichtlich nicht zu einem freien Schussfeld, denn sie kroch zwischen ihnen hervor, ohne mit der Pistole auf den Drenier zu zielen. Die Waffe lag fest in ihrer Hand, ihr Herzschlag war nur leicht erhöht, und stählerne Entschlossenheit zeichnete sich auf ihrem Gesicht ab.

»Kluges Mädchen.« Christians Stimme, nicht mehr als ein Flüstern – wie das Rascheln von Seide über Glas –, war unmöglich von den Personen unter ihm zu hören.

Der große Drenier war ein mehr als ebenbürtiger Gegner für einen Menschen, selbst wenn er so fähig war wie diese Frau. Aber ihre Bewegungen waren geschmeidig, zuversichtlich und vollkommen; jeder Schritt war wohl abgewogen und vorsichtig, während sie eine geeignete Schussposition suchte.

Ein Kreischen durchschnitt die stille Luft, und die Frau erstarrte. Verwirrung zeigte sich auf ihrem Gesicht, ihr Herz hämmerte. Zwei Fuß von ihr entfernt saß die streunende Katze und hatte die Zähne um die Kehle einer großen, zuckenden Ratte geschlossen.

Der Drenier schaute kurz auf das Tier, drehte sich dann wieder zur Tür, machte einen weiteren Schritt auf sie zu, blieb stehen und schnüffelte. Ein tiefes Knurren ertönte und wurde zu einem Brüllen, als er das halb bewusstlose Opfer zu Boden warf und mit der ungeheuren Schnelligkeit seiner Rasse auf die Venatorin zusprang. Innerhalb eines Lidschlags hatte er sie erreicht. Die gewaltige, tatzenartige Hand des Dreniers fuhr zur Seite, und die junge Frau versuchte sich darunter hinwegzuducken. Doch der Schlag traf sie, riss ihren Kopf zurück und beförderte sie in den Kartonhaufen.

Hätte sie ein wenig langsamer reagiert, wäre ihr von dem Schlag der Kopf abgerissen worden. Sofort war sie wieder auf den Beinen, hob die Hand seitlich an den Kopf und schüttelte ihn kurz. Ihr war die Waffe aus der Hand geschlagen worden, und nun griff sie hinter sich und zog ihr Schwert.

Christian beugte sich vor, neugierig, was sie als Nächstes tun würde. Wenn es nötig werden sollte, würde er eingreifen – er könnte es jetzt schon tun, aber das würde ihr die Prämie nehmen.

»Dummes Mädchen.« Die Stimme des Dreniers triefte vor Verachtung. »Glaubst du wirklich, du kannst mir mit dieser kümmerlichen Klinge etwas antun?«

Er sprang wieder. Diesmal aber stellte sie sich breitbeinig hin und wartete. Sie passte genau den richtigen Zeitpunkt ab, bewegte sich leicht nach links und hieb mit dem rasiermesserscharfen Katana zu. Sie wirbelte zurück und sah den Drenier an, der mit ungläubigem Entsetzen auf seinen rechten Arm starrte, der nun am Handgelenk endete. Die Hand war mit chirurgischer Präzision abgetrennt worden und lag zuckend vor seinen Füßen. Dunkles Blut spritzte ihr ins Gesicht, während sie wieder das Schwert vor sich hielt.

Der Schock des Dreniers dauerte nicht lange an. Sein Gesicht verzog sich vor Wut. »Du Biest.« Zum dritten Mal stürzte er auf sie zu.

Sie wich ihm aus, war aber nicht schnell genug. Mit der verbliebenen Hand fuhr er ihr unter die Kampfweste und riss ihr mit seinen klauenartigen Nägeln etliche parallele Wunden in das Fleisch über der Hüfte. Ein Spritzer frisches und berauschendes Menschenblut traf Christian. Das war etwas anderes als die faulige Brühe, die sich aus den Adern des Dreniers ergoss. Christians Fangzähne stießen gegen den Gaumen, er spannte sich an und war bereit, zwischen die beiden zu springen.

Doch bevor Christian etwas unternehmen konnte, war sie schon herumgewirbelt, hatte das Schwert in mächtigem Bogen geschwungen und wandte die Schnelligkeit des Dreniers gegen ihn. Er rannte geradewegs in die Klinge und erstarrte mitten in der Bewegung. Sein Mund bildete ein stummes O, während dunkelrote, fast schwarze Perlen aus dem diagonalen Schnitt durch seinen Hals traten. Als der Körper in die Knie sackte, kippte der Kopf nach rechts, prallte klatschend zu Boden und rollte ihr entgegen. Der Ausdruck des Unglaubens auf dem abgetrennten Kopf wirkte beinahe komisch, und dann blieb er vor den Füßen der Venatorin liegen.

2 AUS UND VORBEI

Antoinettes Blickfeld verschwamm. Sie beugte sich vor, stützte sich auf den Knien ab und rang nach Luft. Langsam ließ der Schmerz in ihrem Kopf nach und wurde zu einem dumpfen Pochen. Benommen versuchte sie zu atmen – es gelang ihr kaum.

Als sie endlich genug Luft in der Lunge hatte, um wieder sprechen zu können, zog sie das Handy aus der Tasche und aktivierte es. Ein Venator nahm nie ein eingeschaltetes Handy mit auf die Jagd, denn ein Drenier konnte das elektronische Summen spüren.

»Nici, es ist erledigt«, gab sie durch, als es betriebsbereit war.

»Ist alles in Ordnung mit dir?«, fragte er.

»Nur ein paar Schnittwunden und Prellungen, aber nichts Schlimmes.«

»Lügnerin.«

Ihr Bruder kannte sie eben allzu gut.

»Hier ist ein bewusstloses Mädchen. Fahr den Wagen näher heran und bring den Erste-Hilfe-Koffer mit. Ich lenke dich herein.«

»In Ordnung, ich bin in einer Minute da.«

Antoinette schob eine Kiste zum Fenster, holte den Klappspiegel aus ihrer linken Westentasche, kletterte hinauf und wartete auf Nici. Vor Erschöpfung war ihr übel, und sie stützte sich auf dem Sims ab, während eine Welle der Benommenheit sie überkam.

Scheinwerfer leuchteten in die schmale Gasse und blendeten auf und ab. Sie hielt den Spiegel so aus dem Fenster, dass er das Licht einfing. Wenige Minuten später sprang Nici durch das Fenster und landete mit einem Grunzen schwer auf dem Boden. Dann machte er sich daran, ihr zu helfen.

»Kümmere dich nicht um mich, sondern sieh nach dem Mädchen.«

Sie stieß seinen Arm beiseite, und er runzelte die Stirn auf seine vertraute Du-bist-ja-so-stur-Weise.

Während er sich mit dem Mädchen beschäftigte, kletterte Antoinette von der Kiste und achtete darauf, sich nicht zu schnell zu bewegen, damit das Pochen in ihrem Kopf nicht wieder stärker wurde. Momentan fühlte sie sich nicht mehr, als hätte sie ein Dreißigtonner überrollt, sondern nur noch, als würde ihr ein Presslufthammer mitten ins Hirn hämmern.

»Sie wird es überleben«, sagte Nici, nachdem er das Mädchen rasch untersucht hatte. »Aber sie wird höllische Kopfschmerzen haben.«

Genau wie ich. »Können wir sie bewegen?« Jetzt erst erkannte Antoinette, dass das Opfer nicht älter als fünfzehn sein konnte. *So jung.*

Nici schob die Lider des Mädchens hoch und leuchtete ihm in die Pupillen. »Ich glaube nicht, dass sie sich etwas gebrochen hat, aber sie hat eine ziemlich heftige Gehirnerschütterung.« Er schaute hoch zu Antoinette. »Und sie sollte gesäubert werden.«

Das Mädchen stank nach frischem Urin. Es musste sich zu Tode geängstigt haben.

Er stand auf und wischte sich die Hände am Hosenboden ab. »So, jetzt bist du an der Reihe.« Er drehte ihr Gesicht so, dass er es deutlich sehen konnte, und leuchtete ihr mit seiner Taschenlampe in die Augen. »Hm. Du wirst ein ganz schönes Veilchen bekommen, und wir sollten dich besser ins Krankenhaus bringen und untersuchen lassen, ob dein Schädel keine Fraktur davongetragen hat. Was sonst noch?«

Sie hob ihre teilweise zerfetzte Kampfweste an, und Nici senkte den Lichtstrahl auf ihr blutdurchtränktes Höschen. »Schlimm!« Er holte Verbandmull aus dem Koffer und klebte ihn auf die Wunde. »Das reicht fürs Erste. Die Schnitte sind zum Glück nicht tief und müssen vermutlich nicht genäht werden, aber wir sollten dir Antibiotika besorgen.« Nici warf einen raschen Blick auf den kopflosen Leichnam. »Dieser Drenier wirkt nicht gerade wie eine blitzsaubere Hausfrau.«

»Du solltest mal einen Blick ins Erdgeschoss werfen.« Angewidert rümpfte sie die Nase.

»Dann wäre es am besten, wenn du die Beweise hier oben fotografierst, während ich nach unten gehe.«

»Einverstanden.« Sie hatte eine kleine Digitalkamera in der Tasche. »Sein Rucksack mit den Souvenirs ist da unten. Nimm sie als Beweis mit.«

»Das Dezernat kann dafür sorgen, dass sie an die Familien der Opfer zurückgegeben werden.« Er machte einen Schritt auf die Tür zu, blieb stehen und holte eine Flasche aus seinem Koffer. »Hier, fang.«

Sie schnappte die Flasche und zog die Luft scharf durch zusammengebissene Zähne, als sich der Schmerz in ihren Kopf bohrte.

»Tut mir leid, Schwesterherz«, sagte er und zuckte die Schultern. »Du wirst zwar etwas langsam, aber deine Reflexe sind noch immer ziemlich gut.«

»Kleiner Bruder«, sagte sie und rollte mit der rechten Schulter, »dafür schuldest du mir eine Massage. Ich glaube, ich habe mir etwas verstaucht.«

»Bestimmt.« Er zwinkerte ihr zu und ging zur Tür, hinter der die Treppe ins Erdgeschoss lag. Er humpelte leicht, was er einem Unfall vor einigen Jahren zu verdanken hatte. Vom langen Sitzen im Wagen musste er einen Krampf bekommen haben, denn für gewöhnlich bemerkte sie sein Humpeln gar nicht mehr.

An der Tür zum Erdgeschoss wählte Nici eine Nummer auf seinem Handy. »Bericht über eine nekrodrenische Ausmerzung, ausgeführt an Zielperson eins-sieben-neun-sechs-zwei-eins-null-sechs-Alpha-Charlie. Wir brauchen Säuberung und Bestätigung durch die NKA in einem Lagerhaus im Liberty-City-Gebiet …« Nicis Stimme wurde immer leiser, während er die Treppe hinunterstieg und dabei Meldung an die Nekrodrenische Kontrollabteilung machte, die zum Dezernat für Paramenschliche Sicherheit gehörte – es war im Allgemeinen unter der Bezeichnung »das Dezernat« bekannt und stellte eine halbstaatliche Organisation dar, die für die paramenschliche Gesetzesvollstreckung verantwortlich zeichnete.

Sobald Nici verschwunden war, sackte Antoinette gegen die nächste Kiste und leckte sich die trockenen Lippen. Die Flüssigkeit in der Flasche sprudelte einladend, als sie den Verschluss öffnete. Gierig trank sie. Das warme Sportgetränk floss salzig-süß über ihre vom Durst geschwollene Zunge und glitt die ausgedörrte Kehle hinunter.

Antoinette hob das Katana-Schwert auf und wischte die befleckte Klinge an ihrem Hemdsaum ab. Das musste ausreichen, bis sie es mit der Sorgfalt säubern konnte, die ihm gebührte.

Nachdem sie es wieder in die Scheide gesteckt hatte, machte sie für die Akten ein paar Fotos vom Tatort. Diesmal würde sie eine gute Prämie bekommen. Der Drenier hatte mehr als fünfzehn Mädchen getötet, von denen sie wussten; vermutlich waren es sogar noch mehr.

Nici kehrte zurück, als sie das letzte Bild schoss, und

nickte ihr zu, womit er andeutete, dass er unten fertig war. Sie hoben das bewusstlose Mädchen auf und trugen es durch das Fenster in den Lieferwagen.

Noch immer machte ihr etwas zu schaffen – dasselbe haarsträubende Gefühl wie schon zuvor. Sie warf einen Blick zurück auf die kopflose Leiche des Dreniers, die noch dort lag, wo sie zu Boden gestürzt war, und seither die Luft mit ihrem Verwesungsgestank verpestete. Drenische Leichen waren nicht lange haltbar.

Sie verspürte keine Trauer und auch keine Reue, sondern nur die übliche brennende Wut tief im Herzen. Wie viele drenische Tote würden den Mord an ihrer Mutter endlich rächen? Wie viel Blut war nötig, um das Bild vom bleichen Leichnam ihrer Mutter fortzuspülen, der in einer karmesinroten Pfütze gelegen hatte? Sie seufzte und schüttelte den Kopf, warf einen letzten Blick auf die verschatteten Balken am anderen Ende des Lagerhauses und folgte schließlich ihrem Bruder durch das Fenster.

Am nächsten Abend betrat Christian die Hotellobby. Licht glitzerte auf allen Oberflächen, vom Marmorboden bis zu den golden eingerahmten Spiegeln. Er setzte seine Sonnenbrille auf, um den Glanz zu dämpfen.

Eine Vielzahl von Düften drang aus allen Richtungen auf ihn ein und überlastete seine Sinne. Wenn er müde und hungrig war, fiel es ihm immer schwer, seine besonderen Fähigkeiten zu kontrollieren. Christian durchquerte das Foyer und ging zur geschäftigen Rezeption, wobei er die lüsternen Blicke in der Lobby ignorierte.

Nach der langen Nacht, während der er in dem Lagerhaus auf den Drenier gewartet hatte, hatte er einen anstrengenden Tag mit den örtlichen NKA-Jungs verbracht und Berichte geschrieben sowie Fragen beantwortet. Dabei hatte er eine nützliche Information erhalten: Das Venator-Team aus Bruder und Schwester war niemand anders als Nicolae und Antoinette Petrescu. Das war ein wahrhaftiger Gruß aus der Vergangenheit.

Doch jetzt brauchte er nichts außer einer heißen Dusche und einem herzhaften Happen – im wörtlichen Sinne. Seit seiner letzten Mahlzeit waren mehr als zwei Tage vergangen, und mit jeder Sekunde wurde sein Hunger fordernder.

Ein junges Pärchen stand an der Rezeption; der Junge trug einen Hochzeitssmoking und das Mädchen ein Brautkleid. Ihre Gesichter glühten, und sie verschlangen sich mit Blicken wie die meisten jungen Liebenden. Als sich Christian näherte, drehte die junge Frau den Kopf und wickelte sich eine Haarlocke um den Finger. Sie lächelte und warf ihm einen anerkennenden Blick zu.

Der Junge sah plötzlich finster drein und drehte ihren Kopf so, dass sie ihn wieder ansah. »He.«

»Verzeihung, Baby«, sagte sie, warf die Arme über die Schultern des Jungen und drückte sich gegen ihn, aber ihr Blick blieb noch eine Sekunde an Christian hängen.

Während die beiden warteten, schmusten sie mit dem Eifer der Neuverheirateten. Ihre Erregung verstärkte Christians Hunger noch mehr, aber er hielt sich mühsam im Zaum. Es war nicht ihre Schuld, dass er sich fühlte, als hätte er den Tag in einem Müllcontainer verbracht.

Er fuhr sich mit der Zunge über die Spitzen der oberen Fangzähne und fand den sexuellen Rausch des Paars außerordentlich appetitanregend.

»Mr. Laroque. Kann ich Ihnen helfen, Sir?«, fragte einer der Portiers.

Christian richtete seine Aufmerksamkeit auf den Portier hinter der Rezeption. »Irgendwelche Nachrichten?«

»Ja, Sir«, sagte er und schob ihm einen ganzen Stapel Zettel hin.

Er dankte dem Portier und begab sich zum Aufzug, vor dem das Paar inzwischen bereits wartete. Wenn er sich nach dem Tag in dem schmutzigen Lagerhaus nicht so schmierig gefühlt hätte, wäre er zum nächsten Aufzug gegangen. Aber er brauchte unbedingt eine Dusche, frische Kleidung und Nahrung. Den letzten Gedanken schob er weit von sich, während er den Lift betrat und den Knopf für seine Etage drückte.

Das Paar schmuste in der Ecke weiter. Die Braut kicherte und flüsterte: »Hör auf, er kann es sehen.«

»Na und? Es wird ihm egal sein. Du bist jetzt meine Frau«, flüsterte der Junge zurück, und sie kicherte erneut. Beide kümmerten sich nicht darum, dass er jedes Wort ihrer leise geführten Unterhaltung verstehen konnte.

Der Geruch ihrer Erregung erfüllte ihn und trieb seinen Hunger bis an den Rand des Erträglichen. Ihre Leidenschaft wurde immer stärker. Es wäre so einfach, sie beide zu haben – hier und jetzt. Mit ein wenig Verführung würden sie ihm gehören.

Aber das würde er nicht tun. Es war nicht mehr seine Art, sich etwas zu nehmen, das ihm nicht freiwillig angeboten wurde. Außerdem war das Mädchen schwanger – erst seit Kurzem, doch er hatte den winzigen, flatternden Schlag unter dem immer schneller hämmernden Herzen des Mädchens entdeckt.

Christian lenkte sich ab, indem er auf die Botschaften schaute. Stirnrunzelnd las er den Namen auf dem letzten Zettel. Die Aufzugtür glitt zur Seite, und Christian räusperte sich, als die beiden keine Anstalten machten, auszusteigen.

»Oh. Das ist unsere Etage, Ronnie«, sagte die Braut, und die Röte auf ihren Wangen wurde noch intensiver. »Danke, Mister.«

»Gern geschehen.« Christian starrte vor sich, ohne sie

anzusehen. »Übrigens, herzlichen Glückwunsch zur Hochzeit und viel Glück mit dem Kind«, sagte er, als sie den Aufzug verließen. Er wusste, dass er sie damit völlig irritieren würde. Das war eine kleine Heimzahlung dafür, dass sie mit seinem Hunger gespielt hatten.

Das Paar wechselte einen überraschten Blick; das Mädchen hielt den Kopf schräg und runzelte die Stirn. »Äh ... danke, Sir«, murmelte sie, bevor die beiden davoneilten und verwirrt miteinander tuschelten.

Mit einem gewaltigen Hunger, der durch das Pärchen verstärkt worden war, betrat er sein Zimmer, ging geradewegs zur Minibar und nahm eine Flasche heraus. Kalt lag das Blut in seiner Hand, und er starrte es lange an, bevor er es wieder in den Kühlschrank zurücklegte. Heute Nacht brauchte er mehr als nur eine kleine Erfrischung. Heute brauchte er ein richtiges Mahl. Er ging zum Telefon und wählte.

Eine geschäftsmäßige Stimme antwortete beim zweiten Klingelton. »Rote Engel.«

»Hier ist Christian Laroque.«

»Ja, Mr. Laroque. Was können wir heute Abend für Sie tun?«

»Ich will ein Mädchen, jung, aber nicht zu jung.« Ungerufen kam ihm das Bild der jungen Venatorin in den Sinn, das seinen Hunger noch mehr anstachelte.

»Ich habe das perfekte Mädchen für Sie. Ihr Name lautet Giselle.«

»Gut, schicken Sie sie zum Fontainebleau Hilton. Ich sage an der Rezeption Bescheid.«

»Sie wird innerhalb einer Stunde bei Ihnen sein, Mr. Laroque.«

Er legte den Hörer auf, nahm die Zettel aus seiner Tasche und fand die Telefonnummer auf der letzten Nachricht.

»Viktor?«, fragte er, als am anderen Ende jemand abnahm.

»Christian, alter Freund. Es ist schon eine Weile her«, sagte die vertraute Stimme. »Was machst du gerade?«

»Ich bin wegen eines Jobs hergekommen und durch ein kleines drenisches Problem abgelenkt worden. Und was ist mit dir? Hältst du dich vor jemandem versteckt?«

»Nur vor deiner Mutter.« Viktor kicherte über diesen alten Scherz, bevor seine Stimme wieder ernsthafter wurde. »Es sieht so aus, als würde es wieder anfangen.«

Christian fuhr sich mit der Hand durch die Haare. Sie hatten seit Jahren nicht mehr miteinander gesprochen, nicht seit dem Ende der Unruhen, doch er wusste genau, was Viktors Worte bedeuteten. »So schlimm wie beim letzten Mal?«

»Schlimmer, aber das will ich nicht am Telefon besprechen. Wann können wir uns sehen?«

»Ich bin hier fertig und werde morgen am frühen Abend nach New York zurückfliegen.«

»Gut, dann treffen wir uns am Flughafen.« Viktors Stimme klang sehr dringlich.

»In Ordnung, bis dann ... oh, übrigens, Viktor ...«

»Ja?«

»Es tut gut, wieder deine Stimme zu hören.«

»Deine auch, alter Freund, deine auch.«

Christian ging hinunter zur Rezeption und kündigte seinen Gast an, dann nahm er eine heiße Dusche. Ein Klopfen an der Tür unterbrach ihn beim Anziehen. Er schlüpfte in ein sauberes Seidenhemd und öffenete die Tür.

Eine wunderschöne junge Frau mit dunklen Augen und einer Haut wie Milchkaffee starrte auf seine nackte Brust und hob eine Braue. »Mr. Laroque?«

»Ja, aber nennen Sie mich bitte Christian.«

Ein verführerisches Lächeln umspielte ihre tiefroten Lippen, als sie über die Schwelle in sein Appartement trat. »Guten Abend, Christian. Ich heiße Giselle.«

Er ergriff ihre Hand und hob die langen, schlanken Finger an seine Lippen. Der Puls hämmerte in ihrem Handgelenk unter seinen Fingerspitzen und verstärkte seinen rasenden Hunger.

Sie wandte ihm den Rücken zu und ermunterte ihn so, ihr den Mantel auszuziehen. Darunter trug sie ein sehr kurzes rotes Trägerkleid, das Schultern und Hals unbedeckt ließ. Ihr Haar war hochgesteckt. Er beugte sich vor und atmete ihren weiblichen Duft ein. Wie ein Kenner das Bouquet eines edlen Weins prüft, so prüfte er sie. Am liebsten hätte er sie gleich hier in der Tür genommen, doch der Jäger in ihm verlangte nach der Hatz.

Nachdem er die Tür geschlossen und ihren Mantel über eine Stuhllehne geworfen hatte, geleitete er sie ins Wohnzimmer, wobei er eine Hand auf den unteren Teil ihres Rückens legte.

»Warten Sie auf dem Balkon. Ich bin in einer Minute bei Ihnen«, sagte er und goss ihr ein Glas Champagner ein.

Sie neigte den Kopf, hob das Glas und verließ ihn. Christian schenkte sich ebenfalls ein, kippte alles mit einem einzigen Schluck hinunter und beobachtete sie zwischen den aufgebauschten Vorhängen hindurch. Der Jäger in ihm regte sich. Er trat nach draußen und fuhr ihr mit der Hand über die Schulter.

Unter seiner Berührung zuckte sie zusammen. Rasch drehte sie sich um und sah ihn an. »Oh ... ich hatte Sie nicht gehört«, sagte sie mit leichtem Zittern in der Stimme.

Das solltest du auch nicht, meine Liebe. Er lächelte, und ihre Pupillen weiteten sich, während er sie ansah.

Als sein Blick zu der zarten Wölbung ihrer Kehle hinunterglitt, leckte er sich die Lippen – aber er wollte die Vorfreude so lange wie möglich auskosten, seinen Hunger noch steigern.

Sie legte den Kopf zurück und nippte an ihrem Glas. Fasziniert sah er zu, wie ihre Kehle arbeitete, als sie schluckte. Ein kleiner Tropfen rann ihr am Mundwinkel entlang und über den Hals bis zur Höhlung der Schulter. Er beugte sich vor und leckte den Tropfen auf. Für einige Herzschläge hielt sie den Atem an.

Dann schaute er auf die Schwellung ihrer Brüste. Sie hoben und senkten sich mit jedem erregenden Atemzug; die Nippel drückten gegen den dünnen Stoff. Er nahm ihr das Glas ab, stellte es auf einen Tisch in der Nähe, trat dicht an sie heran und fuhr ihr mit den Händen über die nackten, seidigen Arme. Ihre karmesinroten Lippen flehten darum, geküsst zu werden, und er gehorchte, drückte ihren Körper an sich und seinen Mund auf ihren.

Ein sanftes Jammern entfuhr ihr, als er mit der Hand an ihrem Rücken entlangstrich, bis er unter den Stoff ihres Kleids greifen und die nackte Haut berühren konnte.

»Wir sollten nach drinnen gehen«, murmelte sie gegen seine Lippen.

»Nein.« Er machte sich von ihr frei. »Lass dein Haar herunter«, verlangte er.

Einen Augenblick lang schaute sie ihn an, was seine Spannung nur noch steigerte. Dann entfernte sie langsam eine Spange nach der anderen, bis ihr die Haare frei über die Schultern fielen. Sie drehte den Kopf hin und her, und die Haare zitterten durch die Nachtluft wie zarte schwarze Seide, die das Mondlicht einfängt.

Sie bewegte sich in einem aufreizenden, stillen Tanz, kam auf ihn zu und verharrte erst, als sie auf die Härte zwischen seinen Schenkeln traf. Mit den Händen fuhr sie unter sein Hemd und über die nackte Haut seiner Brust. Ihr Herz hämmerte, und er spürte den Puls in ihren heißen, forschenden Handflächen, als sie über seinen Torso streichelte. Im Gegenzug ertastete er sich seinen Weg an ihrem Rücken entlang bis unter den Saum ihres kurzen Kleids. Unter seinen Fingerspitzen fühlte sich die glatte Haut sehr geschmeidig an. Er strich ihr über die Hüften, bis er den zarten Stoff zur Taille hochgeschoben hatte. Darunter trug sie einen spitzenbesetzten Tanga.

Er griff hinter sie und öffnete den Reißverschluss ihres Kleids. Ihre Blicke bohrten sich in ihn; sie flehten ihn an, schneller zu machen, doch er lächelte nur, fuhr ihr ganz langsam mit den Händen über die Flanken und hob dabei das Kleid höher und höher. Giselle streckte die Arme über den Kopf, damit er es ihr ganz ausziehen konnte. Wie ein dunkler Wasserfall fielen ihr die Haare über den Rücken.

Er zog sie an sich, bog ihren Rücken durch und fuhr mit der Zunge in die Höhlung zwischen ihren Brüsten. Seufzend warf sie den Kopf zurück, als er eine rosige Spitze in den Mund nahm. Unter dem Zucken seiner Zunge wurde sie steif. Giselle stöhnte, als er dasselbe mit der anderen Warze machte. Christian schlang die Arme um sie, zog sie näher heran und hob den Kopf an ihre einladende Kehle.

Ihr Blut strömte heftig und pulste durch die Schlagader unmittelbar unter seinen Lippen. Seine Fangzähne fuhren zu voller Länge aus, und der Hunger knurrte in seinem Körper wie ein vom Instinkt getriebenes Tier. Doch statt seinem Verlangen nachzugeben, erregte er Giselle noch stärker und brachte ihr Blut zum Singen.

Er berührte sie, schmeckte sie.

Ihr Atem ging schneller, ihr Herz schlug noch heftiger, ihr Blut pumpte süßer. Er konnte es riechen und beinahe sogar schmecken.

So süß – aber es konnte noch so viel süßer sein.

Die knappe Unterwäsche wich unter seinen Händen, und er warf sie achtlos über das Geländer; der Spitzenstoff verschwand in der Nacht.

Giselle keuchte vor Verlangen und machte sich daran, ihm die Unterhose abzustreifen, aber er packte sie bei den Handgelenken.

»Bitte, bitte«, flehte sie. »Ich will dich spüren.«

»Noch nicht.« Er richtete sich auf, packte sie und trug sie zur Balkonbrüstung.

Sie hielt sich an seinen Schultern fest; Angst ersetzte nun die Erregung in ihren Augen.

»Ich werde dich nicht fallen lassen«, flüsterte er ihr ins Ohr.

Das Blut ihrer Leidenschaft war süß und würzig, aber ihre Angst würde ihm einen scharfen Beigeschmack verleihen.

Er hielt sie mit der einen Hand, mit der anderen öffnete er seine Hose. Sein Drang nach Nahrung war fast unerträglich geworden, als er mit einem einzigen harten Stoß in sie eindrang. *Noch nicht ... warte ... warte auf den richtigen Augenblick*. Seine Erregung stieg.

Zuerst bewegten sie sich langsam im gemeinsamen Takt. Bald hatte sie ihre heikle Lage vergessen, schlang ihm die Beine um die Hüften, erwiderte seine Stöße, und ihr Körper bewegte sich gegen den seinen und verschaffte ihm köstliche Empfindungen.

Allmählich wurde ihr Rhythmus schneller, und die Erregung wuchs. Sie lehnte sich zurück, und als er wieder und wieder tief in sie hineinstieß und sich die Spannung in seinen Lenden aufbaute, entfuhr ihr ein Schrei.

Im Augenblick ihres Höhepunkts zog er sie an sich und durchdrang die weiche Haut ihres Halses mit seinen Fangzähnen. Heißer, süßer und gleichzeitig würziger Nektar füllte seinen Mund, glitt in einem belebenden Strom durch seine Kehle und sorgte dafür, dass auch er kam.

Er zog sich aus ihr zurück und beobachtete ihr Gesicht, während ein zweiter Orgasmus sie durchfuhr. Dann schlug er wieder die Zähne in sie.

3 ES GEHT ETWAS UM

Ihr warmes Blut pumpte durch seine Adern, vertrieb seine Erschöpfung und belebte die müden Muskeln. Mit der Zunge fuhr er sanft über die Einstichstellen an ihrem Hals, damit die Enzyme seines Speichels die Wunden rasch verschlossen und keine Spur seiner Labung hinterließen.

Sie keuchte noch immer unter der Hitze dessen, was sie miteinander geteilt hatten, und stöhnte, als er sich zurückzog. Er half ihr aus ihrer nicht ungefährlichen Lage, und sie bückte sich, hob ihr Kleid auf und zog es wieder an.

Er lehnte sich gegen das Balkongeländer und lauschte den Wellen, die hinter dem großen Pool des Hotels an den Strand plätscherten, während er sich die Hose zuknöpfte.

»Wie lange bist du schon bei der Agentur?«, fragte er im Plauderton. Er hatte immer ein schäbiges Gefühl, wenn er eine Spenderin einfach durch die Tür schob, nachdem er fertig war.

»Seit etwa drei Monaten. Ich studiere Jura.« Sie nahm ihr abgestelltes Glas an sich und lehnte sich gegen ihn. Der dünne Schweißfilm auf ihrer Haut glitzerte im Mondlicht.

»Wie bist du zur Spenderin geworden?«

»Die Agentur zahlt gut, auch wenn manche der Meinung sind, es sei erniedrigend, wenn sich ein Aeternus an dir nährt. Ein Exfreund von mir hat gesagt, ich sei nicht besser als die sprichwörtliche Melkkuh. Aber ...« Sie drehte sich um, sah ihm in die Augen und wandte den Blick wieder ab. »Es gibt noch einen anderen Grund …«

»HIV.« Er hatte es geschmeckt.

Das Blut stieg ihr in die Wangen, als sie ihn wieder ansah. »Das habe ich meinem ersten Freund zu verdanken.«

Er nickte. Christian kannte einige Spender, die HIV-positiv waren. Die Aeternus waren immun gegen menschliche Krankheiten, und so war dies eine ungefährliche Art für Menschen, gelegentlich Sex zu haben, ohne den Partner anzustecken.

Sie betrachtete ihre Hände. »Eine Freundin von mir war unheilbar an Krebs erkrankt und hat einen Aeternus gebeten, sie zu *umschlingen.*« Eine Träne quoll aus ihrem Auge und bildete einen silbernen Pfad auf ihrer Wange.

»Ich vermute, es ist nicht gut ausgegangen«, sagte er.

Bleich lag ihr Gesicht im Mondlicht, als sie den Kopf schüttelte. »Sie ist vor zwei Wochen gestorben.« Sie atmete tränenschwer, biss sich auf die Unterlippe und schenkte ihm ein zitterndes Lächeln. »Sie hat gesagt, sie würde lieber dabei sterben, als in der Chemotherapie alle Haare zu verlieren.«

Christian schüttelte den Kopf. Die meisten, die sich umschlingen ließen, erlitten einen sehr schmerzhaften Tod, wenn sich ihr Körper bei dem Versuch, sich an die DNA-Veränderungen anzupassen, selbst zerriss.

Menschen – wann würden sie endlich lernen?

»Dieser Kerl, mit dem sie sich getroffen hat, hat gesagt, er würde es tun, wenn sie zehntausend Dollar auftreiben kann. Ich habe versucht, es ihr auszureden, aber sie wollte mir nicht zuhören.«

Nun war seine Aufmerksamkeit geweckt. Es war nicht gegen das Gesetz, jemanden zu umschlingen, wenn er es wirklich wollte, aber es war verboten, dafür eine Bezahlung zu fordern.

»Wer war dieser Mann?« Er versuchte, seine Stimme ruhig zu halten, damit er sie nicht verängstigte.

»Ich weiß es nicht. Sie wollte es mir nicht sagen.« Das Mädchen sah ihn an. »Was er mit ihr gemacht hat, war falsch, nicht wahr? Und sie so zurückzulassen …« Sie schlang die Arme um sich und zitterte trotz der Wärme.

Die Dritte in diesem Monat. Vielleicht hatte Victor recht, und es begann von Neuem. »Ich kann dafür sorgen, dass sich jemand um diesen Fall kümmert, wenn du mir die Einzelheiten verrätst.«

»Würdest du das tun? Ich habe wirklich nicht gewusst, wem ich das anzeigen soll.« Ihr Gesicht wurde heller, und ihre Augen glitzerten vor unvergossenen Tränen. »Weißt du, ich habe heute Nacht nichts mehr vor. Wenn du willst, bleibe ich hier.« Sie sah ihn unter gesenkten Wimpern hervor an.

Es war ein verführerisches Angebot, doch er schüttelte den Kopf. »Vielen Dank dafür, aber ich habe heute Nacht noch zu viel zu tun.«

In ihrem Gesicht spiegelte sich Enttäuschung wider. Er geleitete sie zurück ins Zimmer und half ihr in den Mantel.

»Hier ist noch eine Zulage für dich.« Er streckte ihr einige gefaltete Hundert-Dollar-Noten entgegen.

Sie sah das Geld an, nahm es aber nicht. »Das musst du nicht tun. Ich hatte eine schöne Zeit mit dir.«

»Es ist ein Geschenk. Für dich.«

Ihr Gesicht verdunkelte sich. »Ich bin keine Prostituierte. Ich war der Meinung, dass es uns beiden gefallen hat. Die Agentur bezahlt mich gut für die Blutspende; das ist meine Arbeit. Wenn ich einen Kunden mag, biete ich ihm manchmal mehr an, aber ich nehme niemals Geld für Sex. Dann würde ich mich … schmutzig fühlen.«

»Es tut mir leid.« Er beugte sich vor und berührte ihre

Wange mit den Lippen. »Es war auch für mich wunderschön.«

Sie schenkte ihm ein steifes, knappes Lächeln und nickte, während sie ihren Mantel zuknöpfte, dann verließ sie ihn ohne ein weiteres Wort. Er schloss die Tür hinter ihr.

Menschen. Er würde sie nie verstehen.

Im Esszimmer stellte er sein Laptop auf und loggte sich in das System des Dezernats für Paramenschliche Sicherheit ein. Das Motto des Dezernats leuchtete auf der Webseite auf: »Schutz und Durchsetzung der Gesetze – zum Nutzen der Paramenschen und Menschen.«

Innerhalb weniger Sekunden blitzte eine Nachricht auf. *»Wo sind Sie gewesen?«*

Christian lächelte über Docs Mangel an Gemeinplätzen. Der Chef des Nachrichtendienstes war wie immer ganz geschäftsmäßig. Er tippte seine Antwort ein. »Beste Grüße auch an Sie, Doc.«

»Seit zwei Tagen versuche ich, Sie zu kontaktieren. Wo haben Sie gesteckt?«

»Ich habe gearbeitet, was sonst? Ich bin die ganze Zeit bei den örtlichen Jungs gewesen. Übrigens sieht es ganz so aus, als ob ich eine Spur zu einem weiteren betrügerischen Umschlingungstod hätte.«

»In den letzten Tagen hatten wir Berichte über ein halbes Dutzend solcher Todesfälle aus dem ganzen Land. Das ist der Grund, warum ich Sie zu erreichen versucht habe.«

»Es ist also mehr als nur ein einzelner Kerl?«

»Weitaus schlimmer – Drenier.«

Christian sank das Herz. Von einem Drenier umschlungen zu werden, bedeutete, dass der Mensch, wenn er denn überlebte, mit Nekrodrenie infiziert und daher vollkommen abhängig von Todesrausch und Chaos war. Ein allzu vertrautes Szenario.

»Dann ist es kein Zufall, dass Viktor Kontakt mit mir aufgenommen hat.«

»Er ist wieder aufgetaucht? Wann?«, zuckte Docs Antwort sofort über den Bildschirm.

»Ungefähr vor einer Stunde hatte ich ihn am Telefon. Er will mit mir reden, bevor ich nach New York zurückkomme. Können Sie für mich ein paar alte Akten von dem Fall ausgraben, an dem er zuletzt gearbeitet hat? Schicken Sie sie mir in einer verschlüsselten E-Mail.«

»In Ordnung.«

»Danke, Doc. Ich würde es sehr zu schätzen wissen, wenn Sie dieser Sache allerhöchste Priorität einräumen.«

»Mache ich. Ich schicke es Ihnen so schnell wie möglich.«

Zuerst Antoinette und dann Viktor. Beide waren ungefähr zur gleichen Zeit aus seinem Leben verschwunden und nun wieder aufgetaucht. Das musste mehr als Zufall sein.

Er tippte Antoinettes Namen in die Suchmaschine des Dezernats ein und erhielt etliche Treffer. Fleißiges Mädchen. Er öffnete ihr Profil, und auf dem Schirm erschien das Bild einer Venatorin in voller Kampfausrüstung, die vor einem niedrigen hölzernen Bauwerk neben einem großen Mann stand, der sich auf einen Spazierstock stützte. Die Überschrift lautete: »Antoinette und Sergei Petrescu von der Petrescu-Ausbildungsschule.« Es war eine der besten Privatschulen des Landes für die Ausbildung zum Venator.

Das ist sie – ich habe es gewusst.

Er las weiter und war nicht überrascht, als er herausfand, dass sie von ihrem Onkel Sergei ausgebildet worden war. Vor sechzehn Jahren hatte Christian eine noch sehr junge Antoinette und ihren Bruder in seine Obhut übergeben.

Schon damals war Antoinette eine Kämpferin gewesen. Sie hatte ihren kleinen Bruder grimmig beschützt und ihn von Christian fernzuhalten versucht. In ihren Augen hatte das Feuer gelodert, ihr Gesicht war eine Maske bitterer Entschlossenheit. Für sie war er das große, böse Aeternus-Schreckgespenst. Er hätte wissen müssen, dass sie einmal Venatorin werden würde.

Und sie war fleißig gewesen. Hundertzweiundvierzig bestätigte nekrodrenische Ausmerzungen gingen auf ihr Konto – hundertdreiundvierzig, berichtigte er sich, als er sich an die Ereignisse der vergangenen Nacht erinnerte.

Schon seit Jahren hatte Christian nicht mehr an Sergei gedacht. Als Sergei jünger gewesen war, hatte ihn ein Unfall daran gehindert, selbst zum Venator zu werden. Doch das hatte ihn nicht davon abgehalten, einige der besten auszubilden, die es seit Antoinettes Vater Grigore gegeben hatte. Sergei hatte seine Schule kurz nach seiner Ankunft in Amerika vor sechzehn Jahren eröffnet.

Der Computer wies mit einem Klingelton auf eine eingehende Mail hin, was Christians Gedankenkette unterbrach.

»Sie sind eine Legende, Doc«, sagte er laut in den leeren Raum hinein, als er die E-Mail öffnete und darin die angeforderten Dokumente fand.

Nachdem er sie entschlüsselt hatte, öffnete er die erste Datei und las einen zusammenfassenden Bericht über die vor etwa anderthalb Jahrzehnten erfolgten Unruhen, wie sie genannt wurden.

Schließlich fand er, was er gesucht hatte – den Bericht über einen Mord, der zum Ende dieser Periode verübt worden war.

Das erste angehängte Foto zeigte ein Mädchen mit blonden Locken und großen smaragdgrünen Augen in einem kleinen, erschrockenen Gesicht – die sechs Jahre alte Antoinette Petrescu. Sie saß auf einem Steinfußboden neben ihrem trauernden Vater und hielt die freie Hand eines kleinen, am Daumen saugenden Jungen fest. Das nächste Bild war das einer Frau mit langen blonden Haaren, die bäuchlings in einer Pfütze aus Blut auf dem Steinboden lag. Das war Marianna, Antoinettes ermordete Mutter.

◄►

Antoinette legte gerade ihre Ausrüstung beiseite, als Sensei Takimura den Trainingsraum betrat. Eine ordentliche Doppelreihe aus Schülern der ersten Klasse folgte ihm. Sie verneigte sich respektvoll vor ihrem früheren Lehrer, während die Sechsjährigen bereitwillig ihre hölzernen Schwerter für die Ken-Jitsu-Lektion packten.

Sie sah zu, wie der alte Japaner die Kinder durch die verschiedenen Kampfpositionen führte, und konnte sich kaum vorstellen, dass sie einmal genauso jung gewesen war. Die Schule unterrichtete viele verschiedene Kampfsportarten. Hier wurde nicht nur der Körper, sondern auch der Geist ausgebildet. Alles war wichtig, wenn es darum ging, den menschlichen Jägern auch nur den kleinsten Vorteil gegenüber ihren körperlich überlegenen Feinden zu verschaffen.

Sie fuhr sich mit dem Ende des Handtuchs, das um ihre Schultern lag, durch das feuchte Gesicht und verließ den Raum. Es lag erst eine Woche zurück, dass sie und Nici von der Miami-Mission nach Hause zurückgekehrt waren, und schon juckte es sie, einen neuen Auftrag anzunehmen. Doch ihre Verletzungen hatten sie etwas langsamer gemacht, worüber sie sehr wütend war. Sie wurde allmählich gereizt, aber nach einer ziemlich leichten Übungsstunde war sie schweißgebadet, und ihre Seite tat schrecklich weh.

»Schwesterherz!« Nici lief durch den Gang auf sie zu. »Onkel will mit dir im Büro reden – sofort.«

Sie ging in die Richtung, aus der Nici gekommen war, doch nach einigen Schritten bemerkte sie, dass er ihr nicht folgte. »Begleitest du mich nicht?«

Er zuckte mit den Schultern und schüttelte den Kopf. »Aber ich muss danach mit dir über etwas Wichtiges sprechen. Komm zu mir, wenn du fertig bist.« Sein Gesichtsausdruck verriet nicht das Geringste, aber um seine Augen lag eine Anspannung, die für gewöhnlich andeutete, dass er etwas vor ihr verheimlichte.

Antoinette runzelte die Stirn. Was konnte das bedeuten? Nici war vor einigen Jahren durch das Venator-Examen gefallen, aber er hatte sowieso immer die modernste Technik vorgezogen. Doch sie waren Partner und hatten immer alles zusammen gemacht.

Sie ging den kurzen Weg zum Büro ihres Onkels und klopfte an die Tür, bevor sie eintrat. Sergei saß hinter seinem Schreibtisch und hatte dunkle Ringe unter den roten Augen. Er sah aus, als hätte er lange nicht mehr geschlafen. Irgendetwas stimmte nicht.

Sie setzte sich auf den Stuhl ihm gegenüber. »Was ist los?«

»Nic wurde umgebracht.« Sein rumänischer Akzent war schwer vor Kummer.

»Aber nein. Ich habe ihn vorhin noch gesehen.«

Er schüttelte den Kopf und machte eine abwehrende Handbewegung. »Nicht Nici. Dein Onkel Nic – mein Bruder.« Er schlug sich mit der Handfläche gegen die Brust.

Antoinette erstarrte. Sie kannte Onkel Nic nicht sehr gut und hatte ihn seit ihrer Kindheit nicht mehr gesehen – nicht, nachdem Sergei sie nach Amerika gebracht hatte.

»Ein Drenier …«

Sergei hob die Hand und schnitt ihr so das Wort ab. »Nein. Er wurde ermordet. Man hat ihm in den Kopf geschossen.« Er ließ die Schultern hängen. »Und es hat noch andere erwischt – so wie früher.«

Verblüfft saß sie da, während ihr allmählich aufging, was das bedeutete. Onkel Nicolae hatte der Gilde in seinem Sektor vorgestanden. Die Drenier-Zwischenfälle nahmen zu, und nun noch die Ermordung von Nicolae und anderen hochrangigen Personen …

Sie beugte sich vor. »Die Unruhen?«

»Du hast recht, Sergei. Sie begreift äußerst schnell«, sagte eine samtige Stimme hinter ihr.

Antoinette drehte sich um und blickte in die strahlendsten blauen Augen, die sie je gesehen hatte. Ihr Magen tat einen Sprung und drückte ihr die Luft aus der Lunge.

Die schlanke Gestalt lehnte nachlässig an der Wand und hatte die Hände in den Taschen des modischen dunklen Armani-Anzugs vergraben. Mitternachtdunkles Haar fiel bis auf den Kragen des roten Seidenhemds, das an der Kehle offen stand und die blasse Haut in erschreckendem Kontrast entblößte. Es stand ihm.

Ihr Blick schweifte über den Rest des Mannes, und sie spürte die Macht, die unter seinem beiläufigen Gehabe lag. Er war wie eine Kobra, bereit zum Angriff. Sie hob den Blick und sah ihm in die Augen, in denen ein belustigtes Zwinkern lag.

Diese Augen … nun begriff sie. *Was macht ein Aeternus hier? Und das ist nicht bloß irgendein Aeternus, sondern …*

»Antoinette, das ist …«

Mit einem finsteren Blick brachte sie ihren Onkel zum Schweigen. »Ich weiß, wer er ist.« Sie senkte die Stimme zu einem gefährlichen Flüstern. »Seit wann laden wir jemanden wie den Roten Henker in unsere Schule ein?«

Christian machte eine unbeteiligte Miene. Seit über einem Jahrhundert hatte ihn niemand mehr mit diesem alten Titel angeredet. Überraschung, Verwirrung und schließlich Wut spiegelten sich in ihren feinen Gesichtszügen. Nach den anstrengenden Übungen klebten feuchte blonde Locken an ihren Wangen und hoben die tief purpurfarbenen Prellungen von der Begegnung mit dem Drenier in Miami deutlich hervor. Das smaragdene Feuer in ihren Augen drohte ihn zu versengen.

Er richtete sich auf, nahm die rechte Hand aus der Hosentasche und streckte sie ihr entgegen, während er einen Schritt auf sie zu machte. Sie warf ihm einen raschen Blick zu und wirbelte dann so ungestüm herum, dass ihr der Zopf gegen die Schulter schlug.

»Warum ist er hier?« Die Schärfe in ihrer Stimme schnitt tiefer, als es jede Klinge vermocht hätte.

Ihre Haut glimmerte unter einem feinen Schweißüberzug, und auf ihrem Trainings-Shirt waren feuchte Flecken zu sehen. Antoinettes köstlich heißer Duft sorgte dafür, dass er sie nackt unter sich sah und sie vor Lust jammerte, während er sich zu ihrer Kehle hinunterbeugte. Rasch tilgte er dieses Bild aus seinem Kopf. Deswegen war er nicht hergekommen, und er hatte keine Zeit für solche Ablenkungen. »Miss Petrescu, darf ich ...«

»Ich habe nicht mit Ihnen gesprochen, Sie ... Vampir!« Das letzte Wort spuckte sie aus, als handelte es sich um ein fauliges Fleischstück.

»Antoinette!«, rief ihr Onkel.

Sie machte eine zerknirschte Miene, die aber nur eine Sekunde lang anhielt. Als sie Christian in die Augen sah, sang ihr Blut vor Bitterkeit und Hass. Er roch es in ihrem Atem und schmeckte es in der Luft. Sie war so voller Wut, so erfüllt von tiefem und mächtigem Zorn. »Wir bevorzugen die Bezeichnung Aeternus statt des parasitischen Namens, den ihr Menschen geprägt habt.«

»Ich glaube, es ist das Beste, wenn ich allein mit meiner Nichte rede, Christian. Ich werde Ihnen meine Antwort rechtzeitig mitteilen«, sagte Sergei.

Christian nickte. »Es tut mir leid, dass wir uns unter solch tragischen Umständen begegnen. Ihr Bruder war ein guter Mann, genau wie Grigore.«

Nun hatte er ihre Aufmerksamkeit erlangt. Bei der Erwähnung ihres Vaters riss sie den Kopf herum. Als er lächelte, kniff sie die Augen zu Schlitzen zusammen.

»Es ist lange her.« Sergei ergriff Christians ausgestreckte Hand. »Und wir stehen schon wieder in Ihrer Schuld. Vielen Dank dafür, dass Sie uns davon in Kenntnis gesetzt haben.«

Erneut reichte Christian Antoinette die Hand, doch sie ignorierte sie zum zweiten Mal. Er schüttelte den Kopf und steckte sie wieder in die Hosentasche, bevor er das Zimmer verließ.

Christian ging auf die wartende Limousine zu.

»Mr. Laroque, Sir«, sagte der Chauffeur und tippte sich an die Kappe, als er die hintere Tür aufhielt.

»Fahr mich ins Hotel, Mike.« Christian warf einen letzten Blick zurück, schüttelte noch einmal den Kopf und rutschte auf den Rücksitz. »Ich glaube, ich brauche einen großen Drink«, murmelte er vor sich hin.

Nachdem er nun Antoinette von Angesicht zu Angesicht begegnet war, bezweifelte er, dass sie länger als fünf Minuten zusammen im selben Raum sein konnten – von einer Zusammenarbeit ganz zu schweigen. Er musste nachdenken.

Als der Chauffeur die Tür hinter ihm schloss, sank Christian in den luxuriösen Ledersitz und runzelte die Stirn. Beim Kampf gegen den Drenier in Miami hatte sie faszinierend und klug auf ihn gewirkt, aber das Treffen heute Abend war nicht ganz nach Plan gelaufen. Er hatte nicht vorhergesehen, wie extrem ihre Ablehnung war. Vielleicht war es doch keine so gute Idee.

Es musste einen anderen Weg geben. *Verdammt!*

4 EINE DUNKLE VERGANGENHEIT

Antoinette beobachtete, wie der Aeternus den Raum verließ. Er bewegte sich nicht, er glitt. Er war wie ein tiefer Fluss: ruhig an der Oberfläche, doch mit darunter verborgener Macht und Gefahr. Ihr Mund war ganz trocken geworden.

In dem Augenblick, in dem er die Tür hinter sich zugezogen hatte, wandte sie sich ihrem Onkel zu. »Wie konntest du diese Kreatur bloß hier hereinlassen?« Ihr ganzer Körper zitterte, Bitterkeit stieg in ihrer Kehle auf.

»Er ist mit wichtigen Informationen zu mir gekommen.« Traurig schüttelte Sergei den Kopf, und seine Augenwinkel verknitterten vor Enttäuschung. »Bitte setz dich. Wir haben eine Menge zu besprechen.«

Aber ihre Wut ließ es nicht zu. Sie rannte hin und her, voller Frust und Angst. Was hatte ihr Onkel im Sinn? Sergei wartete still und steinern, bis sie endlich auf den Stuhl sank.

»Du kennst das RaMPA-Abkommen und weißt, was es für die Sicherheit aller Rassen bedeutet«, sagte Sergei. »Und du weißt, dass dein Ururgroßvater Nicolae wesentlichen Anteil an seinem Zustandekommen hatte. Das ist der Grund, warum seither jeder erstgeborene Petrescu-Sohn seinen Namen trägt.«

Das Erste, was Venatoren lernten, waren die Bestimmungen des RaMPA-Abkommens und die Geschichte seiner Entstehung.

»Seit Jahrhunderten haben die Aeternus Menschen gejagt, und die Drenier konnten unbehelligt tun und lassen, was sie wollten. Im Gegenzug haben wir sie ebenfalls gejagt, und dieser Krieg führte zu hohen Verlusten auf beiden Seiten.«

»Ich brauche keine Geschichtslektion, Onkel.« Ihre Seite tat weh, und der Kopfschmerz pochte hinter ihren Augen. Das Letzte, was sie wollte, war ein Kampf mit ihrem Onkel, aber allmählich verlor sie die Beherrschung.

Ganz kurz schloss Sergei die Augen, was ein sicheres Zeichen dafür war, dass er sich mühsam in Geduld übte. Er nahm eine Kette mit einem kleinen Schlüssel daran vom Hals und schloss eine Schublade in seinem Schreibtisch auf. Dann legte er ein in Samt eingewickeltes Bündel auf den Tisch, schlug die Lagen aus tiefrotem Stoff zurück und enthüllte ein sehr altes, in Leder gebundenes Buch.

»Das ist das Tagebuch des ersten Nicolae Petrescu, unseres Vorfahren. Die Gilde würde verlangen, dass es in irgendeiner Gruft weggesperrt wird, wenn sie von seiner Existenz erfahren sollte, aber es gehört zu unserem Familienerbe und wird von Generation zu Generation weitergegeben.«

Ehrfurchtsvoll fuhr ihr Onkel mit der Hand über den geprägten Einband. »Das hier ist das Familienwappen. Auf diesen Seiten berichtet Nicolae von geheimen Treffen zwischen ihm und Ignatius, Christians Vater, einem der mächtigsten Ältesten der Aeternus. Auch Nicolae war ein einflussreicher Mann in seinem Volk, aber er hatte den Verlust von drei Söhnen zu beklagen und wollte keine weiteren verlieren. Ignatius hatte ebenfalls Verluste erlitten – seine erste Frau und seine Tochter wurden bei einem Angriff auf seine Ländereien in Bulgarien ermordet. Beide Männer waren des Blutvergießens und der Verwüstungen, die der Krieg verursacht hatte, müde geworden und wollten nur noch in Frieden leben.

Einige Zeit lang trafen sie sich heimlich und schmiedeten gemeinsam den Plan, die beiden Seiten zu Friedensverhandlungen zusammenzubringen. Das allererste Treffen wurde auf die Nacht des Vollmonds im Juli 1887 angesetzt. Drei Abgesandte der Aeternus erschienen an dem verabredeten Treffpunkt in Budapest. Auch Ignatius gehörte zu ihnen, denn er war als ihr Sprecher tätig. Als die Gespräche begonnen hatten, griff Nicolaes Bruder Emil mit einigen Männern an. Sie ermordeten Christians Vater, seine Frau und auch die Abgesandten der Aeternus.« Sergei hielt inne und rieb sich die Nasenflügel.

Antoinette kannte den Rest der Geschichte. Christian war über den Mord an seinem Vater und seiner Frau so erbost gewesen, dass er alle Verantwortlichen gejagt und zur Strecke gebracht hatte. Auf der Suche nach den Verrätern tötete er so viele Rebellen, dass er sich dadurch den Titel des Roten Henkers erwarb.

Alle weiteren Friedensgespräche waren unmöglich geworden, bis Christian, von dem alle erwarteten, dass er den entscheidenden Angriff auf die Menschen anführen würde, auf Nicolae zuging. Christians Trauer war durch sein Gemetzel nicht erstickt worden. Im Gegenteil – seine Reue war so groß, dass Nicolae Mitleid mit ihm hatte. Doch der Rat der Aeternus-Ältesten wollte einem Friedensabkommen nicht zustimmen, solange noch jemand, der für den Angriff mitverantwortlich war, in Freiheit lebte. Nicolae musste die schwierigste Entscheidung seines Lebens treffen. Entweder würde es noch mehr Krieg und Tod geben, oder er musste seinen einzigen Bruder Emil opfern.

Nicolae entschied sich für Letzteres und versicherte, dass die Menschen wegen Christians Morden nichts gegen ihn unternehmen würden. Wenn der Rote Henker zur Vernunft gebracht werden konnte, würde es Hoffnung für alle geben. Durch diesen Akt des Vertrauens und der Zusammenarbeit wurden weitere Friedensgespräche möglich.

Emil wurde vor das Gericht des Ältestenrats der Aeternus gestellt und zum Tod durch öffentliches Köpfen verurteilt, doch diesmal war Christian nicht der Henker, sondern lediglich Zuschauer.

»Was hat das alles mit der Gegenwart und dem Besuch dieses Aeternus zu tun?« Antoinette schaute auf und versuchte, ruhig zu bleiben.

Sergei erhob sich und humpelte um den Schreibtisch herum, wobei sein Stock über den Boden klapperte, bis er neben ihr stand. »Christian ist nicht unser Feind. Du musst die Vergangenheit loslassen.«

»Aber Onkel ...« All das war zwar vor mehr als hundert Jahren geschehen, doch sie konnte nicht einfach vergessen, dass Christian so viele Menschen kaltblütig abgeschlachtet hatte.

Sergei richtete sich auf. »Ich habe beschlossen, dass wir an der diesjährigen RaMPA-Konferenz teilnehmen. Ich muss mit ein paar alten Freunden sprechen.«

»Aber Onkel, sie versuchen schon seit Jahren, dich zu sich zu holen, und du hast dich immer von der Politik der Gilde und des RaMPA ferngehalten. Was ist jetzt anders geworden?«

»Du musst dich den Paramenschen mehr aussetzen; du hast zu lange nichts mit ihnen zu tun gehabt. Für dich ist es an der Zeit, in der wirklichen Welt zu leben, Antoinette.«

Antoinette sah Sergei an, seine Worte trafen sie bis ins Mark.

Sein Gesichtsausdruck wurde sanfter. »Wenn nur die Hälfte von dem stimmt, was Christian mir berichtet hat, dann könnten uns schwere Zeiten bevorstehen. Ich muss mir diese Vorfälle selbst ansehen, und wo ginge das besser als bei der Konferenz, an der all meine Kollegen teilnehmen werden? Die Beweise, die Christian vorgelegt hat, deuten auf jemanden aus der Gilde hin. Ich muss mir Gewissheit verschaffen, bevor ich ein für allemal der Gilde den Rücken kehre.«

Antoinette kniff die Augen zusammen. »Das ist unmöglich. Warum sollte die Gilde darin verwickelt sein? Ihr Zweck ist es, uns vor *seiner* Art zu schützen. Warum sollten wir dem Wort eines schmutzigen Blutsaugers vertrauen?«

Antoinettes Kopf flog zurück. Stechende Schmerzen bohrten sich in ihre Wange. Sie sah hoch in das wütende Gesicht ihres Onkels und fuhr sich mit der Hand ans Gesicht. Nie zuvor hatte Sergei sie geschlagen, aber sie hatte sich auch noch nie so respektlos geäußert.

»Erstens stehen wir persönlich in Christians Schuld.« Sergeis Stimme klang harsch, aber beherrscht. »Er hat euch das Leben gerettet, als er dich und Nici zu uns gebracht hat. Und zweitens ...« Sergei stützte sich auf seinen Stock und machte ein grimmiges Gesicht. »Wir dürfen nicht vergessen, was beim letzten Mal passiert ist, als die Unruhen uns geplagt haben. Du hast deine Eltern verloren.«

Es war egal, in welchem Hotel Christian wohnte; sie waren alle gleich. Sofort ging er zur Bar und bestellte einen doppelten Scotch. Er kippte ihn in einem Zug herunter und verlangte nach einem zweiten.

»Na, ist es wirklich gut gelaufen?«, fragte eine vertraute Stimme.

»Trinkst du einen mit, Viktor?« Christian drehte sich um und bemerkte ein amüsiertes Glitzern in den bernsteinfarbenen Augen seines Freunds.

»Sicher, wenn du bezahlst.« Das Lachen des ansehnlichen blonden Mannes erregte die Aufmerksamkeit einer in der Nähe stehenden Schönheit, die ihr blond gefärbtes Haar aufschüttelte und in die Richtung der beiden Männer lächelte. Viktor kicherte noch einmal und klopfte Christian auf die Schulter. »Aber wir sollten irgendwohin gehen, wo es ... privater ist.«

Sie spazierten zu einer Gasse, die einige Blocks entfernt lag, und kamen gerade rechtzeitig an, um mitzubekommen, wie ein großer, kahlköpfiger Barmann ein neugieriges menschliches Pärchen abwies.

»Guten Abend, Keith«, sagte Christian zu dem gewaltigen ursischen Türsteher, der einem afrikanischen Gott aus poliertem Obsidian glich. »Neugierige Touristen?«

»Mr. Laroque, Mr. Dushic.« Keith begrüßte jeden von ihnen mit einer Neigung seines großen, vernarbten Kopfs und sah dann zu, wie das betrunkene Pärchen auf demselben Weg zurücktaumelte, der sie hierher geführt hatte. »Die Prinzessin hat allen Menschen ohne Begleitung den Zutritt verboten.«

So etwas hatte Christian schon Dutzende Male gesehen. Menschliche Männer versuchten ihre Freundinnen zu beeindrucken, indem sie diese in einen exotischen und gefährlichen Club führten und schließlich mehr erlebten, als sie erwartet hatten, wenn ein erregter oder durstiger Aeternus plötzlich seine Fangzähne in die geliebte Freundin bohren wollte.

»Ist deine Herrin heute Abend anwesend?«, fragte Christian.

»Ja, Sir«, sagte Keith mit donnernder Stimme, während er den gewaltigen Arm ausstreckte und ihnen die Tür aufhielt. »Die Prinzessin ist drinnen.«

Bevor sie eintraten, blieb Viktor stehen. »Gibt es heute etwas Besonderes auf der Speisekarte?«

»Ich bin sicher, *sie* hat etwas nach Ihrem Geschmack, Mr. Dushic«, erwiderte Keith.

Das Zwielicht im Club war nach den hellen Straßenlaternen eine willkommene Entspannung. Sie gingen einen Korridor entlang, an dem kleine, mit plüschigen Vorhängen abgetrennte Separees lagen. Seufzen und Stöhnen drang aus ihnen hervor, während die beiden Männer vorbeigingen. Dieser Club war anders als der, den Christian für gewöhnlich in New York besuchte, aber er genoss die Abwechslung.

Christian und Viktor blieben im Eingang zum Allerheiligsten des Clubs stehen. Ein DJ legte Musik für die wogende Menge auf.

Die Prinzessin stand auf der anderen Seite des Raums und sprach mit einer Gruppe von Leuten, doch sie drehte sich sofort zu den beiden um, als hätte sie ihre Gegenwart gespürt.

Die große, dunkelhäutige Frau lächelte, während sie auf Christian und Viktor zukam. Ihr weißes Spitzenkleid ließ der Fantasie nur wenig Arbeit übrig: Hohe, üppige Brüste drückten sich an den dünnen Stoffstreifen vorbei, die als Oberteil dienten, und die tiefen Schlitze im Rock entblößten ihre Beine bis zu den Hüften. Sie bewegte sich mit königlicher Anmut, und die Menge auf der Tanzfläche teilte sich vor ihr.

Christian führte ihre ausgestreckte Hand an seine Lippen. »Akentia – Sie sehen so wunderbar aus wie immer.«

Die majestätische Aeternus-Älteste nahm sein Kompliment mit einer anmutigen Neigung des Kopfs entgegen. »Und du, Christian, bist so charmant wie immer.« Dann richtete sie ihr Lächeln auf seinen Gefährten. »Viktor, es ist lange her. Es tut mir leid, dass ich dich letzte Nacht verpasst habe.«

»Ich habe Christian nur begleitet, weil ich in Ihrer

Schönheit baden wollte, Hoheit.« Viktor zeigte seine ausgefahrenen Fangzähne und küsste die ihm dargebotene Hand.

Die Üppigkeit ihrer vollen Lippen deutete an, dass sie sich vor Kurzem genährt hatte, und ihre weißen Zähne leuchteten in starkem Kontrast zu ihrer ebenholzfarbenen Haut, als sie sein Lächeln erwiderte. »Lügner! Ich bin sicher, dass es nicht meine Gegenwart ist, die zwei der Besten des Dezernats in meinen kleinen Club führt. Ihr braucht ein privates Zimmer?« Sie drehte sich um und schnippte mit den Fingern. »Meine Kinder werden sich um euch kümmern.«

Sofort erschienen zwei von Akentias »Kindern«, wie sie ihre Spender nannte. Das eine war ein Mädchen mit rabenschwarzem Haar, das in einem hautengen Lederkleid steckte, das andere ein verblüffender blonder Mann in einem weißen, durchsichtigen Hemd und einer passenden, bequemen Lederhose.

»Sie sind frisch«, sagte Akentia und glättete das Haar des Mädchens. »Dieses hier hat noch keine Fänge gespürt.« Sie strich mit ihrer kühlen Handfläche über Christians Wange. »Du könntest ihr Erster sein – wir beide könnten ihre Ersten sein.«

Akentia bot ihm etwas ganz Besonderes an, und er geriet in Versuchung. Eine Fangjungfrau in die Genüsse des Nährens einzuführen, war für beide Teile eine wunderbare Erfahrung, und wenn auch Akentia daran teilnahm, würde es sicherlich ein explosives Erlebnis werden.

Viktor leckte sich die Lippen und fuhr mit der Hand über die Brust des jungen Mannes. Wenn es um Nahrung und die Freuden des Fleisches ging, machte er keinen Unterschied zwischen den Geschlechtern. Er genoss Männer und Frauen gleichermaßen.

Doch zu seiner großen Enttäuschung beugte sich Christian wieder über Akentias lange, schmale Finger und berührte sie ein zweites Mal mit den Lippen. »Wir nehmen das Zimmer, Prinzessin, aber wir haben vieles miteinander zu besprechen und können uns diese Ablenkung nicht leisten. Vielleicht ein anderes Mal.«

Enttäuschung legte sich über Viktors Gesicht, doch schließlich nickte er. »Verzeihung, Prinzessin, aber ich fürchte, er hat recht.«

»Wie du willst, mein lieber Junge.« Akentias Hand glitt über Christians Brustkorb, und auch in ihren Augen zeigte sich ein Schimmer des Bedauerns. »Marcus, bring diese beiden Männer zum Pfauenzimmer, und hol ihnen ein paar Flaschen aus meinem persönlichen Vorrat.«

»Ja, Herrin«, sagte der Junge, verneigte sich tief und ging voran.

Er drückte gegen einen Teil der Wandvertäfelung hinter einem Samtvorhang und hielt diesen beiseite, damit die beiden Männer hindurchgehen konnten. Sie betraten einen geschmackvoll eingerichteten Raum. Ein Fenster, das von der anderen Seite ein Spiegel war und die gesamte Länge des Zimmers einnahm, wies hinaus auf die Tanzfläche. Ausladende Sessel und Sofas aus Leder standen im Raum verteilt und dienten der Bequemlichkeit und dem Vergnügen. Viktor zog die Vorhänge vor dem Fenster zu und setzte sich vor Christian. »Hat er dir geglaubt?«

Bevor Christian eine Antwort geben konnte, erschien der Junge wieder und brachte ein Tablett mit, das er auf einem niedrigen Tisch abstellte. Er wechselte einen raschen, erhitzten Blick mit Viktor, bevor er sich zurückzog. Viktor sah ihm nach, bis die Tür ins Schloss gefallen war.

»Sergei konnte die Beweise nicht ignorieren«, sagte Christian, als er sich vergewissert hatte, dass sie wieder allein waren. »Aber es war besser, dass du mich nicht begleitet hast. Eine kluge Entscheidung.«

»Sie ist eindeutig Grigores Tochter.« Viktor zog den Korken aus der Flasche und goss sich einen Spritzer Rot ins Glas. Nachdem er daran genippt hatte, lächelte er anerkennend. »Akentias Geschmack ist noch immer untadelig.« Er füllte ein anderes Glas und reichte es Christian, bevor er sich selbst nachschenkte. Das frisch gezapfte Blut wärmte das Glas in Christians Hand. Viktor lehnte sich in seinem Sessel zurück und legte einen Arm auf die Lehne.

»Was hat er gesagt?«, wollte Viktor wissen. Nun klang seine Stimme ernst.

»Ich glaube, er wird mit der Beteiligung seiner Nichte einverstanden sein.« Christian trank den roten Nektar aus und stellte sein leeres Glas auf den Tisch.

»Ausgezeichnet. Das ist genau das, was ich gehofft hatte, aber wir müssen vorsichtig sein, wem wir vertrauen können«, sagte Viktor und schenkte sich noch einmal nach; dann bot er die Flasche Christian an.

Der schüttelte den Kopf. »Woher willst du wissen, dass du mir vertrauen kannst?«

»Wer sagt denn, dass ich das tue?« In Viktors stoischer Miene lag nicht die geringste Spur Humor, doch schließlich konnte er das Grinsen nicht mehr unterdrücken.

Einen Augenblick lang hatte Christian den Eindruck, dass sein Freund nicht gescherzt hatte. Viktors Grinsen verblasste, doch die Wärme blieb in seinen Augen.

»Christian, mein alter Freund, du konntest mich noch nie belügen. Nimm zum Beispiel Dominique. Ich wusste, dass du in sie verliebt warst, noch bevor du es vor dir selbst zugegeben hattest. Jedes Mal, wenn du es verneint hast, konnte ich die Wahrheit in deiner Stimme hören, und ich habe es in deinen Augen gesehen, wenn du sie angeschaut hast.«

Als Viktor den Namen seiner verstorbenen Frau

erwähnte, durchbohrte Schmerz Christians Herz. Sie war die Güte und Liebe in Person gewesen, und mit jedem verlorenen Leben hatte der Krieg stärker an ihr gezerrt. »All diese sinnlosen Morde und Zerstörungen«, hatte sie zu sagen gepflegt. Als sein Vater ihnen den Gedanken eines Waffenstillstands mit den Menschen unterbreitet hatte, war sie begeistert gewesen, aber Christian hatte es als verrückt angesehen. Sie hatte sich rasch Ignatius' Sache angeschlossen und war einverstanden gewesen, seine Abgesandte zu sein, aber als sie beide ermordet worden waren, hatte Christian die gesamte Menschheit vom Angesicht der Erde tilgen wollen.

Viktor hatte ihn damals gerettet; er hatte Christian die Augen geöffnet und ihm gezeigt, dass es nicht die Menschen waren, auf die er solche Wut hatte, sondern dass er nur sich selbst hasste, weil er seine Lieben nicht hatte beschützen können.

»Christian ...«

Er schaute seinen Freund an und sah, wie sich Schmerz und Verlust in Viktors Gesicht spiegelten. Auch er hatte gelitten. Der dritte ermordete Abgesandte war Viktors Vater Mikhail gewesen.

»Es tut mir leid.« Viktor senkte den Blick. »Ich hätte dieses Thema nicht zur Sprache bringen sollen.«

»Du brauchst dich nicht zu entschuldigen. Es war für uns beide eine schwierige Zeit. Diese Tat einiger fehlgeleiteter Menschen ist vor langer Zeit geschehen, und ich mache schon lange niemanden mehr dafür verantwortlich. Auch mich selbst nicht.«

Es war Zeit, das Thema zu wechseln. »Wenn die Gilde nicht kooperieren will, warum schreitet dann der RaMPA nicht ein?«

»Die Gilde ist autonom und hat keine Gesetze gebrochen. Sie hat wiederholt verneint, dass es in ihren Reihen eine undichte Stelle gibt. Sir Roger Wilberforce-Smythe, der menschliche Botschafter der RaMPA, blockt immer wieder alle Einmischungsversuche des Dezernats ab. Er weigert sich, ein ähnliches Muster wie damals bei den Unruhen zu erkennen, als sich der Rat fast in zwei Fraktionen aufgespaltet hätte. Falls das diesmal passieren sollte, wäre alles, was wir bisher erreicht haben …« Viktor verstummte, sein Blick wurde leer.

»Viktor?«, ermunterte Christian ihn.

Sein Freund schüttelte den Kopf. »Wir müssen weitere Beweise finden, damit sie gezwungen sind, die Augen zu öffnen.«

»Aber wie … sollen wir das Mädchen einsetzen?«

»Wir werden es einsetzen. Irgendwie müssen wir es dazu bringen, denjenigen hervorzulocken, nach dem wir suchen. Du musst die junge Frau davon überzeugen, dass du es ernst meinst. Es ist unerlässlich, ihr Vertrauen zu erringen.«

»Ich weiß, aber das ist leichter gesagt als getan. Da Sergei bei der Gilde in Ungnade gefallen ist, sehe ich keine andere Möglichkeit, an die beiden heranzukommen«, versetzte Christian.

»Was weiß sie darüber?«

»Ich habe keine Ahnung. Sergei schien nicht gewillt, in die Einzelheiten zu gehen, aber ich bin mir ziemlich sicher, dass ihr die Spannungen zwischen Sergei und Sir Roger unbekannt sind.«

»Ausgezeichnet. Und so soll es erst einmal bleiben.« Als sich Viktor in seinem Sessel regte, knirschte das Leder. »Was ist mit Grigore? Was ist ihrer Meinung nach mit ihm passiert?«

Christian blickte auf seine Hände hinunter. »Sergei hat ihr die Wahrheit bisher nicht gesagt; sie glaubt noch immer, dass er tot ist.«

Viktor seufzte schwer. »Das könnte sogar stimmen. Seit seinem Verschwinden sind etliche Wochen vergangen. Es sieht ihm gar nicht ähnlich, so lange keinen Kontakt aufzunehmen.«

Christian sank zurück in das weiche Lederpolster. »Hat er dir irgendwelche anderen Hinweise gegeben?«

»Nicht mehr als das, was ich dir bereits mitgeteilt habe.«

Er hatte etwas Rätselhaftes über einen Kontakt innerhalb der Gilde gesagt und behauptet, ein entferntes Mitglied der Petrescu-Familie sei darin verwickelt. Christian stand auf; in seinen Schläfen pochte es vor Frustration. »Aber das verrät uns nicht viel.«

»Und genau das ist der Grund, warum wir Grigores Tochter als Köder benutzen müssen.« Viktor schlug die Beine übereinander und glättete eine imaginäre Falte auf seiner Hose, bevor er Christian mit einem strengen Blick bedachte. »Es gibt keinen anderen Weg.«

In diesem Augenblick gab Viktors Handy einen kuriosen Techno-Beat von sich, und er streckte einen Finger zu Christian aus, während er das Gespräch annahm. »Ja, bitte?«

»Richtig«, sagte Viktor nach einer Minute und klappte sein Handy zu. Dann bedachte er Christian mit einem geschäftsmäßigen Blick. »Wir müssen so schnell wie möglich nach New York zurückkehren. Anscheinend ist der menschliche Botschafter des RaMPA das nächste Ziel. Aber wir wissen noch nicht, wo das Leck in der Gilde ist. Und wenn wir Antoinette nicht dazu bringen können, es aufzuspüren, könnte unser schöner Plan fehlschlagen.«

5 ABSCHIEDE

Nici wartete draußen auf sie, als sie den Trainingsraum verließ.

»Tut mir leid, aber können wir das auf morgen verschieben?«, fragte Antoinette. Sie war hundemüde; die Last des Tages drückte sie plötzlich nieder.

Nici zupfte sich am linken Ohr, was ein sicheres Anzeichen für seine Nervosität war. Er ließ die Hand jedoch rasch wieder sinken und richtete sich auf. »Nein. Ich muss sofort mit dir reden. Es ist wirklich wichtig.«

Antoinette zog sich der Magen in düsterer Vorahnung zusammen. »Worum geht es?«

»Komm, wir gehen in den Speisesaal. Zu dieser Nachtzeit ist er doch meistens leer.« Nici wich ihrem Blick aus.

Wie vorhergesagt, befand sich niemand dort. Alle Schüler lagen schon lange in ihren Betten, denn die Ausbildung begann vor Sonnenaufgang. Auch sie war hier einmal Schülerin gewesen, und obwohl ihr das Leben damals hart erschienen war, so war es doch viel einfacher gewesen. Inzwischen benutzten sie und Nici die Schule der Familie nur noch als Heimatbasis zwischen zwei Aufträgen und wussten nie, wo sie am nächsten Tag sein würden.

Sie setzten sich an das Ende eines langen Esstischs, und nun hatte Nici ihre ganze Aufmerksamkeit. Doch er schien nur widerwillig mit der Sprache herausrücken zu wollen.

Sie streckte den Arm über den Tisch aus und ergriff seine Hand. »Nici, was ist los?«

»Man hat mir einen Platz in der Gilde angeboten«, sagte er so leise, dass sie ihn kaum hören konnte.

Antoinette ließ seine Hand los und lehnte sich auf ihrem Stuhl zurück. Ein ahnungsvoller Schatten verdunkelte ihr Herz. »Du wirst mich verlassen?«

Er sah ruckartig auf und reckte das Kinn vor. »So ist es nicht.«

»Nein?«, flüsterte sie. »Du bist mein Bruder, und wir müssen zusammenhalten.«

Sofort bedauerte sie ihre Worte. Dem Kummer und Schmerz in seinem Gesicht nach zu urteilen, war ihm die Entscheidung nicht leichtgefallen, und sie sollte es ihm nun nicht noch schwerer machen. »Wann gehst du?«

»In ein paar Tagen.« Seine Miene glühte vor Stolz. Nie zuvor hatte sie ihn so selbstsicher gesehen. »Sie sind wirklich beeindruckt von meinen Entwürfen und wollen, dass ich so früh wie möglich anfange. Es wird London sein, mit den besten Laboreinrichtungen der Welt. Und ich habe endlich die Gelegenheit, auf meine eigene Art zu kämpfen.«

»Aber du ...«

»Nein, Antoinette«, sagte er sanft. »Nicht ich, sondern du. Ich sitze doch bloß im Wagen und warte darauf, dass du jemanden tötest oder selbst getötet wirst und bin krank vor Angst deswegen. Aber jetzt kann ich an technischen Geräten arbeiten, die in der Lage sind, Venatoren wie dir das Leben zu retten.«

Schon immer hatte Nici in seinem Werkraum an etlichen Apparaten herumgebastelt, und Antoinette musste zugeben, dass seine Entwürfe gut waren. In London würde er sein ganzes Potenzial entfalten können.

Aus den Augenwinkeln bemerkte sie eine Bewegung. Eine junge Frau stand halb verborgen in der Tür zur Küche und beobachtete sie. Es war Tatiana, Nicis Freundin, eine weitere Technikspezialistin. Tatiana schaute zu Boden und wich von der Tür zurück. In Antoinettes Gegenwart war sie immer sehr schüchtern.

»Ich verstehe«, sagte Antoinette. »Du nimmst diese Stellung in der Forschungs- und Entwicklungsabteilung nicht nur deinetwegen an, nicht wahr?«

Nici folgte ihrem Blick, und das Mädchen erschien wieder in der Tür. Als sie sich an einem unsicheren Lächeln versuchte, zitterten ihre Lippen.

»Sie ist schwanger.« Nicis Blick wurde sanfter, doch dann stählte er sich wieder. »Sieh mal, du bist die Venatorin, nicht ich, und so ist es schon immer gewesen. Und um ehrlich zu sein, kann ich es kaum mehr ertragen.«

»Und was ist mit dem Tod unserer Eltern?« Antoinette packte seine Hand; die Angst, ihn zu verlieren, überwältigte sie. »Bedeutet dir das denn gar nichts mehr?«

»Doch, natürlich.« Er entzog ihr seine Hand und fuhr sich damit über das Gesicht. »Aber das macht sie nicht wieder lebendig, oder?«

Er hatte recht, und wenn sie ehrlich zu sich selbst war, hatte sie seine Unzufriedenheit schon seit einiger Zeit gespürt. »Wie lange weißt du schon von diesem Job?«

»Sie haben vor zwei Tagen Kontakt mit mir aufgenommen, aber ich hatte ihnen meine Bewerbung schon vor einem Monat geschickt.« Nici schaute auf seine Hände.

»Warum hast du mir nichts davon gesagt?«

»Ich habe es versucht. Aber jedes Mal, wenn ich dein Gesicht gesehen habe, wusste ich …«

»Dass es mir nicht gefallen würde.« Es stimmte.

Nici nickte. »Ich hatte das Gefühl, dich zu verlassen«, sagte er. »Aber ich bin nicht wie du, Antoinette. Ich habe nicht deine …«

»Besessenheit?«, beendete sie den Satz für ihn, stützte die Ellbogen auf den Tisch und beugte sich vor.

»Ich wollte Leidenschaft sagen, aber Besessenheit ist ebenfalls ein gutes Wort.« Er beobachtete ihr Gesicht. »Ich habe eine Frau und werde bald auch ein Kind haben …«

Sie setzte sich aufrecht hin. »Warte mal eine Minute. Du bist verheiratet?«

Er streckte die linke Hand aus und zeigte ihr den Ehering, den sie bisher gar nicht bemerkt hatte. »Seit heute Nachmittag.«

»Du hättest es mir sagen sollen«, versetzte Antoinette gekränkt. »Ich wäre gern dabei gewesen.«

»Wir wollten keinen großen Wirbel darum machen.« Das hieß, er hatte nicht gewollt, dass sie es verhinderte.

Antoinette seufzte. Ihr kleiner Bruder war zum Mann geworden, und sie hatte es nicht mitbekommen. Es war an der Zeit, ihn ziehen zu lassen. »Ich freue mich wirklich sehr für dich und Tatiana.«

Antoinette umrundete den Tisch, und Nici stand auf. Als sie ihm die Arme um den Hals schlang, rannen Tränen an ihren Wangen herunter. »Und ich bin so stolz auf dich. Aber wer passt jetzt auf mich auf?«

»Das wirst du selbst tun, wie immer.« Er drückte sie fest. »Du hast mich nie wirklich gebraucht.«

Als sie einen Blick über die Schulter warf und Tatianas erleichterten Gesichtsausdruck sah, unterdrückte sie ein Schluchzen.

Antoinette wischte sich die Feuchtigkeit unter den Augen weg. »Du solltest jetzt zu … deiner Frau gehen. Sie sieht so aus, als würde sie dich brauchen.« Dann ergriff sie seine Hände. »Meinen Segen für euch beide.« Sie sprach die traditionellen Worte der Familie, die ihre Mutter gesagt hätte, wenn sie noch leben würde.

Sein Lächeln wurde breiter, und sie hätte schwören können, ein schwaches Glitzern in seinen Augen zu sehen. »Danke, Schwester.«

Nici beugte sich vor und drückte ihr einen sanften Kuss auf die Stirn. Sergei hatte ihr gesagt, dass sie morgen mit Christian nach New York aufbrechen würden, also blieb ihr nicht mehr viel Zeit mit ihrem Bruder. Das hier war ein Abschied.

Tatiana eilte durch den Raum und schlang ihm die Arme um den Hals. Antoinette bemerkte die leichte Schwellung in der Magengegend des Mädchens und erwiderte dessen vorsichtiges Lächeln.

»Meine Glückwünsche.« Sie trat vor und umarmte die junge Frau ein wenig ungelenk. »Willkommen in der Familie.«

»Danke«, flüsterte Tatiana.

Nici drückte ihre Hand kurz, bevor das Paar Arm in Arm den Raum verließ. Mit ihnen ging ein Teil von Antoinettes Herz. Was auch geschehen mochte, nichts würde zwischen ihr und Nici mehr so sein wie früher.

»Er hat es dir also gesagt?« Sergei trat aus den Schatten.

»Wie lange bist du schon hier?«

»Lange genug«, antwortete er und humpelte auf sie zu.

»Du weißt es schon länger, nicht wahr?«

Sergei nickte. »Er ist zu mir gekommen, als sie Tatianas Schwangerschaft bemerkt hatten. Ich habe ihm geraten, es dir heute Abend zu sagen, bevor wir abreisen.«

»Das ist der Grund, warum du mich zu der RaMPA-Konferenz mitnimmst, nicht wahr? Du bist der Meinung, dass es besser für Nici und Tatiana ist, wenn ich nicht hier bin, falls ich mit den Ereignissen nicht einverstanden sein sollte.«

Sergei grinste. »Du kennst mich gut, Nichte, aber das ist nur einer der Gründe dafür, dass du mich begleitest.«

»Es ist in Ordnung, Onkel. Nici hat es verdient, glücklich zu sein«, sagte Antoinette.

»Wirst du das Jagen jetzt aufgeben?« Sergei hielt den Kopf schräg und bedachte sie mit einem seltsamen, unlesbaren Blick.

»Du weißt, dass ich das nicht kann.«

Er nickte, schenkte ihr ein schwaches, trauriges Lächeln, drehte sich um und ließ sie in dem großen, leeren Raum zurück.

Zum ersten Mal in ihrem Leben fühlte sie sich wirklich allein.

◂▸

Christian trommelte mit den Fingern auf seinen Oberschenkel und schaute aus dem Fenster des stehenden Flugzeugs.

»Wann sollen sie eintreffen?«, fragte Viktor, nippte an seinem Rotwein und streichelte gleichzeitig den Kopf des großen sibirischen Schlittenhunds neben sich.

»Jede Minute.« Christian runzelte die Stirn und sah zum dritten Mal in zehn Minuten auf die Uhr. »Eigentlich sollte sie schon seit einer halben Stunde hier sein.«

»Du weißt ja, wie Frauen sind. Immer lassen sie uns warten«, sagte Viktor.

»Antoinette ist nicht wie die anderen Frauen«, erwiderte Christian und dachte daran, wie sie den Drenier mit tödlicher Präzision erledigt hatte.

Viktor hob eine Braue, und Christian starrte wieder aus dem Fenster. Ein Fahrzeug näherte sich, und dem Klang des Motors nach zu urteilen, musste es die Limousine sein, die er den Menschen geschickt hatte.

Mary, die Stewardess, steckte den Kopf durch die Tür. »Ihre Gäste sind eingetroffen, Sir. Captain Rogers wird die Startvorbereitungen treffen, während sie an Bord kommen.«

»Ausgezeichnet. Er soll so schnell wie möglich losfliegen.« Christian bereitete sich darauf vor, seine Gäste zu begrüßen.

Sergei kam als Erster herein, dicht gefolgt von Antoinette, die einen Rucksack über der Schulter sowie einen langen hölzernen Koffer trug. Beide blickten sich ehrfurchtsvoll und mit großen Augen in der neu eingerichteten Boeing 747 um.

»Der Geheimdienst weiß, wie man Agenten stilvoll reisen lässt«, sagte Sergei.

»Eigentlich ist das hier mein eigener Jet«, versetzte Christian. »Es war eine Frachtmaschine, die ich habe umbauen lassen. Hier unten sind die Aufenthaltsräume, und oben befinden sich das Kommunikationszentrum und mein Büro.«

Er spürte, wie Antoinettes Blick auf ihm ruhte, aber als er sie ansah, wandte sie den Kopf ab.

»Viktor, du erinnerst dich sicherlich an Sergei Petrescu, und das hier ist seine Nichte. Antoinette, das ist Viktor Dushic, ebenfalls ein Agent unseres Geheimdiensts und außerdem mein Freund.«

Sie schenkte Viktor ein kühles, knappes Lächeln, das nicht bis zu ihren Augen reichte.

»Es tut mir leid, dass wir uns verspätet haben«, sagte Sergei, während er in den großen Ledersessel neben Viktor sank und den Spazierstock gegen das Knie lehnte.

»Das ist schon in Ordnung. Wir wissen doch, wie es ist, mit einer Frau zu reisen. Ich hatte gerade mit Christian über dieses Thema gesprochen.«

Viktor hatte diesen Blick, der Schwierigkeiten versprach. Christian krümmte sich innerlich zusammen. Antoinettes Reaktion war vorhersehbar gewesen. Der Blick, den sie Viktor nun schenkte, hätte die Feuer des Hades einfrieren können.

»Eigentlich ist es meine Schuld«, sagte Sergei und warf

seiner Nichte einen ernsten Blick zu. »Oder genau genommen die meiner Frau. Sie hasst es, wenn ich verreisen muss, und sorgt immer sehr umständlich dafür, dass ich nichts vergessen habe.«

»Tante Katerina macht sich bloß Sorgen um dich.« Sie mochte zwar mit ihrem Onkel gesprochen haben, doch dabei sah sie Viktor an, der eine Braue hob. Offensichtlich genoss er es, sie zu reizen. Christian versuchte ihn mit einem warnenden Blick zum Schweigen zu bringen, aber er wusste, dass es nicht funktionieren würde. Viktor machte es einfach zu viel Spaß, und er war entschlossen, sie in Rage zu bringen.

»Sobald wir den Rest Ihres Gepäcks an Bord haben, können wir losfliegen.«

»Ich habe den Eindruck, Sie wollen mich provozieren.« Sie legte den Holzkoffer auf einen Sessel neben sich und stemmte die Hände in die Hüften. »Nur eitle oder dumme Menschen nehmen mehr mit, als sie brauchen, und ich habe alles Nötige in diesen beiden Gepäckstücken.« Sie verstummte und sah Viktor von oben bis unten an. »Außerdem bezweifle ich, dass noch Platz ist, wenn Ihr Gepäck an Bord gebracht ist – obwohl es sich um ein sehr großes Flugzeug handelt.«

»Autsch.« Viktor schlug sich theatralisch mit der Hand gegen das Herz und zwinkerte. »Und was haben Sie in diesem Koffer? Eine Flöte? Oder vielleicht eine Oboe? Nein, nein, ich hab's: Sie sind Billardspielerin.«

In Antoinettes Mundwinkeln zuckte es. In diesem Augenblick hasste Christian seinen Freund. Er wusste verdammt genau, dass es ihre Waffen waren. Antoinette öffnete die Verschlüsse, schlug den Deckel zurück und zog das wunderschöne schwarze Katana-Schwert heraus, das sie in Miami benutzt hatte.

Viktor pfiff durch die Zähne. »Vorsichtig, kleines Mädchen. Sie könnten sich mit diesem Ding schneiden.« Er zwinkerte heftiger.

Antoinette schenkte ihm ein knappes, kaltes Lächeln, hieb mit der Klinge zu, schlitzte Viktors Hemdbrust auf und steckte das Schwert zurück in die Scheide, bevor er recht begriffen hatte, was passiert war.

Viktor nahm einen Schluck Wein und war die Ruhe selbst, während er auf sein jetzt knopfloses Hemd hinabblickte. »Wenn Sie mich entkleiden wollen, hätten Sie nur fragen müssen.«

»Hör auf, unseren Gast auf den Arm zu nehmen, Viktor.« Christian versuchte mit ruhiger Stimme zu sprechen, aber es gelang ihm nicht. Sie mochte es als Einschüchterung angesehen haben, aber für seinen Geschmack war es eine viel zu intime Geste gewesen.

Viktor sah Christian über den Rand seines Glases hinweg eindringlich an, während Antoinette die Klinge zurück in das blaue Samtfutteral legte und den Koffer schloss.

»Mary wird Ihnen mit Ihrem Gepäck helfen, bevor wir uns auf den Weg machen.« Christian rief die Flugbegleiterin herbei.

Antoinette übergab ihr den Rucksack, behielt aber den Koffer bei sich.

»Das ist schon in Ordnung. Ich werde dafür sorgen, dass er sicher verstaut wird«, sagte Mary und bückte sich, um ihr den Koffer aus der Hand zu nehmen.

Antoinette schüttelte den Kopf und hielt ihn außer Reichweite der Flugbegleiterin.

»Er muss beim Start gesichert werden«, erklärte Mary.

Christian machte eine Bewegung in Antoinettes Richtung. Sie ließ abwehrend die Schultern sinken und kniff die Augen zusammen, während sie den Koffer gegen ihre Brust drückte.

Antoinette packte den Koffer fester, und ihre Blicke flogen nach rechts und links und suchten nach einem Ausweg. Sie würde ihre Waffen weder einem Aeternus noch einer Angestellten übergeben.

Christian blieb vor ihr stehen und hob die Hände. »Es ist in Ordnung, Mary. Zeigen Sie ihr einfach, wo sie den Koffer verstauen kann.«

»Ja, Sir.«

Die Flugbegleiterin machte einige Schritte nach links und lenkte Antoinettes Aufmerksamkeit mit einer zarten Handbewegung auf einige Riemen an der Wand und auf die Aktenkoffer, die dort bereits hingen. Er hätte seine Aeternus-Fähigkeit der Gefühlskontrolle bei ihr anwenden können, wenn er es gewollt hätte, aber er hatte es nicht getan.

»Entschuldigung.« Ihr Gesicht wurde heiß. »Es ist schwer, zu …« Sie verstummte.

»Zu vertrauen?«, fragte Christian.

Das war ein gutes Wort, aber Vertrauen war so schwierig. Sie warf die Schultern zurück, übergab Mary den Koffer und zwang sich zu einem schwachen, entschuldigenden Lächeln.

Nun bemerkte sie zum ersten Mal den großen Hund, der neben Viktor lag. Das Tier hielt den Kopf schräg und setzte sich auf. Antoinette hockte sich vor ihn und klopfte sich auf die Knie, um ihn zu sich zu locken. »Du bist aber ein schöner Kerl.«

»Cerberus mag keine Fremden«, warnte Viktor.

Der Hund legte den Kopf auf ihren Schenkel und hieß sie sowohl mit seinen klugen Augen als auch mit seinem wedelnden Schwanz willkommen.

»Guter Junge.« Sie kraulte ihn hinter dem Ohr, schaute auf und bemerkte Viktors erstaunten Blick.

»Meine Nichte versteht sich besonders gut mit Tieren«,

sagte Sergei und lächelte sie an. »Schon seit sie ein kleines Mädchen war.«

»Das sehe ich.« Viktor kniff die Augen zusammen, als sähe er sie nun zum ersten Mal wirklich. »Er mag Sie und vertraut Ihnen. Das spüre ich ganz deutlich.«

Sie spürte es ebenfalls, aber auf andere Weise als Viktor. Die Aeternus besaßen die Fähigkeit, Emotionen zu fühlen und auf andere zu übertragen, und Tiere waren dafür besonders empfänglich. Sie hatte einmal gesehen, wie ein Drenier nur aus Spaß einen gefährlichen Hundekampf begonnen hatte. Doch offensichtlich benutzte dieser Aeternus seine Fähigkeit auf fürsorglichere Weise.

Sie sah Viktor an, betrachtete ihn eingehend. Er war ganz anders als Christian; sie waren wie Tag und Nacht. Und auch wenn Christian nicht besonders groß war, so war er doch keineswegs klein.

Viktor hingegen maß über sechs Fuß, soweit sie es abschätzen konnte, während er saß. Christian hatte einen kräftigen Körperbau, ohne übertrieben muskulös zu sein, doch Viktor war so schlank, dass er beinahe dürr wirkte. Er hatte hohe Wangenknochen, volle Lippen und hüftlanges blondiertes Haar, das ihm ein ziemlich feminines Aussehen verlieh.

Sogar ihr Kleidungsstil war unterschiedlich. Christian trug einen Strickpullover über einer ausgewaschenen Jeans, Viktor hingegen steckte in einer schwarzen Rockerhose mit Nieten und trug dazu kubanische Schlangenlederstiefel, ein schwarzes Hemd, das nun über seiner Brust offen stand, und einen knielangen weißen Mantel. Haar und Kleidung verliehen ihm ein beinahe androgynes Aussehen – ein fleischgewordener japanischer Manga-Held.

Christian war sehr männlich – kraftvoll und eindringlich. Viktor hingegen war … einfach *schön*, und da war noch etwas an ihm, das ihr unwillkürlich gefiel.

Er lächelte sie an. »Wenn ich meinen Kopf so in Ihren Schoß legen würde ...«, neckte er sie.

Sie sah ihn finster an und drückte einen Kuss auf Cerberus' Schnauze. Der Hund rollte sich auf den Rücken, und sein Schwanz peitschte vor Freude hin und her.

»Du bist viel zu hübsch, um den Namen des Höllenhunds zu tragen«, sagte sie und kraulte ihm den Bauch.

»Sie übt eine ziemlich große Wirkung auf das männliche Geschlecht aus«, sagte Viktor, während es in seinen Augen glitzerte. »Sogar ich würde mich gern auf dem Boden vor ihr wälzen, um eine Bauchmassage zu bekommen.«

»Wilde Tiere sind schon immer meine Spezialität gewesen«, sagte sie trocken.

Viktor beugte sich in seinem Sessel vor. »Ihre Zunge ist genauso scharf wie ihr Verstand. Ich mag sie, Sergei«, sagte er und hob sein Glas mit langen, femininen Fingern. »Ich mag sie sehr.« Er trank den Rest des Weins und gab Mary das leere Glas.

Antoinette verbarg ihr Grinsen im Fell des Hunds, während sie ihm einen weiteren zärtlichen Knuff gab. Cerberus setzte sich auf, lehnte sich gegen sie und saugte förmlich ihre Aufmerksamkeit in sich ein. Die Zunge hing ihm aus dem Maul.

»Mr. Laroque, der Pilot hat Starterlaubnis. Wir sind bereit zum Abflug«, verkündete die Stewardess.

»Gut«, befand Christian. »Dann sollten wir New York noch vor Sonnenaufgang erreichen.«

Die Maschinen heulten auf, und das Flugzeug bewegte sich langsam aus dem Hangar und auf die Startbahn zu. Antoinette nahm ihren Platz ein und kämpfte gegen das Gefühl der Übelkeit in ihrem Magen an. Sie schloss die Augen und rezitierte stumm ein Beruhigungsmantra. Es half nicht. Sie umfasste die Lehnen des Sitzes, spürte, dass jemand sie beobachtete und öffnete die Augen. *Christian.*

Ihre Wangen brannten. »Ich hasse Fliegen.«

Einen Moment lang starrte er sie ungläubig an, dann nickte er.

»Mary«, sagte er, »bringen Sie Miss Petrescu bitte einen doppelten Brandy, bevor wir abheben.«

»Das ist nicht nötig. Ich ...«, begann Antoinette rasch.

Sergei schnitt ihr das Wort ab. »Unsinn. Christian hat recht. Das ist genau das, was du brauchst.« Er zuckte verlegen mit den Schultern. »Wir sind Landmenschen; wir fliegen nicht oft.«

»Mary, bringen Sie Brandy für uns alle.« Christian lächelte.

Widerstrebend nahm Antoinette ein Glas vom Tablett, als es herumgereicht wurde. Für gewöhnlich vermied sie Alkohol, aber jetzt brauchte sie etwas zur Beruhigung ihrer Nerven. Das Fliegen war ihre einzige große Angst. Sergei hatte recht; sie waren Landmenschen. Auf dem Erdboden hatte sie die Kontrolle, in der Luft hingegen nicht.

Es war nicht nur der Gedanke ans Fliegen, der sie schwindlig machte. Die Großartigkeit dieses Flugzeugs hatte sie überwältigt. Es war mit üppigen Ledersesseln und teurer Einrichtung ausgestattet und luxuriöser als jedes Hotel, in dem sie je übernachtet hatte.

Und das alles gehörte Christian. Mit dieser Menge Geld war untrennbar Macht verbunden. Aber was war das für eine Macht?

Viktor führte Cerberus zu einem Zwinger, der für den Start angebunden war. Dann nahm auch er einen Brandy vom Tablett und kniff Mary in die Wange, bevor er zu seinem Sitz zurückkehrte.

Schon der Geruch des starken Alkohols raubte ihr den Atem. Als sie die Flüssigkeit in einem großen Schluck hinunterkippte, traten ihr die Tränen in die Augen. Der

Brandy zog eine feurige Spur in ihrer Kehle und raubte ihr die restliche Luft aus der Lunge. Sie unterdrückte einen Hustenanfall und versuchte gleichzeitig, wieder Sauerstoff in ihre brennende Brust zu bekommen.

Viktor kicherte. »Gut, eine Frau zu sehen, die etwas verträgt.«

Sie sah diesen selbstgerechten Kerl böse an, und er zwinkerte ihr zu, als sie das Glas zu einem zweiten Schluck an die Lippen setzte. Dieser rann viel sanfter durch die Kehle. Der kleine Schwips, den sie nun hatte, machte die Mühen erträglich, und als das Flugzeug die Startbahn erreicht hatte, trank sie den Rest und fühlte sich beschwingt. Das Stechen in ihrer Kehle war nun einem Gefühl der Wärme gewichen.

Verstohlen warf sie einen Blick auf die beiden Aeternus. Die einzigen Vampire, mit denen sie bisher zu tun gehabt hatte, waren Drenier gewesen – halb verrückte, bösartige Killer, die dem Todesrausch verfallen waren. Mit ihnen war es leicht. Sie mussten vernichtet werden, bevor sie einen selbst oder jemand anderen vernichteten.

Aber das hier war etwas Neues für sie. Zwei lebende, atmende Aeternus, und obendrein noch Agenten des PGD, des Paramenschlichen Geheimdienstes. Eigentlich sollte sie sich bei ihnen sicher fühlen. Aber warum bekam sie immer dann ein flaues Gefühl im Magen, wenn sich Christians tiefblaue Augen auf sie richteten?

6 NACHTSCHWEISS

Das Dröhnen der Maschinen wurde lauter. Als sie beschleunigten, zog Antoinette den Gurt enger und umfasste die Lehnen des Sitzes. Diesen Teil hasste sie noch mehr als die Landung. Nun gab es kein Zurück mehr.

Das Flugzeug raste die Startbahn entlang, hob ab, und die Bewegungen wurden sanfter, als die Räder die Haftung auf dem Asphalt verloren. Stetig stieg die Maschine. Antoinette verspürte einen Anfall von Panik, als das Fahrwerk eingezogen wurde und rumpelnd im Rumpf des Flugzeugs verschwand.

»Ich vermute, auf der diesjährigen Konferenz wird es einen ziemlichen Aufruhr geben«, sagte Viktor etwas lauter als notwendig.

Wollte er sie ablenken?

»Wirklich?«, fragte Sergei. »Warum?«

Die Konferenz war ein alljährliches Treffen, das von Abgesandten der Menschen und Paramenschen besucht wurde. Ihr Onkel hatte sich geweigert, daran teilzunehmen, seit sie denken konnte. Dass er sich nun doch dorthin begab, widersprach vollkommen seiner gewöhnlichen Zögerlichkeit. Und das verhieß nichts Gutes für die gegenwärtige Lage.

Viktor drehte sich zu ihrem Onkel um; gespielte Überraschung zeichnete sich auf seinem Gesicht ab. »Das Meervolk ist zum ersten Mal öffentlich einverstanden, die Veranstaltung zu besuchen, also sollte es sehr interessant werden.«

Antoinette runzelte die Stirn und lehnte sich in ihrem Sitz zurück; sie war plötzlich sehr müde. Sergei und Viktor redeten weiter über paramenschliche Politik, während Christian die Flugbegleiterin herbeiwinkte. Er warf einen kurzen Blick in Antoinettes Richtung und sagte dabei etwas zu der eleganten Frau. Einen Moment später kaum sie auf Antoinette zu.

»Miss Petrescu.« Anmutig neigte sie den Kopf. »Mr. Laroque hat mich gebeten, Ihnen zu zeigen, wo Sie sich frisch machen können.«

Sehe ich etwa so schlecht aus? Aber es wäre angenehm, sich das Gesicht zu waschen; der Brandy hatte sie erhitzt. Sie folgte Mary zu einer Tür am hinteren Ende der Kabine.

»Alles, was Sie brauchen, befindet sich hier, Miss Petrescu.« Mary öffnete ihr die Tür.

Antoinette warf einen Blick in den Raum dahinter, und es verschlug ihr den Atem. Obwohl Mary nicht lächelte, entdeckte Antoinette doch ein belustigtes Funkeln in ihren Augen. Sie kam sich vor wie ein Bauerntrampel, der zum ersten Mal die große Stadt besucht.

»Dort hinten können Sie sich waschen.« Mary deutete auf eine Tür hinter dem ausladenden Bett, auf dem ein Quilt aus Goldbrokat sowie etliche Kissen lagen. Antoinette zog die Schuhe aus und überquerte den dicken, burgunderroten Teppich. Das Badezimmer hatte Becken aus Marmor und eine große Dusche. Die Fliesen fühlten sich unter ihren nackten Füßen kalt an.

Im Spiegel über dem Handwaschbecken erhaschte sie einen Blick auf sich selbst und beugte sich vor. Kein Wunder, dass Christian vorgeschlagen hatte, sie solle sich hierher begeben. Sie sah verboten aus.

Dunkle Ringe lagen unter ihren Augen, die tief in den Schädel gesunken waren, und eine fiebrige Röte bedeckte ihre Wangen. Sie massierte sich die Schläfen, während es in ihrem Kopf pochte. Dann drehte sie den Hahn auf und benetzte sich das Gesicht. Das Wasser lief wie Eis über heiße Kohlen und dämpfte die Hitze in ihren Wangen. Sie griff nach einem der weichen weißen Handtücher, die an einer Messingstange neben dem Becken hingen.

Nun fühlte sie sich etwas besser. Unter dem Becken fand sie ein paar Schmerztabletten und warf abermals einen Blick auf das Bett. Vielleicht, wenn sie sich kurz hinlegte ...

Antoinette kroch aus dem Bett, fuhr sich mit der Hand über das Gesicht und wischte sich den Schlaf fort. Sie warf einen Blick auf ihre Armbanduhr. Mist. Sie hatte eine ganze Stunde geschlafen. Dabei hatte sie doch nur für eine Minute die Augen schließen wollen! Was würde ihr Onkel jetzt von ihr denken?

Warte ... etwas stimmt nicht.

Sie konnte es nicht benennen, aber ihre Nackenhaare richteten sich auf, und über die Jahre hatte sie gelernt, diesem Gefühl zu vertrauen.

Barfuß schlich sie zur Tür, öffnete sie einen Spalt und spähte in die Hauptkabine. Sie war leer. Wo waren die anderen? Das schwache Licht bildete tiefe Schatten in den Ecken der Kabine und erschwerte die Sicht. Sie schloss die Tür hinter sich. Nur das schwache, beständige Dröhnen der Maschinen durchdrang den Raum, und sie zog die Stirn kraus.

Auf halbem Weg durch die Kabine glitt ihr Fuß über etwas Klebriges. Ein kupferiger Geruch traf ihre Nase, und sie kniete nieder. Blut. Sofort waren ihre Instinkte geweckt. Sie kauerte sich noch mehr zusammen, und ihre Blicke schossen nach rechts und links.

Eine Falle! Sie waren hierher gelockt worden, um zu sterben. Sie waren von den verräterischen Vampiren hintergangen worden – Antoinette hatte doch gewusst, dass ihnen nicht zu trauen war.

Sie würden sie nicht ohne Kampf bekommen. O Gott, Sergei! Sie lief zu ihrem Waffenkoffer und musste feststellen, dass er verschwunden war.

Mist! Die Bastarde hatten ihn an sich genommen. Sie musste unbedingt das Cockpit erreichen und die Maschine zur Landung zwingen. Irgendwie. Sie musste wieder auf den Boden kommen. Dort hatte sie bessere Chancen und größere Kontrolle über die Situation.

Jetzt erst hörte sie das Tropfen irgendwo vor sich. Antoinette hielt den Kopf schräg, versuchte die Quelle des Geräuschs zu lokalisieren und bewegte sich vorwärts. Es kam aus der Bordküche.

Sie schob die Falttür zur Seite. Mary war gegen die Wand gesackt. Ihre leblosen Augen starrten an die Decke, und ihre Kehle war aufgerissen. Das Blut bildete lebhafte karmesinrote Streifen auf ihrer blassen Haut. Doch das Schlimmste waren ihre Augen, in deren Blick das vollkommene Grauen lag.

Eine umgekippte Kaffeetasse lag auf der Theke. Ein großer, schwerer Tropfen fiel herunter und platschte in eine Pfütze aus Blut und Kaffee auf dem Boden neben Mary. Etwas nagte an Antoinettes Gedanken. Warum sollte Christian seine Angestellten umbringen?

Vielleicht war es der andere.

Die Cockpittür rechts von ihr schwang plötzlich zu, als das Flugzeug in Turbulenzen geriet. Antoinette schlug das Herz bis zum Hals, und ihr wurde übel. Sie wusste schon, was sie vorfinden würde. Sie machte sich bereit für den Anblick und öffnete vorsichtig die Tür.

Die Luft wurde ihr aus der Lunge gedrückt, als hätte

sie einen unerwarteten Schlag in den Bauch erhalten. Überall auf der Innenseite der Windschutzscheibe war Blut; es schien aus einer oder mehreren Halsschlagadern zu stammen. Der Kapitän rollte in seinem Sitz zur Seite; seine Hand lag um den Griff einer Pistole, und die Steuerhebel bewegten sich von allein. Glücklicherweise gab es den Autopiloten.

Antoinette drehte den Stuhl des Copiloten um und hoffte wider besseres Wissen, er möge noch leben. Doch der Mann hatte dort, wo einmal seine Kehle gewesen war, nur noch ein klaffendes Loch, so wie der Kapitän.

Wie brutal! Das war kein rasender Angriff zur Befriedigung des Todesrauschs gewesen. Das hier war langsam und aus Lust geschehen – aus einfacher, reiner und perverser Lust. Außerdem lag keine Spur des verräterischen Geruchs in der umgewälzten Luft.

Sie versuchte den bitteren Geschmack der Panik herunterzuschlucken, der in ihrer Kehle aufstieg, und ihr Herz hämmerte wie wild. Sie durfte der Angst nicht nachgeben, denn sie würde Antoinette schneller umbringen als alles andere.

Eine seltsame Wärme stieg in ihr auf und verbreitete sich durch den ganzen Körper, benebelte ihre Gedanken und besänftigte das Gefühl des Grauens, das sie angesichts der Szenerie empfunden hatte.

Sie drehte sich um. Ihr Atem ging schneller. Christian stand nur wenige Schritte von ihr entfernt – ohne Hemd. Ihr Körper verriet sie, als sie seine nackte Brust sah. Seine schlanke, scharf umrissene Gestalt leuchtete im schwachen Licht. Am liebsten hätte sie die Finger in seinen Haaren vergraben und die Muskeln an seinem Bauch nachgezeichnet.

Ihr wurde heiß, und sie fuhr sich mit den Fingern über die Hüften und hob ihr Kleid, während ihre Schenkel aneinanderrieben.

Nein, ertönte eine Stimme in ihr.

Sie schüttelte den Kopf und versuchte den Nebel darin zu vertreiben. Warum war sie hergekommen?

Konzentrier und beherrsch dich wieder. Sie musste etwas tun. Etwas Wichtiges, aber sie konnte sich nicht mehr erinnern, was es war.

Er streckte ihr die Hand entgegen, und ihre Füße bewegten sich aus eigenem Antrieb.

Bleib stehen – er ist es, der das mit dir macht.

Aber sie konnte nicht stehen bleiben. Seine Augen zogen sie zu ihm hin; sie waren so blau wie die Ägäis. Sie wollte in ihre kühlen Tiefen tauchen und sich darin für immer verlieren.

Sie hatte ihn erreicht und zog ihn an ihre Brust. Sein heißer Duft überwältigte ihre Sinne, machte sie schwach, und ihre Beine wurden zu Gelee.

Er drückte sie gegen die Wand, hielt ihre Handgelenke über ihrem Kopf fest, drückte seinen Mund auf ihren und verschlang sie. Und sie ließ es zu. Seine Härte presste sich gegen sie, und sie wusste, dass sie ihn haben wollte, hier und jetzt. Wenn er ihre Handgelenke losließe, würde sie ihm die Hose ausziehen und es ihm zeigen.

Diesmal schrie die Stimme in ihr. *Du musst aufhören! Mach Schluss, bevor es zu spät ist! Das ist falsch!*

Aber wie konnte es falsch sein, in seinen Armen zu liegen? Wie konnte es falsch sein, seine Lippen auf ihren zu spüren? Nein, es war richtig.

»So richtig«, flüsterte sie und seufzte, als er ihr einen Kuss nach dem anderen auf den Hals drückte.

Ein Stöhnen entwand sich ihr, und ihre Haut brannte vor fiebrigem Verlangen. Er knöpfte ihr Kleid auf, schob die Hand darunter, bedeckte eine spitzenbesetzte Brust und fuhr mit dem Daumen über den steif aufgerichteten Nippel.

Sie schwankte vor Vergnügen, ihre Knie gaben beinahe nach, und sie schrie auf. Er bedeckte ihre nackte Haut mit Küssen. Als er mit dem Mund wieder zu ihrer Kehle emporfuhr, glaubte sie, explodieren zu müssen, wenn er sie nicht bald nahm.

Seine Lippen fuhren an ihrem Ohr entlang. »Ganz still, mein Kleines. Sag kein Wort, mein Feines«, flüsterte er.

Sie erstarrte. Dieser Reim – warum dieser Reim? Den hatte *er* gesungen.

Ihre Leidenschaft erlosch, als hätte man sie in kaltes Wasser getaucht. Sie befreite die Hände aus seinem Griff, stieß ihn von sich und stellte fest, dass statt Christians verblüffender blauer Augen ein kalter, blasser Blick auf ihr ruhte. Strähniges braunes Haar ersetzte die dichten dunklen Locken.

Sie kannte dieses Gesicht so gut! Es hatte sie in jedem Albtraum ihrer Kindheit heimgesucht, und dasselbe kalte Lächeln ließ nun ihr Blut gefrieren – wie damals.

»Mama wird dir eine Drossel kaufen.« Der Killer sang das unheimliche Wiegenlied weiter, das er vor all den Jahren gesungen hatte, als er vor den Augen der Sechsjährigen die Kehle ihrer Mutter aufgeschlitzt hatte.

Sie spürte, wie Wärme um ihre Füße herum eine Lache bildete, und schaute an sich herunter. Sie hatte erwartet, dass sie sich vor Angst eingenässt hatte, wie damals. Aber es war Blut. Ihr eigenes Blut.

Ein Schrei quälte sich aus ihrer Kehle. »Neeeeein!«

7 MUTTER, O MUTTER

Antoinette setzte sich ruckartig auf, schüttelte sich und vertrieb den Albtraum. Schweiß rann ihr über das Gesicht, und ihr Kleid klebte auf der feuchten Haut. Antoinette rang nach Luft und schaute auf ihre Armbanduhr. Sie hatte nur fünfzehn Minuten geschlafen.

Seit sie ihn zuletzt im Schlaf gesehen hatte, waren mehrere Jahre vergangen. Traumdämonen und Erinnerungen bedrängten sie, als sie ins Badezimmer taumelte. Das Spiegelbild ihres geröteten Gesichts verschwamm, während ihr die Tränen in die Augen traten und ihr Hirn von innen gegen die Schädeldecke zu hämmern schien.

In der Nacht, als Dante Rubins ihrer Mutter die Kehle aufgeschlitzt hatte, war Antoinette sechs Jahre alt und genauso hilflos gewesen wie in ihrem Traum. Der Anblick von Mamas blauen Augen, die immer trüber geworden waren, als der Tod sie geholt hatte, suchten Antoinette seitdem heim. Dante hatte Antoinettes Körper und Geist vollkommen beherrscht und sie gezwungen zuzusehen, wie das Lebensblut aus der Halsschlagader ihrer Mutter austrat und ihr Kleid durchnässte.

Vielleicht war der Traum ein Omen, das sie davor warnte, allzu selbstgefällig zu sein – und sie daran erinnerte, wer und was Christian und sein Freund waren. Die Dinge waren nie so, wie sie an der Oberfläche zu sein schienen, und sie spürte, dass die beiden etwas zu verbergen hatten. Den Aeternus war nicht zu trauen. *Niemals.* Einem Drenier hatte sie noch nie den Rücken zugekehrt, und bei einem Aeternus sollte sie sich nicht anders verhalten.

Nachdem sich Antoinette frisch gemacht hatte, suchte sie ihre Schuhe und zog sie an. Sie ging auf die Tür zu, und ihre Hand hielt kurz vor der Klinke inne. Ihr Herz klopfte heftig, als das Nachbeben des Albtraums sie erreichte.

Déjà-vu.

Reiß dich zusammen. Es war nur ein Traum.

Aber sie musste die Tür einen Spalt öffnen, damit sie in dem schallgedämpften Raum überhaupt etwas hören konnte. Durch den Spalt vernahm sie die vertrauten Stimmen, die sich leise miteinander unterhielten. Entspannt lehnte sie den Kopf gegen die Wand und beruhigte sich.

»Sind Sie sicher, dass sie nichts weiß?«, fragte dieser Viktor gerade.

Sie schob das Ohr näher an den Spalt.

»Ja«, antwortete die Stimme ihres Onkels. »Wenn sie es wüsste, dann würde sie …« Seine Stimme wurde unhörbar, während er sich entfernte.

Was würde sie? Worüber sprachen sie?

»Aber sie muss es irgendwann erfahren«, sagte nun Christians Stimme mit einer gewissen Schärfe.

»*Da*. Aber noch nicht.« Sergei verfiel nur dann in seine Muttersprache, wenn er betrunken, sehr müde oder angespannt war, und er klang keineswegs betrunken oder müde.

»Es muss bald geschehen, wenn sie bei der Untersuchung helfen soll«, sagte Christian.

»Lassen Sie mich zuerst alles von meinen Kontakten in der Gilde herausfinden, was möglich ist. Das ist eine Angelegenheit, in der … Zartgefühl vonnöten ist. Und das ist nicht gerade Antoinettes größte Stärke.«

Sie versteifte sich erstaunt; ihre Hand ruhte nun auf der

Klinke. Warum verheimlichte Onkel Sergei etwas vor ihr? Es gab nur eine einzige Möglichkeit, es herauszufinden.

Die Tür zur Wohnkabine flog auf und schlug gegen die Wand. Christian drehte sich um, als Antoinette in den Raum stürmte. Feuer loderte in ihren Augen, und ihre Wangen waren gerötet.

»Was geht hier vor?«, wollte sie wissen, während sie die Hände zu Fäusten ballte und wieder öffnete.

Sergei beugte sich vor und stützte sich dabei auf seinen Stock. »Antoinette, ich ...«

Sie wandte sich ihm zu. »Sogar du ...« Ihre Stimme stieg vor Aufregung um eine Oktave. »Du konspirierst hinter meinem Rücken und enthältst mir Geheimnisse vor. Das hätte ich nie von dir gedacht, Onkel.«

Sergei schaute weg und ließ die Schultern hängen.

»Das reicht.« Christians Stimme klang beherrscht und verriet nichts von der Wut, die in ihm brodelte. Sie hatte es zu weit getrieben.

Antoinette wandte sich ihm zu und sah ihm in die Augen. »Kümmern Sie sich um Ihre eigenen Angelegenheiten, Sie Vampir«, spuckte sie aus.

»Ich habe Sie gebeten, uns nicht so zu nennen. Außerdem sind das meine Angelegenheiten. Sie sind ein Gast in meinem Flugzeug, und Sie werden all meine anderen Gäste respektieren.«

»Mit mir redet man nicht wie mit einem Kind.«

»Dann hör auf, dich wie eines zu benehmen«, fuhr Sergei sie an.

Entsetzt riss sie die Augen auf und kniff sie dann wieder zusammen, während sie Christian noch einmal gefährlich anblitzte. Schließlich ging sie auf ihn zu. »Was wollen Sie denn tun? Mich aus dem Flugzeug werfen?«

»Führen Sie mich nicht in Versuchung.«

»Versuchen Sie es doch, Sie Blutsauger.« Sie zog den Arm zurück und schlug ihm mitten ins Gesicht.

Er fing den Schlag nicht ab, und nachdem er den Kopf wieder vorgestreckt hatte, sah er ihr in die Augen, während er einen Tropfen Blut aufleckte, der aus seinem Mundwinkel gequollen war.

»Antoinette!«, brüllte Sergei und stand auf.

Christian packte ihr Handgelenk, als ihre Faust zu einem zweiten Schlag ansetzte und nur noch wenige Zentimeter von seinem Gesicht entfernt war. »Ist es denn ein Wunder, dass man Ihnen nichts gesagt hat, wenn Sie so schnell aus der Haut fahren und erst angreifen, bevor Sie Fragen stellen?«, zischte er durch zusammengebissene Zähne.

Tränen stiegen in ihr auf, und sie kämpfte nicht mehr gegen ihn. Dann bemerkte er ihr gerötetes Gesicht, die Schweißperlen auf Stirn und Oberlippe und die Art, wie sie zusammenzuckte, als er ihren Arm festhielt. Christian zog sie näher an sich heran und legte ihr die Hand auf die Stirn. Hitze strahlte in Wellen von ihr ab. Sie versuchte ihn wegzudrücken, aber er hielt sie noch fester.

»Es geht Ihnen nicht gut«, sagte er.

Ihre Augen weiteten sich.

»Stimmt das?«, fragte Sergei, der sich vor Sorgen die Schläfen rieb.

Sie nickte langsam und wandte sich an ihren Onkel. »Ich dachte, es sind bloß Kopfschmerzen.«

»Deine Wunde«, sagte Sergei. »Sie hat sich entzündet, nicht wahr?«

Christian hegte dieselbe Vermutung.

Antoinette zuckte die Schultern. »Du weißt doch, wie schnell so etwas passieren kann.«

»Verdammt! Warum haben Sie das nicht früher gesagt?«, wollte Christian wissen.

»Weil ich der Meinung war, dass es sich nur um Kopfschmerzen handelt«, wiederholte sie. In ihren Augen glitzerte es fiebrig.

»Wir sollten diese Infektion unter Kontrolle bekommen – sofort«, sagte Christian. »Kommen Sie.«

»Ich werde einen Arzt aufsuchen, sobald wir in New York sind.« Sie wich einen Schritt zurück.

»NEIN! Wir kümmern uns jetzt gleich darum.« Er packte sie am Handgelenk.

Störrisch hob sie das Kinn.

Dumme, stolze Närrin. Er hatte keine Zeit für solchen Unsinn.

Christian ergriff sie am Ellbogen und zog sie an sich heran. Ihre Augen weiteten sich wieder, und die Wangen wechselten von einem tiefen Rosa zu einem flammenden Rot. Sie trat ihm heftig auf den Fuß. Er mochte zwar ein Aeternus sein, aber er war durchaus in der Lage, Schmerzen zu empfinden.

Der letzte Rest seiner Geduld schwand. Mit einer geschmeidigen Bewegung hob er sie auf und trug sie in den Raum, aus dem sie vor wenigen Minuten auf so theatralische Weise gekommen war.

Als er das zerwühlte Bett erreicht hatte, warf er sie ohne Umschweife darauf. Sie verzog das Gesicht, grunzte und schaute ihn böse an, und er verspürte einen kurzen Stich der Reue, weil er sie so grob behandelt hatte.

»Wie können Sie es wagen?«, fuhr sie ihn an.

»Weil ich tue, was ich will«, antwortete er kühl.

Sergei stand in der offenen Tür. »Lass es zu, dass sich Christian um dich kümmert, Nichte.«

»Ich will einen menschlichen Doktor haben. Was weiß ein Aeternus denn schon von Menschen?«

»Es tut mir leid, aber wir haben hier niemand anderen als mich.« Christian verschränkte die Arme vor der Brust.

»Ich habe schon Menschen ärztlich versorgt. Ziehen Sie das Kleid aus und gestatten Sie mir einen Blick auf die Wunde.«

Sie reckte das Kinn stur in die Luft, während sie ihn ansah.

»Wenn Sie es nicht ausziehen, werde ich gezwungen sein, es selbst zu entfernen«, warnte er. »Und angesichts der Stimmung, in der ich mich befinde, wird das nicht sehr sanft geschehen.«

Aus den Augenwinkeln sah er, wie Sergei das Zimmer verließ und die Tür hinter sich schloss. Als sie sich noch immer nicht bewegte, machte er einen Schritt auf sie zu.

»In Ordnung.« Sie hob abwehrend die Hand. »In Ordnung, ich mache es.« Sie kletterte aus dem Bett und griff nach dem Reißverschluss an der Seite ihres Kleids; dann warf sie ihm einen Blick über die Schulter zu. »Macht es Ihnen etwas aus?«

»Keineswegs.« Er lehnte sich lässig mit der Schulter gegen die Wand. »Ich habe in meinem Leben schon einen oder zwei nackte Körper gesehen.«

»Aber nicht meinen«, sagte sie, stieß einen leisen Fluch aus, wandte ihm den Rücken zu und zog sich das Kleid über den Kopf.

Sein Magen krampfte sich zusammen, als er den Blick über ihre halb nackten Kurven gleiten ließ, die nur noch von einem winzigen Spitzenhöschen und einem passenden BH verdeckt wurden. Die elfenbeinfarbene Unterwäsche auf ihrer cremigen Haut war mehr, als er erwartet hatte. Ihr Körper war durch lange Kampfkunst gestählt und dennoch zart an allen richtigen Stellen.

Ein rotes und blaues Drachen-Tattoo saß am Ende ihres Rückens; die Schwanzspitze verschwand in der Spalte zwischen den Hinterbacken unter ihrem Höschen. Plötzlich schien seine Hose enger geworden zu sein, und seine

Fangzähne drückten zu beiden Seiten der Schneidezähne gegen den Gaumen.

Er hatte nicht gelogen, als er gesagt hatte, er habe schon ein oder zwei weibliche Wesen gesehen. Es waren Hunderte, vielleicht sogar Tausende Frauen in verschiedenen Stadien der Nacktheit gewesen, aber nie zuvor hatte er solche Schönheit wahrgenommen. Antoinette war einfach vollkommen. Ihre Muskeln tanzten unter der Haut und belebten den eintätowierten Drachen. Er hätte schwören können, dass die Bestie ihn beobachtete. Wie würde es wohl sein, mit den Lippen über diese Hautkunst zu fahren? Würde sie sich so lebendig anfühlen, wie sie aussah? Und wie sehr er es genießen würde, dem Schwanz bis zum Ende nachzuspüren ...

»Was jetzt?«, fragte sie, während sie ihm noch den Rücken zugewandt hielt.

Zum Glück bedeckte sein locker sitzender Pullover die Ausbuchtung in seiner Jeans. »Hm ... Legen Sie sich aufs Bett, während ich mir die Hände wasche«, sagte er und schluckte schwer.

Er schloss die Badezimmertür, stützte sich mit den Händen auf dem Becken ab und versuchte sich zusammenzureißen. »Sie ist bloß ein Mensch. An ihr ist nichts Besonderes.« Aber er hörte die Lüge in seiner Stimme.

»Haben Sie etwas gesagt?«, rief sie aus dem anderen Zimmer.

»Nein.« Er betrachtete sein Spiegelbild, dann holte er einige medizinische Gegenstände aus dem Schrank unter dem Waschbecken.

Er hatte nicht gelogen, als er gesagt hatte, dass er eine gewisse medizinische Erfahrung besaß. Allerdings hatte er nicht erwähnt, dass er diese hauptsächlich während des amerikanischen Bürgerkriegs erworben hatte und nicht viele Frauen unter seinen Patienten gewesen waren.

Doch das war wahrlich eine Feuertaufe gewesen – oder sollte er sagen: eine *Bluttaufe*?

Antoinette fühlte sich peinlich nackt. So hatte sie noch nie empfunden. Sie war in einer Venator-Vorbereitungsschule für Mädchen aufgewachsen, in deren Duschräumen und Umkleidekabinen es kaum Platz für Schamhaftigkeit und keinerlei Privatsphäre gegeben hatte. Jetzt hatte sie zwar ihr eigenes Zimmer dort, aber den Rest teilte sie noch immer mit den anderen.

Er hatte nicht gesagt, dass sie sich nicht bedecken durfte. Während Christian im Badezimmer war, packte sie die Tagesdecke und zog sie sich bis über die Brust. Unglücklicherweise verursachte ihr diese Bewegung Übelkeit, und die Schmerzen flammten wieder auf. Sie legte sich gegen die Kissen und atmete tief durch. Es war allerdings nicht so schlimm wie vorhin, als er sie hochgehoben hatte – da hatte sie sich auf die Lippe beißen müssen, um nicht laut aufzuschreien.

Sie konnte Schmerzen ertragen; das gehörte zu ihrem Dasein als Venatorin. Allerdings hatte sie Schwierigkeiten mit seinen Händen auf ihrer Haut. Seine kühle Berührung fühlte sich so gut an; sie war wie eine willkommene Brise an einem heißen Sommertag.

Antoinette packte das Bettlaken. Verdammt, sie musste wirklich krank sein, wenn sie so mädchenhaft und poetisch war. Der Magen drehte sich ihr um. Sie wusste nicht genau, ob das von der Übelkeit oder von der Erinnerung daran herrührte, wie er sie auf das Bett geworfen hatte. *Bastard.*

Aber sie hatte es selbst herausgefordert, weil sie ihn geschlagen hatte. Und auf eine perverse Art hatte es ihr gefallen. Für gewöhnlich hatte sie eine bessere Kontrolle über ihre Zunge und ihr Temperament, aber irgendwie schien Christian ihre schlechtesten Eigenschaften hervorzukitzeln.

Die Tür zum Badezimmer wurde geöffnet. Christian trug ein Tablett ins Zimmer und zog sich einen Stuhl ans Bett. Während er sich setzte, streckte er die Hand aus und nahm ihr die Decke sowie die ausgezogene Kleidung ab, bevor sie Gelegenheit hatte, sich dagegen zu wehren oder zu beschweren.

»Autsch!«

»Stillhalten«, knurrte er.

Sie versuchte, sich aufzusetzen und zu beobachten, was er tat, aber er drückte sie zurück in die Kissen.

»Stillhalten, habe ich gesagt.« Christians Gesicht war wie versteinert, allerdings zeigten sich leichte Runzeln auf seiner Stirn.

»Ich will es mir doch nur ansehen.«

Mit einem finsteren Blick brachte er sie zum Verstummen, und sie entschied, das Spiel nicht weiter zu treiben, solange er an der Wunde herumtastete. Plötzlich begriff Antoinette, wie nahe seine Fingerspitzen der empfindlichen Unterseite ihrer Brust waren, und sie schluckte schwer. Jede seiner sengenden Berührungen verbreitete Hitze auf ihrer schon fiebernden Haut.

»Wir müssen einen Umschlag um die Wunde legen, damit die Infektion herausgezogen wird.« Er stand auf und kehrte ins Badezimmer zurück.

Das Geräusch von Bewegungen im angrenzenden Raum erregte ihre Neugier, und sie stützte sich auf die Ellbogen und betrachtete das gerötete Fleisch um die parallel verlaufenden Schnittwunden oberhalb ihres rechten Hüftknochens. Noch nie hatte sie es zugelassen, dass eine ihrer Wunden so schlimm wurde. Christian hatte recht. Wenn sie unbehandelt blieb, würde Antoinette bald sehr krank sein. Das Fieber verlieh ihr das Gefühl, in Flammen zu stehen.

»Können Sie nicht einmal fünf Sekunden lang folgsam sein?«, rief er von der Badezimmertür her. »Ich habe Ihnen doch gesagt, Sie sollen stillhalten.«

»Ich wollte es mir bloß ansehen«, sagte sie zum zweiten Mal. »Es ist schon recht gut verheilt.«

»Drenier können ziemlich unangenehme Sachen übertragen«, sagte er.

»Ja, und dieser war besonders ...« Sie runzelte die Stirn und richtete sich noch ein wenig höher auf. »Ich habe Ihnen nicht gesagt, dass es ein Drenier war, der diese Wunde verursacht hat.«

»In Anbetracht Ihres Berufs hatte ich es angenommen.« Er wandte rasch den Blick ab, und sie hatte das Gefühl, dass er etwas vor ihr verbarg, doch dann sah er ihr fest in die Augen. »Legen Sie sich bitte wieder hin, damit ich weitermachen kann.«

Als sie gehorchte, hob er fragend eine Braue. »Was, keine Widerworte?«

Müdigkeit überschwemmte sie. »Nein«, sagte sie und schloss die Augen.

Antoinette öffnete sie gerade rechtzeitig, um zu sehen, wie er ein Skalpell von dem Tablett nahm und sich damit in die Fingerspitze stach. Ein dunkler Blutstropfen fiel auf die Salbe, die er auf den Verband geschmiert hatte.

»Was machen Sie da?«, fragte sie entsetzt.

»Das hier wird Sie schneller heilen als jede menschliche Medizin.«

»Nein.« Sie versuchte aus dem Bett zu klettern. »Nehmen Sie das weg!«

Er packte sie am Handgelenk und zog sie zurück. »Ich habe keine Zeit für diese Spielchen«, knurrte er. Sein drohender Tonfall verursachte ihr eine Gänsehaut. Sie wand sich, doch er hielt sie eisern fest, und schließlich wurde seine Stimme wieder sanfter. »Es könnte ein bisschen brennen.« Mit zarten Fingern legte er den Verband auf ihre Wunde.

Ein heftiger, intensiver Schmerz setzte alle ihre Nervenenden in Flammen. Sie holte tief Luft und zog eine Grimasse. »Ich dachte, ich sollte mich danach besser fühlen.«

»Warten Sie ein wenig ab«, murmelte er und fixierte den Verband mit einigen Pflastern.

Feuer explodierte in ihrer Seite, und ihr Blick verschwamm vor Schmerz, doch allmählich wurde der versengende Schmerz zu einem stilleren Brennen und schließlich zu prickelnder Wärme.

»Ich werde Ihnen zusätzlich ein Schmerzmittel verabreichen.« Er nahm eine Spritze in die Hand und zog eine klare Flüssigkeit aus einer Ampulle auf.

Sie unterdrückte das instinktive Aufbranden von Misstrauen und streckte den Arm aus.

Er schüttelte den Kopf und grinste schelmisch. »Rollen Sie sich auf den Bauch.«

»Sie scherzen wohl.«

»Nein.«

»Der Arm ist doch bestimmt genauso gut wie jede andere Stelle.« Hoffnungsvoll streckte sie ihn wieder aus.

Abermals schüttelte er den Kopf.

Mist. Sie ächzte, rollte sich vorsichtig auf die Seite und hielt den Atem an. Er zog den Bund ihres Höschens herunter, und sie schluckte nervös. Seine Berührung verursachte ihr ein Prickeln am Steiß. Sie hörte, wie er die Spritze ausprobierte, und roch den scharfen Duft von Alkohol, bevor sie die kalte Berührung der feuchten Watte und danach die Nadelspitze spürte.

»Das habe ich nicht gebraucht«, log sie. Die Kopfschmerzen pochten noch immer heftig hinter ihren Augen, auch wenn ihre Seite nicht mehr in Flammen stand.

»Sie können sich jetzt wieder anziehen.« Christians Stimme hatte ein seltsam raues Timbre.

Antoinette drehte sich um und sah den kaum verborgenen Hunger in seinem Blick, der an ihrem Körper heruntergliitt und ihre eigene Hitze aufs Neue entfachte. Er begehrte sie; das war eindeutig.

Die Frau in ihr verspürte eine gewisse Genugtuung, und die Venatorin in ihr erkannte etwas, das sie in der Zukunft für sich ausnutzen konnte. Antoinette schwang die Beine aus dem Bett und stand etwas zu schnell auf, was sie sofort schwindlig machte. Sie taumelte vorwärts, und ihre Füße verfingen sich in dem abgelegten Kleid auf dem Boden. Sie ruderte mit den Armen und versuchte verzweifelt, auf den Beinen zu bleiben, was ihr aber nicht gelang. Sie fiel geradewegs in seinen Schoß. Gerade als sie sich wieder im Griff hatte, traf sie ein Blitz aus glühendem Verlangen, der sie umgeworfen hätte, wenn sie nicht schon gesessen hätte. Und dann tat sie etwas, das sie sich niemals hätte vorstellen können. Sie küsste ihn.

Zuerst blieb er ganz steif. Sie hatte ihn vollkommen überrascht – aber nicht mehr als sich selbst. Seine Lippen waren überraschend weich und fest unter den ihren. Dann reagierte er – *wow, Baby* – und ihre Nervenenden entzündeten sich, als würde Weihnachten mit dem vierten Juli zusammenfallen.

Es war fast ein Jahr her, seit sie zum letzten Mal mit einem Mann zusammen gewesen war, aber Sex hatte nie eine große Bedeutung für sie gehabt. Doch das hier war etwas ganz anderes. Ihr Körper reagierte wie trockenes Land auf den Regen, der einer langen Dürre folgte. Sie saugte Christians Hitze auf und wollte mehr. Er murmelte ihr etwas ins Ohr, das ihr von Lust benebelter Geist nicht verstehen konnte.

»Was?«, fragte sie benommen.

»Mein Blut ... ein Aphrodisiakum«, sagte er zwischen den Küssen.

Ihr umwölkter Verstand konnte oder wollte die Bedeutung seiner Worte nicht verstehen. Sie zog seinen Kopf wieder zu ihrem herab, damit er nicht mehr sprechen konnte. Antoinette war inzwischen alles egal. Er war ein Mann, sie war eine erregte Frau – was konnte da ein bisschen Spaß schaden? Sie wand sich in seinen Armen, schwang die Beine über seinen Schoß und setzte sich rittlings auf ihn.

Er drückte sie an den Schultern von sich. »Antoinette, ich kann mich bald nicht mehr beherrschen, wenn du so weitermachst. Ich habe keine Kontrolle mehr über mich, wenn der Blutbann über mich kommt.« Sein Atem fuhr an ihrer Haut entlang und brannte genauso wie sein Körper.

Zur Antwort beugte sie sich vor und kniff mit den Zähnen die Haut über seiner Halsschlagader. Ein tiefes, kehliges Schnurren mit einem bedrohlichen Unterton brummte unter ihrer Hand, die sie ihm auf die Brust gelegt hatte.

Es stachelte ihre Erregung noch mehr an, und sie knabberte wieder an seinem Hals. Diesmal stieß Christian ein Knurren aus, schob ihr die Riemen des BH über die Schultern und griff hinter sie, wo er mit einer geschickten Hand den Verschluss löste. Sie seufzte laut, als das spitzenbesetzte Hemmnis von ihr abfiel und kühle Luft auf ihre heißen, schweren Brüste traf. Ihre Nippel richteten sich unter seinem eindringlichen Starren auf, und ein warmes Prickeln breitete sich an unsichtbaren Linien bis zum Scheitelpunkt zwischen ihren Schenkeln aus.

»O Gott«, flüsterte Christian. Er beugte sich vor und nahm eine harte Brustwarze zwischen die Lippen.

Antoinette warf den Kopf zurück und stöhnte. Feuerwerke explodierten hinter ihren Augen. So etwas hatte sie noch nie erlebt. Was immer er mit ihr machte, sie wollte nicht, dass er damit aufhörte. Sie schaukelte auf seinem Schoß hin und her, befand sich im Einklang mit seinem kräftigen Saugen an ihrem empfindlichen, geschwollenen Fleisch. Als er ihren Nippel losließ, entfuhr ihr ein lautes Schluchzen. Er schlang die Arme um sie und machte sie bewegungsunfähig, während er den anderen Nippel in den Mund nahm. Noch nie hatte sich etwas so gut angefühlt. Der Orgasmus schien bei ihren Zehen zu beginnen und schoss wie eine Rakete durch ihren ganzen Körper. So etwas hatte sie noch nie …

»O mein Gott! Ahhhh!«

8 BLUTLUST

Christian saugte weiter, als sie auf ihm erbebte. Ihre glasigen Augen und das unerwartete Erstaunen in ihrem Gesicht hätten beinahe dazu geführt, dass auch er kam, aber aufgrund der Enge in seiner Jeans konnte er sich zurückhalten. Ein Orgasmus war nur der Anfang für jemanden, der sich im Blutbann befand. Das Blut, das er zu ihrer Heilung benutzt hatte, war durch die Wunde in ihren Kreislauf eingedrungen und hatte diesen Bann ausgelöst.

Er hätte auf ihre Reaktion vorbereitet sein müssen, aber eine solche Intensität hatte er nicht erwartet. Wenn er nicht gewusst hätte, dass sie eine Petrescu war – die Krone der Venatoren –, dann hätte er geschworen, dass sie Verborgenenblut in sich hatte. Die Verborgenen waren weitaus empfänglicher für die Auswirkungen des Aeternus-Blutes als gewöhnliche Menschen.

Seine Lust stieg, wollte befriedigt werden und schoss über den Punkt hinaus, an dem er sie noch beherrschen konnte. Antoinette drückte ihn nach hinten, sodass sein Rücken gegen die Wand hinter dem Stuhl gepresst wurde. Dann zerrte sie ihm das Hemd über den Kopf, doch als sie nach dem Reißverschluss seiner Jeans griff, packte er ihre Handgelenke. Sie stieß ein frustriertes Jammern aus. Er erstickte den Laut mit seinen Lippen, und sie legte ihm die Arme um den Hals. Christian stand auf, während sie noch an ihm hing. Nachdem er sich aus ihrer Umarmung befreit hatte, warf er sie aufs Bett, wo sie sofort herumwirbelte, die Zähne bleckte und ihn anstarrte. Offenbar fühlte sie sich besser; die Wunde war schon etwas blasser geworden. Ihrem Blick nach zu urteilen, würde es nicht sanft werden – keineswegs.

Antoinette sprang auf der anderen Seite vom Bett herunter. Ihre Brüste hoben und senkten sich mit jedem kurzen, keuchenden Atemzug, während sie ihn weiterhin ansah, ihn anlockte und mit sinnlichen Blicken aufforderte. Sie knabberte mit den Zähnen an ihrer Unterlippe, und ein kleiner, purpurfarbener Blutstropfen quoll aus ihrem Mundwinkel. Er starrte die anschwellende Blutperle an und zitterte vor Verlangen, sie zu kosten.

Christian knurrte, und seine Fangzähne fuhren zu ihrer ganzen köstlichen Länge aus. Es gab zwei Arten, das hungrige Tier in ihm zu füttern – Blut und Sex. Und jetzt verlangte es nach dem zweiten.

Er kauerte sich nieder, sprang auf, flog über das Bett. Die Macht des Aufpralls schleuderte sie beide ins Badezimmer. Sein Blutbann überwand den letzten Rest an Beherrschung, den er noch gehabt hatte, und die einzige Möglichkeit, damit aufzuhören, war die vollständige Befriedigung. Seine … und ihre.

Antoinette befand sich so gänzlich in den Fängen des Blutbanns, dass sie keine Anzeichen von Furcht zeigte. Stattdessen schlug sie Christian die Nägel in die Schulter. Er hieß den Schmerz willkommen, fing den roten Tropfen an ihrem Mundwinkel auf, und ihre Lippen teilten sich in Erwartung eines Kusses. Doch stattdessen drehte er sie zum Spiegel um. Von hinten umgriff er ihre Brüste, drückte seine Erektion gegen ihren Hintern und beobachtete ihr Gesicht im Spiegel, während er die frechen Nippel liebkoste. Sie seufzte, und ihre Wimpern fuhren über die Wangen, als sie die Lider schloss und den Kopf zurück gegen seine Schulter lehnte.

»Mach die Augen auf, Antoinette«, flüsterte er ihr ins Ohr. »Du sollst alles sehen, was ich mit dir anstelle.«

Sie riss die Augen auf; sie waren wolkig grün vor Erregung. Mit einer Hand fuhr er über ihren Bauch und weiter hinab.

O Gott! Antoinettes Körper schrie vor Verlangen nach mehr. Sie sah sich im Spiegel, und sein Gesicht schwebte über ihrer linken Schulter. Es lag etwas Animalisches in seiner Miene. Seine eine Hand ruhte mit gespreizten Fingern knapp unterhalb ihres Nabels, während die andere zermürbend nahe an ihren Brüsten herumstrich.

Plötzlich riss er den Verband über ihrer Wunde ab. Das Pflaster zupfte an ihrer Haut, und der plötzliche Schmerz war so erotisch, dass ihr die Beine zitterten. Sie wartete auf die weiteren Schmerzen, aber die Wunde war bereits verheilt, und nur zwei gekräuselte rosige Narben waren übrig geblieben. Als er mit der Spitze seines Zeigefingers darüberfuhr, bekam sie eine Gänsehaut.

Christians Atem strich an ihrem Ohr vorbei und war noch sengender als die Hitze, die sie in ihrem Inneren spürte. Er strich an der Unterseite ihrer Brust entlang und bewegte die Finger in konzentrischen Kreisen. Er kam ihrem Nippel nahe, erreichte ihn aber nie. Erst als sie glaubte, verrückt werden zu müssen, drückte er die Warze hart. Das Gefühl war so intensiv, dass es ihr beinahe wieder gekommen wäre. Ihre Hüften zuckten, ihre Knie gaben nach. Aber Christian packte sie um die Taille und hielt sie aufrecht.

Als ihre Beine nicht mehr zitterten, fuhren seine Hände langsam südwärts zum Rand ihres Höschens. Ihr stockte der Atem, als er an dem elastischen Band zupfte und seine gebändigte Erektion gegen ihren Hintern drückte. Sie spreizte die Beine, und Christians Finger verschwanden unter der Spitze und glitten in sie hinein. Antoinette fiel nach vorn, stützte sich mit den Händen auf dem Waschbecken ab, und das Haar fiel ihr vor das Gesicht und verdeckte ihr den Blick. Bei jeder wahnsinnig machenden Berührung zuckten und zitterten ihre Beine. Er zog die Hand zurück, ergriff ihre Haare und schob sie beiseite, als wollte er ihr Gesicht sehen, wenn er sie zum Wahnsinn trieb ... und darüber hinaus.

Christian nahm auch die andere Hand von ihren Schenkeln und streichelte über ihren Hintern. Sein Körper zitterte hinter ihr. Er hatte die Augen fast geschlossen, als sie zu seinem Spiegelbild aufsah. Er atmete heftig durch den Mund und zeigte seine langen, glitzernden Fangzähne. Seine Lider waren wie Schlitze; Hitze und Gefahr strahlten aus den dunkelblauen Tiefen.

Ein animalisches Knurren dröhnte in seiner Brust, als sie aufrecht zu stehen versuchte. Er drückte sie nach vorn, bis sie mit den Ellbogen auf dem Waschtisch lag. In dieser Stellung hielt er sie, während er den Reißverschluss seiner Jeans aufzog.

»Bitte ...«, krächzte sie. Ihr Verlangen, ihn in sich zu spüren, war fast unerträglich geworden. »Beeil dich!«

Mit einer geschmeidigen Bewegung schob er ihr das Höschen über die Hüfte, und sie trat es weg. Sie stellte die Beine weiter auseinander, damit er besser in sie eindringen konnte, aber er bewegte sich nicht. Mit einem enttäuschen Ächzen bog sie den Rücken durch und schob den Hintern gegen seinen heißen Schaft. Er knurrte noch einmal, hielt sie mit der einen Hand fest und fuhr in sie hinein. Sie warf den Kopf zurück. Ein Schrei entfuhr ihrer Kehle, als er sie so köstlich ausfüllte.

Sie war hilflos. Er hielt ihre Haare noch immer mit der einen Hand fest, und mit der anderen liebkoste er die empfindliche Haut am Ende ihres Rückgrats. Er zog sich fast ganz aus ihr zurück und stieß dann wieder mit genauso köstlicher Heftigkeit zu wie beim ersten Mal. Sie schrie erneut auf. Ihre Blicke bohrten sich im Spiegel ineinander, während er immer wieder zustieß und langsam den Rhythmus beschleunigte. Christian ließ ihre Haare los und packte nun ihre Hüften mit beiden Händen. Bei jedem Stoß zog er sie an sich heran. Zum ersten Mal in ihrem Leben war es ihr egal, dass sie nicht die Kontrolle hatte.

Der Druck staute sich in ihr auf, als sein Schaft immer wieder in sie rammte und die köstliche Stelle ganz vorn traf, die explosive Empfindungen bis in die Gebärmutter ausstrahlte. Er nahm sie so hart und schnell, dass sie auf den Wellen der Lust ritt. Plötzlich erreichte sie den Scheitelpunkt und fiel kopfüber in unbeschreibliche Wellen der Ekstase. Kurz danach erbebte Christian hinter ihr, und sein ganzes Gewicht fiel nach vorn auf ihren Rücken.

In dem Augenblick, in dem es ihm kam, schüttelte sich Antoinette aus dem traumgleichen Zustand, in dem sie sich die ganze Zeit befunden hatte. Der Bann war gebrochen und erfüllt. Während des ganzen Akts hatte sie an nichts anderes als an Sex gedacht. Nichts anderes war von Bedeutung gewesen – auch nicht die Frage nach dem Warum. Die Leidenschaft hatte ihrem Spiegelbild eine feurige Röte auf Wangen und Brust gemalt, während ihr Haar genauso durcheinander war wie ihre Gedanken.

Christian zog seine Jeans hoch. Der animalische Glanz in seinen Augen wurde nun wieder durch das übliche Blau ersetzt. Als er den Hosenschlitz schloss, ließ sie den Blick über seinen haarlosen muskulösen Bauch und das natürliche V seiner Hüfte wandern, das bis hinunter zum …

Antoinette schüttelte den letzten Rest des Banns ab,

schob Christian aus dem Badezimmer, warf die Tür zu und verschloss sie zu seiner großen Verwunderung. Dann stellte sie sich vor den Spiegel, obwohl sie ihren Anblick kaum ertragen konnte.

Wie hatte sie mit … mit dem Feind schlafen können? Nein, sie hatte nicht mit ihm geschlafen, sie hatte sich von ihm ficken lassen. Er hatte dieses Gift in ihr Blut geträufelt. Es war seine Schuld.

Sex war eine Art von Befreiung, mehr nicht. Antoinette achtete immer darauf, sich Partner auszusuchen, die danach nichts mehr von ihr wollten. Ihre gesichtslosen Körper waren bloß Mittel zum Zweck. Sie hatte kein Verlangen nach der Art von Kopfschmerzen, die für gewöhnlich mit festen Beziehungen einhergingen. Manchmal war es nötig, nach der Jagd die aufgestaute Spannung abzubauen, aber sie behielt immer die völlige Kontrolle – sowohl über ihren eigenen Orgasmus als auch über den ihres Partners.

Doch diesmal war es anders gewesen. Sie hatte mehr als nur die gewöhnliche oberflächliche Anziehung gespürt. Obwohl der Blutbann ihr Verlangen angestachelt hatte, wusste sie, dass sie auch dann Christian genommen hätte, wenn sich andere Männer – sogar menschliche – im Raum befunden hätten.

◂▸

Alarmglocken läuteten in Christians Kopf. Was soeben geschehen war, war einfach zu intensiv gewesen. Für gewöhnlich hatte er sogar mitten in einem Blutbann mehr Kontrolle über sich. Und eigentlich ließ er sich nie mit Menschen ein, denn das brachte nur Schmerzen. Die letzte Frau, mit der er eine mehr als beiläufige Beziehung eingegangen war, hatte ihn betrogen und für Jahrzehnte als leere, hohle Hülle zurückgelassen.

Er schüttelte sich die schlechten Erinnerungen aus dem Kopf und klopfte leise an die Badezimmertür.

»Ja?«, antwortete Antoinette von der anderen Seite.

»Ich wollte nur nachprüfen, ob es dir gut geht«, sagte er.

»Es geht mir sehr gut.« Ihre Stimme klang fest und scharf.

»Bist du sicher? Ich wollte bloß ...«

»Ich sagte, es geht mir sehr gut«, sagte sie gereizt.

»Prima«, zischte er; eine bessere Antwort fiel ihm nicht ein.

Dann ging er zur anderen Tür und hätte sie beinahe aus dem Rahmen gerissen, als er sie aufzerrte und hinter sich wieder zuwarf.

Er spürte Viktors und Sergeis Blicke auf sich ruhen, als er zur Bar ging. Wie gut, dass die Kabinen schallgedämpft waren. Er goss sich einen großen Scotch ein und kippte ihn in einem Zug hinunter. Alkohol war das Einzige aus den Tagen vor seiner Erweckung, das er noch genießen konnte, auch wenn er sehr viel davon brauchte, um eine Wirkung zu spüren.

»Ihre Nichte ist eine der schwierigsten Frauen, die mir je begegnet sind«, sagte er zu Sergei, während er sich nachschenkte.

»Sie kann ganz schön problematisch sein.« Sergei schüttelte den Kopf und kicherte, doch dann wurde sein Gesicht steinern. »Aber sie ist auch die Beste, die ich je ausgebildet habe, besser sogar als ihr Vater. Sie hat einen starken Willen, doch in vielerlei Hinsicht ist sie ziemlich unschuldig.«

Das würdest du nicht sagen, wenn du gesehen hättest, was sich gerade im Nachbarraum abgespielt hat.

Wussten sie es? Es war schwierig, Sergeis Miene zu deuten, und deshalb wandte Christian seine Aufmerksamkeit Viktor zu, der fragend eine Braue hob. Plötzlich zerbrach das Scotch-Glas in seiner Hand.

»Mist!«, sagte er, als sich ihm ein großer Splitter in die Handfläche bohrte. Der heftige Schmerz war beinahe eine Erleichterung.

Er zog das Glas heraus, dunkles Blut sprudelte aus der Wunde hervor. Mary eilte mit einigen Handtüchern aus der Bordküche herbei. Er ergriff eines und wischte sich die Hand ab. Sofort schloss sich der Schnitt wieder. Nach wenigen Sekunden würde nicht einmal mehr eine Narbe zu sehen sein.

»Antoinette hat noch nie mit einem Aeternus zusammengearbeitet. Sie wird etwas Zeit brauchen«, sagte Sergei.

Christian versuchte die seltsamen Blicke zu ignorieren, die Viktor ihm schenkte, als er sich ein weiteres Glas Scotch eingoss.

»Was ist?«, knurrte er schließlich, als er es nicht mehr ertragen konnte.

»Nichts«, sagte Viktor. »Gar nichts.« Aber seine Blicke sagten etwas anderes, während sie zwischen der Tür und Christian hin- und herschweiften.

Er wusste es. *Verdammt.* Christian wurde noch gereizter, während er den Scotch hinunterkippte und sich ein weiteres Glas genehmigte. Konnte dieser Tag noch schlimmer werden? Er roch ihren Duft überall an sich, und in seinen Lenden zuckte es. Viktor hatte es sicherlich auch längst gerochen. Christian spürte Antoinette noch immer in seinen Armen; er spürte ihre weiche Haut unter seinen Händen und die seidige Berührung ihrer Haare, als sie durch seine Finger geglitten waren.

Er bekam wieder eine Erektion und ertränkte seine Gedanken in einem weiteren Glas. Nun wurde die Tür geöffnet. Antoinette trat leise ein – ein scharfer Kontrast zu ihrem vorherigen Auftritt. Ihre Wangen waren gerötet, aber sie weigerte sich, ihn oder einen der beiden anderen Männer anzusehen.

»Fühlst du dich jetzt besser?«, fragte Sergei.

Sie nickte langsam, ging an ihm vorbei und ließ sich am anderen Ende des Sofas neben dem Fenster nieder, durch das sie in die Tintenschwärze hinausschaute.

Cerberus sprang auf die Couch, legte sich neben sie und bettete seinen Kopf in ihren Schoß. Christian warf Viktor einen anklagenden Blick zu, aber die Miene seines Freunds überraschte ihn.

»Alles in Ordnung?«, fragte Christian.

Keine Antwort.

»Antoinette?«

Noch immer gab sie keine Antwort, sondern starrte weiterhin aus dem Fenster. Als er sie sanft an der Schulter berührte, zuckte sie zusammen, und Cerberus, der ihre Überraschung bemerkt hatte, hob den Kopf und knurrte leise.

Antoinette lächelte und streichelte das Fell des Hunds, während sie Christian ansah und dabei flüsterte: »Guter Junge … guter Junge.«

Das Feuer in ihren Augen loderte wieder.

◂▸

Als die Limousine vor Christians Haus in Manhattan hielt, färbte sich der tintenschwarze Himmel allmählich blau und deutete so auf die herannahende Morgendämmerung hin. Sein wie immer höchst effizienter Butler Kavindish wartete bereits vor der offenen Tür. Noch immer war Christian nicht klar, ob der Butler einen sechsten Sinn oder einfach nur ein untrügliches Gefühl für das richtige Timing hatte.

Christian stieg aus dem Wagen und schaute an der

Fassade seines Sandsteinhauses empor. Es war gut, wieder zu Hause zu sein.

»Guten Morgen, Sir.« Kavindish trat vor und nahm Christian den Mantel ab. »Ich hoffe, Sie hatten eine angenehme Reise?«

»Eine interessante Reise, Kavindish, eine sehr interessante Reise.« Christian zog seine Handschuhe aus und gab sie dem Butler. »Viktor wird für eine Weile bei uns bleiben.«

»Das hatte ich bereits vermutet, Sir. Mr. Dushics Zimmer ist schon vorbereitet.« Kavindish verbeugte sich.

»Danke, Kavindish«, sagte Christian.

»Sie haben noch einen weiteren Gast, Sir.«

Christian runzelte die Stirn. Außer Viktor gab es nur eine einzige andere Person, der Kavindish den Zutritt zu seinem Haus gestatten würde. Christian seufzte und kratzte sich am Hinterkopf. Alles, was er jetzt wollte, war eine Dusche und ein wenig Ruhe. »Wo ist sie?«

»Im Wohnzimmer, Sir.« Kavindish schnippte mit den Fingern, und Susan, das Dienstmädchen, erschien.

Als sie sich bückte und Christians Tasche an sich nahm, schaute Susan zu ihm auf. »Willkommen daheim, Boss.«

»Susan!«, sagte Kavindish. Missbilligung lag in seiner Stimme.

Sie richtete sich auf. »Verzeihung. Willkommen daheim, Sir.« Während sie sich umdrehte, zwinkerte sie Christian frech zu, und er versteckte sein Grinsen, indem er rasch auf das Wohnzimmer zuging. Weibliches Lachen ertönte hinter der geschlossenen Tür.

Mist! Was wollte sie denn jetzt schon wieder? Er schloss die Augen, während seine Hand über der Klinke schwebte. Mit einem schweren Seufzer warf er die Tür auf und sah die wunderschöne Frau mit den rabenschwarzen Haaren auf seinem Sofa zwischen zwei halb nackten blonden Muskelmännern sitzen.

»Lilijana«, sagte er.

Sie lächelte ihn aus dem Gewirr von Armen und Beinen freundlich an. »Christian, Liebling«, sagte sie und machte sich aus der Dreier-Umarmung frei.

Pflichtschuldig küsste er sie auf die dargebotene Wange. »Was willst du?«, fragte er. Er war nicht in der Stimmung für die üblichen Spielchen.

»Sieh doch nicht so verärgert drein, Schatz. Braucht eine Mutter einen Grund, um ihren Sohn zu besuchen?«, fragte sie und streckte die Unterlippe vor.

»Warum bist du hier, Lilijana?«, fragte er und versuchte sich zu beherrschen.

»Weil ich den Ball besuchen will, warum sonst?«

»Und warum benutzt du dazu nicht dein Penthouse?«

»Weil es gerade umdekoriert wird, Liebling.« Sie senkte die langen Wimpern über ihre blauen Augen. »Du würdest doch wohl nicht deine eigene Mutter so kurz vor der Morgendämmerung auf die Straße setzen, oder?«

»Natürlich nicht.« Christian fuhr sich mit der Hand durch die Haare.

»Sehr schön, Lili.« Viktor hatte sich auf das Sofa zwischen Lilijanas Gespielen gesetzt. »Wo hast du denn diese prachtvollen Exemplare gefunden?«

»Ich habe sie schon eine Weile, Viktor.« Sie kniff die Augen zusammen und wandte sich wieder an Christian. »Was habt ihr Jungs in der letzten Zeit getrieben?«

»Wir haben gespielt, uns ins Nachtleben gestürzt ... du weißt schon, das Übliche«, sagte Viktor. In seinem Handgelenk zuckte es, und er ließ den männlichen Menschen rechts neben sich nicht aus den Augen.

Nun erst bemerkte Christian, dass die beiden eineiige Zwillinge waren. »Mutter, du solltest dich um deine Schoßtierchen kümmern. Viktor sieht hungrig aus.«

»Du nennst mich nur dann Mutter, wenn du wirklich

wütend auf mich bist.« Sie verschränkte die Arme unter den Brüsten und zog eine Schnute.

Abermals fuhr er sich mit der Hand durch das Haar und ließ sie wieder sinken, als seine Mutter über dieses verräterische Zeichen seiner Frustration lächelte. Verdammt, warum tat sie ihm das an? »Es ist eine lange Reise gewesen, und das Tageslicht ist nahe. Ich will nur ins Bett.«

»Prima. Tu das, mein Liebling. Ich unterhalte mich derweil mit Viktor.« Sie warf einen Blick auf das Sofa. Gerade fuhr er mit dem Finger über die Lippen des Zwillings zu seiner Linken, während der rechte Viktors Schenkel streichelte.

Christian warf ihm einen warnenden Blick zu, denn er kannte Lilijana nur allzu gut. Viktor grinste zurück und zwinkerte ihm zu. Er war kein Narr.

»Oh, da ist noch etwas«, sagte Lilijana. »Viktor, deine Schwester ist auch hier.«

Christian war bereits zur Tür gegangen, doch jetzt blieb er stehen. Sein Herz tat einen Sprung.

»Ich kümmere mich später um Leri«, sagte Viktor, dessen Fangzähne weiß und bereit waren. »Darf ich einen haben? Bitte!«

Christian schüttelte den Kopf. Das wurde ja alles immer besser. Seine Mutter *und* seine frühere Geliebte suchten ihn gleichzeitig heim. Sie hätten keinen unpassenderen Zeitpunkt wählen können.

Er begab sich in den zweiten Stock und zu seinem Schlafzimmer. Ihr Parfum warnte ihn, noch bevor er die Tür öffnete. Er fand Viktors Schwester nackt auf seinem Bett vor.

Sie lächelte und streckte sich verführerisch. »Hallo, Christian. Ich hatte dich früher erwartet.«

»Jetzt ist keine gute Zeit dafür, Valerica.«

»Ach komm, Christian.« Sie leckte mit der Zunge zuerst über ihren Zeigefinger und dann über die Unterlippe.

Für diese Nacht hatte er genug von den Frauen und ihren verdammten Spielen. »Ich meine es ernst. Ich will nur duschen und dann schlafen«, knurrte er. Inzwischen war er mit seiner Geduld am Ende.

»Ich kann dir den Rücken schrubben.« Valerica setzte sich auf und lächelte.

Er ging zur Seite des Betts und bückte sich so tief, dass sich ihre Nasen beinahe berührten. Triumph zeichnete sich auf Valericas Gesichtszügen ab, und sie beugte sich zum Kuss vor. Doch Christian hob nur ihre abgestreifte Robe vom Boden auf, machte einen Schritt zurück und warf ihr das Kleidungsstück zu.

Sie riss die Augen auf.

»Ich habe dir doch gesagt, dass ich nicht in der Stimmung bin.«

Ihre bernsteinfarbenen Augen – sie hatten die gleiche Farbe wie die von Viktor – verengten sich wieder. »Also gut.« Sie zog sich das Negligé an, kletterte aus dem Bett und kam auf ihn zu. »Wenn du es dir doch noch anders überlegen solltest, weißt du ja, wo du mich finden kannst.«

Er betrachtete ihre gertenschlanke Figur unter der offen stehenden Spitzenrobe. Früher hätte er ihre Einladung angenommen, aber heute Nacht gelüstete es ihn nach athletischen Rundungen; er wollte, dass die Brüste in seinen Händen überquollen, er wollte langes, platinfarbenes Haar …

Sein Glied schwoll in der Jeans an. Valerica grinste, machte noch einen Schritt auf ihn zu, und ein seidiger Vorhang aus braunem Haar fiel ihm auf den Arm, während sie an seinem Schoß rieb.

Grob packte er ihr Handgelenk. »Geh und leih dir eins

von Lilijanas Spielzeugen aus, Valerica. Ich bin sicher, sie kann einen entbehren, falls dein Bruder sie nicht schon beide erschöpft hat.« Er machte einen Schritt zurück und drehte ihr den Rücken zu.

Die Wand erzitterte unter der Heftigkeit, mit der er die Tür hinter sich zuschlug.

Er zog die Hose aus und ging hinüber zum Badezimmer. *Jetzt eine Dusche.*

Christian trocknete sich gerade ab, als Kavindishs vertrautes Klopfen an seiner Tür ertönte.

»Herein.«

Der Butler betrat das Zimmer und trug ein Glas mit purpurroter Flüssigkeit auf einem Tablett. »Ich dachte mir, Sie könnten vor dem Schlafengehen eine kleine Mahlzeit vertragen, Sir. Sie sahen ein wenig blass aus.«

»Danke, Kavindish.« Christian nahm das Glas und trank einen großen Schluck. »Sind meine anderen Gäste zu Bett gegangen?«

»Ja, Sir.«

»Gut. Weck mich zur gewohnten Zeit. Ich werde heute Abend früh aufbrechen.« Er würde alles tun, um seinen Gästen aus dem Weg zu gehen.

9 DIE ARENA DER HELDEN UND NARREN

Es war zehn Jahre her, seit Antoinette zuletzt die geheiligten Hallen der Akademie für Paramenschliche Studien auf dem New Yorker Campus betreten hatte. Als Wunderkind hatte Antoinette Angebote von mehreren spezialisierten Colleges im In- und Ausland erhalten, aber sie hatte New York gewählt, weil es hier die besten Trainingsmöglichkeiten für Venatoren gab, und sie hatte gehört, dass sie in letzter Zeit sogar noch besser geworden waren.

Sergeis Stock klapperte über den Marmorboden; die Geräusche hallten von den hohen, stuckverzierten Decken des leeren Korridors wider. Plötzlich übertönte eine Glocke alle anderen Laute, und die Gänge füllten sich sofort mit dem Lärm junger Menschen aller Altersstufen, Rassen und Hautfarben.

»Sergei …«, rief eine alte Stimme durch den Aufruhr.

»Rudolf! Sie leben also noch?«, antwortete Sergei Antoinettes früherem Lehrer.

Rudolf war schon alt gewesen, als sie ihm zum ersten Mal begegnet war, und in der ganzen Zeit hatte er sich überhaupt nicht verändert. Sergei hatte ihr gesagt, der alte Mann sehe noch genauso aus wie damals, als er und Grigore unter ihm gelernt hatten – bevor sich der Unfall ereignet hatte, seit dem Sergei humpelte.

»Lehrer«, sagte sie und verneigte sich formell vor ihm.

Der runzlige Mann lächelte und streckte die Arme aus. »Nicht dieses Wort – Sie haben es nie benutzt, als Sie noch Studentin waren, warum also wollen Sie jetzt damit anfangen? Schenken Sie mir lieber eine Umarmung.«

Sie erwiderte sein Lächeln und schlang die Arme um ihn. Er fühlte sich zerbrechlich an, wie dünnes Papier, das über Knochen gespannt war, aber sie wusste, wie schnell und stark er in Wirklichkeit war. Zu Antoinettes Zeiten war er einer ihrer wenigen Freunde gewesen – und der einzige Grund, warum sie ihre Ausbildung bis zum Ende durchgestanden hatte.

Er hielt sie auf Armeslänge vor sich. »Sie sehen gut aus, und den Berichten zufolge leisten Sie sehr gute Arbeit.«

»Und Sie sehen ...« Sie trat ein wenig zurück.

»... älter aus«, kicherte er.

»Nein«, sagte Antoinette, »eigentlich haben Sie sich nicht verändert. Sind Sie sicher, dass Sie nicht zum Teil paramenschlich sind?«

»Nicht dass ich wüsste, aber ich war ein Waisenkind.« Er klopfte ihr sanft mit seinem Spazierstock auf den Arm.

»Also ... Sergei Petrescu! Was für eine große Freude, Sie hier zu sehen«, sagte eine tiefe Stimme hinter ihnen.

Sergei drehte sich um und betrachtete den großen Mann, der sich näherte. Er schien Ende dreißig oder Anfang vierzig zu sein und war mit seinem hellbraunen Haar und den klar geschnittenen Gesichtszügen ziemlich attraktiv.

»Lucian!«, sagte Sergei mit hallender Stimme. »Lucian Moretti.«

Auf dem Gesicht des Mannes zeigte sich ein freundliches Grinsen. Die dunklen, klugen Augen schienen in dem kantigen Gesicht zu tanzen, und die Mundwinkel zogen sich bis zu der fast zu großen Nase hoch.

»Lucian«, sagte Rudolf, »das hier ist Antoinette, Sergeis Nichte und eine ehemalige Studentin dieser Akademie.«

»Es ist mir ein Vergnügen.« Er hob ihre Hand an die Lippen und berührte ihre Haut mit einem federleichten, kaum merklichen Kuss. Es war eine altmodische Geste, die sie für gewöhnlich nicht mochte, aber diesmal schmeichelte sie ihr.

Dann ergriff er Sergeis Hand mit beiden Händen. »Sergei! Es ist gut, Sie wiederzusehen.«

»Das kann ich nur zurückgeben, Lucian.«

»Wie geht es der Schule?«

»Sehr gut, danke. Wir haben jetzt über dreihundert Studenten in sieben Jahrgängen, und einige sind schon so vielversprechend, dass sie in ein paar Jahren herkommen werden.«

Sergei grinste und wandte sich Antoinette zu. »Lucian hat eine Weile unter deinem Onkel Nic in Paris gearbeitet.«

Lucians Lächeln verblasste. »Es hat mir sehr leidgetan, als ich von Nics Tod erfahren habe. Er war ein guter Mann und hat mir so vieles beigebracht.«

»Danke.« Trauer zeigte sich in Sergeis Blick.

»Sie unterrichten also hier?«, fragte Antoinette, weil sie ein weniger schmerzliches Thema anschneiden wollte.

»Eigentlich nicht. Ich bin aufgrund eines Forschungsstipendiums hier. Aber ich gehöre zum Verwaltungsrat der Akademie.«

Sergei lächelte und packte Lucian bei der Schulter. »Sie haben die Bücher schon immer der körperlichen Ausbildung vorgezogen.«

»Lucian, würden Sie bitte Antoinette die Veränderungen zeigen, die wir seit ihrem Weggang durchgeführt haben, während Sergei und ich ein Schwätzchen halten?«, fragte Rudolf. »Ich bin sicher, sie zieht die Gesellschaft eines Gleichaltrigen der von zwei nörgeligen alten Männern vor.«

»Von wem reden Sie?«, fragte Sergei, während er den Arm um Rudolfs Schulter legte. »Ich bin nicht alt.«

»Das hört sich nach einer großartigen Idee an.« Lucian grinste. »Es ist mir eine Ehre.«

Ohne zu zögern, ergriff sie den Arm, den er ihr hinhielt, und fühlte sich sofort wohl. Sergei und Rudolf schlichen in die entgegengesetzte Richtung davon und hatten bereits die Köpfe zusammengesteckt.

»Das wird jetzt stundenlang so weitergehen«, sagte sie, während sie den beiden alten Männern nachschaute, die sich gemeinsam auf einen Spazierstock stützten. Dann drehte sie sich wieder um und sah ihren Begleiter an. »Danke für das Kinderhüten.«

Lucian kicherte. »Machen Sie Scherze? Ich darf die berühmte Antoinette Petrescu herumführen!«

»Ich bin nicht berühmt.« Sie tat das Kompliment mit einer Handbewegung ab und schaute zur Seite, damit er ihr zufriedenes Grinsen nicht sah.

»Sie waren mit sechzehn Jahren die jüngste Venatorin, die je die Ausbildung an dieser Akademie abgeschlossen hat. Auf der Hälfte der Trophäen im Schrank steht Ihr Name. Und jeder neue Venator versucht, Ihren Rekord zu brechen.« Er beugte sich zu ihr und flüsterte: »Sie sind eine Berühmtheit, und ich werde das nutzen, um mein eigenes Ansehen aufzupolieren.«

Sie errötete, was ungewöhnlich für sie war. Sein Ansehen hingegen schien völlig in Ordnung zu sein. Die Studenten grüßten ihn freundlich mit Namen, wenn sie in den Gängen an ihm vorbeikamen, und er winkte ihnen zu.

»Wo sollen wir anfangen?«, fragte er.

»Wie wäre es mit der neuen Trainingshalle? Ich habe gehört, dass sie die fortschrittlichste der Welt ist. Ich würde sie mir gern ansehen«, sagte sie.

»Da haben Sie Glück, denn heute finden dort Übungen statt. Möchten Sie zusehen?«

»Das wäre großartig.«

»Dann hier entlang, bitte.« Er ergriff ihren linken Ellbogen und führte sie aus dem Hauptgang heraus.

Die vielen Studenten und Bücher, das Gewirr der Klassenzimmer und Übungsräume und die Vertrautheit von alldem brachten unzählige Erinnerungen zurück, von denen nicht alle gut waren. Mit ihrer ungeheuren Zielstrebigkeit war sie nicht überall beliebt gewesen.

Lucian führte sie durch die Gänge der Akademie, bis sie ein Gebiet erreichten, dass es zu Antoinettes Studienzeiten noch nicht gegeben hatte. Sie öffneten eine schwere Tür, und dahinter traf sie der Gestank eines Dreniers. In einem vergitterten Raum lief eine kleine, nervöse bucklige Gestalt umher. Sie trug eine abgetragene dunkelgraue Kapuzenjacke mit verblassten Buchstaben auf dem Rücken, von denen kaum noch einer zu lesen war. Sie drehte sich um, zischte die beiden an, bleckte ihre Fangzähne, aber die Gitterstäbe waren versilbert, und so konnte die Kreatur ihnen nicht zu nahe kommen. Als sich Antoinette abwandte, hätte sie schwören können, dass der Drenier ihr zugeblinzelt hatte, doch vielleicht war es nur ein Zucken im Augenwinkel gewesen.

»Es ist ein wenig früh im Jahr für die Probe, oder?«, fragte Antoinette.

Lucian zuckte die Schultern, und sie gingen zur Treppe am Ende des Korridors.

Bei der Probe wurden nur echte Drenier eingesetzt; es war der letzte Ritus, den ein angehender Venator durchmachen musste. Die Probanden erhielten zwei Chancen für ihre erste Tötung – schafften sie es nicht, hatten sie für immer versagt. Vielleicht war dieser Drenier für den zweiten Versuch vorgesehen.

Die Arena war groß und hatte ungefähr den Umfang eines Eishockey-Spielfelds. Die Tribünen waren verglast; um ein gut beleuchtetes Parkett in der Mitte standen etwa ein halbes Dutzend Reihen Klappstühle. Auf halber Höhe saß eine Gruppe von Halbwüchsigen und lachte. Die jungen Leute bemerkten es nicht einmal, als Lucian Antoinette in die erste Reihe führte.

Nun konnte sie zum ersten Mal den Boden der Arena etwa zwanzig Fuß unter sich erkennen. Dort sah es aus wie in den Kulissen eines verlassenen Lagerhauses, was sie sofort an ihre letzte Begegnung mit einem Drenier erinnerte. Automatisch fuhr ihre Hand zu der Stelle, wo sie verwundet worden war. Sie konnte kaum glauben, dass die entzündeten Schnittwunden bereits ebenso gründlich verheilt waren wie ihr blaues Auge. Aber diese Gedanken führten sie in Bereiche, denen sie sich noch nicht widmen wollte. Irgendwann würde sie sich dem stellen müssen, was zwischen Christian und ihr vorgefallen war – doch nicht jetzt.

»Beeindruckt?«, fragte Lucian und riss sie damit zurück in die Gegenwart.

»Ja, sehr.«

Lucian zeigte ihr einen engen verglasten Bereich auf der anderen Seite der Arena, in dem sich eine kleine menschenförmige Gestalt bewegte. »Die Beleuchtung entspricht dem neuesten Stand der Technik, und mit den atmosphärischen Effekten, die von der Kabine dort oben aus kontrolliert werden, können wir jedes Wetter von einer nebligen Nacht bis zu Regen nachstellen, oder wir simulieren eine Jagd in geschlossenen Räumen.« Er klang wie ein Junge bei seinem ersten Baseballspiel. »Und von dort werden die Audio- und Videoübertragungen in die Galerie gesteuert.«

Antoinette bemerkte Lautsprecher und Flachbildschirme überall im Stadion. Plötzlich erschien auf den Schirmen das Bild eines Jungen mit sandfarbenem Haar, der wie ein Filmstar aussah. Er stolzierte durch das sich öffnende Tor am entgegengesetzten Ende des Felds und pfiff.

Antoinette konnte die Aufregung in der Luft beinahe schmecken.

»Es fängt an. Wir sollten uns setzen«, schlug Lucian vor.

Jubel stieg von seinen Klassenkameraden auf, aber der junge Mann schien ihn nicht zu hören. Die Fenster vor den Tribünen waren offenbar schalldicht, was sehr sinnvoll war. Der Junge schirmte die Augen ab, blickte zu den höheren Rängen empor und grinste, als er endlich bemerkte, dass seine Klassenkameraden wie verrückt auf ihn zeigten. Er machte eine übermütige Verbeugung.

»Mark ist in diesem Jahr der beste Student in der nekrodrenischen Venator-Klasse und wurde an der Schule Ihres Onkels ausgebildet«, sagte Lucian.

Natürlich! Dort hatte sie ihn gesehen – vor zwei Jahren. Damals war er ein rotzfrecher kleiner Mistkerl gewesen.

»Das ist für ihn die erste Übung dieser Art.« Lucian zwinkerte ihr zu.

Antoinette lächelte und wusste, was er damit meinte. Der junge Heißsporn würde sich bald auf dem Hosenboden wiederfinden.

Ein Summen drang aus den Lautsprechern über ihnen, und eine körperlose Stimme verkündete: »Die Übung beginnt in drei Minuten. Würde sich der Teilnehmer bitte zum festgelegten Ausgangspunkt begeben?«

Die Zuschauer verstummten, als der Junge zu seiner Position in der Mitte der Arena stolzierte und dabei jemandem auf der Galerie eine Kusshand zuwarf. Ein blondes Mädchen mit großen reifartigen Ohrringen lehnte sich nach von und erwiderte den Gruß.

Von hier oben wirkte die Szenerie wie ein Labyrinth aus hölzernen Kisten und Pappkartons. Für den Teilnehmer an der Übung aber war es schwierig, den Überblick zu behalten, während die Zuschauer wegen der Höhe und der großen Bildschirme klare Sicht hatten.

Das Übertragungsbild schwenkte von der Nahaufnahme des jugendlichen Gesichts zu einer etwas weiter entfernten Position hinter ihm. Antoinette bemerkte, dass die Kameras um das Übungsfeld herum in unterschiedlichen Höhen angebracht waren, damit das Geschehen aus vielen Blickwinkeln wiedergegeben werden konnte. Alles entsprach dem neuesten Stand der Technik.

Das Licht wurde gedämpft, als der Junge stehen blieb. Er trug Jeans und eine lederne Bomberjacke der Akademie über einem weißen T-Shirt. Eine merkwürdige Wahl. Er schien es zu bevorzugen, gut auszusehen, statt etwas Praktisches zu tragen. Der Junge drehte den Kopf hin und her, hüpfte auf und ab und schüttelte Arme und Beine aus.

Antoinette kicherte in sich hinein. Er mochte glauben, auf alles vorbereitet zu sein, aber er würde einen heftigen Dämpfer verpasst bekommen. Der Student, der in einer Klasse das größte Potenzial zeigte, war immer der Erste, der bei einer Übung den anderen zeigen musste, dass Talent nicht immer eine Garantie für Erfolg war. Die Tradition der Akademie, an den Besten und Hellsten ein Exempel zu statuieren, wurde den neuen Studenten natürlich verheimlicht.

Auch Antoinette war die Beste in ihrer Klasse gewesen. Wegen ihrer Unnahbarkeit war sie bei ihren Mitschülern nicht sehr beliebt gewesen, und das Versagen vor ihren Augen war die erniedrigendste Erfahrung, die sie je durchgemacht hatte. Aber es hatte sie gelehrt, dass sie niemals zu selbstsicher sein und nichts als gegeben hinnehmen durfte.

Einige der Bildschirme zeigten zwei verschiedene Ansichten – und auch eine Infrarotaufnahme. Eine Tür auf der anderen Seite der Arena wurde geöffnet, und eine dunkle Gestalt schlüpfte hinein. Antoinette konnte nicht erkennen, ob sie weiblich oder männlich war, denn sie trug eine Jacke mit übergezogener Kapuze, doch ihre Schnelligkeit sowie die Art, wie sie sich bewegte, machte deutlich, dass es sich nicht um einen Menschen handelte. Dann begriff sie, dass es dieselbe Kapuzenjacke mit dem verblassten Schriftzug war, die der Drenier draußen in dem Käfig getragen hatte.

Sie rückte auf ihrem Stuhl vor. Sicherlich würden sie einen unreifen Jungen nicht mit einem echten Drenier zusammensperren. Das wäre Wahnsinn. Das wäre – Mord. Sie versuchte aufzustehen, aber Lucian legte ihr die Hand auf den Unterarm.

»Hatten Sie nicht gesagt, dass es sein erstes Mal ist?«, flüsterte sie.

»Ihm wird nichts passieren.« Lucian schob sein Gesicht näher an sie heran. »Vertrauen Sie mir.«

Vertrauen. Sie vertraute nie jemandem, der nicht zu ihrer Familie gehörte, und dieser Mann war ein vollkommen Fremder für sie. Aber ... etwas in seiner Stimme und seinem Gesichtsausdruck führte dazu, dass sie sich entspannte. Sie hatte den Eindruck, ihn schon länger zu kennen als die kurze Zeit, die sie bisher miteinander verbracht hatten. Und sicherlich würde niemand es zulassen, dass der Junge so früh in seiner Ausbildung zu Schaden kam. Sie setzte sich auf ihrem Stuhl zurück, hatte aber noch immer ein seltsames Gefühl in der Magengegend.

Das Gesicht des Jungen schwebte überlebensgroß auf dem Bildschirm unmittelbar über der Arena. Sein selbstgefälliges Grinsen war deutlich zu sehen, als er sein hölzernes Übungsschwert schwang. Es war nicht einmal eine richtige Waffe, und dabei würde er sich gleich einem Drenier gegenübersehen! Als die dunkle Gestalt wenige Schritte vor dem Jungen aus dem Schatten trat, beugte sich Lucian vor. Antoinette hielt den Atem an.

Es war eine Drenierin mit der typischen Nervosität eines Abhängigen, der nach dem Todesschuss giert. Dem Jungen war das Lächeln bisher nicht vergangen; es war sogar noch dreister geworden, als er seine Kampfposition einnahm.

Die Drenierin zischte, zeigte ihre langen weißen Fangzähne, und bevor der Junge bereit war, griff sie an. Antoinette verkrampfte sich, entsetztes Keuchen drang von den anderen Studenten herüber, als die Drenierin den Jungen auf den Rücken warf. Sie hockte sich auf seine Brust, riss ihm mit einem ihrer langen, klauenartigen Fingernägel die Wange auf und leckte das Blut mit lustvollem Schnurren ab.

Das selbstgefällige Grinsen des Jungen war verschwunden und wurde durch eine Mischung aus Grauen und Ekel ersetzt. Die Drenierin lachte, sprang von ihm herunter und verschwand wieder hinter den Kartons. Offenbar wollte sie mit ihrer Beute spielen, bevor sie sie umbrachte.

Der Junge sprang auf die Beine und hob sein hölzernes Übungsschwert auf. Die Spitze zitterte ganz leicht in seinem Griff. Er berührte seine Wange mit den Fingerspitzen, senkte sie und betrachtete die Blutschlieren, während sein Gesicht blass wurde. Dann wurde es starr – ob aus Angst oder Wut, konnte Antoinette nicht sagen.

Der Junge schüttelte seine Jacke ab. Das war das erste Vernünftige, was er tat, aber da sie an seinem Handgelenk hängen blieb, war der Effekt ruiniert. Ungeduldig fuchtelte er mit dem Arm herum. Antoinette seufzte. Es wäre besser, wenn er Angst hätte, damit seine Instinkte geschärft wurden. Wut würde seinen Verstand bloß vernebeln und ihn anfällig machen für dumme Fehler.

Diesmal bewegte sich der Junge viel vorsichtiger, drehte den Kopf nach rechts und links und lauschte auf seinen versteckten Gegner. Sein Griff um das Holzschwert war fest, und er hatte die Lippen zu einer schmalen Linie zusammengekniffen. Er war zu angespannt.

Die dunkle Gestalt bewegte sich in einem Kreis hinter ihm. Antoinette wollte aufschreien und den Jungen warnen, als die Drenierin die Kisten rechts von ihm erkletterte. Er drehte sich um, und in der Nahaufnahme des Bildschirms bemerkte Antoinette, wie er die Nasenflügel blähte und den Kopf hob. Er hatte den Geruch eingefangen. Gut.

Er machte einen Schritt auf die Kisten zu, und die Drenierin warf einen leeren Sodabehälter zur anderen Seite. Er klapperte laut, und der Junge drehte den Kopf. Er schien hin- und hergerissen zu sein.

Antoinette wusste aus eigener Erfahrung, dass ihm seine Instinkte rieten, dem Geruch zu folgen. Doch er hörte nicht auf sie und wandte sich dem Laut zu. Die Drenierin sprang ihn von oben an und landete auf seinem Rücken. Ihr Kopf schnellte vor, und sie versenkte die Fangzähne in seiner Schulter. Der Junge schrie auf. Ein dunkler Fleck zeigte sich in der Leistengegend seiner Jeans, und sein weißes T-Shirt färbte sich an einer Stelle blutrot.

Die zusehende Klasse keuchte gemeinsam auf. Antoinette suchte die Arena nach Wächtern ab, die dazwischentreten würden, bevor die Drenierin ihn töten konnte, aber es schienen keine hier zu sein. Der Junge war allein. Antoinette packte die Stuhllehnen und wollte wieder aufstehen, aber Lucian hinderte sie daran.

Wieder ließ die Drenierin ihn los und verschwand. Jetzt hatte der Junge wirklich Angst. Das Übungsschwert zitterte deutlich sichtbar in seiner Hand, und seine Angst wandelte sich zu kaltem Entsetzen.

Seine Blicke schossen nach links und rechts, und nach jedem Schritt drehte er sich um. Schweiß perlte auf Oberlippe und Stirn; Blut sickerte in sein T-Shirt, und Antoinette wusste, dass er verloren war. Beim nächsten Angriff der Drenierin würde er sterben. Sie musste es verhindern.

Bevor sie eine Bewegung machen konnte, erschien die Drenierin zu seiner Rechten, entwaffnete ihn, riss ihm den Kopf nach hinten und entblößte seine Kehle. Er war so starr vor Schreck, dass er nicht einmal zu kämpfen versuchte. Antoinette befreite sich aus Lucians Griff und suchte nach einer Möglichkeit, in die Arena zu gelangen. Dann gingen die Lichter an. Die Drenierin beugte sich vor. Antoinette stemmte beide Hände gegen das Glas vor der Tribüne. Sie war hilflos.

10 EINE GELERNTE LEKTION

Die Drenierin schob ihre Kapuze zurück; die typische nekrodrenische Nervosität war plötzlich verschwunden, und sie glättete das kurze blonde Haar, während sie zu den Studenten über ihr schaute und ihnen zuwinkte. Statt dem Jungen die Kehle aufzureißen, zerfetzte sie sein T-Shirt, leckte über seine Wunden und schloss sie auf diese Weise. Jubelgeschrei brach unter den Studenten aus.

Die beiden Gestalten verließen die Arena, und nur eine Minute später gesellte sich die Frau zum Rest der Klasse auf der Tribüne.

»Ist er in Ordnung?«, fragte das Mädchen mit den großen Ohrringen.

»Es geht ihm gut. Seine Wunden sind bereits verheilt.« Die Frau wandte sich an den Rest der Klasse. »Aber es hätte viel schlimmer ausgehen können, wenn es nicht bloß eine Übung gewesen wäre. Was haben wir heute gelernt?«, fragte sie die Jugendlichen. »Können Sie mir sagen, was Mark falsch gemacht hat?«

Rasch wurden Hände gehoben, und die Studenten riefen der Lehrerin die Antworten zu.

»Er war zu selbstsicher«, sagte ein Student.

»Sehr gut«, erwiderte die Lehrerin, »aber was sonst noch?«

Eine hitzige Diskussion entspann sich unter den Studenten, und die Lehrerin schritt ein, wenn es nötig war.

»Ich dachte, sie ist eine echte Drenierin«, flüsterte Antoinette Lucian zu.

Er beugte sich vor. »Sie ist gut, nicht wahr?«

»Ja ... aber ... der typische Dreniergeruch?« Antoinette beäugte die Frau. »Sie riecht noch immer wie eine Drenierin.«

»Das gehört zu meinen besten Arbeiten.« Er lächelte und sah die Lehrerin an. »Versuchen Sie es noch einmal und sagen Sie mir, was Sie wirklich riechen.«

Sie schloss die Augen und atmete den schweren nekrodrenischen Geruch ein. »Er hat einen ganz leichten metallischen Unterton ... fast wie Ozon.«

»Die meisten Menschen bemerken das nicht, aber mit der Zeit wird es offensichtlich. Sie haben eine wirklich gute Nase«, sagte Lucian. »Ich habe diesen falschen Geruch durch Zufall im Labor entdeckt. Er war das Nebenprodukt eines Experiments, das ich mit Aeternus-Blut durchgeführt habe. Der Geruch wirkte so echt, dass sie ...« – er deutete mit dem Kopf auf die Lehrerin – »mich gebeten hat, ihn benutzen zu dürfen, damit ihre Übungsstunden realistischer wirken. Sie ist eine der besten Lehrerinnen seit ... nun ja, seit sehr langer Zeit.«

»Er hat es zugelassen, dass seine Gefühle die Oberhand gewinnen«, rief einer der Studenten durch den Lärm der anderen hindurch und lenkte Antoinettes Aufmerksamkeit wieder auf die Diskussion.

»Ausgezeichnet«, sagte die Lehrerin. »Aber was hätte er tun sollen? Was ist der wertvollste Verteidigungsmechanismus eines Venators?«

Die Studenten murmelten durcheinander; Ratlosigkeit lag in ihren Gesichtern.

»Seine Instinkte«, flüsterte Antoinette und hoffte, einer der Schüler würde es sagen.

Die Lehrerin drehte sich um und schaute Antoinette an. »Das ist richtig. Könnten Sie das für die ganze Klasse wiederholen?«

Antoinette versank in ihrem Sitz, bis Lucian sie mit dem Ellbogen anstieß.

Sie beugte sich vor und faltete die Hände, während viele eifrige Gesichter sie anstarrten. »Der Junge hätte deutlicher auf seine Instinkte hören sollen und nicht zulassen dürfen, dass sein Kopf verwirft, was sein Bauch ihm sagt.«

»Korrekt.« Die Lehrerin lächelte breit und wandte sich an den Rest der Klasse. »Vertrauen Sie immer auf Ihre Instinkte. Sie sind Ihre natürliche Verteidigung gegen Gefahr, also setzen Sie sie ein. In der heutigen Gesellschaft wird den meisten Menschen beigebracht, ihre Instinkte nicht zu beachten – das müssen Sie wieder ablegen.«

Antoinette lehnte sich zurück, und die Aeternus-Lehrerin bedachte sie mit einem scharfen, prüfenden Blick. »Wir wollen unserem geheimnisvollen Gast für die aufschlussreiche Antwort danken.«

Als das höfliche Klatschen einsetzte, stand Lucian auf und zeigte mit großer Geste auf Antoinette. »Meine Damen und Herren – Miss Antoinette Petrescu.«

Erregtes Stimmengewirr stieg von den Studenten auf.

»Das ist eine ganz besondere Ehre«, sagte die Lehrerin und schenkte Antoinette ein Lächeln. »Vielleicht können wir Miss Petrescu dazu überreden, uns aus ihrem Erfahrungsschatz zu berichten.«

Die Klasse klatschte und jubelte begeistert. Antoinette streckte die Hände aus und schüttelte den Kopf.

Lucian grinste und beugte sich vor. »Na, machen Sie schon. Die Studenten können so viel von Ihnen lernen, und wenn es nur die Erkenntnis ist, wie schwierig eine Reise sein kann.«

»Ich habe das Gefühl, dass ich hier in eine Falle getappt bin«, sagte sie.

»Es tut mir leid.« Er runzelte besorgt die Stirn. »Ich

hatte nicht erwartet, dass Sie etwas dagegen haben. Wir können auch gehen.«

Die Studenten schienen so aufgeregt und Lucian so zerknirscht zu sein; wie konnte sie da Nein sagen?

Sie seufzte. »In Ordnung.«

Die Studenten stießen Jubelrufe und Pfiffe aus, als sich Antoinette zu der Gruppe gesellte. Sie schüttelte der Lehrerin die Hand. »Es tut mir leid, wenn ich jetzt Ihre Klasse übernehme.«

Die Lehrerin lächelte. »Es ist mir ein Vergnügen. Die Studenten haben nicht oft die Gelegenheit, von jemandem Ihres Kalibers unterrichtet zu werden.«

»Was möchten Sie wissen?«, fragte Antoinette die frischen, strahlenden Gesichter. Sie war daran gewöhnt, eine oder zwei Klassen zu unterrichten, aber für gewöhnlich waren ihre Schüler jünger.

Die Lehrerin eröffnete die Diskussion. »Was war die wichtigste Lektion, die Sie nach dem Verlassen der Akademie gelernt haben?«

»Dass ich nicht einmal ansatzweise so gut vorbereitet war, wie ich geglaubt hatte. Das habe ich merken müssen, als ich zum ersten Mal auf eine echte Jagd gegangen bin.«

»Aber Sie waren die Studentin mit den besten Noten im letzten Jahrhundert«, sagte ein dunkeläugiges Mädchen in der ersten Reihe.

»Ja, doch in der wirklichen Welt müssen Sie sich ganz auf sich selbst verlassen. Da gibt es keine Lehrer, die Sie beschützen, und keine Wächter, die einschreiten, wenn ein Drenier Schwierigkeiten macht. Am besten beschaffen Sie sich vor der Jagd so viele Informationen über Ihre Zielperson wie möglich. Halten Sie nach ihren Schwächen Ausschau, und nutzen Sie diese zu Ihrem Vorteil. Vergessen Sie nie, dass die Drenier stärker, schneller und hemmungsloser als Sie sind, gerade was das Töten angeht.

Jeder kleinste Vorteil, den Sie haben, kann das Gleichgewicht zu Ihren Gunsten beeinflussen.«

Ein Junge in der ersten Reihe beugte sich vor und betrachtete mit hellen, glitzernden Augen eindringlich ihr Gesicht. Irgendetwas stimmte nicht mit diesem Kerl. »Wie viele drenische Ausmerzungen haben Sie in Ihrer Karriere vorgenommen?«

»Mehr als hundertvierzig.«

Sein Blick wanderte zu ihrer Brust und dann zurück zu ihrem Gesicht. Sein verschlagenes Grinsen machte sie misstrauisch.

»Können Sie sich Ihre Missionen inzwischen selbst aussuchen?«, fragte ein Mädchen aus der hinteren Reihe.

»Ja. Aber während meiner Probezeit habe ich die Missionen erhalten, die meiner Erfahrung entsprachen, und ich hatte oft einen Beobachter dabei. Noch immer ist nur wenig Platz für Irrtümer. Ein Fehler, und Sie sind tot. Sie alle kennen die Statistiken. Über ein Drittel von Ihnen wird die Ausbildung nicht erfolgreich abschließen. Und von denen, die es schaffen, wird die Hälfte im ersten Probejahr entweder aufhören oder sterben. Es ist ein gefährliches Geschäft. Nur die Besten werden zu Berufsvenatoren.«

»Haben Sie jemals daran gedacht, einen anderen Venator als Jagdpartner aufzunehmen?«, fragte das verliebte Mädchen mit den großen Ohrringen. »Wären zwei nicht besser als einer?«

»Leider ist das nicht immer der Fall. Mein Bruder ist … war mein Techniker, aber gejagt habe ich allein. Abgesehen davon, dass ich mit anderen nicht gut zusammenarbeite, kann es leicht vorkommen, dass man bei einem Angriff den Partner verliert, und das wäre ein harter Schlag. Verstehen Sie mich nicht falsch. Es gibt einige sehr erfolgreiche Jagdteams da draußen, aber für mich ist das nichts.«

»Ich habe gehört, dass Ihre Probezeit viel kürzer war als normal«, fragte der nächste junge Mann.

»Ja. Sie hat nur neun Monate betragen. In dieser Zeit hatte ich mein Geschick bewiesen und durfte mir die Missionen selbst aussuchen – aber dafür habe ich wirklich sehr hart arbeiten müssen.«

Allgemeines Gemurmel ging durch die Schülerreihen. Sie schienen beeindruckt zu sein.

Die Lehrerin trat vor und hob die Hände. »Die gewöhnliche Probezeit beträgt zwei Jahre. Nur unter ganz außergewöhnlichen Umständen wird sie verkürzt.«

»Wie viele haben Sie während Ihrer Probezeit getötet?«, fragte der unheimliche Junge.

Sie spürte, wie er sie in Gedanken auszog, und schluckte eine ziemlich höhnische Bemerkung herunter. Es hatte keinen Sinn, sich auf sein Niveau hinabzubegeben.

»So viele, wie mir aufgetragen wurden«, antwortete sie.

Er wusste, dass er ihr auf die Nerven ging. Er fuhr sich mit der Zunge über die Lippen, und sein Grinsen wurde noch breiter. »Ich habe gehört, dass einige Venatoren nach dem Töten gern bumsen. Sie auch?«

Sie machte eine neutrale Miene, aber ihre Fingernägel gruben sich in die Handflächen. Auf diese offenkundige Provokation wollte Antoinette nicht reagieren – vor allem deshalb nicht, weil es teilweise stimmte. Manchmal musste sie sich nach einer Jagd ihre Menschlichkeit durch Sex bestätigen – aber dabei handelte es sich immer um Zufallsbekanntschaften, denen sie nichts erklären musste. Während sie um eine Antwort rang, erschien Lucian an ihrer Seite und legte ihr die Hand auf den Ellbogen.

»Ich glaube, das ist genug für heute.« Dann beugte er sich zu dem unheimlichen Jungen vor und senkte die Stimme. »Und das war Ihre letzte Chance. Sie sind draußen.«

»Sie können mich nicht rauswerfen. Sie sind nicht einmal ein Lehrer«, höhnte der Junge.

»Nein, aber ich sitze im Verwaltungsrat. Ich weiß, dass Sie eine Bewährung bekommen haben und mehrfach verwarnt wurden. Der Verwaltungsrat wird mich in dieser Sache unterstützen.«

Der Junge sprang auf und stellte sich dicht vor Lucian. Keiner von beiden wich zurück. Doch schließlich gab der Student nach und schnaubte verächtlich, während er auf den Ausgang zumarschierte.

»Bitte danken Sie Miss Petrescu für die Zeit, die sie uns geopfert hat.« Die Stimme der Lehrerin war ebenso angespannt wie vorhin die von Lucian.

Die Studenten erhoben sich und begaben sich ebenfalls zum Ausgang, während sie sich mit gedämpften Stimmen unterhielten und Lucian immer wieder Blicke über die Schulter zuwarfen.

»Ich freue mich, dass Sie der Klasse Ihre Zeit geschenkt haben«, sagte die Lehrerin. »Aber dieser Zwischenfall tut mir leid.« Sie nahm Antoinettes Hand in beide Hände und drückte sie, dann folgte sie ihren Studenten.

Antoinette atmete tief ein und stieß die Luft zitternd wieder aus. »Mit diesem Jungen stimmt etwas ganz und gar nicht. Er wird nie die Disziplin haben, die ein Venator braucht.«

»Ich weiß. Das ist uns schon seit einiger Zeit klar, aber wir brauchten noch einen weiteren Minuspunkt, um ihn loszuwerden.« Lucian klang ein wenig traurig, doch dann hellte sich seine Stimmung wieder auf. »Ich möchte es wiedergutmachen. Wohnen Sie in der Nähe?«

Sie nickte.

»Gut, dann lade ich Sie hiermit zum Abendessen ein.«

Darauf lief es am Ende immer hinaus. Männer! Sie

machte eine abwehrende Handbewegung. »Das müssen Sie nicht. Ich habe schon Schlimmeres erlebt.«

»Bitte! Das ist das Mindeste, was ich für Sie tun kann. Außerdem kenne ich ein wirklich wundervolles kleines italienisches Restaurant.«

»Ich glaube, das ist keine gute Idee.« Dabei hatte sie gerade angefangen, seine Gegenwart zu genießen.

Lucian richtete sich auf. »O nein, ich meine kein *solches* Abendessen. Es wird ganz unschuldig, das verspreche ich Ihnen. Ich habe nun mal nicht oft Gelegenheit, mit einer Berühmtheit zu speisen. Bitte. Ich verspreche Ihnen, dass ich ein vollkommener Gentleman sein werde.«

Ihre Hände entkrampften sich, und sie schenkte ihm etwas, von dem sie hoffte, dass es wie ein Lächeln aussah. »Also gut, das wäre schön.«

Nach einigen Gläsern Rotwein und einer geradezu unglaublichen Pasta ging Lucian mit Antoinette durch die fast menschenleeren Straßen zurück zu ihrem Hotel. Zum ersten Mal seit vielen Tagen fühlte sie sich entspannt. Das hatte sie Lucian zu verdanken. Er hatte Wort gehalten und keinerlei Annäherungsversuche gemacht, ja, nicht einmal mit ihr geflirtet.

Er war klug, witzig und hatte eine Art, die sie als sehr wohltuend empfand. In seiner Nähe fühlte sie sich wie ein Fisch im Wasser, und er schien ihre Gesellschaft zu genießen, ohne dass er nach einem Weg in ihr Höschen suchte.

»Hat es Ihnen bei Gino gefallen?«, fragte er.

»Ja, sehr ...« Eine grobe Hand legte sich von hinten über ihren Mund, und etwas Scharfes und Kaltes wurde ihr gegen die Kehle gepresst.

»Nicht schreien, sonst bekommt dein Freund eine Kugel

zwischen die Rippen«, knurrte ihr eine barsche Stimme ins Ohr.

Antoinette wagte einen Blick zur Seite. Lucian wurde von zwei Gestalten mit Kapuzen und Sonnebrillen flankiert. Einer hielt eine Pistole gegen Lucians Seite. Sie spürte weitere Personen hinter sich und fluchte still. Sie war so vom Abendessen und ihrem Begleiter eingelullt gewesen, dass sie nicht mehr aufgepasst hatte. Sie musste sich orientieren, bevor sie etwas unternahm, denn sonst würde Lucian verletzt werden … oder etwas noch Schlimmeres.

»Zurück«, sagte derjenige, der ihr das Messer an den Hals hielt. Seine Stimme klang irgendwie vertraut, aber sie wusste nicht, wo sie sie schon einmal gehört hatte.

Sie wurden zurück in eine dunkle Gasse geführt. Offensichtlich hatten die Männer hier auf Opfer gewartet.

Das Letzte, was sie jetzt gebrauchen konnte, waren Panik oder Wut. Diese Situation rief nach einem kühlen Kopf.

Die Gasse machte eine Biegung nach rechts und war daher von der Hauptstraße nicht einsehbar. Laternen hingen an den Wänden der Häuser, aber die meisten waren entweder zerbrochen oder flackerten gefährlich. Unrat lag auf dem Boden, und es stank nach Alkohol und Urin – die zweite Heimat eines jeden Venators.

Die Männer unterhielten sich im Flüsterton, und Antoinette konnte nicht verstehen, was sie sagten.

»Meine Börse ist in der Innentasche meines Mantels«, sagte Lucian. »Ihr könnt alles haben, aber lasst uns gehen.«

Antoinette sah ihn kurz an. Seine Stimme zitterte leicht, aber ansonsten zeigte er keinerlei Anzeichen von Furcht. Die Kapuzengestalt rechts neben ihm lachte und drückte die Pistole fester gegen Lucians Rippen. Allerdings hielt der Räuber sie nachlässig, und Antoinette hätte ihn leicht entwaffnen können, wenn sie an Lucians Stelle gewesen wäre.

Sie waren zu fünft, und ihre Gesichter waren entweder durch Skimasken oder Sonnenbrillen unter den Kapuzen unkenntlich gemacht.

»Komm, Alter, zeig uns, was sie hat. Zeig uns ihre Titten«, sagte einer der anderen Angreifer.

Der maskierte Räuber drückte sie gegen eine schmutzige Wand und riss ihr mit der einen Hand die Jacke auf. Darunter trug sie eine Seidenbluse und einen locker fallenden Rock. Mit der Messerhand packte er grob ihre linke Brust; der Griff bohrte sich gegen ihr Fleisch, und sie versuchte, nicht zurückzuzucken.

»He!«, schrie Lucian. Er machte einen Satz nach vorn und wurde mit einem Schlag gegen den Mund und einem in den Bauch belohnt. Er krümmte sich zusammen und spuckte Blut, das im schwachen Licht sehr dunkel aussah.

»Komm, Alter, sollen wir es selbst machen oder was?«, fragte der Mann mit der Pistole.

Einer der anderen Männer wurde nervös, trat rasch von einem Fuß auf den anderen und kicherte beinahe hysterisch. Antoinette versuchte, sich zu bewegen, wurde aber herumgewirbelt und mit dem Gesicht voran noch heftiger gegen die Wand gepresst. Die Ziegel fraßen sich in ihre Wange, als ihr die Jacke grob weggerissen wurde.

Hinter ihr brach eine Rauferei aus und wurde durch zwei laute, fleischig klingende Schläge beendet. Ihr Angreifer drehte sie erneut um, sodass sie ihm gegenüberstand, und sie nutzte die Gelegenheit, um einen Blick auf Lucian zu werfen. Er hing schlaff zwischen zwei Männern, der eine hob seinen Kopf an, indem er ihn an den Haaren hochzog. Ein dunkles Rinnsal tröpfelte von Lucians rechter Braue auf seine Wange. Dann ließen sie ihn los, und sein Kopf sackte wieder nach vorn.

Ein höhnisch kicherndes, maskiertes Gesicht nahm ihr die Sicht auf Lucian, und sie hob den Blick. Etwas an diesen Augen kam ihr bekannt vor. Der Mann senkte sein Messer, zeigte damit auf ihren Bauch und schnitt dann einen Knopf nach dem anderen von ihrer Bluse.

»Sei lieb, oder wir schlitzen dir die Kehle vor den Augen dieses eingebildeten Professors auf«, knurrte ihr die leise Stimme ins Ohr. »Tot oder lebendig – du kannst wählen. Mir ist es egal, was du bist, wenn ich dich bumse.«

11 SCHWARZE KRAWATTEN UND KORREKTE HALTUNG

Antoinette wurde ganz still. Es war die Art, wie er »bumsen« gesagt hatte. Sie sah seine Augen eingehender an, und sein Grinsen wurde wieder breiter. Es war der kleine grobe Kerl von heute Nachmittag. Und er war noch dämlicher, als sie vermutet hatte – er legte sich mit einer ausgebildeten Venatorin an und hatte selbst nur eine Pistole und ein Messer. Das war alles zu ihrem Vorteil.

»O ja«, schnurrte sie und entspannte ihren Körper. »Der Tod macht dich ganz schön heiß, was?«

Sie und Lucian waren keine zufälligen Opfer – diese Männer hatten auf sie gewartet. Der Junge erstarrte. Ihre Reaktion verwirrte ihn, doch dann kicherte er.

»Du musst zusehen, während ich deine kleine Freundin bumse, Professor«, sagte der Junge. »Hebt seinen Kopf an, damit er alles mitbekommt.«

Der Mann ohne Waffe riss Lucians Kopf wieder an den Haaren hoch. Lucian kniff die Augen zusammen; in ihnen brannte das Feuer hilfloser Wut.

»Mache ich es mit euch allen?«, fragte Antoinette.

»Ja, Baby«, sagte der nervöse Kicherer und stieß ein weiteres hyänenartiges Lachen aus.

»Wow«, keuchte sie, schaute auf die Pistole, die locker neben Lucian schwebte, und dann auf sein Gesicht. Er sah sie kurz an und nickte schwach. Wenn die Zeit gekommen war, würde Lucian die Pistole packen.

»Sicher, Baby. Wenn es das ist, was du willst.« Der unheimliche Kerl sah sie lüstern an. »Aber ich komme zuerst.«

Er öffnete den Reißverschluss seiner Hose, ließ sie fallen und stützte sich mit der freien Hand an der Mauer ab.

»Ich bin so heiß.« Antoinettes Bluse stand offen; sie hatte keine Knöpfe mehr. Antoinette schüttelte sie ab und zog ihren Rock bis zur Hüfte hoch. »Fass mich an.«

Sein Blick fiel zwischen ihre Schenkel, und er fuhr sich mit der Zunge über die dünnen Lippen. »Dafür brauch ich beide Hände.«

Er gab das Messer dem Kicherer, der vor Erregung fast platzte.

Antoinette ergriff seine Hand und führte sie an der Innseite ihres Schenkels hoch zum Höschen. Sie schluckte die brennende Galle hinunter, die in ihrer Kehle aufstieg, als seine Finger ihr Fleisch kneteten, während sie zuerst seine harte Erektion und dann die schweren Eier packte.

»Ja, das ist gut, Baby«, keuchte er und legte den Kopf an ihre Schulter.

Kurz bevor seine Finger ihre Unterwäsche erreicht hatten, presste sie die Beine zusammen. Er riss den Kopf hoch, und sie lächelte ihn süßlich an. Er schaute hinunter und versuchte seine Hand herauszuziehen, doch ihre Schenkelmuskeln hielten sie fest. Sie waren dazu trainiert, ihr volles Gewicht zu halten, wenn sie an einem Seil hing. Jetzt hatte sie ihn genau da, wo sie ihn haben wollte. Wenn er versuchen sollte, die andere Hand von der Wand zu nehmen, würde er das Gleichgewicht verlieren. Nun gehörte er ihr, und sie sah in seinen Augen, dass er es ebenfalls begriffen hatte.

Seine steife Rute schrumpfte rasch in ihrer Hand, als sie zudrückte. Er riss die Augen auf, und das nervöse Grinsen glitt ihm aus dem Gesicht. Sie drückte fester zu, und er stieß ein schweres Ächzen aus, das seine Kumpel offenbar für Lust hielten.

Er versuchte, sich von ihr zu lösen, aber sie hielt ihn

unbarmherzig fest und erhöhte den Druck. Die Augen quollen ihm aus den Höhlen, Tränen rannen an seinen Wangen herunter, und ein erstickter Schrei rasselte in seiner Kehle. Sie packte ein letztes Mal wie ein Schraubstock zu. Etwas platzte, und seine Schreie drangen durch die Gasse, als er auf die Knie sackte, während seine Hand noch immer im eisernen Griff ihrer Schenkel gefangen war.

Die anderen Männer erstarrten; sie wussten nicht, was hier geschah, genau wie Antoinette gehofft hatte. Lucian nutzte ihre Überraschung aus, ruckte zurück und brachte die beiden Männer, die ihn festhielten, aus dem Gleichgewicht, sodass sie gegen denjenigen prallten, der hinter ihnen stand. Der bewaffnete Angreifer ließ seine Pistole fallen, und Lucian trat sie mit einer seitlichen Fußbewegung in einen Gully.

Nun, da die Pistole weg war, hielt Antoinette alle Asse in der Hand. Sie riss ihren Unterkörper nach links, griff nach unten und brach ihrem Gegner beide Handgelenke. Als er auf die Seite fiel und die Knie bis zur Brust hochzog, entspannte sie sich. Sein Gesicht war mit Rotz und Tränen verschmiert, in die sich nun noch der Dreck des Bodens mischte.

Der Rock fiel ihr wieder über die Beine, aber sie riss ihn sich vom Leib, denn er behinderte nur ihre Bewegungen. Lucian wich vor den anderen zurück und stellte sich neben Antoinette. Er bückte sich und hob ihre Bluse auf. Zuerst glaubte sie, er wollte ihr das Kleidungsstück zurückgeben, doch er wand sich das eine Ende um die Faust.

Nachdem der Student ausgeschaltet war, standen die anderen vier unschlüssig herum, bis der Kicherer plötzlich die Gasse hinunterlief. Nun kicherte er nicht mehr. Seine Flucht schien die drei übrigen wachzurütteln. Sie sahen sich kurz an und rannten dann gemeinsam auf Antoinette und Lucian zu.

Mit aller Kraft trat sie dem ersten gegen das Knie, was ein deutlich hörbares Knacken verursachte. Er sackte zu Boden und war außer Gefecht. Derjenige, der sich ganz rechts befunden hatte, sprang Lucian an, doch dieser wich der auf ihn gerichteten Klinge aus. Er schlang die Seidenbluse um das Handgelenk des Angreifers und zog es nach hinten. Dann rammte Lucian ihn gegen die Mauer, was dem Schläger Nase und Wange aufriss.

Antoinette holte aus und schlug dem Letzten ins Gesicht. Seine Lippen sprangen auf wie reife Pflaumen, Blut spritzte auf Antoinettes Brust. Er fiel zu Boden, und sie stieß ihm das Knie gegen den Kiefer. Das Geräusch splitternder Zähne war zu hören, dann schlug sein Schädel laut auf das Pflaster. Bewusstlos lag er ausgestreckt zwischen alten Zeitungen und weggeworfenen Hamburger-Verpackungen, und aus seinem zerstörten Gesicht gurgelte es bei jedem Atemzug.

»Runter!« Lucian nahm einen Mülltonnendeckel und warf ihn wie eine Frisbeescheibe. Sie duckte sich, und das Metall schwirrte über sie hinweg und traf etwas hinter ihr. Antoinette drehte sich um und sah, wie ein Messer von dem Kerl mit dem ruinierten Knie wegrutschte. Er lag benommen am Boden. Er war Antoinette so nahe gekommen, dass er ihr seine Klinge in den Rücken hätte rammen können. Lucian hatte ihr das Leben gerettet.

Er zog sein Jackett aus und legte es ihr um den blutbespritzten halb nackten Körper.

»Danke«, sagte sie und zog das Jackett enger um sich. Nun, da die Gefahr vorbei war, ebbte das Adrenalin in ihr ab, und Kälte kroch in ihre Knochen. Sie unterdrückte ein Zittern.

Lucian legte ihr den Arm um die Schultern und warf

einen Blick auf die ächzenden und jammernden Angreifer. Er grinste frech. »Wollen Sie mit mir auf die RaMPA-Party gehen?«

Im Ballsaal des Great Hilton wimmelte es vor Abgesandten der paramenschlichen Rassen, die alle am formellen Abschluss der RaMPA-Konferenz teilnahmen.

Valerica hing an Christians Arm, als sie den überfüllten Raum betraten, während Viktor Lilijanas Hand streichelte, die in der Beuge seines Ellbogens ruhte. Der Ballsaal war ein Meer aus Schwarz und Weiß; die Männer trugen Smoking und die meisten Frauen entweder schwarze oder weiße Abendkleider.

Christian beugte sich zu seinem Freund hinüber. »Da ist Sir Roger.«

Viktor folgte seinem Blick und nickte, als er den wahren Grund für seine und Christians hastige Rückkehr nach New York entdeckte. Der Geheimdienst hatte einen Hinweis darauf bekommen, dass heute Nacht ein Attentatsversuch auf den RaMPA-Botschafter der Menschen verübt werden könnte. Christian und Viktor waren hier, um den Botschafter im Auge zu behalten und das Dezernat zu repräsentieren.

»Wie ich sehe, sind wir nicht die Einzigen, die heute Abend Kindermädchen spielen«, sagte Viktor und schaute nach links.

»Hm«, machte Christian. »Oberon, der Chef des Sicherheitsdiensts.«

»Ich habe gehört, dass er von der Abteilung für Gewaltverbrechen zu diesem Babysitterauftritt verpflichtet worden ist.«

»Ja. Armer Kerl, was für eine Verschwendung. Anscheinend macht es ihm keinen großen Spaß.«

Als hätte er gespürt, dass sie sich über ihn unterhielten, drehte der große Mann den Kopf und sah Christian in die Augen, während er die breite Stirn krauszog.

»Oh, oh, wir sind erwischt worden«, sagte Viktor.

Der große Bär von einem Mann spazierte quer durch den Raum.

»Laroque«, brummte Oberon mit tiefer Stimme. »Ich vertraue darauf, dass wir kein Problem miteinander haben werden.«

»Nicht, wenn Sie uns aus dem Weg gehen«, gab Christian zurück.

Oberon runzelte die Stirn noch stärker. »Ich bin bloß hier, um meinen Job zu tun, genau wie Sie.«

Viktor trat zwischen die beiden. »Wir alle sind hier, um das Dezernat zu repräsentieren. Wir sollten deshalb den anderen nicht dumm aussehen lassen, okay?«

»Hmpf«, machte Oberon, warf den beiden einen letzten grimmigen Blick zu, drehte sich auf dem Absatz um und marschierte mit langen Schritten davon. Alle schienen sein Herannahen zu spüren und machten ihm Platz.

»Wie ich sehe, hat Oberon seit meiner letzten Begegnung mit ihm keinen Abschluss an der Charme-Schule gemacht«, sagte Viktor.

Christian schnaubte. »Er scheint sogar noch schlimmer geworden zu sein. Wir haben schon mehrfach zusammengearbeitet, und er ist mehr als stur.«

Lilijana wandte sich an Valerica. »Das erinnert mich an jemand anderen, den ich kenne.«

Christian sah sie böse an, während Valerica kicherte. Er hätte die beiden Frauen beinahe vergessen.

Eine Bewegung ging durch den übervollen Raum, als Akentia, in unübersehbares Weiß gekleidet, mit ihrem Gefolge auf die beiden Männer zuschwebte. Christian verneigte sich so formell, wie es auch die anderen in seiner

Gruppe taten. Das hier war ein offizielles Ereignis, und dem Oberhaupt ihrer Gesellschaft wurde die größte Ehrerbietung erwiesen, auch wenn das Abkommen ihnen einen herrschenden Monarchen oder eine Monarchin verbot.

»Es ist gut, Sie alle hier zu sehen«, sagte sie. »Lilijana, es ist allzu lange her, seit wir uns begegnet sind.«

»Das ist wahr, Eure Majestät.« Lilijana küsste den königlichen Ring an der ausgestreckten Hand der Prinzessin.

Sie richtete ihre Aufmerksamkeit auf Viktor. »Wie ich sehe, hast du dich mit deiner Schwester wiedervereinigt.«

Die Zwillinge küssten nacheinander ihren Ring, auch wenn Viktor nicht umhin konnte, ihr frech zuzublinzeln. Akentias Lippen zuckten.

»Christian.« Die Prinzessin streckte ihm die Hand entgegen. »Auf ein Wort.«

»Ja, Majestät.« Er ergriff ihre Hand und küsste den Ring, wie es auch die anderen getan hatten. Sie führte ihn ein paar Schritte beiseite.

Akentia legte ihm die vollen Lippen ans Ohr. »Heute Abend liegt Tod in der Luft, also seid wachsam.«

Die Prinzessin war eine anerkannte Hellseherin, auch wenn ihre Macht nicht mehr so groß war wie die ihrer Vorfahren aus lange vergangenen Tagen.

»Danke, Majestät«, sagte er. »Wir haben bereits gewisse Vorkehrungen getroffen.«

»Das ist gut zu wissen«, sagte sie, entließ ihn mit einer knappen Handbewegung und rief ihr Gefolge zu sich. Sie nickte Christian ein letztes Mal zu und begab sich wieder in die Menge.

»Um was ging es?«, fragte Viktor flüsternd.

»Sie hat etwas gespürt und will, dass wir auf der Hut sind«, antwortete Christian.

»Lilijana!« Sir Rogers dröhnende Stimme erstickte jede weitere Unterhaltung, und sie drehte sich zu ihm um.

Sein rundes, fleischiges Gesicht wurde von einem breiten Grinsen durchzogen, als er seinen massigen Körper in ihre Richtung schob. »Jedes Mal, wenn ich Sie sehe, sind Sie schöner geworden.« Er schnaufte heftig. »Ich habe Sie auf den diesjährigen Konferenzen gar nicht bemerkt.« Er presste ihr seine qualligen Lippen auf den Handrücken.

Sie zog die Mundwinkel nach oben, aber nur Christian sah den Abscheu hinter ihrem erzwungenen Lächeln. »Sie wissen doch, wie sehr mich solche Veranstaltungen langweilen. Ich habe Besseres zu tun, als einer Bande verstaubter alter Männer und Frauen zuzuhören, während sie über Dinge streiten, für die mein kleiner dummer Kopf einfach nicht gemacht ist.« Sie fuhr mit der Hand durch die Luft.

»Ah, wie leicht es doch zu vergessen ist, dass Sie mehr sind als nur ein schmächtiges Mädchen.« Der Botschafter tätschelte ihre Hand.

»Oh, Sir Roger Wilberforce-Smythe, flirten Sie etwa mit mir?« Sie kicherte und klopfte ihm mit den manikürten Fingerspitzen neckisch gegen die Brust.

»Diesen Versuch müssen Sie einem alten Mann nachsehen«, sagte Sir Roger, drehte sich um und ergriff Christians Hand. »Es ist gut, Sie zu sehen, Laroque.« Sein Blick fiel auf Valerica, und sein fleischiges Grinsen wurde noch breiter. »Wie ich sehe, haben Sie die schönsten Damen mit auf den Ball gebracht.«

»Danke, Botschafter.« Valerica lächelte, während sie Christians Arm ergriff.

Sir Roger schien sie kaum zu hören, denn er starrte über ihre Schulter hinweg. »Hm ... es sieht so aus, als hätten Sie Konkurrenz erhalten, meine Damen.«

Christian folgte dem Blick des Botschafters, und ihm stockte der Atem. Am Eingang stand Antoinette – eine

Vision in einem ärmellosen königsblauen und silbernen chinesischen Kleid. Sie hatte die blonden Locken hochgesteckt, von denen einige jedoch ihr Gesicht einrahmten und ihren Nacken küssten. All das wurde von etwas gehalten, das wie zwei verzierte silberne Essstäbchen aussah.

Sie drehte sich um, legte ihren Mantel über die Theke an der Garderobe, und Christian hatte das Gefühl, als sei ihm ganz plötzlich sein Hemdkragen zu eng geworden. Das Kleid ließ der Fantasie nur wenig Spielraum und schmiegte sich an allen richtigen Stellen eng um ihren Körper. Ein Schlitz in dem dünnen Material fuhr am rechten Bein empor bis fast zur Hüfte, und Christian erhaschte einen Blick auf schwarze Spitze an ihrem Schenkel, als sie sich wieder umdrehte. Er hätte seine nächste warme Mahlzeit darauf verwettet, dass sie sich eine Waffe um diesen Schenkel gebunden hatte und der Schlitz nur dazu da war, um sie rasch ziehen zu können.

Der ganze Saal starrte sie an, als Lucian Moretti ihren Arm ergriff und sie in den Raum hineinführte – ein Farbfleck, der rasch in einem Meer aus Schwarz unterging.

12 EIN TANGO MIT DER GEFAHR

Antoinette hatte keinen Speichel, mit dem sie sich über die Lippen hätte lecken können, was aber auch sein Gutes hatte. Schließlich hatte dieser Lippenstift ein Vermögen gekostet.

So viele Personen starrten sie an. Ihr Magen fühlte sich an, als würde sie Achterbahn fahren, und ihr Herz klopfte doppelt so schnell wie gewöhnlich. Solche Massenveranstaltungen hatte sie noch nie gemocht.

Lucian streichelte über ihre Hand, die sie ihm in die Ellbogenbeuge gelegt hatte, und ihr gelang ein zitterndes Lächeln.

»Sie werden Sie nicht auffressen«, flüsterte Lucian ihr ins Ohr.

»Es war ein Fehler, dieses Kleid zu kaufen. Ich hätte nicht auf die dumme Verkäuferin hören sollen«, antwortete sie ihm leise aus dem Mundwinkel. »Alle anderen tragen Schwarz und Weiß.«

»Unsinn. Sie sehen bezaubernd aus.«

Sie schaute ihn an und rümpfte die Nase. »Ich steche hervor wie ein entzündeter Daumen.«

»Und mich beneiden alle im Saal.« Lucians ansteckendes Kichern löste einige der Knoten in ihrem Magen. »Jeder Mann wäre jetzt gern an meiner Stelle, und jede Frau wünscht sich, Sie zu sein.«

Sie schenkte ihm das schönste Lächeln, das sie zustande bringen konnte. Er nahm zwei Gläser vom Tablett eines vorbeikommenden Kellners und reichte ihr eines davon.

Sie schüttelte den Kopf.

»Bitte – Sie werden sich danach besser fühlen.«

Zur Hölle! Sie lächelte und nahm einen großen Schluck. Die Kohlensäure kitzelte in ihrer Speiseröhre und vertrieb die letzten Schmetterlinge im Bauch.

»So ist es gut«, sagte Lucian. »Kommen Sie, ich will Sie dem Botschafter vorstellen.«

Er nahm ihren Arm und führte sie tiefer in den Saal hinein. Als sie aufschaute und Christian inmitten einer Gruppe von Zuhörern entdeckte, geriet Antoinette ins Taumeln. Lucian packte sie am Ellbogen und fing sie auf, bevor er sie auf die Gruppe zuführte.

Christian sah blendend aus in seinem schwarzen Smoking über einem schwarzen Hemd und einer blutroten Fliege. Es war eine klassische Garderobe und gleichzeitig auch nicht. Die große Frau an seinem Arm, die ein wunderschönes schwarzes Kleid trug, betrachtete Antoinette mit seltsam vertraut wirkenden bernsteinfarbenen Augen. Wärme prickelte in ihrem Gesicht, als sie Christian zum ersten Mal seit ihrer hitzigen Begegnung in seinem Flugzeug in die Augen sah.

»Sie sehen heute Abend sehr schön aus, Antoinette«, sagte Viktor, während er sich über ihre Hand beugte. Sein langes blondes Seidenhaar fiel ihm über die Schultern. Er trug eine schwarze, schenkellange Jacke von asiatischem Schnitt – noch immer wirkte er wie ein Manga-Held.

»Blau steht Ihnen gut«, sagte Christian sanft, während er Viktors Beispiel folgte. Seine Lippen brannten auf ihrem Handrücken. Ihr Gesicht erhitzte sich noch mehr, und sie senkte den Blick auf seine Füße. Hier war sie ganz und gar nicht in ihrem Element.

»Ah – das muss Sergeis Nichte sein. Ich habe heute Nachmittag mit meinem Assistenten Andrew bereits über sie gesprochen.« Die Stimme des Botschafters war genauso voluminös wie sein Körper. »Wo ist eigentlich dieser Kerl? Egal. Wissen Sie, ich habe Ihren Vater gekannt. Und Ihre Mutter.«

Bei der Erwähnung ihrer Eltern empfand sie den vertrauten Stich, aber Viktor lenkte sie sofort ab, indem er die Frau vorstellte, die sich so besitzergreifend an Christians Arm geklammert hatte.

»Antoinette, das ist meine Schwester Valerica.«

Kein Wunder, dass mir diese Augen so bekannt vorgekommen sind.

Valerica begrüßte sie herablassend, indem sie eine vollendet gewölbte Braue hochzog. Alles an ihr war vollendet. Mit dem vollen Mund, den mandelförmigen bernsteinfarbenen Augen und dem honigbraunen, glatten Haar, das ihr auf die schmalen Supermodel-Schultern fiel, hätte sie geradewegs den Seiten der *Vogue* oder *Elle* entstiegen sein können. Abgesehen von Viktors blondiertem Haar glichen sich die Zwillinge wie ein Ei dem anderen.

»Wie geht es Ihnen?« Antoinette streckte die Hand aus.

Valerica betrachtete sie kühl, wandte sich von ihr ab und tat, als wollte sie gerade jemand anderen begrüßen.

Viktor strich über die Hand der Frau an seiner Seite. »Und das hier ist Lilijana, Christians Mutter.«

Antoinette war erstaunt. Ihr Blick flog zurück zu dem stillen Christian. Die Ähnlichkeit war verblüffend. Lilijana hatte das gleiche pechschwarze Haar und die scharfen blauen Augen, die sich zusammenzogen, als sie Antoinette von Kopf bis Fuß betrachteten. Antoinette hatte das Gefühl, soeben eine wichtige Prüfung nicht bestanden zu haben. Christian trat einen Schritt zurück. Antoinette spürte seinen durchdringenden Blick auf sich ruhen, aber sie weigerte sich, auch nur in seine Richtung zu sehen.

Warum sagt er nichts mehr? Und warum war er vorhin so förmlich?

Viktor fing ihren Blick auf und zwinkerte ihr zu. Unwillkürlich zuckte es in ihren Mundwinkeln.

»Kommt Ihr Onkel heute Abend auch?«, fragte Sir Roger.

»Ich fürchte nicht, Sir«, sagte sie. »Er fühlt sich bei dieser Art von Veranstaltung nicht wohl.«

»Das ist schade. Ich hätte mich gern weiter mit ihm unterhalten.« Aber Sir Roger schien eher erleichtert als enttäuscht zu sein.

Ein dunkelhaariger, bärtiger Mann trat von hinten neben den Botschafter und legte ihm die Hand auf die Schulter, die von einer roten Schärpe geschmückt war.

»Da sind Sie ja.« Sir Roger klopfte dem Neuankömmling so heftig auf den Rücken, dass dieser einen Schritt nach vorn machte. »Das ist mein Assistent Andrew Williams.«

Der Mann schenkte der Gruppe ein knappes, aufgeregtes Lächeln und beugte sich zu Sir Rogers Ohr.

Der Botschafter nickte. »Also ... muss mich unter die Gäste mischen ... meine Pflicht tun. Viel Spaß!«

Der schwere Mann bewegte sich durch die dichter werdende Menge, blieb dabei immer wieder stehen und begrüßte etliche Personen. Alle um Antoinette herum schienen einen tiefen geistigen Seufzer der Erleichterung auszustoßen.

Aus den Augenwinkeln nahm Antoinette eine Bewegung wahr. Jemand winkte ihrer Gruppe heftig zu, und Lucian ächzte.

»Entschuldigt mich bitte, ich muss mich um jemanden kümmern.« Er ergriff Antoinettes Hand und flüsterte: »Es wird nur einen Moment dauern.«

Antoinette spürte die Hitze, die von Christians Blick ausging, und sie war nicht die Einzige, die dies bemerkte.

»Sollten wir uns nicht ebenfalls unter die Leute mischen?«, fragte Valerica und bedachte Antoinette mit einem herausfordernden Blick.

Christian runzelte die Stirn. »Viktor?«

»Geht schon mal voraus. Ich warte bei der lieblichen Miss Petrescu.« Viktor ergriff ihre Hand und führte sie sich an die Lippen. »Wir können sie doch nicht ganz allein hier stehen lassen. Das wäre unhöflich.« Die letzte Bemerkung hatte er an seine Schwester gerichtet, die den Kopf herumwarf.

Christian sagte nichts, aber seine Miene verdüsterte sich, als Valerica ihn fester am Arm packte.

Antoinette drückte Viktors Hand sanft und dankbar. Lilijana nahm Christians freien Arm, und die drei zogen gemeinsam ab.

»Sie sehen viel besser aus als bei unserer letzten Begegnung«, sagte Viktor und ließ ihre Finger los.

»Ja. Dank Christians Blutwickel ist meine Wunde vollkommen verheilt. Sogar mein blaues Auge ist verschwunden.« Sie schaute hinüber zu Christian, der gerade einige Würdenträger begrüßte. Valerica sah zurück zu ihr, fuhr ihm dabei mit der Hand über die Schulter und flüsterte Lilijana etwas zu.

Antoinette nahm einen weiteren Schluck aus ihrem Champagnerglas und wandte sich an Viktor. »Ihre Schwester scheint mich nicht besonders zu mögen.«

»Meine Schwester ist in Christian verliebt. Das war sie schon immer. Und sie sieht Sie als Bedrohung an.«

»Warum?«

»Sie haben Christians Aufmerksamkeit, und deshalb stellen Sie eine Gefahr dar.«

»Er hat mich doch kaum wahrgenommen. Ich verstehe nicht, warum sie sich darüber Sorgen macht.«

»Das ist doch der Grund für ihre Sorgen. Wenn er viel Wirbel um Sie gemacht oder Ihnen offen geschmeichelt hätte, dann wäre alles in Ordnung gewesen. Meine Schwester sehnt sich schon seit Jahrhunderten nach Christian und kann in ihm lesen wie in einem Buch.« Er beugte sich näher zu ihr. »Und sie hofft noch immer, dass er am Ende mehr in ihr sehen wird als nur eine gelegentliche Geliebte.«

»Haben Sie keine Angst, dass sie verletzt werden könnte?« Wenn es um Nici ginge, würde sie alles tun, um ihn vor einer rücksichtslosen Geliebten zu schützen.

»Ich habe vor langer Zeit geschworen, nie wieder mit Christian wegen einer Frau zu streiten – nicht einmal wegen meiner eigenen Schwester. Außerdem ist sie alt genug, um auf sich selbst aufzupassen.«

»Nie *wieder*?«

»Das ist eine lange Geschichte.« Er zuckte mit den Schultern und nagte an seiner Lippe. »Und viel zu langweilig für einen so vielversprechenden Abend wie heute.«

»Sie sind doch genauso ungern hier wie ich«, sagte sie. »Außerdem ist mir langweilig.«

In Viktors Augen glitzerte es; sein Seufzen klang sehr theatralisch. »Also gut, wenn es sein muss … In Ordnung, ich werde Ihnen von der lieblichen Carolina erzählen.«

»Carolina? Ich dachte, Sie meinen seine Frau.«

»Das ist richtig – seine zweite Frau aus der vorletzten Jahrhundertwende, als wir in New Orleans lebten.« Er ergriff ihre Hand und legte sie in die Beuge seines Ellbogens. »Carolinas Vater wollte einen Ehemann für sein kleines Mädchen haben, und Carolina wollte nur einen reichen nehmen. Christian und ich waren die reichsten und heiratswürdigsten Männer in der ganzen Gegend. Aber er litt noch immer unter dem Tod seines Vaters und seiner ersten Frau.« Viktors Lächeln wurde traurig.

Sie legte ihm die andere Hand auf den Arm. »Er hat sie sehr geliebt, nicht wahr?«

»Ja. Es war eine Liebe, die ihn beinahe umgebracht hätte.« Sein Lächeln wurde wieder etwas heller, aber es blieb eine Spur von Traurigkeit darin. »Ich weiß nicht, warum er sich so zu Carolina hingezogen fühlte. Sie war ganz anders als Dominique, aber sie war hinreißend. Allerdings lag unter all der Schönheit eine Hässlichkeit, die Sie nie für möglich halten würden. Ich konnte sie sehen, Christian aber nicht, und deshalb haben wir uns sehr oft gestritten.«

»Sie stand zwischen Ihnen.«

Viktor sah hinüber zu Christian, der ihnen noch immer den Rücken zugewandt hatte. »Carolina hat nur sich selbst geliebt. Sie war eine habgierige, selbstsüchtige Person. Als sie herausfand, was wir sind, wollte sie umschlungen werden – sie wollte für immer jung und schön sein. Ich habe Christian gesagt, dass sie nicht gut für ihn ist, aber er hat mich aus dem Haus geworfen.«

»Er hat es getan, nicht wahr?«, fragte sie. »Er hat sie umschlungen?«

Viktor nickte.

»Und was ist dann passiert? Ist sie beim Übergang gestorben?«

Viktor schüttelte den Kopf; sein seidiges Haar streifte sanft ihren Arm. »O nein. Sie hat es überlebt, aber sie hat sich der Nekrodrenie ergeben. Und sie hat versucht, Christian für ihre Morde verantwortlich zu machen.«

»Kein Wunder, dass er Frauen nicht vertraut.«

»Er vertraut keinem Menschen. Sie waren dafür verantwortlich, dass er alles verloren hat, was er je geliebt hat. Zu seinem großen Unglück ist Ihre Rasse für unser Überleben notwendig, und davor kann er die Augen nicht verschließen.«

»Was ist aus Carolina geworden?« Antoinette trank den letzten Rest ihres Champagners.

»Er hat sie umgebracht. Er war der Ansicht, dass es seine Pflicht ist.« Viktor schob ihre Hand von seinem Arm und gab einem der Kellner ein Zeichen. »Und kurz darauf haben wir uns dem Dezernat zur Verfügung gestellt.«

Er ersetzte ihr leeres Glas durch ein volles und nahm auch selbst einen kleinen Schluck. Antoinette folgte seinem Blick und bemerkte einen gigantischen Mann auf der anderen Seite des Saals.

»Wer ist das?«, fragte sie.

»Bloß ein alter Freund.« Er grinste und prostete ihm zu, aber der andere Mann warf einen finsteren Blick zurück.

»Nicht sehr freundlich, dieser Freund.«

Viktor kicherte. »Sie kennen nicht einmal die halbe Geschichte.«

»Antoinette.« Lucian kam hinter ihr hervor und ergriff ihren Ellbogen. »Es tut mir leid, dass ich Sie so lange habe warten lassen.«

»Danke für Ihre Gesellschaft, Viktor.« Antoinette drückte noch einmal seine Hand, bevor Lucian sie entführte.

◂▸

Der Abend flog in einer verschwommenen Abfolge von Namen und Gesichtern dahin. Anscheinend wollte jedermann mit ihr sprechen und sie unter die Lupe nehmen. Sie fühlte sich wie ein Rassepferd, das gründlich untersucht wurde. Es war ein Wunder, dass niemand sie gebeten hatte, weit den Mund zu öffnen, um einen Blick auf ihre Zähne zu werfen.

In Antoinettes Kopf drehte sich alles, und sie legte sich eine kühle Hand auf die Stirn – zu viel Champagner. Sobald ihr Glas leer war, drückte ihr stets jemand ein volles in die Hand.

Soeben war sie auf der Tanzfläche von einem Abgesandten des Meervolks begrapscht worden. Andauernd hatte er an ihr herumgefingert. Immer wieder war seine Hand zu ihrem Hintern gewandert, und sie hatte sie zurück zu ihrer Hüfte schieben müssen, während sein nicht sonderlich frischer Fischatem sie vor die schwierige Aufgabe gestellt hatte, ihr Abendessen und den vielen Champagner bei sich zu behalten.

Lucian war den größten Teil des Abends beschäftigt gewesen. Auch wenn die Forschungen an der Akademie seine Hauptarbeit darstellten, war es doch deutlich, dass er für den RaMPA von Interesse war, denn die meiste Zeit hatte er im Gespräch mit Diplomaten und anderen Würdenträgern verbracht. Das hatte ihr viel freie Zeit verschafft, um zu tanzen und von jedermann angefasst zu werden. Wie schön!

Antoinette unterdrückte einen Seufzer und zwang sich zu einem Lächeln, als der Sekretär der Gilde auf sie zutrat. Schon früher hatte er eine eingehende Unterredung mit ihren Brüsten geführt und ihr nicht ein einziges Mal ins Gesicht gesehen.

»Miss Petrescu ...«, sagte er zu ihrem Busen und leckte sich die bereits überfeuchten Lippen. »Kann ich ...«

»Es tut mir leid, aber Miss Petrescu hat mir diesen Tanz versprochen«, sagte Christian mit seiner samtigen Stimme hinter ihr.

Antoinette wirbelte herum und sah in seine blauen Augen. Vielleicht wäre sie bei dem Sekretär doch besser aufgehoben. Aber sie konnte sich Christian nicht verweigern, der bereits ihre Hand ergriff und sie auf die Tanzfläche zog.

»Du hast ausgesehen, als ob du Hilfe bräuchtest«, sagte er, während er sie dicht an sich drückte und mit seiner Wange gegen die ihre fuhr. Sie bewegten sich im Rhythmus der Musik.

Sein Moschusduft bedrängte ihre Sinne; er war so überwältigend und fantastisch, dass sie kaum Luft holen konnte. Zu viel von ihr berührte ihn. Sie drückte sich ein wenig von ihm ab und versuchte, etwas Luft zwischen sie beide zu bringen.

»Danke, aber ich bin durchaus in der Lage, auf mich selbst aufzupassen.« Es kam barscher heraus, als sie beabsichtigt hatte.

»Wirklich?«, fragte er mit einer Spur Belustigung in der Stimme. »Ich hatte den Eindruck, dass du mit deinem letzten Tanzpartner nicht ganz einverstanden warst.«

»Das hast du gesehen?«

Er neigte den Kopf.

»Was machst du hier mit diesem Wissenschaftstrottel?« Christian schaute hinüber zu Lucian, der sich angeregt mit einer Gruppe offiziell aussehender Herren unterhielt.

»Ich mag ihn. Du solltest nicht bloß nach dem Äußeren urteilen«, sagte sie und dachte daran, wie Lucian mit den Schlägern in der Gasse fertiggeworden war.

»Hm.« Christian wirbelte sie in einem engen Kreis über die Tanzfläche. »Sein Äußeres macht zumindest nicht viel her.«

Sie entfernte sich ein wenig von ihm und sah ihm in die Augen. »Schon eifersüchtig?«

Wenn ein Aeternus erröten könnte, dann hätte er es jetzt wohl getan.

»Mach dich nicht lächerlich«, knurrte er und fuhr mit der Hand an ihrem Rücken herunter.

Die Berührung brannte auf ihrer nackten Haut und stellte Seltsames mit ihrem Puls an. Sie drehte den Kopf weg und erhielt sogleich einen frostigen Blick aus anderen bernsteinfarbenen Augen.

»Außerdem scheint deine Freundin auch nicht ganz glücklich zu sein«, sagte sie.

Valerica stand am Rande der Tanzfläche, hatte die Arme fest um sich geschlungen, und ihre vollendete Stirn lag in Falten.

Christian warf einen raschen Blick über die Schulter. »Sie ist nur eine alte Freundin.«

»Wirklich? Da hat mir Viktor aber etwas anderes erzählt.«

Er zog die Stirn kraus. »Was hat er denn gesagt?«

»Dass ihr beide ein Paar seid.«

»Das ist schon sehr lange her. Warum? Eifersüchtig?« In seinen Mundwinkeln zuckte es.

Jetzt war sie mit dem Erröten an der Reihe. Als sich sein Körper gegen ihren presste, ging ihr Atem schneller. Er schob seinen festen Schenkel zwischen ihre Beine, während er sie über die Tanzfläche wirbelte, und seine Schultermuskeln zuckten unter ihren Fingern.

»Weißt du, was du mit mir machst?«, fragte er, und sein Atem strich an ihren Lippen entlang.

Sie schloss die Augen und wagte kaum, Luft zu holen. Der Beweis für seine Erregung drückte sich gegen ihren Bauch, Wellen des Verlangens wogten tief in ihr. *O Gott!* Sie schluckte das Stöhnen herunter, das langsam in ihrer Kehle aufgestiegen war. Es durfte nicht wieder passieren.

Sie wagte es, mit fester Stimme zu sagen: »Das ist nicht mein Problem, sondern deins.«

»Seit jener Nacht im Flugzeug bist du mir nicht mehr aus dem Sinn gegangen.« Langsam fuhr er mit der Fingerspitze an ihrem Rückgrat entlang.

Sie konnte ein Erschauern nicht unterdrücken.

»Hör auf damit«, zischte sie, legte ihm die Hand gegen die Brust und versuchte, etwas Abstand zu ihm zu gewinnen.

Ihr Blick glitt zu seinem Mund. Ein großer Fehler.

»Du spürst es auch«, sagte er. »Oder?«

»Nein. Beim letzten Mal war es der Blutbann. Es wird nicht wieder vorkommen.«

Er schob Antoinette ein wenig zurück, und sein Blick glitt hinunter zu ihren Brüsten und dann wieder zurück zu ihrem Mund. Er leckte sich die Lippen. »Lügnerin.«

Sie hob das Knie und fuhr mit dem Schenkel bis zu seiner Hüfte; das gehörte zum Tanz. Ihr stockte der Atem, als er mit der Hand an der Innenseite ihres Beins entlangfuhr. Er kitzelte ihre empfindlichen Nerven und hielt kurz bei dem Strumpfband und dem Messer an, das sie daran festgebunden hatte. Dann brachte er sie mit einem Ruck wieder in eine aufrechte Position und drückte sie fest an seine Brust.

Sie suchte nach einem unverfänglichen Thema, während ihr das Herz bis zum Hals klopfte. »Du bist ein guter Tänzer.« Als sie begriff, wie lahm das klang, zuckte sie zusammen.

»Ich habe Übung«, atmete er ihr ins Ohr. »In vielen Dingen.« Er nahm ihr Ohrläppchen zwischen die Zähne und knabberte sanft daran.

Beinahe wäre es ihr hier und jetzt gekommen. Das Blut in ihren Adern wurde zu geschmolzener Lava, und sie würde ihm nicht lange widerstehen können, Blutbann und oder her.

Jemand räusperte sich hinter Christian. Er bewegte sich nicht mehr, hielt Antoinette aber noch immer eng an sich gedrückt.

Als sie Lucians Hand auf Christians Schulter sah, war sie gleichermaßen erleichtert und enttäuscht. »Ich bitte um Entschuldigung für die Unterbrechung, aber ich würde mir gern meine Begleiterin zurückholen.«

»Natürlich.« Er ließ sie los, trat von ihr zurück und neigte anmutig den Kopf. »Miss Petrescu.«

Christian sah sie noch einige Sekunden lang an, dann

drehte er sich um und ging davon. Während ihre Beine unter ihr nachzugeben drohten, waren seine Schritte fest und zuversichtlich.

»Sir Roger will mit Ihnen sprechen«, sagte Lucian.

Antoinette nickte schwach und sah zu, wie Christian in der Menge verschwand. Valerica warf ihr einen bösen Blick zu und folgte ihm dann nach.

»Lucian, Gott sei Dank.« Eine elegante ältere Frau packte ihn am Arm. »Mein Mann braucht Ihre Hilfe.«

»Warten Sie hier, Antoinette. Ich bin gleich zurück«, sagte Lucian und ging mit der Frau fort.

Antoinette setzte sich an den nächsten freien Tisch, zog ihren Schuh aus und massierte sich den Fuß. Verdammte Absätze! Diese Folterwerkzeuge konnte nur ein Mann erfunden haben. Sie rieb und rieb. Das Feuer, das Christian in ihrem Blut entzündet hatte, erlosch allmählich. Sie war der alten Frau dankbar, denn durch sie hatte Antoinette nun ein paar Minuten, in denen sie wieder zu sich selbst finden konnte.

Jemand streifte an ihr vorbei, summte etwas, das ihr vertraut war, und hinterließ in ihr ein Gefühl von ... Falschheit. Sie blickte auf, aber niemand befand sich in ihrer Nähe.

»Ganz still, mein Kleines ...«

Die Worte schwebten wie auf einer Atemwoge an ihrem Ohr vorbei. Sie sprang auf, schaute sich um, und das Herz klopfte ihr bis zum Hals. Hatte sie sich das nur eingebildet? Hatte sie einen Wachtraum von Dante? Natürlich konnte er nicht hier sein. Er war tot. Ihr Vater hatte ihn vor vielen Jahren umgebracht.

Sie suchte die Menge nach dem Aeternus ab, der ihre Mutter ermordet hatte, und wusste gleichzeitig, dass er unmöglich hier sein konnte.

»Sag kein Wort, mein Feines ...«

Es war kaum mehr als ein Wispern.

Sie wirbelte nach rechts, spürte jemanden in ihrer Nähe, sah aber nichts.

Plötzlich erkannte sie einen albtraumhaften Herzschlag lang auf der anderen Seite des Saals seine kalten Augen; dann blinzelte sie, und er war verschwunden. Falls er überhaupt da gewesen war. Es war unmöglich.

Antoinette atmete bewusst langsamer und suchte abermals die Menge ab. Es waren nur der Champagner und ihre Einbildung. Da war nichts …

Eine Hand schloss sich um ihren Ellbogen. Ihr Herz machte einen Sprung, als sie instinktiv zurückschreckte, und ihr Schuh fiel mit einem dumpfen Geräusch zu Boden.

»Oho.« Lucian zog sie zu sich heran und legte ihr die Arme um die Schultern. »Ich wollte Sie nicht erschrecken.«

Antoinette kam sich dumm vor und entspannte sich für einen Moment in seinen Armen. Sie saugte das Gefühl der Sicherheit auf, das er ihr gab, doch dann machte sie sich von ihm los und schenkte ihm ein Lächeln.

»Ist alles in Ordnung mit Ihnen?« Er legte ihr einen Finger unter das Kinn, Besorgnis zeichnete sich in seinem Gesicht ab. »Sie wirken, als hätten Sie einen Geist gesehen.«

Sie atmete tief aus und hoffte, dass es wie ein unbeschwertes Lachen klang und nicht wie die Hysterie, die in ihr aufkochte. Wurde sie allmählich verrückt?

»Ich glaube, der Abend und der Champagner sind mir zu Kopf gestiegen.« Sie hörte selbst, wie ihre Stimme zitterte.

»Sie sehen furchtbar blass aus. Wie wäre es, wenn wir herausfinden, was der Botschafter von Ihnen will, und ich Sie danach zurück in Ihr Hotel bringe?«

»Das wäre gut.«

Er bückte sich, hob ihren Schuh auf und steckte ihn ihr sanft wieder an den Fuß. Dabei berührte er sie nicht länger als nötig, an keiner anderen Stelle, war einfach nur hilfsbereit.

»Stützen Sie sich auf mich«, sagte er und streckte ihr den Ellbogen entgegen.

Antoinette zögerte nicht und hakte sich bei ihm ein.

»Geht es der alten Frau gut?«, fragte Antoinette und versuchte, ihre Stimme ruhig zu halten.

»Wie bitte?«, Lucian zog die Stirn kraus. »Ach ja. Der Abend und der Champagner haben auch bei ihrem Mann Wirkung gezeigt, obwohl es in seinem Fall vermutlich eher der Alkohol allein war. Ich habe ihnen ein Zimmer im Hotel organisiert.«

»Das war sehr freundlich von Ihnen.«

»Ich tue, was ich kann«, sagte er. »Jetzt sollten wir aber gehen. Sir Roger wartet.«

Antoinette hörte den Botschafter, lange bevor sie ihn sah. Er stand in der Nähe der Eingangstür und unterhielt sich gerade mit dem hünenhaften Mann, mit dem Viktor vorhin Blicke gewechselt hatte. Bei ihnen war eine wunderschöne blasse Frau.

»Ah, Sie haben sie gefunden. Gut«, rief der Botschafter.

»Eure Exzellenz, ich bin wirklich der Meinung, dass Sie Ihre Leibwächter immer in Ihrer Nähe haben sollten«, sagte Oberon. »Das Dezernat hat sie abgestellt, um Sie zu schützen.«

»Unsinn!« Der Botschafter wischte Oberons Bedenken mit einer Handbewegung fort. »Ich habe es schon Christian Laroque gesagt, und jetzt sage ich es Ihnen: Ich brauche keine Leibwächter in meinem Zimmer. Sie können vor der Tür Wache stehen, basta. Außerdem habe ich zwei Mitglieder der Gilde bei mir.« Er streckte den Arm aus und ergriff Antoinettes Hand. »Und dieses liebliche Geschöpf ist eine unserer Besten. Ich glaube, in ihren Händen bin ich sicher.«

Er drückte ihr einen feuchten Kuss auf die Fingerknöchel. Antoinette bekämpfte den Drang, sich die Hand an ihrem Kleid abzuwischen.

Oberon richtete seinen strengen Blick auf sie und hob

höhnisch die Oberlippe. »Sie können niemals zu gut vorbereitet sein, Exzellenz.«

»Ich bin in einem Hotel untergebracht, das von mehreren Abteilungen des Dezernats und des RaMPA – einschließlich Ihrer eigenen – gesichert worden ist. Ich glaube nicht, dass diese zusätzliche Belästigung nötig ist.«

»Wie Sie wünschen, Exzellenz.« Aus dem Mund des Agenten klang es wie eine Beleidigung.

Er drehte sich auf dem Absatz um und ging in die entgegengesetzte Richtung. Die blasse Frau musste fast laufen, um mit ihm mithalten zu können.

Antoinette sah den beiden nach. Es wäre nicht gut, diesem Mann auf die Füße zu treten.

Lucian und Sir Roger warteten beim Aufzug auf sie. Die beiden Leibwächter kamen hinzu, stellten sich neben die Türen und hielten die Hände vor dem Bauch verschränkt.

Sobald der Aufzug nach oben fuhr, ergriff Sir Roger ihre Hand. »Meine Liebe, wissen Sie eigentlich, wie sehr Sie Ihrer Mutter ähneln?«

»Das habe ich schon oft gehört, Exzellenz.« Ein Bild ihrer Eltern stand zu Hause neben ihrem Bett.

»Sie sind ihr wie aus dem Gesicht geschnitten. Wissen Sie, sie und ich haben uns einmal sehr nahegestanden. Ich hätte sie geheiratet, wenn Ihr Vater nicht dazwischengekommen wäre.« Sein Gesicht nahm einen Moment lang einen verträumten Ausdruck an.

Antoinette warf Lucian einen raschen Blick zu; er zuckte mit den Schultern.

Dann richtete sich Sir Roger auf und bedachte sie mit einem durchdringenden Blick. »Was halten Sie denn von all dem Unsinn, den Ihr Onkel verbreitet? Das ist natürlich alles absurd.«

»Wie bitte?« Sie war vollkommen überrascht von seinem plötzlich barschen Ton.

»Er hat offenbar vor, wegen einiger unglückseliger Missgeschicke eine Panik heraufzubeschwören. Ich meine, ein paar Brände und zufällige Todesfälle …« Er plusterte sich auf. »Daraus kann man doch wohl kaum eine Rückkehr der Unruhen folgern.«

»Ich glaube, es geht um mehr als nur um ein paar Unfälle, Exzellenz.« Sie bemühte sich, ihre Stimme nicht zu erheben. »Mein Onkel hat nichts für paranoide Panik übrig, und mein Onkel Nicolae war einer der Ermordeten.«

»Stimmt, aber die französische Abteilung des Geheimdiensts hat die ganze Angelegenheit gründlich untersucht. Sie hat berichtet, dass er sich in letzter Zeit ein paar Feinde gemacht hatte. Anscheinend hatte er eine Affäre mit einer verheirateten Frau, und ihr Ehemann ist als einer der Verdächtigen verhaftet worden.«

Antoinette biss sich auf die Unterlippe. Wusste Sergei das? Sie bemerkte Lucians mitfühlenden Blick. *Er hat denselben Gedanken.*

Sir Roger schien ihr Leid nicht zu bemerken. »Wissen Sie, woher diese Informationen stammen?«

Lucian verkrampfte sich und sah sie an.

»Onkel Sergei hat mir nichts darüber mitgeteilt.« Das war keine Lüge – zumindest keine richtige.

»Warum sind Sie dann hergekommen?«, fragte Sir Roger.

»Mein Bruder hat bei der Gilde eine Stelle in der Forschungsabteilung angenommen, und zwar im Londoner Büro. Onkel Sergei war der Meinung, die Konferenz könnte eine gute Gelegenheit sein, sich die Abschlussklasse anzuschauen.« Sie sah Sir Roger in die Augen, straffte die Schultern, wagte es, ihm entgegenzutreten. »Ich brauche einen neuen Techniker.«

Nach einigen Sekunden der Anspannung verzog er das Gesicht zu einem Lächeln und klopfte Lucian auf den Rücken.

»Gut. Wir brauchen mehr junge Menschen mit Ihrer Hingabe. Kommen Sie, nehmen Sie mit mir einen Absacker, bevor Sie zur Party zurückgehen.«

Antoinettes Füße schmerzten, und ihr schwerer Kopf schwamm bereits in einem alkoholischen Dunst. Das Letzte, was sie jetzt brauchte, war ein weiterer Drink in Gesellschaft dieses aufgeblasenen Idioten.

»Danke, Exzellenz, das werden wir gern tun«, sagte Lucian, bevor sie etwas dagegen einwenden konnte.

Die Aufzugtüren öffneten sich in einen leeren Korridor auf Sir Rogers Etage. Antoinette zitterte; ein kalter Knoten bildete sich in ihrem Magen. Sie vertrieb ihn und schrieb ihn ihrem kurzen Augenblick der Panik vorhin sowie den Auswirkungen des Champagners zu.

Die beiden stämmigen Leibwächter bezogen rechts und links neben der Tür Stellung, während Sir Roger seine beiden Gäste in die luxuriöse Suite führte. Eine Flasche Champagner stand in einem Kühler auf der Anrichte des Wohnzimmers. Der Botschafter ging um die Chaiselongue herum, die mit elfenbeinfarbenem Damast bezogen war, und hielt geradewegs auf den Eiskühler zu. Er nahm die Flasche heraus und zog die Folie um den Korken ab, dann bedeutete er Antoinette, sich zu setzen.

Ihr wurde kalt, und sie bekam eine Gänsehaut. Aus den Augenwinkeln sah sie eine flüchtige Bewegung der Vorhänge und griff nach dem Messer, das an ihrem Strumpfband befestigt war. Als der Botschafter den Korken herauszog, knallte es, und sie wirbelte herum.

Sir Roger riss die Augen auf, sein Kopf schnellte zurück. Die Flasche fiel ihm aus den Händen. Ein roter

Fleck erschien auf seiner Stirn, bevor er am Boden zusammenbrach. Die Wand hinter ihm war nun rot.

◆

Lucian griff in sein Jackett, aber ein weiterer schallgedämpfter Schuss wurde von jenseits der Vorhänge abgefeuert, bevor er seine Waffe ziehen konnte. Eine scharlachrote Blüte erschien auf der rechten Seite seines weißen Hemds.

All das war in weniger als einem Augenblick geschehen. Antoinette ging in die Hocke und warf ihr Messer auf den Umriss, der zwischen den Vorhängen auftauchte. Sie wurde mit einem dumpfen Geräusch belohnt, dem ein Aufstöhnen folgte.

Der Attentäter schaute auf den Griff, und ein vertrautes Grinsen bildete sich in seinen Mundwinkeln. In dem Moment, in dem sich ihre Blicke trafen, war Antoinette plötzlich wieder sechs Jahre alt, ein kleines Mädchen.

Er ist hier.

Und diesmal wusste sie, dass es kein Traum war. Es war unmöglich, aber vor ihr stand der Mörder ihrer Mutter. Sie erstarrte; dieselbe schreckliche Kälte wie vor sechzehn Jahren rann durch ihre Adern.

Dante schloss die Finger um den hervorstehenden Griff und zog das Messer langsam und gleichmäßig heraus, wobei sein böses Grinsen nicht verschwand. Dann fuhr er sich mit der blutigen Klinge über die herausgestreckte Zunge, bevor er die Waffe durch die offene Balkontür warf.

Verdammt, die Klinge war nicht aus Silber, sondern aus Stahl gewesen. Als Antoinette die Hände hob und sich die beiden Stilette aus den Haaren ziehen wollte, sprang er auf sie zu und warf sie gegen die Wand. Sein Gesicht war dem ihren nun ganz nah, während er ihre

Handgelenke über dem Kopf mit der linken Hand festhielt. Mit einem dumpfen Laut fiel die Pistole zu Boden, und er fuhr ihr mit der freien Hand über den nackten Arm und die Brust.

»Meine Kleine, du bist ja erwachsen geworden.«

Als sie seine kalte Stimme hörte, liefen Wellen der Angst durch ihren Körper.

Er streichelte ihre Wange mit dem Finger, glitt höher und vergrub ihn in ihren Locken. »Was für eine feine Trophäe du abgeben würdest.«

Er senkte den Blick auf ihre Brüste und sah ihr dann wieder in die Augen. Christian hatte während des Tanzes dasselbe getan und ihr Herz zum Flirren gebracht, aber bei Dantes Blick floss ihr plötzlich Stickstoff durch die Adern.

Eine vertraute Kälte legte sich über ihre Gedanken. Er drückte seinen Körper noch enger an den ihren, und sie spürte hart seine Erregung an ihrer Hüfte.

»Das kann nicht sein …« Endlich hatte sie ihre Stimme wiedergefunden, obwohl sie kaum mehr als ein Flüstern war. »Du bist tot.«

Sein Kichern war genauso humorlos wie der Blick seiner toten Augen. »Zum Glück kenne ich einen guten Arzt.«

Er beugte sich noch weiter zu ihr vor. Antoinette drehte das Gesicht weg, als sein Atem gegen ihre Lippen wehte. Er leckte ihr mit seiner schleimigen Zunge über die Wange. Als sein Speichel trocknete und wie faule Käfer auf ihrer Haut kitzelte, erschauerte sie.

»Du schmeckst genauso süß wie deine Mutter.«

Sie wehrte sich nicht mehr. Reine, heiße Wut explodierte in ihrer Brust. Hass stieg wie eine Flutwelle in ihr auf, brandete gegen ihr Inneres, ertränkte ihre Angst und verhalf ihr zu einem klaren Kopf. Sie war kein Kind mehr –

sie war nicht mehr hilflos. Er hatte ihre Erinnerungen und Albträume lange genug heimgesucht. Das alles würde jetzt ein Ende haben.

Sie öffnete den Mund und schrie.

Zuerst riss er erstaunt die Augen auf, dann kniff er sie zusammen. Sofort schlugen die Wächter gegen die verriegelte Tür.

Er ließ sie so plötzlich los, dass sie in den leeren Raum hineinfiel, den er hinterlassen hatte. Dabei bemerkte sie die Pistole auf dem Boden. Sie ging in die Hocke, packte sie und feuerte einen Schuss auf ihn ab. Die Kugel drang eine Haaresbreite neben seinem Kopf in die Wand, und er verschwand hinter den Vorhängen. Sie rannte ebenfalls auf den Balkon, und ... nichts. Kein Zeichen von ihm, weder unter noch über ihr. *Mist!*

Die hell erleuchtete Straße tief unten war mit Passanten übersät. Er konnte jeder von ihnen sein – oder keiner. Sie hatte ihn verloren. *Mist, Mist!*

Sie bemerkte kaum das laute Splittern des Türrahmens hinter sich. Jemand berührte sie an der Schulter. Sie wirbelte herum, zielte mit der Pistole, zum Töten bereit.

»Antoinette, ich bin's!«, rief Christian und hob abwehrend die Hände.

Zuerst war sich Christian nicht sicher, ob sie ihn gehört hatte. Keuchend stand sie vor ihm, eine Pistole in der Hand, Entsetzen im Blick, und sie schien unerreichbar für ihn zu sein. Dann blinzelte sie und sah ihn an. Die Pistole schwankte und fiel ihr aus den Fingern.

»Bist du verletzt?«, fragte er. »Ist auf dich geschossen worden?«

Sie schüttelte den Kopf, dann gaben ihre Knie nach.

Er fing sie auf und drückte sie an seine Brust. Anstatt

gegen ihn zu kämpfen, schlang sie ihm die Arme um den Hals und legte die Wange an seine Schulter, während er sie wieder ins Zimmer trug.

Christian legte sie auf das Sofa. Viktor erschien in der Tür und unterhielt sich mit einem der Agenten, die Leibwächterdienst gehabt hatten. Was für ausgezeichnete Arbeit sie geleistet hatten!

»Wie geht es dem Botschafter und Lucian?«, fragte Christian über die Schulter.

»Lucian hat eine Kugel in die Schulter abbekommen und lebt«, sagte Viktor. »Sir Roger hingegen hat nicht so viel Glück gehabt.«

Christian bemerkte, dass der andere Agent ein Handtuch geholt hatte und es nun gegen Lucians Schulter presste. Viktor kam herüber zu Christian und Antoinette.

»Was ist passiert?«, fragte Christian sie.

Tränen zogen einen Pfad über ihre Wangen, und es dauerte noch einige Minuten, bis sie reden konnte. Sie schüttelte sich und holte tief Luft, während sie sich die Tränen abwischte.

»Er hat vom Balkon aus auf sie geschossen, aber ...« Sie beugte sich vor, und ihre Augen suchten seine. »Christian, das war er ... Dante ... derjenige, der meine Mutter getötet hat.«

»Unmöglich«, sagte Viktor. »Er ist tot. Ich habe gesehen, wie Dantes brennender Körper aus dem Fenster eines in Flammen stehenden Gebäudes gefallen ist. Das Feuer hat alles von ihm verzehrt, mit Ausnahme eines verkohlten Fingers mit den halb geschmolzenen Überresten seines Siegelrings.«

Antoinette wurde blass und legte die Hand vor den Mund. »Ich glaube, mir wird übel.«

Christian ergriff einen Abfallkorb, der in der Nähe stand, und hielt ihn ihr hin, während sich ihr Mageninhalt darin ergoss. Viktor verschwand im Badezimmer, kam mit einem Handtuch sowie einem Glas Wasser zurück und reichte ihr beides.

Die Rettungssanitäter trafen ein und eilten sofort hinüber zu Lucian. Antoinette schenkte Christian und Viktor ein verlegenes, zitterndes Lächeln. »Ich bin es nicht gewöhnt, so viel zu trinken.«

Sie wischte sich mit dem Handtuch durch das Gesicht und nahm einen Schluck Wasser. Christian stellte den Korb ins Badezimmer und schloss die Tür.

»Das ist eher der Schock als der Champagner.« Er setzte sich auf den Couchtisch vor sie und nahm sie zwischen die Beine. »Jetzt …«

Eine blasse und ätherisch wirkende Frau erschien in der Tür. Er erkannte sie sofort.

»Ich bin gleich zurück«, sagte Christian mit leiser Stimme. Er warf Viktor einen raschen Blick zu, der sich sofort neben Antoinette setzte und den Arm um sie legte.

Christian näherte sich der neu eingetroffenen Frau. »Bianca.«

Bianca hob eine blasse Braue. »Ich hatte nicht erwartet, dass Sie schon hier sind, Christian. Ich wurde hergerufen, um ihre Aussage aufzunehmen. Das Büro des Untersuchungsrichters schickt jemanden her, der sich um den Leichnam kümmert.«

Wenn man vom Teufel sprach … Kathryn Jordan, die Gerichtsmedizinerin, erschien mit einer großen schwarzen Tasche in der Tür.

»Christian«, sagte die Ärztin. »Es ist eine Weile her.«

»Schön, Sie zu sehen, Kitt«, erwiderte er und nickte ihr zu. »Die Leiche liegt da drüben.«

Die zierliche Frau wirkte erschöpft. Sie nickte und ging an ihnen vorbei zu der Stelle, wo der Botschafter lag.

Christian wandte sich wieder an Bianca. »Sind Sie hier, um sie zu kugeln?«

Die weiße Hexe nickte.

»Machen Sie es ihr leicht. Ich glaube, sie hatte einen schlimmen Schock. Im Augenblick sagt sie nichts, was einen Sinn ergibt.«

»Ich werde sie befragen.«

Christian fasste sie am Ellbogen. »Wie ich schon sagte: Machen Sie es ihr nicht schwerer als unbedingt nötig. Bitte.«

◂▸

Die Frau setzte sich neben Antoinette auf das Sofa. »Mein Name lautet Bianca Sin, und ich bin die Leiterin für thaumaturgische Studien an der Akademie. Wegen der Besonderheit dieses Falls wurde ich hinzugezogen.« Sie hielt eine kleine Glaskugel hoch. »Das hier ist eine Rekonstruktionskugel. Sie wird Ihre Erlebnisse einfangen, während Sie sie mir berichten. Wegen der subjektiven Natur des Prozesses ist sie vor Gericht nicht als Beweismittel verwertbar, und Ihre Teilnahme an diesem Verfahren ist freiwillig. Aber wenn Sie damit einverstanden sind, könnte es uns wertvolle Einsichten in dieses Verbrechen verschaffen, deren Sie sich möglicherweise nicht bewusst sind. Haben Sie verstanden?«

Antoinette nickte.

»Gut. Sind Sie also bereit, an diesem Verfahren teilzunehmen?«, fragte die Hexe.

Antoinette nickte erneut.

»Ausgezeichnet. Aber zuerst müssen Sie diese Erklärung unterschreiben.« Sie holte einen Vordruck aus ihrer Aktenmappe. »Christian wird Ihr Zeuge sein.«

Antoinette starrte eine ganze Minute lang auf das Blatt in ihrer Hand. Die Wörter schienen darauf herumzutanzen und entzogen sich ihrem Verständnis. Sie wollte es nur hinter sich bringen und seufzte.

Nachdem sie unterschrieben hatte, legte die Hexe die kalte Glaskugel in Antoinettes Hände. »Haben Sie heute Abend etwas getrunken?«

Die Kugel wurde etwas wärmer. »Ja.«

Die Hexe fluchte. »Das könnte die Ergebnisse beeinflussen, aber wir werden sehen, was wir erreichen. In Ordnung. Sagen Sie mir mit eigenen Worten, was heute Abend hier passiert ist.«

Während Antoinette redete, wurde die Glaskugel milchig und immer wärmer, und schließlich pulsierte sie in ihrer Hand. Am Ende war sie so heiß, dass Antoinette sie kaum mehr festhalten konnte.

»Sie haben also die Waffe des Mörders abgefeuert?«, fragte Bianca, nahm ihr die Kugel ab und wickelte sie in ein schwarzes Samttuch.

»Ja«, sagte Antoinette.

»Und wo ist die Pistole jetzt?«

»Äh …« Antoinette betrachtete ihre leeren Hände und sah auf den Boden. »O Gott, ich weiß es nicht.« Panik kochte in ihr hoch; das Ganze drohte außer Kontrolle zu geraten. »Ich kann mich nicht …«

»Sie hat sie vom Balkon geworfen«, sagte Christian.

Antoinette warf ihm einen dankbaren Blick zu. Er legte ihr die Hand auf die Schulter, und sie empfand es nicht als verwirrend, sondern als tröstend.

»Entschuldigen Sie mich für eine Minute.« Bianca zog ein Handy aus ihrer Jackentasche und ging hinaus auf den Balkon.

Wenige Augenblicke später kehrte sie zurück. Sie wirkte verhärmt und geschäftsmäßig.

»Ich fürchte, man will Sie in der AGV sehen. Gleich kommt jemand, der Sie dorthin begleitet.«

Glaubten sie wirklich, dass Antoinette die Täterin war? Sie war hier das Opfer und wurde trotzdem behandelt wie eine Verdächtige. Sie drehte sich um und sah Christian an, doch seine Miene sagte alles. Es gab nichts, was er für sie tun konnte.

14 NACHSPIEL

Inzwischen war Antoinette nicht mehr verängstigt, sondern verärgert. Zum hundertsten Mal stand sie auf und lief in dem kleinen Verhörzimmer hin und her. Hier stank es nach altem Schweiß, Wut und Angst. Nichts davon war hilfreich für sie. Sie hatte Kopfschmerzen, und nach dem vielen Alkohol lag ein fauliger, saurer Geschmack auf ihrer Zunge. Für eine Zahnbürste oder einen Schluck Wasser würde sie töten.

Das Bild im Spiegel zog eine Grimasse; sie erkannte sich selbst kaum. Dunkle Ringe lagen unter den Augen, und das verschmierte Make-up ließ sie aussehen wie ein Panda. Der hellorangefarbene Overall, den man ihr gegeben hatte, als ihr das Kleid abgenommen worden war, sah so unvorteilhaft aus, wie Gefängniskleidung nur aussehen konnte – und dabei war sie nicht einmal förmlich verhaftet. Noch nicht.

Sie hatten Antoinette bedrängt und gebeten, gereizt und bedroht. Sie hatten sie endlos befragt und dann in diesem winzigen Raum allein gelassen, in dem sie nun schon über zwei Stunden saß. Antoinette setzte sich wieder auf den harten Metallstuhl und stützte sich auf dem Tisch ab, der im Betonboden verankert war. Nichts war weich in diesem Zimmer, nicht einmal das grelle Neonlicht.

Sie lehnte sich auf dem Stuhl zurück und schaute in den Spiegel. »Macht weiter«, sagte sie allen, die sich dahinter befinden mochten.

Wenige Augenblicke später wurde die Tür geöffnet, und der gewaltige Agent, den sie auf der Party gesehen hatte, trat ein. Er hatte eine Akte dabei – vermutlich über Antoinette. Er hatte seinen Smoking gegen eine Lederkluft eingetauscht und wirkte nun wie eine Mischung aus Motorradfahrer und Rockstar. Er war riesig, dunkel und bedrohlich, und seine fast sieben Fuß große Gestalt machte den kleinen Raum noch kleiner.

»Miss Petrescu.« Sein sarkastischer Ton drängte sie sofort in die Defensive.

Sie mochte ihn nicht – ganz und gar nicht.

»Ich bin Oberon DuPrie, der diensthabende Agent des Personenschutzes«, sagte er und warf die Akte auf den Tisch vor ihr. Er war ein Ursier, was seine Größe erklärte.

Mit seinem schwarzen Heavy-Metal-Shirt, das kurz über dem Nabel aufhörte und die festen Bauchmuskeln enthüllte, sah er nicht gerade aus wie ein typischer Agent. Eine Linie aus dunklem Haar begann bei seinem Nabel und verschwand hinter der großen Harley-Davidson-Gürtelschnalle. Weißgold oder Platin und Türkis schmückten seine Finger und Handgelenke und hielten die dunklen Locken im Nacken zusammen.

Erneut wurde die Tür geöffnet, und Antoinette sackte vor Erleichterung zusammen, als Christian und Viktor eintraten. Nie zuvor in ihrem Leben war sie so froh gewesen, einen Aeternus zu sehen.

»Was machen Sie denn hier, Laroque?«, knurrte Oberon.

»Wir haben ein ureigenes Interesse an diesem Fall, Oberon.« Christian zog ein gefaltetes Schreiben aus der Innentasche seines Smokings. »Hier ist unsere Vollmacht.«

Oberon las das Schreiben, und seine Miene verdüsterte sich. »Das gefällt mir ganz und gar nicht, aber ich kann nichts dagegen tun. Allerdings dürfen Sie sich nicht in meine Vernehmung einmischen.« Er sah Christian eindringlich an. »Verstanden?«

»Beruhigen Sie sich, Oberon. Wir mögen zwar für verschiedene Abteilungen arbeiten, aber wir sind alle auf derselben Seite.« Viktor versuchte die rasch ansteigende Spannung zwischen Oberon und Christian zu zerstreuen.

Antoinette sah dem stummen Willenskampf zu, während sich die beiden weiterhin anstarrten. Schließlich nickte Oberon, aber er blickte weiter grimmig drein, als er sie ansah.

»Also an die Arbeit.« Er setzte sich auf den Stuhl ihr gegenüber und stützte sich mit den Ellbogen auf dem Tisch ab. Christian nahm auf dem letzten verbliebenen Stuhl Platz, während sich Viktor hinter ihm gegen die Wand lehnte.

»Sagen Sie mir, was passiert ist«, brummte Oberon.

Wie oft musste sie es noch erzählen? Sie lehnte sich zurück und verschränkte die Arme vor der Brust. »Auf den Botschafter und Lucian wurde geschossen.«

Er schlug mit der Hand auf den Tisch und beugte sich vor. »Treiben Sie keine Spielchen mit mir.«

»Ich habe es Ihren Kollegen schon mehrfach berichtet.«

Oberon kniff die Lippen über seinem Ziegenbärtchen zusammen. »Und ich will es noch einmal hören – von Ihnen.«

Antoinette seufzte und erzählte, wie der Angreifer vom Balkon aus gefeuert hatte, und auch diesmal sagte sie nichts darüber, dass sie ihn als Dante Rubins erkannt hatte – als den Mörder ihrer Mutter.

»Wo waren die Männer, die zu Sir Rogers Schutz abgestellt waren?«, fragte Oberon.

Antoinette versuchte, ihn bei Laune zu halten. »Sie standen draußen vor der Tür.«

»Warum waren sie nicht im Zimmer?«, bellte Oberon sie an.

»Das wissen Sie verdammt genau. Bevor wir nach oben gegangen sind, hat Sir Roger Ihnen gesagt, dass er sie nicht in seinem Zimmer dulden wird.«

Oberon öffnete die Akte, die vor ihm lag, und seine Lippen wurden noch schmaler. »Ihre Hände und Ihre Kleidung sind nach Schmauchspuren abgesucht worden – mit positivem Ergebnis. Warum soll ich glauben, dass Sie nicht selbst auf die beiden Männer geschossen haben? Den mysteriösen Eindringling könnten Sie erfunden haben.«

Dieser Bastard wollte ein Geständnis aus ihr herauslocken. Antoinette hob das Kinn, sah seine feindlichen Blicke und hielt ihnen stand.

»Oberon«, sagte Christian mit ruhiger Stimme. »Sie hat doch schon zugegeben, einen Schuss aus der Pistole abgefeuert zu haben.«

Aus den Augenwinkeln warf sie Christian einen raschen Blick zu. Die zuckenden Muskeln an seinem Kiefer waren das einzige äußere Zeichen seiner Erregung.

»Ich habe Miss Petrescu eine Frage gestellt.« Oberon durchbohrte Christian mit seinem starren, kohlenschwarzen Blick. »Sie sind nur zur Beobachtung hier. Halten Sie also den Mund, oder ich werde Sie hinauswerfen lassen. Das hier ist noch immer meine Untersuchung, egal ob Sie eine Vollmacht haben oder nicht.« Oberon richtete die kohlenschwarzen Augen wieder auf Antoinette. »Also, warum sollte ich Ihnen glauben?«

»Warum sollte ich auf Sir Roger und Lucian schießen?«, fragte sie ungläubig.

Oberon kniff die Augen zusammen. »Haben Sie mit Moretti geschlafen?«

Antoinette rutschte auf ihrem Sitz zurück; das Metall

drückte sich in ihr Rückgrat. Christians Hand auf dem Tisch hatte sich zu einer Faust geschlossen, die Knöchel stachen weiß hervor.

»Das geht Sie nichts an«, sagte sie und straffte die Schultern.

»Alles geht mich etwas an«, sagte Oberon. »Beantworten Sie meine Frage.«

Sie beugte sich vor. »Erregt es Sie, wenn Sie Frauen so lange einschüchtern, bis sie Ihnen Einzelheiten aus ihrem Sexleben erzählen?« Sie würde nicht zulassen, dass er sie durcheinanderbrachte.

Viktor hüstelte, und in seinen Augenwinkeln bildeten sich Fältchen.

»Ich versuche nur herauszufinden, warum Sie sich in dem Zimmer befunden haben«, sagte Oberon.

Sie hielt seinem Blick stand. »Weil ... ich ... seine ... Begleiterin ... war«, zischte sie durch die zusammengebissenen Zähne.

»Wie schön für Sie«, befand Oberon.

»Was wollen Sie damit andeuten?«, fragte sie. Allmählich wurde sie wirklich wütend.

»Als Lucians Begleiterin hatten Sie ungehinderten Zugang zum Botschafter.«

»Was treiben Sie hier für ein Spiel, Oberon?«, fragte Christian.

Der Ursier schenkte ihm einen schmutzigen Blick. »Kommen Sie, Laroque, es ist doch allgemein bekannt, dass Sir Roger Lucian dazu überreden wollte, seine Stellung im RaMPA zu übernehmen. Deshalb war Lucian die beste Möglichkeit, um an Seine Exzellenz heranzukommen.«

»Welches Motiv soll sie denn gehabt haben?«, fragte Christian.

Oberon lehnte sich zurück, verschränkte die massigen

Hände hinter dem Kopf und grinste wie eine Katze, die an die Milch gelangt war. »Miss Petrescu, es ist kein Geheimnis, dass es Unstimmigkeiten zwischen dem Botschafter und Ihrem Onkel gibt, seit Sir Roger Ihren Vater als Abtrünnigen eingestuft hat. Ich glaube, das reicht als Motiv für einen Mord.«

Genauso gut hätte er ihr eine Ohrfeige verpassen können.

»Einen Augenblick bitte.« Viktor drückte sich von der Wand ab.

»Wovon reden Sie?« Ihr Vater sollte ein Abtrünniger sein? Davon hatte sie noch nie etwas gehört.

Oberon beugte sich noch weiter vor und warf rasch einen dunklen Blick auf Christian. »Das haben Sie nicht gewusst?« Oberon richtete sich auf und zog die Brauen zusammen. »Das ist … unerwartet.«

Antoinette schaute zuerst Viktor und dann Christian an. Sie wussten es.

»Was geht hier vor?«, fragte sie.

Weder Viktor noch Christian wollten sie ansehen; nur Oberons durchdringender Blick war auf sie gerichtet.

»Vor einiger Zeit«, sagte Oberon, »war Roger Wilberforce-Smythe der Chef der Venator-Registrierung für die europäische Abteilung. Als Ihr Vater diesen Aeternus Dante Rubins getötet hat, war es der jüngst verstorbene Botschafter, der den Haftbefehl für Grigore ausgestellt hat. Aber statt sich einem Prozess wegen der Ermordung Rubins zu stellen, hat Grigore lieber seinen Wagen über eine Klippe gelenkt.«

»Nein!« Sie sprang auf. Sie empfand ein beklemmendes Gefühl in der Brust, und in ihren Ohren klingelte es. »Sie lügen – der Tod meines Vaters war ein Unfall!«

»Es reicht, Oberon«, sagte Christian. »Sie weiß nichts davon.«

»Nein«, bestätigte sie und schüttelte den Kopf. Es konnte nicht wahr sein. Ihr Vater hätte niemals Selbstmord begangen.

»Halten Sie sich da raus, Laroque. Das habe ich Ihnen schon einmal gesagt.« Oberon erhob sich und stützte sich mit beiden Hände auf der Tischplatte ab. Christian stand ebenfalls auf; ihre Nasenspitzen berührten sich beinahe.

Kurz bevor sie alle an der Überdosis Testosteron im Raum erstickten, wurde plötzlich die Tür geöffnet.

»Kann ich mit Ihnen sprechen?«, fragte ein Polizist in Zivil und sah Oberon an.

Der Ursier warf Antoinette einen finsteren Blick zu und verließ dann widerstrebend den Raum.

Sofort wandte sie sich an Christian. »Was geht hier vor?«

»Das werden wir später erklären.« Viktor umrundete den Tisch und legte ihr die Hände auf die Schultern. »Zuerst sollten wir Sie von hier wegbringen.« Er beugte sich zu ihr vor und flüsterte: »Die Wände haben Ohren.«

Antoinette ballte die Fäuste und wurde noch zorniger. Die Tür wurde wieder geöffnet, was ihr eine Erwiderung unmöglich machte. Oberon und der Polizist traten ein.

»Sie können gehen«, sagte der Polizist und verließ den Raum.

Oberon gefiel das gar nicht; das stand ihm deutlich ins Gesicht geschrieben.

»Dann sind wir jetzt hier fertig, falls sonst nichts mehr anliegt«, sagte sie und wandte ihm den Rücken zu. Kurz darauf sah sie Oberon über die Schulter an. »Ist sonst noch etwas?«

Seine Lippen verschwanden beinahe, als er sie fest zusammenkniff, und die dunklen Augen schauten bösartig drein, doch er drehte sich auf dem Absatz um, verließ das

Zimmer und warf die Tür hinter sich zu. Antoinettes Lächeln verschwand.

»Es ist nicht klug, einen Ursier zu verärgern«, sagte Viktor.

Sie drehte sich zu ihm und ballte die Fäuste. »Es ist auch nicht klug, mich zu verärgern.« Das fegte das Grinsen aus seinem Gesicht. »Ich habe die Nase voll von diesen Spielchen. Sagen Sie mir jetzt endlich, was mit meinem Vater passiert ist?«

»Nicht hier«, sagte Christian.

◄►

Oberon wusste zwei Dinge über Antoinette Petrescu. Erstens sagte sie nicht die ganze Wahrheit über Sir Rogers Ermordung, auch wenn die Gerichtsmedizin ihre Geschichte bestätigt und sie von dem Vorwurf des Mords freigesprochen hatte. Und zweitens passte sie genau in das Opferschema des neuen Serienkillers. Er hasste den Namen, den sie dem Täter gegeben hatten. Man sollte doch meinen, dass diesem Mistkerl von Roberts, der jetzt die Abteilung für Gewaltverbrechen leitete, etwas Besseres einfallen könnte als »Fanghurenschlitzer«.

Oberon stand vor der weißen Tafel, die mit Fotos und Einzelheiten der bisher entdeckten sechs Opfer bedeckt war. Die Passbilder der Frauen starrten ihn an. Zwar hatte keine die verblüffenden smaragdgrünen Augen von Miss Petrescu, aber sie alle hatten das gleiche üppige blonde Haar, die gleiche cremefarbene Haut und die gleiche Statur. Oberon kam ein plötzlicher Gedanke: Passte sie zum körperlichen Erscheinungsbild der anderen, oder war es genau umgekehrt?

Oberon wünschte, er hätte Informationen aus erster Hand, aber seit er vor sechs Monaten aus der AGV geworfen worden war, kam er nur an die Daten heran, die ihm seine dortige Kontaktperson verschaffen konnte. *Gott sei gedankt für Tony Geraldi.* Dieser neue Killer war äußerst gefährlich.

Die erste Leiche war vor zwei Wochen im Fluss in der Nähe von Brooklyn gefunden worden. Seitdem waren mehrere weitere in derselben Gegend aus dem Wasser gefischt worden. Bisher hatten sie die Köpfe der Opfer nicht gefunden. Oberons Partner Dylan, der die Abteilung zusammen mit ihm verlassen hatte, hatte die Theorie aufgestellt, dass die Strömung die abgetrennten Köpfe von den Leichen entfernt hatte. Oberon hingegen neigte zu der Ansicht, dass der Killer sie behalten hatte.

Alle Opfer waren menschlich. Serienkiller gehörten normalerweise dem FBI, aber die AGV hatte den Fall an sich gezogen, weil alle Opfer bis auf eines bekannte Fanghuren waren und in dauerndem Kontakt mit der paramenschlichen Gesellschaft gestanden hatten. Es könnte das Werk eines Dreniers sein – aber die Morde waren zu beherrscht und zu präzise ausgeführt worden.

Das sechste Opfer war eine Ausreißerin und vermutlich neu im Spiel gewesen, denn über sie gab es keine Akte. Aus dem Bericht, den Tony ihm beschafft hatte, war hervorgegangen, dass ihre Überreste nur aufgrund der Tätowierung an ihrer Hüfte hatten identifiziert werden können.

Den Opfern waren Dutzende von nicht sehr tief reichenden Schnittwunden an Körper und Gliedmaßen zugefügt worden. Die Laborberichte besagten, dass ihnen diese Wunden beigebracht worden waren, als sie noch lebten, was zum Verbluten geführt hatte. Die vielen Stunden im Fluss hatten alle anderen Hinweise zerstört, falls es solche überhaupt gegeben hatte. Dieser Kerl war wirklich gerissen.

Sechs Opfer in zwei Wochen, keines aber in den letzten

Tagen. Oberon sollte sich auf die Ermordung des Botschafters konzentrieren und nicht länger über einen Fall nachgrübeln, der ihm nicht mehr gehörte. Aber dieser Dreckskerl Roberts konnte einen Serienkiller nicht von der Pisse in seiner Unterhose unterscheiden.

Oberon drehte sich um und sah Antoinette und ihre Aeternus-Freunde den Gang herunterkommen. Er verschränkte die Arme vor der Brust, lehnte sich gegen den Tisch und richtete den Blick starr auf die Frau.

Sie sah zuerst ihn und dann die weiße Tafel hinter ihm an.

»Alles in Ordnung?«, fragte Christian.

Sie schien etwas sagen zu wollen und trat noch einen Schritt näher. »Ist das der Fall des Fanghurenschlitzers, über den ich in der Zeitung gelesen habe?«, fragte sie Oberon, während sie den Blick auf die Tafel gerichtet hielt. »Arbeiten Sie daran?«

»Siehst du das?«, flüsterte Dushic Laroque zu, als er von den Fotos der Opfer zu Antoinette und wieder zurück schaute.

Der Aeternus nickte.

»Und Sie glauben, er wählt sie wegen ihrer Tätigkeit aus, deswegen der Name.« Sie runzelte die Stirn und ging um den Tisch herum, um einen besseren Blick auf die Fotos zu haben. »Ich glaube, dass es für ihn bloß einfacher ist, an sie heranzukommen. Er wird bald wieder zuschlagen.«

Das vermute ich auch. »Warum sagen Sie das?«, fragte Oberon neugierig.

»Die Fanghuren werden auf der Hut sein. Sehen Sie sich die Art an, wie er sie schneidet – so bewusst und präzise. Vermutlich dauert es viele Stunden.« Sie drehte sich um und sah ihn an. »Glauben Sie nicht auch, dass er etwas zu viel Spaß hat?«

»Was er glaubt, ist unwichtig, denn er hat kein Interesse mehr an den AGV-Fällen.« Roberts kam aus seinem Büro, stellte sich vor die weiße Tafel und verschränkte die Arme vor der Brust. *Dieser Mistkerl.* »Wir haben Ihnen Zugang zu der Zeugin gegeben, damit Sie sie befragen können, Oberon. Ich glaube, Sie sind jetzt hier fertig.«

Die Wut kroch von den Zehenspitzen aus in ihm hoch, und er verlieh ihr eine Stimme. Er packte den Rand des Tischs und schleuderte ihn gegen die Wand. Das Holz splitterte, und die Papiere flogen durch den Raum. Er atmete durch die Nase ein und durch den Mund aus und versuchte die Bärenseite in sich zu beruhigen. Sie war es hauptsächlich gewesen, die ihm seine Degradierung eingebracht hatte. Roberts wusste, auf welche Knöpfe er zu drücken hatte. Eines Tages würde er es diesem kleinen Wicht heimzahlen, weil er Oberon aus dem Team geworfen hatte. Mit einem letzten Blick zu Antoinette drehte er sich auf dem Absatz um und marschierte auf den Ausgang zu.

15 FREMDE IN DER NACHT

Antoinette stürmte durch die Tür zur breiten Steintreppe. Die Sonne würde in einer Stunde aufgehen, aber erst einmal hatte der kalte Kuss der Nacht die Aufregung gedämpft, die auf ihren Wangen gebrannt hatte. Sie fühlte sich etwas ruhiger und atmete tief durch, aber sie war noch immer sehr verärgert.

Die beiden Aeternus folgten ihr, und aus einem Handy erklang eine Melodie. Christian zog es aus der Tasche und klappte es auf, womit er Frank Sinatras Lied von den Fremden in der Nacht abschnitt.

Viktor sah sie an. Er hatte den Mund fest geschlossen, und in seinen Augen glitzerte es. Christian bemerkte es nicht, als er das Handy ans Ohr drückte und sich sofort angespannt aufrichtete.

»Ja, Sir. Ich werde gleich da sein …« Er klappte das Handy zu und zog die Stirn kraus. »Der Chef will mich sehen. Fahr sie zu mir nach Hause und erzähl ihr alles über Grigore. Nimm meinen Wagen.«

Er warf Viktor die Schlüssel zu; der fing sie in der Luft auf. Nachdem Christian wieder im Innern des Gebäudes verschwunden war, drehte sich Viktor zu ihr um.

»Sinatra«, sagte er und schüttelte den Kopf. »Ich war der Meinung, dass er aus dieser Phase herausgewachsen ist.«

Die Spannung zerstob, und Antoinette kicherte, bis sie sich an ihren Vater erinnerte. Das Lachen erstarb ihr in der Kehle.

»Kommen Sie, Sie brauchen jetzt einen Drink«, sagte Viktor und ergriff ihren Arm.

Er führte sie in die Tiefgarage und zu einem neuen schwarzen Audi S5 Coupé. Er hielt ihr die Tür auf, während sie einstieg, und nahm dann selbst auf dem Fahrersitz Platz. Der Motor sprang mit einem kehligen Schnurren an, und kurz darauf befanden sie sich auf dem Weg durch die Stadt. Viktor steuerte den Wagen geschickt und mit halsbrecherischer Geschwindigkeit.

Die Schnelligkeit pumpte Adrenalin durch Antoinettes Blutkreislauf. Genau das brauchte sie in diesem Augenblick. Sie seufzte und sank zurück in den Ledersitz.

»Fühlen Sie sich jetzt besser?«, fragte Viktor, während er den Gang wechselte.

»Ja, wirklich.« Sie warf einen Blick auf sein Profil. Seltsam, dass dieser Mann, dieser Aeternus genau wusste, was er zu sagen und zu tun hatte. »Berichten Sie mir von meinem Vater.«

»Noch nicht.« Er nahm die nächste Linkskurve sehr eng, geriet auf die Gegenfahrbahn und entging einem entgegenkommenden Fahrzeug nur um Haaresbreite.

Antoinette bezwang den Drang, die Hände in die Luft zu werfen und vor Aufregung zu jauchzen.

Viktor bog schnell nach rechts ein und raste durch einen schmalen Seitenweg, dann wieder hinaus auf eine größere Straße. Das Heck des Wagens brach aus, und Viktor beschleunigte und fing es wieder ein.

Er huschte durch den schwachen Verkehr und hatte bald ein Haus aus braunem Stein erreicht. Viktor fuhr in eine Tiefgarage darunter und stellte den Motor ab. Antoinette bedauerte, dass die Fahrt vorbei war.

Mit einer eleganten Bewegung glitt er aus dem Fahrersitz, umrundete den Wagen und hatte bereits ihre Tür geöffnet, bevor sie sich hatte sammeln können.

»Jetzt bekommen Sie Ihren Drink«, sagte er und streckte die Hand aus.

Sie erlaubte ihm, dass er sie in das Haus und in ein großes Wohnzimmer führte. Ein Butler erschien in der Tür, kurz nachdem sie eingetroffen waren, und brachte einen silbernen Kübel mit Eis.

»Willkommen daheim, Mr. Dushic. Der Herr hat mich bereits angerufen und Ihren Gast angekündigt.« Er verneigte sich vor Antoinette, bevor er den Kübel auf die Bar stellte. »Bitte klingeln Sie, wenn Sie noch etwas brauchen. Der Meister sagte, er wird nicht vor Einbruch der Nacht heimkommen und hat mich gebeten, für die junge Dame ein Zimmer vorzubereiten.«

»Ausgezeichnet, Kavindish. Ich werde klingeln, wenn sie sich zurückziehen möchte«, sagte Viktor und ging hinüber zur Bar.

Während er sich mit den Drinks beschäftigte, schaute sich Antoinette um. Sie vermutete, dass der »Meister« Christian war. Dieser Raum enthielt wie sein Flugzeug nur die ausgesuchtesten Möbelstücke und Bücher. Sie hatte zwar keine Ahnung von Möbeln und Stilepochen, aber alles sah teuer aus, und dieses Zimmer voller Leder und Holz war eindeutig das eines Mannes.

Viktor schlenderte durch den Raum und gab ihr ein bauchiges Glas mit Brandy.

»Bitte kommen Sie und setzen Sie sich hierher«, sagte er.

Sie sank neben ihn in das Lederpolster eines zweisitzigen Sofas. »Mein Vater hat also Selbstmord begangen?«

»Nein«, erwiderte Viktor.

Erleichterung durchfuhr sie. Als Venatorin konnte sie sich keine feigere Tat vorstellen, und als Tochter keine selbstsüchtigere. »Also war es ein Unfall«, sagte sie.

»Nein«, antwortete Viktor.

»Sie wollen also sagen, dass er ermordet wurde.« Sie

hatte es gewusst; ihr Vater war ein ausgezeichneter Fahrer gewesen.

Viktor nippte an seinem Drink. »Nein.«

Jetzt war Antoinette verwirrt. »Was soll das heißen – nein?«

»Wir – das heißt Ihr Vater und ich – haben es arrangiert. Er ist bei diesem Autounfall nicht ums Leben gekommen.«

Antoinette glitt das Glas aus der Hand. Bernsteinfarbene Flüssigkeit ergoss sich auf den feinen, kostbaren Teppich, aber es war ihr gleichgültig. Ein Gefühl der Taubheit stieg in ihrem Magen auf, breitete sich in der Brust aus und kroch schließlich hoch ins Gesicht.

»Hier«, sagte Viktor und hielt ihr sein eigenes Glas entgegen. »Nehmen Sie einen tiefen Schluck, dann fühlen Sie sich besser.«

Sie bedeckte seine Hände mit den ihren und führte den Brandy an die Lippen. Die feurige Flüssigkeit rann ihr durch die Kehle und stach gleichzeitig in den Augen. Sie bezwang den Drang zu husten und nahm zitternd noch einen großen Schluck. Viktor ließ sie los, hob das Glas vom Boden auf und stellte es auf den Tisch. Dann schob er ihr eine verirrte Locke zurück hinter das Ohr.

Sie runzelte die Stirn und schob seine Hand weg. *Wie kann er es wagen?*

»Sie erinnern mich an Grigore, wenn Sie wütend sind. Mehr als ein Jahrzehnt lang ist er mein bester Freund gewesen. Sie sind ihm so ähnlich, dass es schon beinahe unheimlich ist – dieselben Stimmungen, derselbe Blick und dasselbe Temperament.«

Die ganze Zeit … die ganze Zeit hindurch war ihr Vater am Leben gewesen, und sie hatte es nicht gewusst. »Warum hat er uns verlassen?«

»Er konnte Sie nicht mit auf die Flucht nehmen, denn

schließlich wurde nach ihm gefahndet. Wir waren nie in der Lage zu beweisen, dass Dante Ihre Mutter getötet hat, und die Gilde war sich nicht sicher. Wir hatten nur Ihre Identifizierung, und das Wort einer Sechsjährigen hat nicht viel Gewicht.«

Antoinette erinnerte sich daran, wie sie sich erfolglos Tausende Verbrecherfotos angesehen hatte, nur um ihn dann anhand eines Zeitungsfotos über irgendein gesellschaftliches Ereignis in Paris zu identifizieren.

»Wo ist mein Vater jetzt?«, fragte sie.

»Ich weiß es nicht. Vor etwa einem Monat hat er mich angerufen und ein Treffen mit mir, ihm und einer rätselhaften Quelle aus der Gilde arrangiert. Das war kurz nach Beginn der Mordserie. Er sagte mir, er habe Nachrichten über eine Verschwörung, in die sowohl die Gilde als auch Ihre Familie verstrickt sei. Ich bin zu dem Treffen erschienen, die beiden anderen aber nicht, und seither habe ich nichts mehr von ihm gehört. Kurz danach habe ich Christian um Hilfe gebeten.«

Antoinette stand auf und schleuderte das Brandyglas quer durch den Raum. Es schlug gegen die Wand und zersplitterte; der Brandy bildete Flecken auf der Bemalung. Sie musste von Viktor wegkommen, oder sie würde ihn töten. »Also ist Christian auch darin verwickelt. Was ist seine Rolle in diesem Spiel?«

»Christians Aufgabe war es, Sie und Ihren kleinen Bruder sicher bei Ihrer Tante und Ihrem Onkel abzuliefern. Bis vor Kurzem wusste er ebenso wenig wie Sie, dass Grigore noch lebt.«

»Und Sergei? Hat er es gewusst?«

»Dass Ihr Vater lebt – ja. Dass er verschwunden ist – nein. Grigore hat Sergei zwei Jahre nach seinem angeblichen Tod kontaktiert. Er musste wissen, ob es seinen Kindern gut geht.«

All die Jahre hatte sie um ihre Eltern getrauert – und die ganze Zeit hatte ihr Vater irgendwo anders gelebt. Sie kam sich hintergangen vor.

◆

Nachdem Antoinette versucht hatte, den Tag zu verschlafen, fühlte sie sich gereizt, als sie zusammen mit ihrem Onkel vor Christians Haus stand. Er ergriff ihre Hand, aber sie zog sie weg. Es schmerzte noch zu sehr.

»*Lishka* ...«, flehte er sie an.

»Ich bin kein Kind mehr«, erwiderte sie barsch und wandte sich von seiner verletzten Miene ab. »Mein ganzes Leben lang hast du mich angelogen.«

»Es war sowohl zu deinem als auch zu seinem Schutz. Wenn du gewusst hättest, dass dein Vater lebt, dann hättest du versucht, ihn zu finden. Wir wussten nicht, wer uns beobachtet, und es war einfach zu gefährlich. Bitte komm mit mir nach Hause.«

Innerhalb weniger Stunden war Antoinettes ganze Welt auf den Kopf gestellt worden. Und obwohl sie wusste, dass Sergei all das nur zu ihrem Schutz getan hatte, fiel es ihr schwer, ihm zu vergeben. Viktor konnte sie verstehen, denn er kannte sie nicht – aber ihrem Onkel hatte sie vertraut. Sie drehte sich wieder zu ihm um, und als sie den Schmerz in seinen Augen sah, brach es ihr das Herz.

»Ich kann nicht nach Hause gehen.« Sie streckte die Hand aus und hielt sie unter sein Kinn. »Zumindest noch nicht.«

»Sie bleiben also«, sagte Christian, der aus den Schatten heraustrat.

Antoinette fluchte. Sie hatte mit ihrem Onkel allein sein wollen. »Ja«, sagte sie dann.

»Sie kann hier bei Viktor und mir bleiben«, sagte Christian zu Sergei. »Sie brauchen sich keine Sorgen zu machen.«

Verdammt. Sie schluckte und reckte das Kinn. »Danke, aber ich kann mich selbst um mich kümmern.«

»Warum möchtest du denn überhaupt bleiben?«, fragte Sergei.

»Weil ich Dante finden und töten will.« Falls sie sich das Ganze nicht eingebildet hatte, wie alle zu glauben schienen.

»*Lishka*, Dante ist bereits tot«, sagte ihr Onkel in einem Tonfall, der sonst seinen Studenten vorbehalten war.

»Ich muss herausfinden, ob das wirklich stimmt, Onkel. Seine Augen waren so kalt, und es war die Art, wie er gesagt hat: ›Du schmeckst genauso süß wie deine Mutter.‹« Als sie an die schleimige Zunge auf ihrer Haut dachte, erzitterte sie. *»Das war er.«*

Christian sah sie eindringlich an, sagte aber nichts.

Sergei wandte sich an Christian. »Ich werde besser schlafen können, wenn ich weiß, dass sie bei Ihnen ist.«

Sie musste schließlich irgendwo übernachten – warum also nicht hier? Es war ein großes Haus, und sie wollte von Viktor mehr über ihren Vater erfahren. Sie seufzte. »In Ordnung, Onkel, ich bleibe hier.«

Sergei strahlte und nickte Christian zu. »Danke, Christian. Sie ist ein solcher Heißsporn, und ihr Bruder ist nicht da, um sie von allen Schwierigkeiten fernzuhalten.«

Bei der Erwähnung von Nici bemerkte sie, dass sie während dieser ganzen Sache nicht mehr an ihn gedacht hatte. Stechende Schuldgefühle quälten sie.

»Sie haben nichts Weiteres von Ihren Quellen in der Gilde erfahren?«, fragte Christian.

Sergei schüttelte den Kopf. »Jetzt erinnere ich mich, warum ich mich von ihr ferngehalten habe. Es gibt dort Verwerfungen, die mir Sorgen machen, und Sir Rogers Ermordung hat großen Aufruhr erregt. Die Mitglieder klagen sich deswegen gegenseitig an. Die einzelnen Fraktionen schicken nun ihre Kandidaten für die Nachfolge ins Rennen, und ich fürchte, es wird schlimmer als während der Unruhen. Es wäre das Beste, wenn Lucian diese Position einnehmen würde. Aber wegen seiner Verletzung ist nicht abzusehen, ob es dazu kommen wird.«

Ein weiteres Schuldgefühl streckte seine Fühler zu ihrem Herzen aus. Sie war so sehr mit ihrer eigenen misslichen Lage beschäftigt gewesen, dass sie ganz vergessen hatte, wie schlimm die von Lucian war. »Wie geht es ihm?«

Christian steckte die Hände in die Hosentaschen. »Sein Zustand ist stabil, und im Krankenhaus ist er unter Bewachung.«

»Ich sollte jetzt gehen, damit ich meinen Flug nicht verpasse«, sagte Sergei.

»Machen Sie sich keine Sorgen.« Christian trat vor und schüttelte ihrem Onkel die Hand. »Wir passen auf sie auf.«

Antoinette drückte Sergei an sich. Sie mochte zwar wütend auf ihn sein, aber er war noch immer der Mann, der ihr all die Jahre hindurch wie ein zweiter Vater gewesen war. Als die Limousine abfuhr, winkte Antoinette, bis der Wagen um die Ecke bog und verschwunden war.

Christian drehte sich um und ging auf das Haus zu. Viktor trat ihr an der Tür entgegen und beugte sich zu ihr vor. »Sie müssen nicht die ganze Zeit über tapfer sein.«

Christian bedachte die beiden mit einem finsteren Blick, bevor er im Wohnzimmer verschwand.

»Wir sollten einen Spaziergang machen und uns eine Tasse Kaffee genehmigen«, sagte Viktor, ergriff ihren Arm und sah sie an. Auf seinem Gesicht erschien ein Grinsen. »Oder vielleicht etwas Stärkeres? Ich kenne den perfekten Ort dafür. Kommen Sie.«

Antoinette hielt die Cowboy-Bar für eine seltsame Wahl, aber Viktor schien mit seinen Bluejeans, seinem schwarzen Westernhemd, dem Cowboyhut und den Schlangenlederstiefeln sehr wohl hierhin zu passen. Er hatte sich sogar die Haare zu einem Pferdeschwanz zusammengebunden, was ihn noch mehr aussehen ließ wie einen Jungen vom Lande. Eine Western-Band spielte in der hinteren Ecke, und einige Leute tanzten entweder allein oder zu zweit. Es hätte schlimmer sein können; ursprünglich hatte er gedroht, sie in eine Karaoke-Bar zu schleppen.

»Kleine Lady, erlauben Sie mir, dass ich Ihnen einen Drink spendiere«, sagte er mit einem aufregenden Südstaatenakzent, während er ihre Hand ergriff und sie zum nächsten freien Tisch zog.

Sie musste grinsen und hätte beinahe gekichert, vor allem, als diese heiße junge Schnalle in Minirock und Cowboystiefeln mit wackelndem Hintern an ihrem Tisch vorbeiging. Viktor schob seinen Hut nach hinten, lehnte sich auf seinem Stuhl zurück und blinzelte, als ihm die Bedienung ein aufforderndes Lächeln schenkte. Er sah ihr nach, während sie mit ausladendem Hüftschwung zur Bar ging.

Sie kam zurück, kaute auf einem Kaugummi herum und zog sich einen Stift aus dem Haar. »Was kann ich euch'n bringen, meine Süßen?«

Antoinette brauchte nicht lange nachzudenken. »Eine Limonade«, sagte sie.

»Zum Teufel damit«, sagte Viktor noch immer mit Südstaatenakzent. »Wir feiern. Bring ihr einen von diesen netten Drinks mit 'nem Schirmchen drauf, ja? Wir haben gerade beschlossen zu heiraten. Stimmt es nicht, Schätzchen?«

Antoinette wäre fast vom Stuhl gefallen und sah ihn mit großen Augen an. Er zwinkerte ihr schelmisch zu und formte mit dem Mund die Worte *Spiel mit.*

In Ordnung. »Das kannst du glauben, Zuckerpüppchen.« Sie griff zu ihm hinüber und zog eine Schnute. Antoinette wusste nicht, ob ihr Akzent korrekt war, aber Viktor schien er zu gefallen.

»Hab sie nach New York gebracht für was ganz Besonderes«, sagte Viktor. »Hab sie direkt vor diesem alten Haus gefragt.«

»Nee, wie süß.« Die Kellnerin war nicht halb so gut wie Viktor. »Ich sag dem Barmann, dass er ihr was richtig Tolles mixt. Und für dich, Süßer?«

Viktor warf der Kellnerin ein weiteres preisverdächtiges Grinsen zu. »Ich glaube, ich nehm 'nen ganz normalen Kentucky Bourbon, Zuckerpüppchen. Verdammt, gib mir 'nen Doppelten.«

»Klar, Süßer, bin gleich wieder da.«

»Was zum Teufel tun Sie da?«, zischte Antoinette dem grinsenden Aeternus zu.

Er schob die Krempe seines Huts mit dem Finger noch etwas höher, und sein selbstzufriedenes Grinsen spaltete ihm fast das Gesicht. »Manchmal macht es einfach nur Spaß, für eine Weile jemand anderes zu sein, und das hier ist der perfekte Ort dafür.«

Ist er verrückt?

»Sehen Sie mich nicht so an. Der Knabe, dem dieser Laden gehört, ist ein kanischer Freund von mir, der aus Alabama stammt. Das hier ist nur für Touristen und Stadtvolk. Kein anständiger Südstaatenkerl würde einen so geschmacklosen Ort besuchen. Sehen Sie sich doch um, das ist alles ein einziger Klischee-Himmel.« Er ergriff ihre Hand mit beiden Händen und drückte ihr einen dicken, schmatzenden Kuss mitten auf die Lippen. »Genießen Sie es – Sie haben sich soeben mit dem hübschesten Teufel auf dieser Erde verlobt.«

Es stimmte. Ein Souvenirstand verkaufte Hüte, Stiefel

und alle anderen möglichen und unmöglichen Cowboy-Dinge; ein mechanischer Bulle zuckte und wirbelte herum und warf soeben ein japanisches Mädchen zur großen, halb unterdrückten Belustigung ihrer Freundinnen ab, und eine Frau gab einer Gruppe mit Pärchen mittleren Alters am Rande der Tanzfläche Tanztipps. Die Leute kamen her, um jemand anderes zu sein.

Warum nicht? Vielleicht machte es wirklich Spaß. Antoinette lehnte sich zurück und entspannte sich. In dem Baumwollkleid, das sie sich von dem Kammermädchen geliehen hatte, fühlte sie sich gar nicht so seltsam.

Die Kellnerin kam mit den Drinks zurück. Als sie an dem Tisch vor ihnen vorbeiging, schlug ihr einer der daran sitzenden Kerle heftig auf den Hintern. Die arme Frau zuckte zusammen und verschüttete die Drinks auf dem Tablett. Sie drehte sich um und schenkte dem Mann einen bösen Blick, aber der Idiot und seine drei Freunde lachten bloß.

Antoinette war wütend und wollte aufstehen. *Wie können sie es wagen, das Mädchen so zu behandeln?* Viktors Hand legte sich auf die ihre, und er schüttelte kaum merklich den Kopf.

Die Kellnerin stellte einen Fruchtdrink mit einer Ananasscheibe auf dem Glasrand und einem Schirmchen vor sie hin, genau wie Viktor es bestellt hatte.

»Bitte schön«, sagte sie und hatte ihren Südstaatenakzent vergessen. Ihr Gesicht war ganz rot geworden. »Tut mir leid, dass ich etwas verschüttet habe.«

»Ist alles in Ordnung mit Ihnen?«, fragte Antoinette.

Das arme Ding lächelte schwach. »Das gehört zum Job.«

Viktor legte einige Hundertdollarscheine auf eine trockene Stelle ihres Tabletts. »Behalt das Wechselgeld.«

»Danke, Sir«, sagte sie, und ein gewaltiges Grinsen

löste ihren düsteren Blick ab. »Und wenn Sie noch etwas brauchen …« Sie deutete auf ihr Namensschildchen, auf dem SHERRY stand. »Bloß rufen.«

Während Viktor äußerlich gelassen blieb, glühten seine Augen in bernsteinfarbener Wut. Er nahm sein Glas in die Hand und wollte gerade einen Schluck nehmen, als sich ihm eine große, fleischige Hand auf die Schulter legte.

»Gibt's ein Problem, Kumpel?«, sagte der Mann mit entfernt britisch klingendem Akzent.

»Nein.« Viktor lehnte sich auf seinem Stuhl zurück, steckte die Daumen in seinen Gürtel und sah hoch zu dem Mann. »Ich bin nur der Meinung, dass das nicht sehr nett war.«

»So etwas wird an einem solchen Ort von dir erwartet«, sagte der Knabe.

Viktor runzelte die Stirn. »Grobheit ist an keinem Ort erwünscht. Sie sollten sich bei diesem armen Mädchen entschuldigen.«

»Glaubst du, Cowboy?«, dröhnte der große Mann. »Wie wäre es, wenn ich dir stattdessen die Scheiße aus dem Leib prügele?«

»Warum wollen Sie sich und Ihren Freunden eine schöne Nacht in der Stadt verderben? Es würde gebrochene Knochen, ausgeschlagene Zähne und eine Menge Blut geben.«

»Ja, Kumpel, und zwar ausschließlich dein eigenes.«

Antoinette machte sich zum Kampf bereit, aber Viktor stand einfach nur auf. Er sah dem Mann in die Augen und lächelte – es war ein breites Lächeln, das all seine Zähne entblößte. Der Blick des Mannes ging zu Viktors Fangzähnen, und er wurde ein wenig nervös.

»Wie wäre es, wenn wir die Sache vergessen und ich die nächste Runde spendiere?«, schlug Viktor vor und klopfte dem Mann auf die Schulter.

»Äh ... klar, das wäre wirklich nett.« Das Lächeln des Mannes zitterte an den Rändern. Er drehte sich um und setzte sich wieder zu seinen verstummten Freunden.

Viktor gab der Kellnerin ein Zeichen. »Sherry, eine Runde für diese guten alten Kerle auf meine Kosten.« Er klopfte dem Mann auf die Schulter. »Viel Spaß noch, Jungs.«

Antoinette entspannte sich wieder und lehnte sich zurück. Sie hatte nicht einmal bemerkt, dass sie nach vorn bis auf die Stuhlkante gerutscht war.

»Schatz, erweist du mir die Ehre eines Tanzes?« Viktor streckte die Hand aus.

Als sie die Tanzfläche erreicht hatten, wirbelte Viktor sie schnell herum. Er war gut, sehr gut. Tanzen erforderte ähnliche Fähigkeiten wie die Kampfkunst; es ging in der Hauptsache um Timing und Beinarbeit. Sie beobachtete die anderen Paare und hatte bald den richtigen Rhythmus gefunden. Unwillkürlich musste sie lächeln.

Dann änderte sich die Musik. Viktor zog sie in einen langsamen Walzer hinein. Sie schaute hinüber zu dem Tisch vor dem ihren und sah, dass die Männer mit der Kellnerin scherzten.

»Sie sind mit dieser Situation sehr gut umgegangen«, sagte sie. »Es wäre ganz anders ausgegangen, wenn ich mir die Kerle vorgenommen hätte.«

»Lassen Sie mich raten. Sie hätten zuerst diesen Knaben zusammengeschlagen und sich dann seine Freunde vorgeknöpft. Ich hätte dazwischengehen müssen, damit Ihnen nichts passiert, und Sie wären sauer gewesen, weil ich Sie gerettet habe. So ungefähr?«

Sie nickte. »Ziemlich gute Zusammenfassung, mit nur einem Fehler.« Sie lächelte. »Ihr Einschreiten wäre nicht nötig gewesen.«

»Vielleicht.« Viktor kicherte, zog sie näher an sich

heran und wirbelte sie über die Tanzfläche. »Wissen Sie, Antoinette, Sie müssen nicht immer zuerst angreifen.«

»Ich kenne es nicht anders«, flüsterte sie. Nichts konnte sie verletzen, wenn sie zuerst zuschlug. Sie legte den Kopf gegen seine Brust. Es war eine angenehme Abwechslung, sich einmal anlehnen zu können, und bei Viktor fühlte sie sich so sicher.

Sie hob den Kopf und sah ihn an. »Sie sind viel netter als Ihr Freund.«

»Viktors Augen verdunkelten sich. »Nein, das bin ich nicht.«

»Es tut mir leid, Viktor. Ich wollte damit nicht sagen, dass ...«

»Sie wissen nichts über Christian.«

Es war das erste Mal, dass sie ihn wütend sah. Sie senkte den Blick und verharrte.

Viktor seufzte, schloss die Augen, zog sie wieder an sich und bewegte sich mit ihr. »Wir haben einander oft das Leben gerettet. Aber das ist nicht der Grund, warum ich ihn liebe. Er ist mein bester Freund, und er ist wie ein Bruder zu mir. Seien Sie also vorsichtig mit dem, was sie ihm antun.«

Hitze stieg in Antoinettes Wangen. »Ich habe nicht vor, ihm etwas anzutun.«

»Ich sehe den nackten Hunger in euch beiden, wenn ihr euch anschaut.«

»Sie scherzen. Das Einzige, was ich für Christian fühle, ist ...«

»Wenn Sie sich gegen ihn wenden, wenden Sie sich auch gegen mich. Und ich warne Sie: Ich bin ein mächtiger Feind.«

Antoinette entfernte sich einen Schritt von der Wahrheit in seinen Augen. Viktor schien kein Aeternus zu sein, der seine Treue leichthin verschenkte.

»Ich werde vorsichtig sein«, sagte sie.

»Gut.« Er lächelte wieder, und seine Augen nahmen wieder ihre normale Farbe an. »Und jetzt wollen wir tanzen.«

Die Band spielte nun ein schnelleres Lied. Viktor führte sie wieder mitten unter die Tanzenden, und bald flogen sie mit schwindelerregender Schnelligkeit dahin.

Nach drei weiteren Liedern und viel Gelächter kehrten Antoinette und Viktor zu ihrem Tisch zurück. Ihr unangerührter Drink sah fruchtig und lecker aus, und jetzt war sie durstig genug.

»He, da ist ja das glückliche Paar«, rief der Mann, der Viktor vorhin noch zu Brei hatte schlagen wollen. »Sherry hat uns verraten, dass ihr beiden etwas zu feiern habt.«

Zu feiern? Antoinette wollte bereits den Kopf schütteln, aber Viktor hinderte sie mit einem raschen Händedruck daran.

»Aber sicher«, sagte er. »Wir haben uns heute Nachmittag verlobt.«

Die Männer am Tisch jubelten, und die Kellnerin lachte. »Diese Jungs hier kommen wirklich aus dem Süden – aus Australien.«

»Warum setzen Sie und Ihre Lady sich nicht zu uns? Schwamm drüber, was?« Der große Mann streckte die Hand aus. »Ich heiße Davo.«

Viktor ergriff seine Hand und schüttelte sie. »Sehr erfreut, Davo. Ich bin Sammy-Dean, und das hier ist meine Verlobte Mandy-Sue.«

Antoinette stand verblüfft da. *Mandy-Sue?* Vor zwanzig Minuten hatten sie sich noch die Köpfe einschlagen wollen, und jetzt schienen Viktor und der große Australier die besten Freunde zu sein.

Sie schüttelte den Kopf, nahm ihr Glas und trank einen Schluck durch den Strohhalm. *Aber hallo!* Das war nicht so harmlos, wie es aussah; es schmeckte nach vier Teilen Rum und einem Teil Fruchtsaft. Vielleicht wurde es Zeit, dass Mandy-Sue ein wenig Spaß hatte. Sie setzte sich auf Sammy-Deans Knie und drückte ihm einen dicken Kuss auf die Wange.

Ein schweres Klopfen riss sie aus dem Schlaf. Wer machte einen solchen Aufstand? Und warum waren sie nicht im Trainingsraum? Sie rollte auf den Bauch und zog sich das Kissen über den Kopf. Aber das Hämmern hielt an.

Sie drehte sich wieder auf den Rücken, öffnete die Augen und fühlte sich benommen. Das hier war nicht ihr Zimmer in der Schule. Dann kamen die Ereignisse der letzten Tage mit lebhafter Klarheit zurück, und sie erinnerte sich daran, dass sie in New York war. Jemand klopfte wieder an ihre Tür.

»Herein«, sagte sie und hielt sich die Hand an den schmerzenden Kopf.

Susan, das Dienstmädchen, trat ein und stellte ein Tablett auf den Tisch neben dem Bett. »Guten Abend, Miss.«

Antoinette setzte sich auf und reckte sich. Dabei glitt das Laken bis zu ihrer Hüfte hinab. »Wie spät ist es?«

»Nach Sonnenuntergang, etwa halb acht«, sagte das Mädchen, während es genug auftischte, um ein halbes Dutzend Leute satt zu machen. »Hier ist etwas, das Ihnen helfen wird, Ihren Magen zu beruhigen.« Sie gab Antoinette ein Glas mit einer sprudelnden Flüssigkeit.

»Danke.« Antoinette kippte es in mehreren Schlucken hinunter und rümpfte die Nase über den fauligen Geschmack. »Mein Kopf fühlt sich an, als würde er gleich explodieren.«

Das Mädchen lächelte und nahm das leere Glas zurück. »Das überrascht mich nicht.«

Antoinette trank nie viel, und der Rum-Frucht-Cocktail hatte ihr ziemlich zugesetzt. Viktor und die Australier hatten sich amüsiert – diese Jungs konnten offenbar eine Menge vertragen.

Undeutlich erinnerte sie sich an Christians böse Miene, als Viktor sie kurz vor Sonnenaufgang zurück zum Haus geschleppt hatte. Als Christian wütend davongestapft war, hatte Viktor gelacht und Antoinette zu ihrem Zimmer gebracht, wo er sie – ganz der perfekte Gentleman – auf das Bett gelegt und allein gelassen hatte.

Beim Duft von gebuttertem, heißem Toast und frischem Kaffee lief ihr das Wasser im Munde zusammen, und ihr knurrte der Magen. Trotz der Kopfschmerzen schien sie nicht den üblichen Kater zu haben. Da war lediglich eine gewisse Trägheit der Gedanken – als müsste sie durch Nebelschwaden hindurch denken.

»Ich glaube, ich gehe zuerst unter die Dusche.« Antoinette kroch aus dem Bett.

Das Dienstmädchen starrte sie an und senkte dann den Blick auf das Tablett.

Antoinette erkannte, dass sie nackt war und schlüpfte sofort in den Morgenmantel, der über der Stuhllehne hing. »Verzeihung.«

»Ist schon in Ordnung. Ich sehe hier andauernd nackte Personen. Aber diese Wunden an Ihrer Hüfte …«, sagte Susan. »Sie sehen schlimm aus.«

Antoinette wiegelte ab. »Eine Begegnung mit einem Drenier, das ist alles.«

Susan richtete sich auf. »Es muss aufregend sein, Venatorin zu sein.«

Antoinette zuckte mit den Schultern. »Ich bin es schon so lange, dass ich mich kaum mehr an etwas anderes erinnern kann. Seit meiner Kindheit ist das mein Leben. Manchmal ist es tatsächlich sehr aufregend.«

»Sie müssen sehr tapfer sein«, sagte Susan.

»Mein Bruder nennt es leichtsinnig«, erklärte Antoinette, bevor sie das Badezimmer betrat.

Die Dusche tat ihr gut; das war genau das, was sie jetzt brauchte. Schließlich drehte sie den Wasserhahn zu und schlüpfte wieder in den weichen Morgenmantel. Dampf vernebelte den Spiegel; sie fuhr mit der Handfläche darüber. Das heiße Wasser hatte Farbe in ihre Wangen gebracht und ihr wieder zu einem klaren Kopf verholfen.

Sie wickelte die nassen Haare in ein Handtuch und schlang es um den Kopf. Nach einem letzten Blick auf die dunklen Ringe unter ihren Augen verließ sie das Badezimmer.

»Susan, sag mir …« Der Rest der Frage erstarb auf ihren Lippen, als ihr Blick auf Christian traf, der am Tisch saß und einen Kaffee trank.

Zumindest hoffte sie, dass es Kaffee und kein Blut war. Rasch legte sie die Hände vor den Bademantel und zog ihn fester zu. »Wo ist Susan?«

»Sie hat andere Pflichten«, sagte er.

Ihr Blick fiel auf das Essen, und sofort knurrte ihr Magen.

»Setz dich und iss etwas. Dabei können wir uns unterhalten«, sagte Christian. Der Ausdruck des Hungers in seinen Augen hatte nichts mit Essen zu tun.

Sie setzte sich ihm gegenüber auf den Stuhl. »Das ist ja genug, um eine kleine Armee satt zu bekommen«, sagte sie und steckte sich eine Traube in den Mund.

Sein Blick fiel auf ihre Lippen. »Kavindish war sich nicht sicher, was du magst.«

»Das ist gut, denn ich bin fast verhungert.« Sie nahm eine weitere Traube, saugte langsam daran und beobachtete ihn unter gesenkten Lidern. Er schien von ihrem Mund fasziniert zu sein; seine Augen verdunkelten sich.

Sie griff nach einer Scheibe Toast, und dabei öffnete sich ihr Bademantel ein wenig. Er senkte den Blick. Sie hätte den Mantel schließen können, tat es aber nicht. Was machte sie hier bloß?

Die Erinnerung an die Geschehnisse im Flugzeug kam mit aller Deutlichkeit zurück und trieb ihr die Atemluft aus der Lunge. Es durfte nicht wieder passieren. Egal, wie sehr sie es wollte.

16 ALLEIN ZU HAUSE

Plötzlich und unerklärbar sehnte sich Christian nach etwas zu essen. Er hatte den Geschmack schon seit Langem vergessen, nicht aber das Vergnügen, das eine Mahlzeit spenden konnte. Als Antoinette über den Tisch griff, erhaschte er einen Blick auf eine ihrer Rundungen.

Sie richtete sich wieder auf, zog den Morgenmantel zu und biss in die Toastscheibe. Um seine Gedanken von ihrer Nacktheit abzulenken, goss er eine Tasse Kaffee ein und reichte sie ihr.

Es hatte ihn geschmerzt, als er gesehen hatte, wie sie und Viktor von ihrem nächtlichen Ausflug in die Stadt zurückgekommen waren – auch wenn Viktor ihm versichert hatte, dass es ein ganz unschuldiges Vergnügen gewesen war. Was Frauen anging, hatten sie einander noch nie belogen – zumindest nicht seit Carolina. Viktor hatte Christian dringend geraten, seine Gefühle für die liebliche Miss Petrescu im Zaum zu halten. Er hatte recht. Was zwischen ihnen geschehen war, war nicht mehr als ein Jucken gewesen, das nach einem Kratzen geschrien hatte.

»Danke«, sagte sie mit vollem Mund und griff nach der Tasse. Dabei vermied sie es, ihn unmittelbar anzusehen. Ihre Finger berührten sich, und sogar bei diesem kurzen Kontakt fuhr ihm ein elektrischer Schlag bis in den Arm. Sie hielt mitten im Kauen inne, und Entsetzen zeichnete sich auf ihrem Gesicht ab. Nach einem Herzschlag schluckte sie und setzte die Kaffeetasse an die Lippen.

Christian fiel es schwer, sich zu konzentrieren, und während er ihr zusah, bekam er eine Erektion. Sie nahm eine dicke rote Erdbeere zwischen die Lippen und senkte die Lider ein wenig, als sie in die Frucht biss. Er stellte sich vor, sie würde statt der Erdbeere seine Zunge in sich hineinsaugen, und dieser Gedanke jagte eine Hitzewoge durch seinen Körper, stärker als alles, was er in den letzten Jahrhunderten gespürt hatte. Es war beinahe wie der Griff des Blutbanns, und sein Körper reagierte, bevor sein Geist etwas dagegen tun konnte. Fruchtsaft rann ihr am Kinn hinunter, als sie in eine Mango biss, und ihre Zunge schoss hervor, um ihn aufzulecken.

Er beobachtete die saugenden Bewegungen der zarten Lippen und der rosafarbenen Zungenspitze und schlug die Beine übereinander, da es in seinen Lenden immer heftiger pochte. Wie gut, dass der Tisch zwischen ihnen stand.

»Ich würde mir wirklich wünschen, dass du mich nicht so anstarrst«, sagte sie und runzelte die Stirn. »Was willst du überhaupt?«

»Viktor und ich gehen aus.«

The Lodge war kein Ort für Antoinette. Es handelte sich um einen angesehenen Club für einflussreiche Aeternus und einige wenige wohlhabende Menschen. Er und Viktor wollten nach Gerüchten suchen, die über Sir Rogers Ermordung kursierten.

»Wohin gehen wir?«, fragte Antoinette, während sie sich mehr Obst in den Mund steckte.

»*Wir* gehen nirgendwohin. Du bleibst hier. Viktor und ich haben etwas zu erledigen.« Er schob seinen Stuhl zurück und ging zur Tür. »Es gibt eine Menge, womit du dich beschäftigen kannst, bis wir zurückkommen. Unten befinden sich eine gut ausgestattete Bibliothek und ein Übungsraum, in dem du ein bisschen trainieren kannst, falls es dir zu langweilig wird. Susan wird dir alles zeigen.« Er schloss die Tür, während sie ihn noch wütend ansah, und lächelte. Jetzt hatte er es ihr heimgezahlt.

◂▸

Nachdem Christian gegangen war, lief Antoinette mit vor der Brust verschränkten Armen in ihrem Zimmer auf und ab und trommelte frustriert mit den Fingern auf ihre Oberarme. Was hatte sie sich bloß dabei gedacht, einen Aeternus verführen zu wollen? Sie hatte es nicht von Anfang an vorgehabt, aber als sie Christians Gesicht gesehen und bemerkte hatte, wie er ihr beim Essen zusah, war es leicht gewesen, von der Macht verlockt zu werden, die sie für eine Sekunde über ihn zu haben schien. Zum Glück hatte er ihren Augenblick der Schwäche nicht ausgenutzt.

Es war nicht ihre Art, herumzusitzen und Däumchen zu drehen. Warum hatten sie Antoinette zurückgelassen? Vermutlich beschafften sie sich Nahrung. Sie unterdrückte ein Schaudern und wanderte wieder zur anderen Seite des Zimmers. Plötzlich sehnte sie sich danach, Lucian zu sehen und selbst herauszufinden, wie schwer er verletzt war. Rasch zog sie sich an und begab sich nach unten.

Kavindish erschien wie aus dem Nichts. »Gehen Sie aus, Miss?«

»Ich will bloß einen kleinen Spaziergang machen.« Sie trat auf die Haustür zu.

»Ich fürchte, das kann ich nicht zulassen, Miss.«

Antoinette stemmte die Hände in die Hüften. »Sie können es nicht zulassen?«

Kavindish zuckte nicht einmal mit der Wimper. »Der Herr hat die Anweisung hinterlassen, dass Sie heute Nacht im Haus bleiben sollen.«

»Bin ich etwa eine Gefangene?«

Unerschütterlich blieb er zwischen ihr und der Tür stehen. »Nein, Miss, es geschieht zu Ihrem eigenen Schutz.«

»Ich brauche keinen Schutz. Wenn Sie nicht beiseitetreten, Kavindish, werde ich gezwungen sein, Gewalt anzuwenden.«

»Sie können es versuchen, Miss.«

Ohne weitere Vorwarnung schlug sie nach seinem Kopf, doch er fing den Hieb mit Leichtigkeit ab. Er wirkte zwar nicht besonders muskulös, aber der Anzug verbarg seine Kraft. Kein einziges schwarzes Haar war in der glatt nach hinten gekämmten Frisur verrutscht. Doch Antoinette gab nicht auf, änderte die Taktik, zielte mit der Faust auf sein Gesicht und gleichzeitig mit dem Knie auf seine Lenden. Beide Angriffe wehrte er ab, wobei er sich kaum bewegte und weiterhin eine unbeteiligte Miene machte.

»Man sollte einen Butler halt nie nach seinem Äußeren beurteilen«, sagte sie beeindruckt. »Sie sind doch kein Klischee auf zwei Beinen.«

Was immer er sein mochte, er war kein Mensch. Zwar zuckte es nun in seinen Mundwinkeln, aber er blieb distanziert und unnahbar. Sie wollte Lucian sehen und sich vergewissern, dass er in Sicherheit war, aber an diesem Butler kam sie nicht vorbei. Also musste sie anders vorgehen.

Abwehrend hob Antoinette die Hände. »In Ordnung, Sie haben gewonnen. Vielleicht ist es nach der vergangenen Nacht genau richtig so. Ich glaube, ich werde etwas lesen.«

Er kniff die Augen zusammen.

»Könnten Sie mir vielleicht eine heiße Schokolade nach oben bringen, falls es nicht zu viel Mühe macht?« Sie schenkte ihm ein müdes Lächeln.

Er verneigte sich steif. »Darf ich sonst noch etwas für Sie tun, Miss?«

»Nein, das wäre alles.« Sie drehte sich um und ging wieder nach oben. Als sie sich auf der Treppe umdrehte, stand er noch immer vor der Tür und beobachtete sie.

Fünfzehn Minuten später knotete sie die Kordel um den flauschigen Bademantel und öffnete die Tür, nachdem es geklopft hatte. Kavindish trug ein Tablett herein, und sie tat, als würde sie seine verstohlenen, prüfenden Blicke nicht bemerken. Er war kein Dummkopf.

Aber sie hatte sich gut vorbereitet, bis zu den passenden Slippern und dem Buch, das unter ihrem Arm steckte.

»Danke, Kavindish. Sie können es auf dem Tisch abstellen.«

Sie hielt ihm die Tür auf und wartete. Er betrachtete kurz ihre Jacke, die sie über die Stuhllehne gehängt hatte, und ihre Jeans auf dem Boden. Nachdem er einen kurzen Blick auf den Rest des Zimmers geworfen hatte, ging er zur Tür.

»Genießen Sie Ihre Schokolade, Miss«, sagte er und verneigte sich knapp. »Zögern Sie nicht zu klingeln, wenn Sie noch etwas wünschen.«

»Danke, das werde ich tun.« Sie tat so, als wäre sie sehr müde, doch er kniff sofort die Augen zusammen. »Ich glaube, ich werde zu Bett gehen. Ich habe wohl doch einen größeren Kater, als ich vermutet hatte.« Sie gähnte, reckte und streckte sich. Hatte sie es vielleicht übertrieben? Der Butler bewegte sich nicht und wirkte nun noch misstrauischer.

Schließlich verneigte er sich noch einmal. »Gute Nacht, Miss.«

»Gute Nacht, Kavindish.«

Sobald er die Tür geschlossen hatte, legte sie das Ohr dagegen. Nichts. Sie ging zum Tisch, nahm den Teelöffel und rührte damit den Kakao um, wobei sie laut gegen das Porzellan schlug. Dann zog sie den Stuhl hervor und schlich auf Zehenspitzen zurück zur Tür. Sie hörte, wie die Schritte im Korridor immer leiser wurden.

Schnell wie ein Blitz schüttelte sie den Bademantel ab, zog ihre Jeans sowie die Jacke an und öffnete das Fenster. Die Alarmanlage hatte sie schon ausgestellt, und die drei Stockwerke bis hinunter zum Boden waren für eine geübte Venatorin kein großes Problem.

Antoinette schwang sich hinaus und suchte mit den Zehen nach Halt auf der Regenrinne. Sobald sie fest stand, machte sie sich vorsichtig an den Abstieg, der ihr keine wesentlichen Schwierigkeiten bereitete. Als sie den Boden erreicht hatte, wischte sie sich die Hände am Hintern ihrer Jeans ab und schaute hinauf. Es sollte nicht schwierig sein, auf demselben Weg wieder nach oben zu gelangen.

Etwas drückte sich gegen ihr Bein. Sie senkte den Blick und bemerkte Cerberus, der sie mit seinen großen, blassblauen Augen eingehend ansah. Er saß auf den Hinterbeinen, wedelte mit dem Schwanz, und die Zunge hing ihm seitlich aus der Schnauze.

»Wo kommst du denn her?«, fragte sie und bemerkte dann die Hundeklappe in der Tür am Ende der Treppe.

»Willst du einen Abendspaziergang machen?« Sie ging in die Hocke und nahm seinen Kopf zwischen die Hände. »Ich muss meinen Freund besuchen. Du bleibst hier.«

Antoinette holte ein Paar Slipper aus der Tasche ihrer Jacke und schlüpfte hinein; dann zog sie den Reißverschluss der Jacke hoch. Sie rammte die Fäuste in die Taschen und machte einen Schritt auf die Straße zu. Der Hund folgte ihr.

»Bleib hier, Cerberus!«, befahl sie ihm.

Er setzte sich wieder, hielt den Kopf schräg und stieß ein kurzes Jaulen aus. Sie spürte, wie der Hund sie auf dem Weg durch die schmale Gasse zwischen Christians Haus und dem Nachbargebäude beobachtete.

Bevor sie auf die große Straße trat, warf sie einen Blick zurück und sah, dass sich der Hund nicht bewegt hatte. Er wedelte fröhlich mit dem Schwanz. Sie schüttelte den Kopf, schaute nach rechts und links, ging ein paar Blocks weiter und hielt ein Taxi an.

Als Antoinette beim St.-Vincent-Krankenhaus in Manhattan ankam, erfuhr sie an der Rezeption, auf welcher Etage Lucian lag. Allerdings erklärte man ihr, die Besuchszeiten seien schon vorbei, und sie könne ihn erst am nächsten Tag sehen.

Mist.

Etwas so Unbedeutendes wie Besuchszeiten würden sie nicht aufhalten; dafür hatte sie schon zu viele Mühen auf sich genommen. Sie nahm einen weißen Kittel aus einem leeren Aufenthaltsraum für Ärzte und schlüpfte ins Treppenhaus.

Als sie die Etage erreichte, auf der Lucian lag, schlich sie in den verlassenen Korridor. Einige Schwestern saßen im Stationszimmer und unterhielten sich leise miteinander.

Hier roch es nicht wie in einem gewöhnlichen Krankenhaus – die chemische Sterilität überdeckte den Gestank von Krankheit und Tod. Antoinette hatte einen Plan, wie sie eine Schwester ablenken konnte, aber bei zweien würde er nicht funktionieren.

Wie durch göttliches Eingreifen stand die eine Schwester auf. »Ich könnte einen Kaffee gebrauchen. Willst du auch einen?«

»O ja, bitte«, sagte die andere. »Für einen Koffeinschub würde ich sogar mein Erstgeborenes hergeben.«

»Meine Liebe, ich habe dein Erstgeborenes gesehen,

und ich würde diese Höllenkatze nicht einmal geschenkt haben wollen«, versetzte die erste Schwester.

»Es war den Versuch wert.«

Beide brachen in Lachen aus.

Das war ihre Chance. Als die erste Schwester verschwunden war, schlich Antoinette um die Ecke in eines der Zimmer und drückte die Notklingel neben einem schlafenden Patienten; dann lief sie in den angrenzenden Raum. Sobald die zweite Krankenschwester auf den Alarm hin nach draußen ging, huschte Antoinette aus dem Raum und suchte in den Unterlagen nach Lucians Zimmernummer. Sie fand sie rasch.

Vor seinem Zimmer stand ein leerer Stuhl, auf dem eigentlich ein Wächter hätte sitzen sollen. Antoinette schluckte ihre Wut herunter und spähte durch das kleine Glasfenster. Eine blasse Gestalt lag in dem einzigen Bett im Raum; der Kopf war bandagiert. Sie schlüpfte ins Zimmer, als die zweite Schwester zum Stationszimmer zurückkehrte und etwas von Budgetkürzungen und fehlerhafter Elektrik murmelte.

Ein kleines, glimmendes Licht an der Wand über Lucians Kopf ließ alles im Halbschatten; seine Augen lagen tief eingesunken in den Höhlen. Sie trat näher heran. Er atmete schwer und gleichmäßig, und über seiner nackten Brust lag ein Verband.

Da der Wächter nicht da war, hatte sie Angst, Lucian wieder allein zu lassen. Sie glättete die Laken neben ihm, setzte sich auf den Besucherstuhl in der Ecke und beobachtete ihn eine Weile. Hin und wieder kam eine der Schwestern und schrieb Daten auf das Krankenblatt, aber jedes Mal gelang es Antoinette, sich rechtzeitig hinter einem Wandschirm zu verstecken. Lucian schlief weiter; er schien starke Medikamente bekommen zu haben.

Der Besucherstuhl hatte eine unebene Sitzfläche und

stach ihr in die Hüfte. Sie bewegte sich hin und her, um es sich so bequem wie möglich zu machen. Aus dem weißen Arztkittel machte sie sich ein Kissen, steckte den einen Fuß unter den Hintern und verschränkte die Arme vor der Brust. Lucians tiefes Atmen machte sie müde; ihr Kopf wurde schwer ...

»Antoinette?«, krächzte jemand.

Ruckartig wurde sie wach.

»Was?«, fragte sie, während ihr Herz wie rasend schlug. Zuerst wusste sie nicht, wo sie war.

»Sie jammern«, sagte dieselbe Stimme.

Der Nebel in ihr lichtete sich. Antoinette beugte sich auf ihrem Stuhl vor, und Lucians große, kluge Augen betrachteten sie freundlich.

»Ich muss eingeschlafen sein.« Sie streckte sich, vertrieb die Steifheit aus ihrem Nacken und gähnte. »Entschuldigung.«

Er versuchte sich aufzurichten. Antoinette erhob sich rasch und schob ihm ein Kissen hinter die Schultern, damit er es leichter hatte.

»Was machen Sie hier? Nicht dass es mich nicht freuen würde ...« Dankbar sank er in die Kissen zurück. Vor Schmerz wurde die Haut um seine Augen ganz weiß. »Wovon haben Sie geträumt? Vom Schießen?«

Es war wieder Dante gewesen, aber sie wich seinem Blick aus und zuckte mit den Schultern. »Vielleicht – ich kann mich nicht erinnern.«

»Ich auch nicht.« Er hob die Hand und betastete den Verband um seinen Kopf. »Ich habe es versucht, aber ich kann es nicht. Anscheinend hat mich der Zusammenprall mit dem Couchtisch nicht nur bewusstlos gemacht, sondern auch zu Gedächtnisverlust geführt.«

»Dann haben Sie den Schützen gar nicht gesehen?«

»Ich fürchte nein.« Er runzelte die Stirn und betrachtete sie eingehender. »Was ist passiert?«

Sie wischte seine Sorgen mit einer Handbewegung fort. »Nichts. Bloß zu viele Albträume.«

»Albträume?«

Sie seufzte. »In der letzten Zeit habe ich oft von der Ermordung meiner Mutter geträumt. Ich hatte sogar geglaubt, dass es Dante war, der auf Sie geschossen hat, aber jetzt bin ich mir nicht mehr so sicher.«

»Sie haben ihre Ermordung mit angesehen, nicht wahr?«, fragte Lucian. »Vielleicht hat Ihnen der Schock von Sir Rogers Ermordung ein posttraumatisches Stresssyndrom eingebracht.«

»Möglicherweise, aber das, woran ich mich vor allem erinnere, ist die vollkommene Macht, die er über mich hatte. Er hat mich gezwungen zuzusehen, während er meiner Mutter die Kehle durchgeschnitten hat.«

Für den Bruchteil einer Sekunde stieg Dantes Bild in ihr hoch – wie er die Puppe, die sie hatte fallen lassen, aufhob und ihr entgegenstreckte. Sie schlang die Arme um sich.

»Gerade eben habe ich mich zum ersten Mal an meine Puppe erinnert«, flüsterte sie.

Lucian hielt den Kopf schräg und sah sie fragend an. »Ihre Puppe?«

Sie spürte, wie ihr eine Träne über das Gesicht rann. »Ich hatte mich nass gemacht und vor Entsetzen meine Puppe fallen lassen. Dante hat sie aufgehoben und versucht, sie mir zu geben, und in diesem Moment ist mein Vater nach Hause gekommen. Ich erinnere mich, wie ich nach der Puppe gegriffen habe, und dann …«

»Und dann?«

Sie sah ihn an. »Später, als alles ruhig geworden war,

habe ich nach meiner Puppe gesucht. Papa hatte sie extra für mich anfertigen lassen. Sie sah mir sehr ähnlich und war mein Lieblingsspielzeug. Aber ich habe sie nie wiedergefunden. Bis heute weiß ich nicht, was mit ihr passiert ist.«

Ein Gefühl eisiger Kälte kroch an ihrem Rückgrat entlang, und die Bilder der kopflosen Leichen an der Tafel der AGV kamen ihr wieder in den Sinn. Die Gesichter der Opfer auf den Fotografien, die daneben angeheftet gewesen waren, hatten Antoinette stark an ihre Mutter erinnert. Wenn Dante noch lebte, dann war er der Fanghurenschlitzer, dessen war sie sich sicher.

Lucian streckte ihr die Hand entgegen. Sein Gesicht war bleich und drückte Besorgnis aus. Sie sollte ihn nicht mit Geschichten aus ihrer Vergangenheit belästigen. Er brauchte Ruhe.

Sie stellte sich neben sein Bett. »Das alles war lange, bevor Sergei und Katerina uns aufgenommen haben.«

Er setzte sich noch etwas aufrechter. »Wann gehen Sie nach Hause?«

»Ich weiß es nicht, aber zumindest jetzt noch nicht.«

»Warum nicht?«

»Ich möchte mich noch ein wenig umsehen und ein paar Dinge überprüfen.«

»Wo wohnen Sie?«

»Erst einmal in Christian Laroques Haus. Viktor und er …« Nein, noch wollte sie die Informationen über ihren Vater mit niemandem teilen. »Mein Onkel hat sie gebeten, ein Auge auf mich zu haben, falls der Mörder zurückkommen sollte. Nicht dass ich das nötig hätte«, setzte sie schnell hinzu.

Das ist richtig, verdammt! Ich bin doch keine zerbrechliche Prinzessin, die beim geringsten Anzeichen von Schwierigkeiten in Ohnmacht fällt. Die Wut auf ihren

Onkel kehrte zurück, aber Antoinette unterdrückte sie. Das war weder die richtige Zeit noch der richtige Ort, um ihr nachzugeben.

»Was zum Teufel machen Sie hier?«, unterbrach sie eine wütende Stimme.

17 DANACH

Antoinette wirbelte herum und sah, dass die Gestalt einer Frau im Türrahmen stand; sie hatte die Hände in die Hüften gestemmt.

»Ich wollte mich nur vergewissern, ob es meinem Freund gut geht.« Antoinette sah auf ihre Armbanduhr. Es war drei Uhr morgens. Sie war schon seit Stunden hier. »Ich konnte in dieses Zimmer gelangen, ohne von jemandem aufgehalten zu werden. Sollte hier nicht jemand Wache halten?«

Die Haltung der Krankenschwester wurde sanfter. »Eigentlich sollte er hier sein, aber er scheint wieder weggegangen zu sein. Aber das gehört nicht hierher. Die Besuchszeit ist schon lange vorbei, und Sie müssen sofort gehen.«

»Können Sie uns nicht noch fünf Minuten zugestehen?«, fragte Antoinette.

»Es tut mir leid, aber das geht nicht.« Die Schwester ließ die Schultern sinken, als sie an das Bett herantrat und Lucians Puls prüfte. »Das verstößt gegen die Vorschriften.«

»Dann komme ich morgen zurück – das heißt, später«, sagte Antoinette zu Lucian.

»Dann werde ich nicht mehr hier sein. Ich werde in mein Haus auf dem Land gebracht. Dort habe ich meine eigenen Ärzte und Sicherheitsleute.«

Zumindest wäre er dort gut aufgehoben, und sie bräuchte sich keine Sorgen mehr um ihn zu machen.

»Es tut mir wirklich leid, aber Sie müssen jetzt gehen«, sagte die Schwester.

»Schon gut, schon gut.« Aus einem Impuls heraus beugte sich Antoinette vor und küsste Lucian auf die Stirn. »Seien Sie vorsichtig.«

»Sie auch.« Er drückte ihre Hand ein letztes Mal. »Wenn Sie etwas brauchen, lassen Sie es mich wissen. Die Akademie weiß, wie Sie Kontakt mit mir aufnehmen können.«

Als sie das Zimmer verließ, schlenderte ein fetter Wachmann mit einem Magazin unter dem Arm den Gang herunter und zog gerade seinen Hosengürtel fest.

Er sah sie und warf sich in die Brust. »He, Sie dürfen da nicht reingehen.«

»Ich bin mehrere Stunden drin gewesen und wüsste gern, warum Sie heute Nacht mindestens zweimal Ihren Posten verlassen haben. Auf den Mann in diesem Zimmer ist geschossen worden – jemand hat versucht, ihn zu töten. Sie sollen ihn beschützen. Wo waren Sie?« Sie zog das Magazin unter seinem Arm hervor.

Playboy. Angewidert warf sie es ihm entgegen. Es prallte von seinem Brustkorb ab und fiel zu Boden.

Sein Gesicht nahm eine dunkelrote Farbe an. Er öffnete den Mund und schloss ihn wieder wie ein erstickender Fisch. »Ich musste pinkeln.«

»Während Sie auf der Toilette waren, konnte ich völlig ungehindert Mr. Morettis Zimmer betreten. Wäre ich der Mörder gewesen, dann wäre der Mann, den Sie bewachen sollen, längst tot, und Sie würden bis zum Hals in Problemen stecken.« Antoinette spürte, wie ihr Gesicht heiß wurde und ihre Ohren brannten. *Das stimmt zwar nicht ganz, aber dieser fette Mistkerl hat schließlich keine Ahnung.*

Der Sicherheitsmann trat von einem Bein auf das andere und sah überall hin, nur nicht zu ihr. Dann reckte er die Schultern. »Was glauben Sie denn, wer Sie sind? Sie können mir keine Befehle geben.«

»Mein Lieber, ich bin mit zwei Topagenten des Geheimdienstes gut bekannt, und ich kenne Oberon DuPrie persönlich.« Bei dieser kleinen Dehnung der Wahrheit wurde der Wächter blass. »Machen Sie endlich Ihren Job, und ich erwähne niemandem gegenüber, dass ich diese kleine Überprüfung gemacht habe. Aber beim nächsten Mal werde ich Ihr Verhalten zur Sprache bringen, und wenn Mr. Moretti etwas zustößt, werde ich Sie persönlich dafür verantwortlich machen. Nicht sie …« Antoinette zeigte auf die verblüffte Schwester, »… und auch nicht das Krankenhaus, sondern *Sie*.« Das letzte Wort betonte sie, indem sie ihm den Finger in die speckige Bauchrolle bohrte.

Antoinette machte auf dem Absatz kehrt und ging auf den Lift zu. Der Aufzug kündigte sein Eintreffen durch ein Klingeln an, und als Antoinette den Knopf für das Erdgeschoss drückte, hörte die Schwester gerade den lächerlichen Entschuldigungen des Wächters mit grimmiger Miene zu. Sie sah hinüber zu Antoinette, grinste und hielt beide Daumen hoch.

Antoinette verließ das Krankenhaus, hielt ein Taxi an und bat den Fahrer, sie mehrere Blocks von Christians Haus entfernt abzusetzen. Sie brauchte Zeit zum Nachdenken.

Sie war weniger als zwei Blocks von ihrem Ziel entfernt, als sich ihr plötzlich die Nackenhaare aufrichteten. Dann hörte sie Schritte auf dem Bürgersteig hinter sich. Sie blieb stehen. Die Schritte verhallten. Es war nur eine Person. Sie hatte keine Angst vor gewöhnlichen Räubern und Dieben, aber etwas in ihrem Bauch sagte ihr, dass es jemand anders war, der ihr folgte.

Sie rammte die Hände tiefer in die Jackentaschen, ging weiter und wurde immer schneller. Ihr Verfolger glich seine Schritte an die ihren an. Als sie die nächste Straße erreichte, schoss sie um die Ecke, drückte sich gegen die Wand, hielt die Luft an und lauschte auf die näher kommenden Schritte. Plötzlich waren sie nicht mehr zu hören.

Sie wartete. Aber niemand kam. Dann waren die Schritte wieder zu hören, diesmal links von ihr; sie kamen aus der Straße, in die sie eingebogen war. Sie hatten dasselbe Tempo und denselben Rhythmus, und sie hallten in der verlassenen, vom Tau des frühen Morgens feuchten Straße wider.

Wer es auch war, er hatte sie überholt. Nun richteten sich auch die Haare an ihren Armen auf. Kälte kroch über sie hinweg. Sie wusste, dass er es war. *Dante!*

Rasch überquerte Antoinette die Straße und ging in ihrer ursprünglichen Richtung weiter. Die Schritte verfolgten sie.

Jetzt reichte es ihr. Sie wurde langsamer. Die Schritte hinter ihr wurden lauter. Die Haut zwischen ihren Schultern prickelte und juckte vor Erwartung. Nach einer weiteren Minute wirbelte sie herum und hoffte, ihn dadurch zu überraschen. Doch wieder einmal befand sich niemand hinter ihr. Er spielte mit ihr.

Dann hörte sie das leise Pfeifen im Wind. Es kam von oben – zuerst rechts, dann links von ihr, als würde er von einem Gebäude zum nächsten springen. Die Melodie des Wiegenlieds kam näher und näher. Es war dieselbe, die sie auf der Konferenz-Party gehört hatte – dieselbe, die er während der Ermordung ihrer Mutter gesummt hatte, und diesmal wusste sie, dass sie sich nichts einbildete.

»Dante …«, krächzte sie, bevor ihr die Stimme versagte. Sie schluckte und rief dann in die Dunkelheit des frühen

Morgens: »Dante, ich weiß, dass du da bist. Hör auf mit diesen Spielchen. Komm heraus und zeig dich mir.«

»Also gut, Kleines«, höhnte er aus den Schatten rechts von ihr. »Wie tapfer du bist.« Jetzt war er hinter ihr.

»Man hat mir gesagt, du seist tot.«

Seine eisige Stimme brachte etwas hervor, das entfernt an ein Kichern erinnerte. »Ich weiß. Köstlich, nicht wahr?« Die Richtung änderte sich andauernd, als ob er sie umkreisen würde. »Und dein Vater war mein Mörder. Ich hätte es selbst nicht besser planen können.«

Vor Schreck setzte ihr Herzschlag aus. Ihre Füße wollten sich nicht mehr bewegen. Still und schnell huschte er um sie herum. Ganz kurz spürte sie seinen Atem im Haar, dann war er wieder verschwunden, und sie fragte sich, ob sie sich ihn nicht nur eingebildet hatte. Kälte kroch ihr an den Beinen empor.

»Wie bist du dem Brand im Lagerhaus entkommen?«, fragte sie.

Sein Lachen erschallte überall um sie herum. Plötzlich war er da und stand vor ihr, eingehüllt in einen grauen Mantel, der alles außer seinem Gesicht verbarg. Als er lächelte, sah sie seine ausgefahrenen Fangzähne.

»Das wüsstest du gern, nicht wahr?«, fragte er. »Ich will nur sagen, dass sich unter dem Lagerhaus zu meinem Glück Wasser befand. Und ich hatte einen Freund, der mir nach einem kleinen Stoß sehr behilflich war. Ich habe ihm die Hand gereicht – oder sollte ich sagen: den Finger?«

»Wessen Körper ist aus dem Fenster gefallen?«

»Der irgendeines armen frischgebackenen Aeternus, der zur falschen Zeit am richtigen Ort war.«

»Und jetzt bist du hier und quälst mich«, flüsterte sie. »Warum?«

»Du und ich, wir sind noch nicht fertig miteinander.

Deine Mutter mag zwar das Süßeste gewesen sein, das ich je gekostet habe«, sagte er, und seine Stimme tropfte vor Sarkasmus, »aber du warst noch süßer, als du da in deinem Schlafanzug und mit der Puppe unter dem Arm gestanden hast und deine Augen so groß und rund waren. Da wollte ich dich fressen. Und jetzt bist du hier, und du siehst deiner Mutter so ähnlich. Die anderen sind bloß blasse Imitate.«

»Die Fanghuren.« Ihre Hände zitterten, und die Kälte kroch immer höher. Sie hatte recht gehabt.

»Ah, ja.« Sein Gesicht nahm einen sanften, umflorten Ausdruck an. »Ihre Schreie sind Gesang in meinen Ohren. Ich wollte deine Mutter zum Schreien bringen. Ich will *dich* zum Schreien bringen.« Er starrte sie an. »O ja, du wirst für mich singen.« Seine Augen wurden hell und durchdringend und verbrannten sie mit ihrer Hitze.

»Nein, das werde ich nicht«, sagte sie und ballte die Fäuste, weil sie die Angst, die sie durchraste, unterdrücken wollte. »Ich werde dich aufhalten.«

»Wie denn, Kleines? Wie willst du das schaffen?« Er schenkte ihr das gleiche tödliche Lächeln wie in jener Nacht, als er das Messer über die cremefarbene Haut ihrer Mutter geführt hatte.

»Ich weiß es noch nicht, aber ich werde es tun.« Sie versuchte das Zittern aus ihrer Stimme herauszuhalten, aber es gelang ihr nicht ganz.

»Und was ist, wenn ich dich zuerst aufhalte?«, fragte er.

Sie öffnete den Mund und wollte antworten, aber nichts kam heraus.

»Wie könntest du mich aufhalten? Du bist ein Menschenmädchen. Kannst du mich davon abhalten, das hier zu tun?« Plötzlich hielt er ihre Arme hinter dem Rücken fest. Sie hatte nicht einmal gesehen, wie er sich bewegt hatte. »Sag mir, hat Christian deine Köstlichkeiten schon probiert?«

Wie machte er das? Er hatte sie wieder in ein hilfloses Kind verwandelt und beugte sich zu ihr vor. Sein Atem kroch über ihre Haut, als er ihren Nacken beschnüffelte. »Was für eine großartige Frau du bist! Du machst mich so heiß. Spürst du es?«

Sie spürte es, denn er drückte sich gegen ihren Hintern. Ihr wurde übel.

»Du bist mein, Kleines, ganz und gar mein. Und ich werde dich verzehren.« Er näherte sich ihrer Kehle. Wo er sie berührte, fühlte sich ihre Haut schmutzig an. »Aber nicht heute Nacht – noch nicht.«

Erst als sie einen Schritt nach hinten taumelte, bemerkte sie, dass er sie losgelassen hatte. Sie rannte fort.

»Bleib stehen«, befahl seine Stimme, bevor sie mehr als ein paar Schritte hatte machen können.

Sie gehorchte; ihre Füße waren wie an den Boden geklebt.

»Dreh dich um.«

Sie tat es.

»Sieh mich an.«

Sie versuchte sich dagegen zu wehren, doch ihre Augen richteten sich langsam auf ihn.

Plötzlich ertönte ein lautes Knurren links von ihr. Cerberus stand auf der Straße. Sein Nackenfell hatte sich aufgerichtet; er hatte die Zähne gebleckt, und aus seiner Brust drangen bedrohliche Geräusche.

»Na, das muss einer von Viktors Welpen sein«, kicherte Dante.

Der Hund schlich einen Schritt vor und hielt den Kopf dicht über dem Boden. Er hatte die Lefzen zurückgezogen und die scharfen, langen Zähne entblößt. Sein Blick ruhte fest auf Dante.

Dante machte eine knappe Handbewegung, und Cerberus wurde durch die Luft geschleudert und landete einige Fuß entfernt. Der Aufprall drückte dem Hund die Luft mit einem pfeifenden Geräusch aus der Lunge.

Antoinette erstarrte. So etwas hatte sie noch nie zuvor gesehen. Kein Aeternus oder Drenier, dem sie je begegnet war, hatte telekinetische Kräfte besessen. Das war etwas Neues.

Das verletzte Tier jaulte auf. Sie rannte zu ihm, während es sich auf die Beine kämpfte, und legte ihm sanft den Arm um den Hals. Wenn Cerberus noch einmal angriff, würde Dante ihn mit einem einzigen Wimpernschlag in Stücke reißen.

Cerberus' Knurren wurde tiefer, und er schnappte nach Dante. Speichel tropfte ihm vom Unterkiefer. Antoinette spürte seine Anspannung an ihrer Brust, als sein Körper von Wut durchgeschüttelt wurde.

»Also gut.« Dante machte eine tiefe Verbeugung. »Ein andermal, Kleines.« Mit einem theatralischen Schwung seines Capes verschwand er.

Antoinette hätte gelacht, wenn die Angst ihr nicht jeden Sinn für Humor geraubt hätte. Sie streichelte Cerberus' dichtes Fell, vergrub das Gesicht in ihm und beruhigte sich allmählich.

»Danke, mein Schutzengel.« Sie kraulte ihn hinter den Ohren und drückte ihn noch einmal an sich. »Komm, wir gehen nach Hause.«

Cerberus folgte dicht hinter ihr, blieb gelegentlich stehen, drehte sich um und knurrte. Antoinette erreichte die Gasse zwischen den Häusern und begab sich zur Regenrinne. Nachdem sie Cerberus noch einmal gekrault und ihm einen Kuss auf den Kopf gepflanzt hatte, blieb er als stiller Wächter stehen, während sie die Regenrinne hochkletterte. Als sie ihr Fenster erreicht hatte und sich auf das Sims zog, betrat er das Haus durch die Hundeklappe. Sie hätte eine Lampe brennen lassen sollen. Im Zimmer war es so dunkel, dass sie nichts sehen konnte.

Plötzlich wurde sie in den Raum gezerrt, und eine grobe Hand legte sich über ihren Mund. Sie wurde auf das Bett geschleudert und durch das Gewicht eines anderen Körpers darauf festgehalten. Nur ein Aeternus besaß solche Kraft. Das Herz schlug ihr bis zum Hals. Nun war Dante doch zu ihr gekommen. Er hatte sie zum Narren gehalten. Sie versuchte zu schreien, aber die Hand erstickte jedes Geräusch, und ein Atemhauch strich ihr gegen das Ohr. Sie straffte die Schultern, schloss die Augen und wartete darauf, dass sich die Zähne in ihre Kehle bohrten.

18 AUF FRISCHER TAT ERTAPPT

»Wo bist du gewesen?« Christians Stimme klang gepresst vor unterdrückter Wut. »Ich habe dir doch gesagt, du sollst hierbleiben. Weißt du nicht, wie gefährlich es gerade jetzt da draußen ist?«

Sie riss die Augen auf, und Erleichterung stieg tief in ihr auf. Das war nicht das Gefühl, das er erwartet hatte. Dann roch er die Angst, die aus ihren Poren drang. Ihre Reaktion war etwas zu heftig gewesen. Irgendetwas war da draußen passiert.

»Was ist los?«, fragte er.

Seine Hand dämpfte ihre Worte, und sie wand sich wieder unter ihm, aber keineswegs so heftig wie vorhin. Mit ihren Menschenaugen konnte sie ihn in der Dunkelheit nicht sehen, aber er erkannte jede Einzelheit, jede Grimasse und jedes Stirnrunzeln.

Er nahm die Hand weg, doch ihr Körper zitterte noch immer unter seinem.

»Hättest du etwas dagegen, jetzt von mir herunterzusteigen?«, fragte sie ungeduldig.

»Ja, ich hätte etwas dagegen«, seufzte er in ihr Ohr und atmete den Duft ihres Haars ein.

Ihre Angst war berauschend, und das Gefühl ihres Atems an seiner Wange trug nicht gerade dazu bei, seine Erregung zu dämpfen. Seine Fangzähne fuhren aus; sie waren lang und scharf.

Nein, nicht jetzt. Er drückte sich von ihr ab, und kalte Luft strömte zwischen sie und ihn.

»Wohin bist du heute Nacht gegangen?«, wollte er von ihr wissen.

Antoinette griff nach der Lampe neben dem Bett und schaltete sie an. Christian wandte sich von der grellen Helligkeit ab.

»Ich habe Lucian besucht.«

»Bist du wahnsinnig? Warum hast du nicht auf mich oder ... oder auf Viktor gewartet, damit du Begleitung hast?« Er drehte sich um und sah die Wut in ihrem Gesicht.

»Du hattest kein Recht, deinem Butler zu sagen, er soll mich wie eine Gefangene im Haus einsperren. Ich bin schon seit einigen Jahren eine mit allen Rechten ausgestattete Venatorin. Ich brauche weder deinen Schutz noch den von Viktor oder deinem Diener.«

Natürlich hatte sie recht – unter normalen Umständen. Aber die Umstände waren eben alles andere als normal. Warum sah sie das nicht ein? Und warum war ihm das nicht egal?

»Wir wissen nicht, was los ist und warum Sir Roger ermordet wurde. Und solange wir das alles nicht begriffen haben, ist es für dich nicht sicher ...«

»Das ist mir gleichgültig. Ich brauche niemanden, der auf mich aufpasst, und ich ertrage es nicht, eine Gefangene zu sein.«

»Wir wollten nur genau wissen, wo du bist, falls ...« Christian hielt inne.

»Falls der Mörder es auf mich abgesehen hat und ihr nicht zur Stelle seid, um ihn zu schnappen«, beendete Antoinette den Satz für ihn. »Ich bin nicht dumm.«

»Wir wollten später mit dir darüber reden, und deswegen bin ich heute Nacht in dein Zimmer gekommen, aber es war leer.«

Sie verschränkte die Arme vor der Brust und wandte den Blick ab.

Sie hatte zu schnell nachgegeben; er hatte einen Streit erwartet. »Also, wirst du in Zukunft vorsichtiger sein?«

»Natürlich.«

»Das ist vielleicht nicht mehr nötig«, rief Viktors Stimme vom Eingang her.

Sie drehten sich beide um und sahen ihn an; neben ihm stand Cerberus. Der Hund lief sofort zu Antoinette und leckte ihr die Hand.

Viktor hielt den Kopf schräg und lehnte sich gegen den Türrahmen. »Ich bin froh, dass ihr beide hier seid«, sagte er mit einem selbstzufriedenen Grinsen. »Ich habe ihn gefunden.«

»Wen?«, fragte Antoinette.

Christian machte einen Schritt nach vorn. »Grigores Kontaktmann? Hast du ihn wirklich aufgespürt?«

Viktor nickte und grinste noch breiter. »Es ist Williams. Er war die ganze Zeit direkt vor unserer Nase. Mehr noch, er ist einverstanden, mich an demselben Ort zu treffen, den wir für Grigore ausgesucht hatten.«

»Andrew Williams? Der Assistent des Botschafters?«, fragte Christian.

»Ja, genau der.« In Viktors Augen glitzerte es vor Aufregung.

Es war schwierig zu glauben, dass jemand, der dem Botschafter so nahegestanden hatte, sich tatsächlich mit einem Flüchtigen zusammengetan hatte. »Wie ist er mit Grigore bekannt geworden?«, wollte Christian wissen.

Viktor richtete sich auf und betrat das Zimmer. »Anscheinend haben sie in Budapest gemeinsam die Akademie für Paramenschliche Studien besucht.«

»Und was jetzt?«, fragte Antoinette, während sie Cerberus' Kopf kraulte.

»Er bittet um ein Treffen – nach Sonnenuntergang.«

»Das erscheint mir alles viel zu einfach«, sagte Christian. »Ich begleite dich.«

Viktor schüttelte den Kopf. »Ich soll ihn allein treffen. Das war ein Teil der Abmachung.«

»Bei deinem letzten Treffen ist Grigore verschwunden«, sagte Christian. »Woher wissen wir, dass dieser Williams ihn nicht verraten hat? Für mich riecht das nach einer Falle.«

»Ich stimme Christian zu«, sagte Antoinette und überraschte damit die beiden Männer.

»Mag sein, aber es geht wirklich nicht«, befand Viktor.

»Das Treffen soll in einem Club stattfinden, nicht wahr? Er würde uns nicht bemerken, wenn wir uns wie normale Gäste verhalten und an einem anderen Tisch sitzen«, schlug Antoinette vor.

»Einen Augenblick.« Christian trat zwischen sie und Viktor. »Du kannst nicht mitkommen.«

»Warum nicht? Hatten wir diese Diskussion nicht vorhin schon?« Sie hob das Kinn.

»Sie hat recht, Christian«, verteidigte Viktor sie. »Und wenn ihr beiden wie ein Pärchen ausseht, wäre das die perfekte Tarnung.«

»Was?«, fragten Antoinette und Christian gleichzeitig.

»Auf keinen Fall«, sagte Christian. Der Gedanke daran, ihr so nahe zu sein … Er konnte sowieso kaum noch die Hände von ihr lassen.

»Warum nicht?« Antoinette sah ihn böse an und stemmte die Hände in die Hüften. »Was stimmt denn nicht mit mir?«

»Komm schon, Christian, hier geht es um eine verdeckte Ermittlung, und das ist schließlich dein Job. Du weißt doch noch, wie das geht, oder?«, fragte Viktor, und sein Grinsen wurde breiter.

Christian fuhr sich mit den Fingern durch die Haare und schenkte der Stichelei seines Freunds keine Beachtung. »Na gut, aber vorher müssen wir uns einen guten Plan ausdenken.«

Endlich ein Durchbruch, und zwar ein richtiger. In seinen Adern flammte die Erregung der Jagd auf. »Hat er etwas darüber gesagt, was beim letzten Mal passiert ist?«

»Wir hatten nicht viel Zeit für ein Gespräch, aber er hat mir mitgeteilt, dass es Grigore war, der das letzte Treffen abgesagt hat.«

»Und Sie glauben ihm?«, fragte Antoinette. »Hätte Papa in diesem Fall nicht auch Sie benachrichtigt?«

Viktor runzelte dic Stirn, verschränkte die Arme hinter dem Rücken und lief auf und ab, während er nachdachte. Fast konnte Antoinette das Räderwerk in seinem Kopf hören.

Er blieb stehen und sah sie an. »Ich weiß überhaupt nicht mehr, was ich noch glauben soll. Ich hatte in einem anderen Fall verdeckt ermittelt, und Grigore hatte den Kontakt mit mir auf ein Minimum beschränkt. Ich weiß nur, dass er sein Schweigen ausschließlich wegen etwas höchst Wichtigem gebrochen hätte.«

»Aber wir wissen noch immer nicht, was dieser Williams mit meinem Vater zu tun hat«, sagte sie.

»Er ist das einzige Verbindungsglied zu ihm. Williams weiß etwas, und ich will herausfinden, was es ist.«

Nachdem Christian und Viktor gegangen waren, lehnte sich Antoinette gegen die Tür und schloss die Augen. In Anwesenheit der Männer hatte sie sich mühsam zusammengerissen, aber jetzt, wo sie allein war, gaben die Beine unter ihr nach, und sie sackte zu Boden und legte sich die zitternde Hand vor das Gesicht.

Diesmal konnte sie es nicht mehr leugnen. Es war eindeutig Dante, und er war eindeutig echt. Er war der Fanghurenschlitzer.

Cerberus leckte ihr das Ohr, und sie kraulte sein Fell und drückte ihn an sich. »Du hast ihn auch gesehen, mein Junge. Du weißt, dass ich ihn mir nicht eingebildet habe.«

Der Hund hielt den Kopf schräg, spitzte die Ohren, schaute zum Fenster und knurrte, aber es hörte sich nicht sehr bedrohlich an. Sie rieb ihm das Fell. »Möchtest du für den Rest der Nacht hierbleiben und mir Gesellschaft leisten, mein Junge?«

Der Hund bellte und sprang auf das Fußende des Betts. Er drehte sich um, bildete eine bequeme Kuhle, legte den Kopf auf die Pfoten und hob eine Hundebraue. Antoinette stand vom Boden auf und gesellte sich zum ihm aufs Bett. Sie klopfte ihm sanft auf den Kopf, erhob sich wieder, zog sich aus und schlüpfte unter die Laken.

Sie lehnte sich gegen die Kissen und dachte an Christian. Als sie begriffen hatte, dass er und nicht Dante in diesem Zimmer war, hatte die Angst sofort der Versuchung Platz gemacht. Das Gewicht seines Körpers auf ihr hatte in ihr das Verlangen geweckt, die Beine um ihn zu schlingen und ihn in sich aufzunehmen. Sowohl Dante als auch Christian waren eine Gefahr für sie. Auf verschiedene Weise schafften sie es, dass Antoinette ihre Selbstbeherrschung verlor – der eine benutzte dazu die Angst, der andere die Lust.

Wenn sie diese beiden Männer überleben wollte, musste sie lernen, ihre Gefühle zu schützen.

◂▸

Der volle, verrauchte Club brummte vor Musik und lauter Unterhaltung. Antoinette nippte durch einen Strohhalm an ihrem Cocktail. Christian hatte gesagt, dass es sich um eine Virgin Mary handelte – das war Viktors Vorstellung von einem Scherz. Für gewöhnlich mochte sie Tomatensaft nicht besonders, aber sie stellte fest, dass sie den besonderen Geschmack des Tabasco angenehm fand.

Obwohl Antoinettes Drink alkoholfrei war, schwirrte ihr der Kopf von dem Rauch der Joints, die am Nachbartisch herumgereicht wurden.

»Kommt schon, ihr beiden«, drang Viktors Stimme durch den elektronischen Empfänger in ihrem Ohr. »Versucht wenigstens so auszusehen, als ob ihr euch amüsieren würdet. Schließlich seid ihr frisch verliebt.«

»Also gut. Sie haben keine Ahnung, wie ich aussehe, wenn ich verliebt bin«, flüsterte Antoinette. Zum hundertsten Mal schaute sie in ihren tiefen Ausschnitt und vergewisserte sich, dass weder das Mikrofon noch sonst etwas zu sehen war. Dann hob sie den Blick wieder und bemerkte, dass Christian in dieselbe Richtung starrte.

»He!« Sie schnippte mit den Fingern vor ihrem Gesicht. »Ich bin hier oben.«

Christians glühender Blick wanderte hoch, langsam verschoben sich die Mundwinkel zu einem Grinsen. »Ich kann nichts dagegen tun. Sie sind einfach so … da.« Wieder sackte sein Blick hinunter zu ihrem Busen.

Ein Teil von ihr war beleidigt, der andere erfreut. Sie verschränkte die Arme, was alles nur noch schlimmer machte. Ihre Brüste wurden zusammengedrückt und noch stärker hervorgehoben. Als sich Christian zu ihr vorbeugte und der Hunger in seinem Gesicht noch deutlicher wurde, widerstand sie dem Drang, sich den Mantel umzulegen.

»Wann sollte er noch gleich eintreffen, Viktor?«, fragte sie, um sich abzulenken.

Sie alle trugen winzige elektronische Lautsprecher in den Ohren und gut am Körper versteckte Mikrofone. Die lärmende Menge und die Musik verhinderten, dass sich Viktor und Christian allein auf ihre scharfen Sinne verlassen konnten.

Aus den Augenwinkeln sah Antoinette, wie Viktor sein Glas erhob und es an den Mund führte, als würde er trinken. »Vor einer halben Stunde. Er muss aufgehalten worden sein.«

Sie wusste nicht, wen er damit zu überzeugen versuchte: nur sich oder sie alle.

»Glaubst du wirklich, dass er noch auftaucht?«, fragte sie.

»Wir sollten ihm noch ein wenig Zeit geben«, antwortete Viktor.

Eine blonde Hure schlenderte zu Viktor, legte ihm die Hand auf die Schulter, beugte sich vor und flüsterte ihm etwas ins Ohr. Er drehte sich zu ihr um, und selbst auf die Entfernung war sein Interesse deutlich zu erkennen. Zögerlich schüttelte er den Kopf und wandte sich wieder seinem Drink zu. Die Blonde machte sich auf den Weg zum nächsten potenziellen Kunden.

Nach einigen weiteren Cocktails konnte Antoinette den Drang, die Toilette aufzusuchen, nicht mehr bekämpfen. Sie stand auf.

Christian streckte den Arm aus und ergriff sie am Handgelenk. »Wohin gehst du?«

»Ich will mich frisch machen«, sagte sie und versteckte dabei nicht ihre Verärgerung. »Ich habe nicht deine ... Konstitution.«

»Entschuldigung.« Er ließ sie los.

Hüftenschwingend trippelte sie auf den halsbrecherisch hohen Absätzen davon, die zu ihrer lasziven Verkleidung gehörten.

◂▸

Christian drehte den Kopf und sah ihr nach. Es gefiel ihm, wie diese Stilettabsätze einen besonderen Schwung in ihren Gang brachten. Nur ein winziger Lederstreifen bedeckte die Rundungen ihrer Hinterbacken und zeigte sehr vorteilhaft die Beine in ihrer ganzen Länge. Der Minirock saß so tief auf ihrer Hüfte, dass die Drachentätowierung im Grübchen des Hinterns sichtbar war – mit Ausnahme des Schwanzes.

Diese Verkleidung hatte sie mit einem schwarzen Nackenträgertop vervollständigt. Ihr offenes Haar schwenkte im Rhythmus der Hüftbewegungen gegen den beinahe nackten Rücken. Gütiger Gott, wie er es liebte, ihr zuzusehen.

Christian hatte nichts für schmierige Gedanken übrig, aber er regte sich unruhig auf seinem Stuhl, als er sich plötzlich vorstellte, wie er sie in dem schäbigen Korridor, der zu den Toiletten führte, gegen die Wand drückte und nahm, während sie ihm die Beine um die Hüften schlang.

Als Antoinette zurückkehrte, stellte sie sich neben den Tisch und stemmte die Hände in die Hüften. »Dieses Herumsitzen macht mich ganz kribbelig. Komm, wir tanzen.«

Mist. »Ich will nicht.«

»Also, ich werde jetzt tanzen, entweder mit dir oder ohne dich.«

Sie schlüpfte aus ihren Schuhen und ging barfuß auf die überfüllte Tanzfläche. Über die Schulter warf sie ihm einen Blick zu, dann hob sie die Hände über den Kopf und bewegte die Hüften – nur die Hüften. Sie drehte ihm den Rücken zu, hob die Haare an und enthüllte die zarte Rundung ihres Halses, während ihre Hüften weiterhin wellenartige Bewegungen machten. Ihr Rückgrat bog sich im Takt der Musik.

Sie beherrschte jeden Muskel und jede Bewegung ihres

Körpers. Seine Erektion schwoll schmerzhaft an und zuckte bei jeder Regung ihrer knackigen Kurven. Seine Lederhose schien plötzlich um mehrere Nummern enger geworden zu sein.

»Meine Güte, Mädchen.« Viktors Stimme durchdrang Christians gebannte Starre.

»Willst du zu mir kommen, Viktor?«, fragte sie. »Christian ist nicht in Stimmung.«

Oh, ich bin durchaus in Stimmung – aber nicht fürs Tanzen.

»Verlockend, sehr verlockend«, antwortete Viktor. »Aber ich glaube, ich bleibe erst einmal hier sitzen und genieße die Show.«

Bald war Antoinette von einem halben Dutzend Männern umringt, die alle um ihre Aufmerksamkeit buhlten. Aber sie schien ganz in der Musik aufzugehen und schenkte ihren Verehrern keine Aufmerksamkeit, während sie sich drehte und die Hüften schwang. Ihr Bauch kreiste wie eine hypnotische Welle.

»Meine Güte, wo hast du denn gelernt, dich so zu bewegen?« Damit sprach Viktor aus, was Christian gedacht hatte.

»Meine Tante Katerina hat allen Mädchen in der Familie den Bauchtanz beigebracht. Sie hat gesagt, dass wir außer Jagen auch noch etwas Altmodisches lernen sollen.« Antoinette flüsterte etwas, als ein Mann von hinten nach ihr griff und seine Lenden gegen sie drückte.

Christian sprang auf und wollte dem Kerl die Arme ausreißen. Aber die Mühe konnte er sich sparen. Mit einer schnellen, kaum wahrnehmbaren Bewegung rammte Antoinette dem Möchtegern-Don-Juan den Ellbogen gegen das Kinn. Wenn sie dabei nicht zufrieden gelächelt hätte, hätte Christian denken können, dass es ein Versehen gewesen war.

Doch als der eine zu Boden sank, nahm ein anderer seinen Platz ein. Ein Knurren stieg in Christians Brust auf, doch er zwang sich, wieder Platz zu nehmen und es zu ertragen. Antoinette konnte auf sich selbst aufpassen. Es würde sie nicht beeindrucken, wenn er sie aus einer Gruppe lüsterner Männer herausschleifte. Doch sein Instinkt schrie ihm zu, genau das zu tun.

»In Ordnung, Jungs und Mädels, ich glaube, es ist an der Zeit, diesen Hurensohn aufzuspüren und eine etwas eingehendere Art der Überredung anzuwenden«, sagte Viktor.

»*Endlich!*«, hauchte Antoinettes Stimme in seinen Ohrhörer.

Christian schaute hinüber zur Bar und dankte Viktor im Stillen dafür, dass er ihn aus seiner elenden Lage befreit hatte. Antoinette machte sich von der Männergruppe los und ging sehr zur Enttäuschung ihrer neuen Bewunderer zurück zu ihrem Tisch.

»Wo lebt er denn?«, fragte Antoinette, während sie wieder in ihre Schuhe schlüpfte.

»Irgendwo in Manhattan – in der Madison Avenue, glaube ich. Ich werde mich darum kümmern. Ihr beiden macht euch auf den Weg, und ich werde euch seine Adresse als SMS schicken, sobald ich sie weiß«, sagte Viktor. »Wir haben noch drei Stunden bis Sonnenaufgang. Hoffen wir, dass er sich bloß verspätet hat und nichts Schlimmeres passiert ist.«

»In Ordnung. Wir gehen zur Upper East Side. Sag uns Bescheid, wenn du etwas weißt«, sagte Christian.

Antoinette warf sich ihre geschmacklose, mit Perlen bestickte Tasche über die Schulter und begab sich zum Ausgang. Kurz vor der Tür sah Christian noch einmal zurück zu Viktor, der gerade den Rest seines Drinks hinunterkippte und das leere Glas auf die Theke stellte.

Sie traten hinaus in die Nachtluft. Antoinette fröstelte und rieb sich die nackten Arme. Christian zog sein Lederjackett aus und legte es ihr um die Schultern. Sie überraschte ihn mit einem Lächeln und steckte die Arme in die Ärmel.

Als sie den Parkplatz überquerten, schrillten plötzlich Christians innere Alarmglocken. Er warf einen Blick über die Schulter, aber auf dem dunklen, leeren Platz war niemand zu sehen.

Trotzdem kam ihm hier irgendetwas faul vor. Er sollte Antoinette so schnell wie möglich von hier wegbringen, bevor noch etwas passierte.

Die Tür zum Club öffnete sich. Viktor trat nach draußen und zog seine Schlüssel aus der Hosentasche.

Christian tastete in seiner Hose nach dem Schlüssel für die Ford-Limousine, doch dann fiel ihm ein, dass er ihn in seinem Jackett hatte.

Er griff gerade nach Antoinettes Ellbogen, als das deutliche Geräusch eines schallgedämpften Schusses aus dem Nichts erklang. Er stieß sie auf den Asphalt und bedeckte ihren Körper mit seinem.

Als er annahm, dass keine weiteren Schüsse folgen würden, kam Christian auf die Beine. »Alles in Ordnung mit dir?«

Sie nickte verblüfft. Christian streckte ihr den Arm entgegen und half ihr aufzustehen. »Wir sollten dich von hier wegbringen, bevor sie es noch einmal versuchen.«

Ein trauriges hündisches Jaulen erfüllte die Nachtluft, und Antoinette sah an Christians Schulter vorbei. Ihr Gesicht verlor alle Farbe.

»Viktor!«, kreischte sie.

19 MIT HÄNGEN UND WÜRGEN

Entsetzen packte Antoinettes Herz und drückte es zusammen. Viktor taumelte und hielt sich an dem alten Pickup fest, den er gefahren hatte. Dann sackte er zusammen. Christian war bei Viktor, bevor sie die Gelegenheit hatte, den ersten Schritt zu machen. Eine Sekunde zuvor hatte er noch über ihr gekniet, und im nächsten Augenblick war er schon verschwunden.

Das Herz schlug ihr bis zum Hals, als sie den gestürzten Aeternus erreichte und neben ihm in die Knie ging. Er bedachte sie mit seinem typischen frechen Grinsen, aber in seinen bernsteinfarbenen Augen lag blasses Entsetzen. Dunkles Blut blühte auf seiner Hemdbrust; er hielt die Hand über die Wunde.

Christian verschwand, erschien sofort wieder und bettete den Kopf des Freunds in seinem Schoß. »Kein Zeichen von dem Schützen«, teilte er Antoinette stumm mit, indem er nur die Lippen bewegte.

»Meinetwegen müsst ihr nicht flüstern«, sagte Viktor und versteifte sich sofort. Er atmete pfeifend ein; es klang, als habe er starke Schmerzen.

»Komm, alter Freund, man hat schon oft auf dich geschossen.« Christians Stimme schwankte. »Wir holen die Kugel raus, und danach ist wieder alles in Ordnung mit dir. Mal sehen.«

Sanft schob er Viktors Hand beiseite und riss den Hemdstoff auf. Christian machte große Augen und hielt die Luft an. Antoinette lief es kalt über den Rücken. Das eigentliche Einschussloch war klein und relativ sauber, aber nicht das machte ihr Sorgen. Um die Wunde herum waren Viktors Adern schwarz geworden, und diese Schwärze breitete sich aus wie die Fäden eines großen Spinnennetzes und nahm mit jedem Augenblick zu.

»O Gott«, flüsterte sie. »Silbernitrat.«

»Ich weiß.« Viktor drehte den Kopf in ihre Richtung. »Ich spüre, wie es durch mein Blut kreist.«

Antoinette ergriff seine Hand, während ihr Blickfeld vor Tränen verschwamm.

»Wir müssen dich in eine Klinik bringen.« Christians Stimme brach, aber Viktor schüttelte den Kopf.

»Es ist ganz rein, Christian«, flüsterte Viktor. »Ich bin schon tot.«

»Nein!« Christian schüttelte den Kopf und packte Viktor unter den Armen, um ihn aufzurichten.

»Christian, nicht«, bat er. »Das würde uns nur die wenige Zeit rauben, die uns noch bleibt. Ich muss dir etwas sagen ...« Er sah Antoinette an. »Euch beiden.«

»Was?«, krächzte sie. Die Tränen schufen feuchte Spuren auf ihren Wangen.

Viktors Miene entspannte sich ein wenig. »Ich glaube, wir sind uns zu nahe gekommen. Das ist gut.«

Mit lautem Klirren sprang Cerberus durch das Wagenfenster. Glas regnete auf sie herab. Der große Hund stellte sich neben Antoinette, legte die Schnauze in die Hand seines Herrn und jaulte. Blut bedeckte sein schwarzes und weißes Fell dort, wo er sich an den Glasscherben verletzt hatte.

Viktor hielt sich an Christians Hemd fest. »Du musst herausfinden, was mit Andrew passiert ist ... Wenn er nicht dazugehört, könnte er ebenfalls in Gefahr sein. Vielleicht ist er sogar schon tot.«

Dann sah er Antoinette an. Als er ihre Hand drückte,

wurde sein Blick sanft. Ein Schluchzen stieg explosionsartig in ihr auf und verursachte ihr Schmerzen in Brust und Kopf. Er warf einen Blick auf seinen treuen Hund. »Pass für mich auf ihn auf, Mandy-Sue.«

Antoinette lächelte durch ihre Tränen hindurch und nickte. »Alles, was du willst, mein Sammy …« Sie konnte nicht mehr weitersprechen; ihr Kopf schmerzte vor all den Tränen, die sie nicht schnell genug vergießen konnte.

Viktor nahm seine Hand zurück und streichelte Cerberus' Kopf ein letztes Mal, während das Silbernitrat die Adern an seinem Hals schwärzte. Der Hund jaulte wieder auf.

»Nein, das darf nicht passieren.« Christian schüttelte den Kopf und biss die Zähne so fest zusammen, dass die Halsmuskeln hervorstachen wie straffe Seile. »Das lasse ich nicht zu.«

»Nicht mal du kannst es verhindern.« Viktor lächelte seinen Freund schwach an. »Pass auf Valerica auf. In letzter Zeit war ich ihr kein guter Bruder. Mir ist klar, dass sie etwas schwierig sein kann, aber … du weißt, dass ihr das hier sehr nahegehen wird.«

»Ich verspreche es«, sagte Christian gepresst.

Antoinette hob Viktors Hand an die Lippen. »Danke dafür, dass du dich um meinen Vater gekümmert hast.« Dicke Tränen tropften auf seine entblößte Brust; sie sollte sie wegwischen, aber sie konnte seine Hand nicht loslassen. »Und um mich.«

»Oh, *ma chère*, das war mir ein Vergnügen.« Viktor zwinkerte ihr schwach zu. »Wenn ihr ihn findet, dann sagt ihm, dass er der beste Mensch war, den ich je gekannt habe, und dass ich ihn geliebt habe.«

Antoinette nickte; die Schmerzen in ihrer Brust wurden beinahe unerträglich. Kurz begegneten sich ihre und Christians Blicke.

Trauer machte seine Augen matt, und eine Art verrückte Ruhe legte sich über ihn. Sie wollte ihn festhalten, ihn trösten, aber er war wie erstarrt.

In Viktors Körper zuckte es. Sein Rücken wurde steif, und der Kopf kippte nach hinten. Als das Gift sein Gehirn erreichte, schrie er auf. Silbriges Schwarz drang in seine sonst so hellen Bernsteinaugen und raubte ihm den Rest des Lebens.

Antoinette zersprang das Herz, und ein Schluchzen drang aus ihrer Kehle. Er war tot. Cerberus stupste mit der Schnauze das Bein seines Herrn an, dann legte er den Kopf zurück und heulte lange und traurig. Christian stimmte mit einem Schrei voller Kummer und Wut ein.

Viktors Hand fiel aus der ihren, und sie trocknete die Tränen auf ihren Wangen. Das durfte nicht sein! Nicht Viktor!

Aber es war geschehen, und nun lebte er nicht mehr. Er war ermordet worden. Christian hockte noch einige Sekunden neben seinem Leichnam, dann war er plötzlich verschwunden.

Sie unterdrückte ihre Trauer, zog ihr Handy hervor und wählte die Notrufnummer der Polizei. »Ich will den Mord an einem männlichen Aeternus anzeigen.«

Sie gab ihnen die Einzelheiten sowie die Adresse durch und legte auf. Nun ließ sie ihrer Trauer freien Lauf. Zuckungen durchliefen ihren Bauch, und es gelang ihr gerade noch, die Schatten auf der anderen Seite von Viktors Auto zu erreichen, bevor sie sich übergab.

Ein Polizeifahrzeug hielt in geringer Entfernung von ihr, als sie sich gerade den Mund mit dem Handrücken abwischte. Zwei Cops stiegen aus und näherten sich Viktors Leiche.

Cerberus sah sie nicht einmal an, aber ein warnendes Knurren grollte in seiner Brust, und die Polizisten blieben stehen. Sie wechselten einen raschen, besorgten Blick, und ihre Hände bewegten sich zu den Halftern an ihren Hüften.

»Bitte«, sagte Antoinette und stellte sich zwischen sie und den Hund.

Sie hielten inne und sahen sie an. Als sie die Lage erklärte, warteten sie mehr als bereitwillig auf Verstärkung. Einer der Cops stieg wieder in den Wagen und bat über Funk um Unterstützung, während der andere auf das überfüllte Clubgebäude zuging, aus dem nun immer mehr neugierige Gäste kamen.

Zwanzig Minuten später bog ein großer schwarzer Wagen des Sondereinsatzkommandos in den Parkplatz ein und fuhr so nahe wie möglich an den Tatort heran. Einige Personen stiegen aus und übernahmen die Ermittlungen.

Sanitäter hielten neben dem schwarzen Auto. Einer der Polizisten führte Antoinette hinter den Krankenwagen und legte ihr eine Decke um die Schultern.

»Danke«, sagte sie und schaute in die freundlichen braunen Augen.

»Gern geschehen. Bleiben Sie einfach hier sitzen und warten Sie, bis einer der Beamten Zeit hat, mit Ihnen zu sprechen«, sagte er und ging davon, um die Menge im Zaum zu halten.

Oberon kam auf seiner Harley Davidson angefahren. *Was macht er denn hier?*

Er schwang das Bein über die schlanke Maschine, eine Sonderanfertigung, und ging mit langen Schritten auf Viktors Leichnam zu. Abermals empfand Antoinette seine schiere Körpermasse als einschüchternd.

Cerberus bleckte die Zähne, aber Oberon ging vor ihm in die Hocke und sprach sanft mit ihm. Sie verstand kein Wort. Langsam entspannte sich der Hund und wich widerstrebend von Viktors Seite. Oberon führte ihn weg, damit die Polizisten die Leiche fotografieren konnten.

Oberon brachte den Hund zu Antoinette. Cerberus sah mehrmals wachsam von ihr zu den Pathologen und lehnte sich endlich gegen Antoinettes Seite. Anscheinend brauchte er sie in diesem Augenblick ebenso sehr wie sie ihn.

Das war der zweite Mord, den sie innerhalb einer Woche gesehen hatte. Und auch wenn der Tod ihr Geschäft war, so war sie doch für gewöhnlich diejenige, die ihn kontrollierte.

◆

Oberon sah Antoinette an. Sie war blass und kauerte sich hinter dem Krankenwagen in ihr Laken, während der große Hund ihr die Schnauze in den Schoß gelegt hatte. Einer der Sanitäter bot ihr eine Thermostasse mit Kaffee an, und sie lächelte dankbar und legte die zitternden Hände darum.

Die selbstsichere Frau, die er bei ihrer ersten Begegnung getroffen hatte, schien weit weg zu sein. Immer wenn sie zu der Leiche hinübersah, überzog sich ihr Gesicht mit nackter, vernichtender Trauer. Und jedes Mal, wenn sie diesen Blick hatte, wimmerte der Hund mitfühlend. Es war ungewöhnlich, dass ein Mensch in einer so engen Verbindung zu einem Tier stand, und dabei gehörte es ihr nicht einmal.

Er war in der Gegend gewesen und hatte die Hurentreffs nach weiteren vermissten Mädchen abgesucht, als sein Partner Dylan ihm die Nachricht von Viktors Ermordung überbracht hatte. Sie arbeiteten zusammen; Dylan hörte den Polizeifunk ab, und Oberon ging auf Streife.

Er hatte nur einen kurzen Blick auf diese Angelegenheit werfen wollen. Viktors Hund hob das Ohr und sah

Oberon mit seinen großen, blassblauen Augen an, und auch Antoinette hatte den Blick auf ihn gerichtet, während sie weiterhin den Hund kraulte.

»Ist alles in Ordnung mit Ihnen?«, fragte er.

Sie nickte, schüttelte dann den Kopf, holte tief Luft und nickte erneut. »Ja, vielen Dank.«

»Gut.« Das Mädchen war völlig am Ende. »Wo ist Christian?«

Sie brauchte eine Sekunde, um sich zusammenzureißen. »Ich weiß es nicht. Er ist einfach verschwunden. Vermutlich ist er dem Mörder auf der Spur.«

Oberon mochte bisweilen ein gefühlloser Bastard sein, aber er wusste, wie es war, einen Partner und Freund zu verlieren. Der Bluttrinker tat ihm leid.

Er zog eine Packung Zigaretten aus seiner Tasche und schüttelte eine heraus. »Was haben Sie eigentlich heute Nacht hier gemacht?«

Er zog den Tabakrauch tief in die Lunge. *Ah – das tut gut.* Dann blies er den Rauch wieder aus und füllte seine Lunge mit einer frischen Dosis Nikotin und Gift. Dank seiner paramenschlichen Konstitution brauchte er sich im Gegensatz zu den armen Menschlein keine Sorgen um Lungenkrebs zu machen.

»Er hat Sie einfach hier zurückgelassen – finden Sie das nicht merkwürdig?«

»Nein. Als Viktor gestorben ist ...« Sie biss sich auf die Unterlippe, und ihre Augen füllten sich mit Tränen.

Oberon wusste nicht, wer erstaunter über ihre Tränen war: er oder sie selbst. Er sah sich nach jemandem um, der sich um sie hätte kümmern können, aber alle waren beschäftigt. Mit weinenden Frauen hatte er noch nie viel anfangen können.

Als er sie verhört hatte, hatte sie keine einzige Träne vergossen. Sie war vernünftig und wütend gewesen und keineswegs der Hysterie nahe, so wie jetzt. *Vernünftig und wütend – damit kann ich umgehen.* Da wusste er, welche Knöpfe er zu drücken hatte.

»Beruhigen Sie sich. Sie waren schließlich nicht die Geliebte dieses Bluttrinkers …«

Etwas prallte gegen seinen Mund und drückte ihm die platzende Lippe gegen die Zähne, und dabei hatte er nicht einmal gesehen, wie Antoinette aufgestanden war. Ein kupferiger Geschmack erfüllte seinen Mund. Er drehte den Kopf zur Seite und spuckte blutigen Speichel aus.

»Seien Sie gefälligst etwas respektvoller. Ich habe gerade einen Freund verloren.« Sie funkelte ihn an und schüttelte die Faust aus. Der Hund stand nun neben ihr. Sein Fell hatte sich gesträubt, und er knurrte warnend. Die Tränen versiegten genauso schnell, wie sie gekommen waren, und Antoinette trocknete sich die Augen mit einem Zipfel der Decke, die über ihren Schultern lag.

»Tut mir leid«, sagte sie. »Aber Sie haben es sich selbst zuzuschreiben.«

Oberon zuckte mit den Schultern und wischte sich den Mund ab. »Vermutlich.« Für ein so zartes Ding hatte sie einen mächtigen Haken.

»Ich weiß nicht, wohin Christian gegangen ist oder warum er sich aus dem Staub gemacht hat. Ich vermute, er verfolgt den Mörder. Würden Sie das nicht tun, wenn Sie an seiner Stelle wären?«

Sie hatte recht.

Antoinette hielt den Kopf schräg. »Sie mögen mich nicht besonders, oder?«

»Ich habe keine persönliche Meinung zu Ihnen«, erwiderte er, zog ein letztes Mal an seiner Zigarette, warf sie zu Boden und zerdrückte den Stummel mit dem Stiefel. »Ich vertraue Ihnen bloß nicht, weil Sie mich schon einmal angelogen haben.«

Sie runzelte die Stirn. »Wann?«

»Letzte Nacht, während des Verhörs.«

Ihr Blick flatterte in eine andere Richtung, genau wie in der vergangenen Nacht. »Was haben Sie hier überhaupt zu suchen?«, fragte sie.

»Ich bin gerade vorbeigekommen, als ich es im Polizeifunk gehört habe.«

Sein Handy klingelte. Dylans Nummer erschien auf dem Display. »Ja?«

»Es hat ein weiteres Mädchen erwischt, ganz in deiner Nähe übrigens. Dasselbe Profil, allerdings ist es keine Fanghure, sondern hat Geld, und deswegen ist die AGV nicht eingeschaltet worden.«

»Wo genau?«

20 DER TATORT

»Das Mädchen wurde vor wenigen Minuten im Red-Hook-Distrikt entführt.« Die körperlose Stimme kam so laut durch das Handy, dass Antoinette mithören konnte. »Sie war mit ein paar Freunden dort und auf Abenteuer aus. Er könnte es gewesen sein.«

»Ich bin nur fünf Minuten entfernt. Wie lange brauchst du, um dorthin zu kommen?« Oberon drehte sich um und ging weg.

Aber Antoinette hatte genug gehört. Dante hatte sich ein weiteres Opfer geholt, und Oberon wusste, wo. Sie griff in ihre Tasche und fand Christians Autoschlüssel.

»Komm, mein Junge«, sagte sie zu Cerberus.

Der Wagen stand außerhalb der Zone, die von der Polizei abgesperrt worden war, und alle waren so beschäftigt, dass niemand bemerkte, dass Antoinette ging.

Zuerst ließ sie Cerberus ins Auto springen, und er kletterte sofort auf den Beifahrersitz, als wollte er genauso schnell von hier wegkommen wie sie.

Antoinette drehte den Zündschlüssel um und wartete darauf, dass Oberon auf sein Motorrad stieg.

Als er losfuhr, folgte sie ihm so dichtauf, dass sie ihn nicht verlieren konnte, ließ aber genug Abstand, um nicht aufzufallen.

Er führte sie durch die Straßen der Stadt hinunter zum Wasser. Die anderen Opfer waren ebenfalls im Distrikt von Red Hook gefunden worden.

Er war es. Angst und Erregung kämpften in ihrem

Bauch um die Oberhand. Diesmal hatte sie einen Vorteil, denn sie jagte ihn, anstatt von ihm gejagt zu werden.

Regen setzte ein; die schweren, dicken Tropfen nahmen ihr fast die Sicht. Als Oberon in eine schmale Einbahnstraße einbog, verpasste sie die Abzweigung. Antoinette hielt am Straßenrand.

In diesem Industriebezirk der Stadt waren die Straßen leer. Sie wendete, fuhr zurück, schaltete das Licht aus und hielt gegenüber der Einmündung an. Oberon war von seiner Maschine gestiegen, lehnte sich gegen sie und wartete – vermutlich auf seinen Partner.

Sie öffnete das Handschuhfach und nahm ihre Pistole heraus, die sie vor einiger Zeit dort hineingelegt hatte – für alle Fälle. Jetzt war sie froh darüber. Antoinette betrachtete ihre nackten Füße. Die hochhackigen Schuhe, die sie getragen hatte, wären jetzt kaum geeignet gewesen, auch wenn sie sie nicht bei Viktors Leiche zurückgelassen hätte. Sie schluckte ihre Trauer hinunter. *Später.*

Natürlich hatte sie nicht daran gedacht, ein Reservepaar mitzubringen; das war jetzt nicht mehr zu ändern. Hinter Oberon hielt ein Wagen.

Cerberus richtete sich auf und stellte die Ohren hoch.

»Bleib hier!«, sagte sie.

Der Hund jaulte kurz, legte sich wieder hin und hob eine Braue. Offenbar fand er ihren Befehl gemein.

»Guter Junge.« Sie kraulte ihm den Kopf und kletterte aus dem schönen trockenen Wagen in den strömenden Regen hinaus.

◂▸

Dylan stieg aus dem schwarzen Jeep Wrangler, überprüfte seine Waffe und steckte sie in den Schulterhalfter. »Die Polizei hat einen Anruf von einem Zeugen erhalten, der gesehen hat, wie eine Frau in diese Gasse gezerrt wurde.«

»Dann sollten wir uns beeilen. Der Schlitzer mag sich zwar Zeit lassen, aber wir haben diesen Luxus nicht.« Oberon wischte sich das Regenwasser aus dem Gesicht. »Zeit, auf die Jagd zu gehen.«

»Glaubst du, dass er noch in der Nähe ist?«, fragte Dylan, während ihm der Regen die Locken an die Wange klebte.

»Ich habe keine Ahnung.« Oberon drehte sich zu seinem Partner um. »Wir können es nur hoffen.«

Der Regen ließ nach, während sie die Gasse entlanggingen, aber der Boden war überflutet. Verstopfte Abflüsse verhinderten, dass das Wasser aus den Regenrinnen und den Traufen in den Boden sickern konnte. Oberon fluchte, denn dadurch wurde auch der Geruch der Fährte weggewaschen.

Dylan ging in die Hocke und hob etwas auf – eine zarte Goldkette, zu kurz für ein Halsband.

»Ich würde sagen, wir sind auf der richtigen Fährte«, meinte er. »Dieses Armband sieht ziemlich wertvoll aus. Das ist nichts, was hier lange unbemerkt herumliegen würde.«

Sie gingen weiter und überprüften alle abzweigenden Türen nach Anzeichen für ein gewaltsames Eindringen. Ein Schuh lag halb verborgen unter einem Müllcontainer am anderen Ende der Gasse. Durch einen wunderbaren Glücksfall war er auf dem einzigen trockenen Fleck gelandet; er war geschützt vor Regen und lag nicht in einer der vielen Pfützen. Oberon hielt ihn sich dicht an die Nase.

Ein leiser Schritt tappte in eine Wasserlache, und er wirbelte herum. Antoinette folgte ihnen mit einer Neun-Millimeter-Pistole.

»Sie sollten nicht hier sein«, knurrte er.

»Sie auch nicht.« Sie richtete sich auf. »Aber ich will

diesen Kerl genauso sehr haben wie Sie. Wenn Sie mich aufhalten wollen, müssen Sie mich schon fesseln.«

»Führen Sie mich nicht in Versuchung«, brummte Oberon.

»Wir haben für so etwas keine Zeit, dann verlieren wir seine Spur«, sagte Dylan. »Soll sie doch mitkommen. Außerdem ist sie keine Zivilistin, sondern eine zugelassene Venatorin. Hallo, ich bin Dylan Jordan, sein Partner.« Er streckte ihr die Hand entgegen.

Antoinette lächelte und ergriff sie. »Ich weiß, wer Sie sind – der Felier, nicht wahr?«

Verdammtes Menschenkind. Und warum war Dylan so höflich zu ihr?

»Ah!« Oberon schlug mit der Faust gegen die Wand. Der Schmerz schoss durch seinen Arm und nahm ihm die Wut. »Mir gefällt der Gedanke, sie hier anzuketten, zwar besser, aber du hast recht. Dafür haben wir keine Zeit.« Oberon bewegte die Finger, während die Knochen wieder an ihre alten Stellen rutschten und innerhalb weniger Sekunden verheilten. »Der Geruch der Frau an diesem Schuh ist frisch.«

Er bewegte die Muskeln in seinem Gesicht, verlängerte Kiefer und Nase, unternahm aber keine vollständige Verwandlung. Im Augenblick brauchte er nur seinen besonderen Geruchssinn.

Der Menschenduft des Opfers klebte am Leder und enthielt Spuren eines Blumenparfums, das vermutlich aus einer Feuchtigkeitscreme oder einer Handlotion stammte. Auch dies schien teuer und in diesem Stadtteil völlig fehl am Platz zu sein. Der Schuh lag noch nicht so lange in der Gasse, dass sein Duft von anderen Gerüchen überlagert worden wäre, also gehörte er sehr wahrscheinlich dem Opfer.

Das war keine verdammte Fanghure. Dieses Opfer hatte

Geld gehabt. Ihr Duft blieb in seinen Nüstern zurück, bis sein Hirn das Muster zusammengefügt hatte und er ihre Spur »sehen« konnte: Blitze aus Rot-Orange dort, wo ihre Haut an der Wand entlanggeschrammt war, und eine Linie, wo ihr Fuß über den Zementboden gescheuert hatte. Ein Haar von ihr klebte an einem Ziegel; es war lang und hell wie bei den anderen Frauen.

Der Regen trommelte um ihn herum auf den Boden. Antoinette schob die Ärmel ihrer übergroßen Jacke hoch und enthüllte eine Gänsehaut. Deutlich sichtbare weiße Atemwölkchen drangen zwischen ihren bläulichen Lippen hervor. Sie würde sich den Tod holen, noch bevor sie den Mörder geschnappt hatten.

»Sie sollten zurückgehen«, sagte Dylan zu Antoinette. »Sie haben ja nicht einmal Schuhe an. Sie werden sich eine Lungenentzündung holen.«

Die junge Frau schüttelte heftig den Kopf, und ihre Zähne klapperten, als sie sich die nassen Haare aus den Augen schob. »Es geht mir gut. Wir sollten weitermachen. Ich habe das Gefühl, dass wir ganz nah dran sind.«

Stures verdammtes Menschenkind.

Sie verließen die Gasse und traten vor ein verlassenes mehrgeschossiges Gebäude, von dessen Vordertüren die eine halb offen stand.

Oberon legte zwei Finger vor die Augen und deutete auf diese Tür. Dann warf er Dylan einen raschen Blick zu, schlug sich gegen die Brust und zeigte auf Dylan und Antoinette. Sie wirkte nicht glücklich, aber beide nickten. Oberon würde als Erster hineingehen.

Er holte seine Pistole hervor, und Dylan zog seine aus dem Halfter. Gemeinsam überquerten sie die Straße und bezogen zu beiden Seiten der Tür Position.

Antoinette hielt ihre Pistole fest in der Hand. Die Erregung der Jagd pulste durch ihre Adern. Sie sah Oberon an, wartete auf sein Signal und bemerkte beeindruckt, dass er noch immer den Kopf eines Bären hatte, während sein Körper menschlich geblieben war. Es bedurfte großer Beherrschung, eine solche Teilverwandlung aufrechtzuerhalten. Er nickte, hob drei Finger und senkte einen nach dem anderen. Beim letzten niedergehenden Finger betraten sie das Gebäude. Antoinette machte es nichts aus, die Nachhut zu bilden; es war schließlich Oberons Jagd.

Das Trommeln des Regens ließ nach, je näher sie dem Mittelpunkt des Gebäudes kamen. Wasser tropfte von der schadhaften Decke und bildete Pfützen auf dem Boden.

Oberon führte die beiden anderen durch ein Labyrinth aus Schutt und verrostetem Metall. Er schien sich sehr sicher zu sein, was die Richtung anging, und blieb nur gelegentlich stehen, um zu schnüffeln und dann weiterzugehen. Für einen so großen Mann war er erstaunlich leichtfüßig. Er hielt an und nickte Dylan zu, der eine Treppe hochging, die zu den Stützstreben der heruntergebrochenen Decke führte.

Weit über ihrem Kopf huschte Dylan so leise durch die Schatten, wie es für einen Felier üblich war. Er huschte über einen dünnen metallenen Stützbalken, blieb auf halber Strecke stehen und sah nach unten.

Oberon machte mit der Hand einige taktische Signale, die Antoinette nicht verstand. Dylan antwortete mit eigenen Zeichen, sprang achtzehn Fuß bis zum Boden und landete still neben ihr.

Oberon führte sie tiefer in das verfallene Gebäude hinein, bis sie zu einer Treppe kamen, die in den Keller führte. Das alles war ihr nur allzu vertraut, auch wenn sie bei solchen Unternehmungen normalerweise allein war.

Oberons Gesicht zuckte und schrumpfte; die Haare wichen in die Haut zurück, und nur sein Ziegenbärtchen blieb übrig, bevor er den Kiefer streckte und ebenfalls wieder in menschliche Gestalt brachte.

Er beugte sich zu ihr herunter und flüsterte ihr ins Ohr: »Er hat die junge Frau hierher gebracht. Ich rieche ihn so deutlich wie sie, sogar in Menschengestalt. Dylan sagt, es gibt keine Späher oder Wächter. Der Killer arbeitet allein.«

Während er sich von ihr zurückzog, legte er den Zeigefinger vor die Lippen und deutete dann auf die nach unten führende Treppe. Sie hob zustimmend den Daumen, und nachdem auch Dylan genickt hatte, führte Oberon sie hinunter zu dem sanften Glanz, der aus dem Keller heraufdrang.

Die Treppe endete in einem höhlenartigen Raum, in dem Hunderte Kerzen standen. In der Mitte befand sich ein großes Steinpodest mit eingemeißelten Verzierungen. Darauf lag die Frau, gefesselt an Händen und Füßen, und der Kerzenschein flackerte über ihren nackten Körper. *Dante hat diesen melodramatischen Mist etwas zu ernst genommen.*

Die Frau drehte den Kopf, und als sie Antoinette sah, weiteten sich ihre Augen. Oberon legte wieder den Zeigefinger gegen die Lippen, und das Gesicht der Frau entspannte sich und nahm einen hoffnungsvollen Ausdruck an. Ihr Blick ging zur anderen Seite des Raums. Durch diese Tür musste Dante verschwunden sein.

Oberon klopfte Antoinette auf die Schulter und bedeutete ihr, sie und Dylan sollten sich um das Mädchen kümmern. Der Felier ging in die Hocke und zog ein Messer aus einer Scheide, die an seiner Wade befestigt war; dann gab er das Zeichen, bereit zu sein.

Sie näherten sich dem Altar, und Antoinette roch den

Gestank von getrocknetem Blut. Alte Symbole und Texte waren in die Oberfläche des Steinaltars geritzt, und Rinnen verliefen an den Längsseiten, die aufgefangenes Blut zum Fußende leiteten.

»Er kommt zurück ...«, sagte die junge Frau.

»Psst«, zischte Antoinette und brachte sie dadurch zum Schweigen.

Während Dylan die Seile durchschnitt, mit denen die Frau gefesselt war, begab sich Oberon zur anderen Seite des Raums. Plötzlich wurde die Tür nach innen aufgeworfen. Sie traf Oberon mit voller Wucht und schleuderte ihn zurück.

Als Dante in den Türrahmen trat, sah Antoinette auf. Das Mädchen kreischte und zerrte an der letzten verbliebenen Fessel. Antoinette machte einen Schritt auf ihn zu. Mit einer lässigen Handbewegung schleuderte Dante Dylan gegen die Wand hinter ihm und hielt ihn weit über dem Fußboden fest.

Ruhig hob sie ihre Waffe und feuerte zweimal. Die Schüsse trafen ihn in die linke Brust. Antoinette machte noch zwei weitere Schritte auf ihn zu und feuerte erneut. Diesmal traf sie die rechte Seite, mitten ins Herz, dessen war sie sich sicher, aber sie schoss weiter, bis sie keine Munition mehr hatte. Die Gewalt der Kugeln warf ihn auf den Rücken.

Hinter ihr knurrte etwas, und sie drehte sich um und sah einen Wirbelwind aus Pelz und Wut. Oberons Kleidung war nur noch zerfetztes Leder, das um die Tatzen eines gigantischen und außerordentlich zornigen Grizzlybären herumhing. Wieder richtete sie ihre Waffe auf Dantes Körper und musste feststellen, dass er verschwunden war.

»Neein!«, schrie sie und rannte durch die Tür.

Dunkle Blutstropfen sprenkelten die bloßen Bodendielen, wo Dante gestürzt war, und ein Stückchen weiter war noch mehr Blut verschmiert worden. Antoinette wurde von einer festen Mauer aus Muskeln und Klauen zur Seite gestoßen und landete auf dem Hintern. Der Bär blieb stehen, schnüffelte an den Dielen, drehte sich zu ihr um und knurrte.

Nun sah sie Oberon zum ersten Mal in vollständiger Verwandlung. Obwohl sie gewusst hatte, dass er sehr groß war, hatte sie doch nicht mit einem so gewaltigen Anblick gerechnet. Verblüfft blieb sie sitzen und schaute hoch zu ihm. Wirbelnde Muster kräuselten sein braunes Fell so sauber und präzise, dass es kein Zufall sein konnte.

Er hielt den Kopf zur Seite geneigt, und seine seltsam menschlichen Augen starrten sie an, während sie sich langsam erhob. Er zog die Lefzen zurück, und sie hätte schwören können, dass er lächelte. Er wollte, dass sie ihm folgte.

Trotz seiner ungeheuren Masse bewegte er sich schnell durch das Labyrinth aus Räumen und Gängen, bis er auf eine weitere nach oben führende Treppe stieß. Für ihn in seiner gegenwärtigen Gestalt war sie zu schmal, nicht aber für Antoinette. Sie rannte an ihm vorbei und nahm je zwei Stufen auf einmal. Am oberen Ende der Treppe stieß sie die Tür des Notausgangs auf, hob die Waffe, zielte zuerst nach links, dann nach rechts, und schließlich wieder nach links. Weiter hinten in der Gasse flammten rote Rücklichter auf, und ein Wagen schoss mit quietschenden Reifen auf die nächste Straße zu.

Verdammt! Sie senkte die Pistole.

Zwei Sekunden später stürmte ein vollkommen nackter Oberon durch dieselbe Tür.

»VERDAMMT!«, schrie er ihre eigenen Gedanken heraus, als der Wagen um die Ecke verschwand. »Verdammt, verdammt, verdammt!« Er trat gegen den nächsten Müllcontainer, der einige Yards durch die schmutzige Gasse schlitterte.

Seine Oberarme, Rücken und Schenkel waren mit Tätowierungen in keltischen Mustern bedeckt. Antoinette konnte den Blick einfach nicht von den kunstvollen Arbeiten auf seiner Haut abwenden. Eine verdünnte Silbernitratlösung war das Einzige, was die Haut eines Animaliers davon abhielt, vollständig zu heilen, aber es tat verteufelt weh.

»Verdammt und zugenäht, Dante Rubins«, knurrte er und sah dem Wagen nach, während er Antoinette den Rücken zudrehte und die Hände in die Hüften stemmte. »Ich hätte es niemals geglaubt, wenn mir jemand gesagt hätte, dass Dante Rubins noch lebt.«

»Es war also nicht bloß meine Einbildung?«

Oberon schüttelte den Kopf. »Wenn es eine war, dann hat sie ganz schön fest zugeschlagen.«

»Eines jedenfalls ist sicher: Er wird für eine Weile außer Gefecht sein«, sagte sie.

»Wieso?«

»Die Kugeln in dieser Pistole hatten einen Silbermantel.«

Er warf einen Blick auf die Waffe in ihrer Hand. »Das wird ihn sehr krank machen, selbst wenn er jemanden finden sollte, der ihm die Geschosse entfernt.«

Antoinette wandte den Blick von seiner Nacktheit ab.

Oberon erbarmte sich ihrer. »Tun Sie mir einen Gefallen und kümmern sich um das Mädchen dort unten. Ich glaube, ich habe ihm Angst eingejagt.«

Kein Wunder.

Der Ursier stemmte die Hände in die Hüften. »Haben Sie vielleicht ein Handy? Ich fürchte, ich bin während der Verwandlung auf meines getreten.«

21 VERSCHWUNDEN

Antoinettes Magen knurrte. Sie erhob sich aus dem Sessel in der Bibliothek und machte sich auf die Suche nach etwas Essbarem. Zumindest war ihr Appetit zurückgekehrt. Ihre Erinnerung an die erste Woche nach Viktors Tod war verschwommen. Sie hatte kaum das Bett verlassen und fast nichts essen können. Cerberus hatte auf ihrem Bett geschlafen und war ihr überallhin gefolgt, aber inzwischen lief er auch hinter Susan her. Das ganze Haus trauerte, und die Tatsache, dass der Herr des Hauses noch immer verschwunden war, war auch nicht gerade hilfreich.

Ihre Tage waren zu einer Routine des Wartens geworden. Sie hatte angefangen, sich durch Christians Büchersammlung zu lesen; einen solchen Luxus hatte sie sich nie zuvor gegönnt.

Seit Viktors Ermordung und der Begegnung mit Dante waren zweieinhalb Wochen vergangen.

Nichts war geschehen.

Christian war nicht zurückgekommen, es hatte keine weiteren Angriffe und auch keine Spuren gegeben, die zu Dante führten. Anscheinend war das Blut, das sie auf dem Steinaltar gefunden hatten, nicht einmal menschlich; es war von einem Satanistenkult benutzt worden, der Tiere geschlachtet hatte. *Kranke Bastarde.* Die AGV hatte sowohl ihr als auch Oberon befohlen, die Finger von diesem Fall zu lassen, und ihnen bei einer Zuwiderhandlung mit einer Klage wegen Behinderung der Polizeiarbeit gedroht. Das allein hätte Antoinette nicht abgeschreckt, doch sie hatten keine Spuren mehr, denen sie folgen konnten.

Ihr fiel die Decke auf den Kopf, und sie sagte sich, dass sie endlich nach Hause gehen sollte. Aber Dante war noch immer irgendwo da draußen, und was dieser Schwachkopf von Roberts auch sagen mochte, sie würde sich nicht von hier fortbewegen.

Sie konnte verstehen, dass Christian nach Viktors Tod Raum für sich selbst brauchte, aber allmählich wurde sie nervös und wollte helfen, Viktors Mörder dingfest zu machen.

Antoinette hörte Stimmen vor ihrem Zimmer. Sie öffnete die Tür und sah Lilijana, die die Hände in die Hüften gestemmt hatte und Kavindish finster ansah.

»Wann haben Sie es erfahren?«

»Heute Morgen.« Die Stimme des Butlers blieb gelassen, aber die Haut um Mund und Augen war straff gespannt. »Ich habe Ihnen sofort eine Nachricht geschickt.«

Antoinettes Herzschlag setzte aus. Noch nie hatte sie gesehen, dass Kavindish auch nur die geringste Gefühlsregung zeigte, und seine offenkundige Besorgnis ängstigte sie mehr als alles andere. Anscheinend war sie nicht die Einzige, die sich Sorgen wegen Christians Verschwinden machte.

»Was ist los?«, fragte Antoinette.

»Das geht Sie nichts an, Menschenkind.« Lilijanas Heftigkeit brandete wie eine Hitzewelle gegen Antoinette, doch die ältere Frau tat ihr beinahe leid.

»Der Meister ist in den frühen Morgenstunden in sein Haus auf dem Land getaumelt«, sagte Kavindish. »Er ist in keiner guten Verfassung und hat sich in einem der Zimmer eingeschlossen, sodass niemand an ihn herankommt.«

Lilijana holte ein kleines rosafarbenes Handy hervor, an dem ein diamantbesetztes »L« hing. Die Hände der Aeternus-Frau zitterten, als sie wählte; Antoinette tat, als habe sie es nicht bemerkt. Christians Mutter gelang es nur mit Mühe, nicht die Beherrschung zu verlieren. Kavindish bemerkte es ebenfalls. Er runzelte die Stirn und wechselte einen besorgten Blick mit Antoinette.

Lilijana schob sich die dunklen Locken aus der Stirn, während sie sich das Handy ans Ohr hielt. »Machen Sie meinen Helikopter für den Flug zum Haus im Norden startklar. Ich bin in zehn Minuten bei Ihnen.«

»Ich begleite Sie«, sagte Antoinette. *Wenn Christian etwas zugestoßen ist …* Nein, das durfte sie nicht denken – nicht nachdem sie Viktor hatte sterben sehen. Es wäre zu viel.

Sie hielt inne, überrascht von ihren eigenen Gefühlen. Hier ging es um Paramenschen – noch vor ein paar Wochen hätte sie deren Tod gefeiert. Aber heute nicht mehr.

»Tun Sie, was Sie wollen, Menschenkind, aber gehen Sie mir aus dem Weg.« Lilijana rauschte aus dem Haus in den wartenden Wagen, dicht gefolgt von Antoinette und Kavindish. Nach einer Stunde, die sie in unangenehmem Schweigen verbracht hatten, landeten sie neben Christians Landsitz, und Lilijana führte sie ins Haus.

»Wo ist dein Herr?«, wollte sie von dem Dienstmädchen in der Eingangshalle wissen.

»In seinem Zimmer, Madam«, sagte das furchtsame Mädchen.

Lilijana wandte sich an Kavindish. »Finden Sie heraus, was das Personal weiß und wie lange er schon oben in seinem Zimmer steckt.«

Antoinette wurde am Fuß der Treppe zurückgelassen, während Lilijana hoch in den dritten Stock eilte.

Als Antoinette es schließlich auch bis dorthin geschafft

hatte, sah sie, wie Lilijana gegen eine der Türen klopfte. »Christian, hörst du mich? Ich bin es, deine Mutter. Mach die Tür auf und lass mich rein.« Als von drinnen kein Laut ertönte, fiel Lilijanas Maske der Zuversicht schließlich vollkommen von ihr ab. Sie seufzte und sackte gegen die Tür; ihr Gesicht zeigte deutlich ihre Müdigkeit. »Was ist, wenn er dem Dunklen Schlaf erlegen ist?«

Falls Christian tatsächlich in den sogenannten Dunklen Schlaf gefallen sein sollte, konnte niemand ihn wecken. Aus irgendeinem Grund machte ihr dieser Gedanke große Angst. »Jemand muss die Tür aufbrechen.«

»Das ist unmöglich. Sie ist verstärkt, dreifach verschlossen und von der Innenseite verriegelt«, sagte Kavindish, als er sie erreicht hatte.

»Was sagt der Rest der Angestellten?«, fragte Antoinette.

Kavindish schüttelte den Kopf. »Er hat die Sonnenläden aktiviert, die ebenfalls verstärkt sind, und seit fast einer Woche hat er kein Blut mehr angerührt. Ich habe eine Mannschaft zusammengestellt, die herkommt und sich gewaltsam Zugang zum Zimmer verschaffen soll, aber das wird einige Zeit dauern.«

»Es muss doch einen anderen Weg geben. Wie bekommt er sein Blut?«, fragte Antoinette.

Kavindish zuckte mit den Schultern. »Mit dem Speiseaufzug, aber der ist nicht stabil genug, um eine Person zu befördern.«

»Das ist auch nicht nötig, wenn ich den Schacht hochklettere. Holen Sie mir einen Beutel mit Blut. Wir treffen uns in dem Zimmer, das unter dem von Christian liegt.« Zu Lilijana sagte sie: »Sie bleiben hier und versuchen weiter, zu ihm durchzudringen.«

Zu ihrer großen Überraschung wandte niemand etwas ein.

Lilijana ergriff ihre Hand. »Danke«, sagte sie mit aufrichtiger Miene.

Antoinette klopfte ihr auf die Hand und rannte nach unten, um den Speiseaufzug zu suchen.

Wenige Minuten später erschien Kavindish und gab ihr einen kleinen Beutel. »Ich habe den Aufzug hinunter in die Küche geschickt und dem Personal gesagt, dass er im Augenblick nicht benutzt werden darf. So sollten Sie ungehindert nach oben klettern können.« Er öffnete eine kleine Tür in der Wand.

Sie schlang sich den Beutel quer über die Schulter und beugte sich durch die Öffnung. Der Schacht führte hoch in die Finsternis über ihr. Er war eng, aber es sollte möglich sein, darin nach oben zu klettern. Antoinette setzte sich auf den Rand, überprüfte die Kabel und steckte sich die kleine Taschenlampe, die Kavindish ihr gegeben hatte, zwischen die Zähne.

»Die Kabel sollten Sie halten – es ist der Motor, der nicht besonders stark ist«, versicherte Kavindish ihr. »Ich wünsche Ihnen viel Glück, Miss.«

Sie zog die Beine in den Schacht. Es war nicht schwierig, hier zu klettern; es war bloß sehr beengt. Zum Glück litt sie nicht an Klaustrophobie. Schon bald hatte Antoinette das Stockwerk über ihr erreicht und schob die Tür in der Wand beiseite.

Der Raum dahinter war dunkel, und es roch moderig. Eine Lampe stand auf dem Tisch neben der Tür zum Speiseaufzug. Antoinette schaltete sie an, streifte sich den Beutel über den Kopf und legte ihn auf den Tisch.

Hier herrschte großes Durcheinander. Möbel, Fußboden und Wände waren über und über mit Karten und Papieren bedeckt. Das Telefon war auf den Boden geschleudert worden, und das Besetztzeichen drang laut aus dem Hörer. Sie hob es auf und stellte es auf einen kleinen

Tisch. Ein halbes Dutzend Computerbildschirme zeigten unterschiedliche Ansichten und aufblitzende Zeichen.

Stahl bedeckte die Fenster, und im Schlafzimmer waren die Laken zerwühlt. Von Christian hingegen war nichts zu sehen.

Sie ging zur Tür und rief nach unten: »Ich bin drin, aber ich habe ihn noch nicht gefunden. Ich brauche die Schlüssel für diese ganzen Schlösser, bevor ich die Tür öffnen kann.«

»Finden Sie zuerst Christian.« Lilijanas Antwort wurde durch das dicke Metall gedämpft. »Er wird die Schlüssel bei sich haben. Sehen Sie im Badezimmer nach.«

»In Ordnung!«, rief sie zurück.

Sie öffnete die Badezimmertür und fand den Lichtschalter. Als das Licht durch den Raum strömte, hielt Antoinette die Luft an. Christian lag auf den kalten blauen Kacheln und hatte sich in Embryonalhaltung zusammengekauert; seine Haut war ganz grau.

Mit der Befürchtung, dass sie zu spät gekommen war, streckte sie eine zitternde Hand aus und befühlte sein Gesicht. Es war eiskalt.

Plötzlich öffneten sich seine Augen, und das tiefe, grollende Knurren, das er von sich gab, spürte sie eher, als dass sie es hörte. Instinktiv zog sie sich von ihm zurück. Als sie ihm in die Augen sah, krampfte es ihr das Herz zusammen. Sie waren matt, fast farblos, und zeigten keinerlei Anzeichen eines Wiedererkennens. Er zog die Lippen zu einem Knurren zurück und entblößte dabei voll ausgefahrene Fangzähne.

»Christian«, sagte sie mit einer Stimme, die vor Angst zitterte.

Er stützte sich auf die Ellbogen und starrte sie an. Seine Lippen kräuselten sich unter dem Knurren, und in seinen Augen lag animalischer Hunger. Er sprang auf und drückte sie gegen die Wand, bevor sie etwas dagegen tun konnte.

»So warm«, brummte er gegen ihre Kehle, und sie bekam Gänsehaut. »So hungrig.«

Er zog die blutleeren Lippen noch weiter zurück, und seine Fangzähne schimmerten scharf und spitz im Licht des Badezimmers. Er blinzelte, hämmerte gegen den Schalter und tauchte den Raum in Finsternis. Sein Griff lockerte sich ein wenig, und sie spürte, wie seine Hände zitterten.

Nun konnte Antoinette ihn ohne große Anstrengung von sich wegdrücken, und sie hörte, wie er mit einem Grunzen zu Boden fiel. Er war so schwach wie ein neugeborenes Kätzchen.

»Antoinette?«, krächzte er.

Sie schaltete das Licht wieder ein und stellte fest, dass er neben ihr stand.

»Was machst du hier?«, fragte er.

»Du bist schon seit zwei Wochen …«

»Na und?«, schnitt er ihr das Wort ab. »Lass mich einfach allein.«

»Du warst die ganze Zeit allein, und deine Mutter und auch andere haben sich große Sorgen um dich gemacht. Es ist Zeit, dass du nach unten gehst.« Sie war wütend über seine Teilnahmslosigkeit und versetzte ihm eine Ohrfeige. Sie wollte – nein, musste – ihn aus seiner Lethargie reißen. »Während du hier herumliegst und dich in Selbstmitleid ergehst, wird die Spur von Viktors Mörder mit jeder Sekunde kälter.«

Bei der Erwähnung von Viktors Namen zuckte Christian stärker zusammen als unter ihrer Ohrfeige, dann umwölkte sich sein Blick wieder. »Geh weg. Du hast keine Ahnung …«

»Wie kannst du es wagen?« Ihre erhobene Stimme hallte in dem kleinen Zimmer wider. »Wovon habe ich keine Ahnung? Mal sehen.« Sie tippte sich mit dem Zeigefinger gegen das Kinn. »Etwa von dem Gefühl der Hilflosigkeit, wenn du zusehen musst, wie jemand, den du liebst, unter den Händen eines anderen stirbt? Oder von der Wut und Enttäuschung, die du fühlst, weil du es nicht verhindern konntest?« Sie hockte sich vor ihn und sah ihm in die Augen. »Wage es nicht, mir zu sagen, dass ich davon keine Ahnung habe. Damit lebe ich jeden verdammten Tag.«

Er ließ sie Schultern hängen und senkte den Kopf, bevor er ihren Blick erwiderte. »Du hast recht ...« Er stieß die Luft in einem langen Seufzer aus.

»Was also willst du jetzt unternehmen?«

»Ich muss erst einmal aufstehen.«

Er kämpfte sich in eine sitzende Position. Antoinette holte tief Luft, streckte die Hand aus und half ihm, sich zu erheben. Als er sich gegen sie lehnte, drang die Eiseskälte seines Körpers durch ihre Kleidung und kühlte sie aus bis auf die Knochen.

Christian sah sie an und blähte die Nasenflügel. Er lehnte sich noch stärker gegen sie, richtete den gequälten Blick auf ihre Kehle und leckte sich die trockenen grauen Lippen, bevor er sie sanft von sich drückte.

Antoinette lächelte, weil sie das nervöse Flattern überspielen wollte, das sein hungriger Blick in ihrem Bauch hervorgerufen hatte. »Ich habe dir etwas Blut mitgebracht – es ist im Schlafzimmer.«

»Das hat keinen Sinn«, krächzte er.

Sie machte einen Schritt zurück. »Du bist ein sturer Bock ...«

»Nein, das meine ich nicht.« Er drehte sich um und sah sie an. »Du spürst doch, wie kalt mein Körper ist.« Er legte die eisigen Fingerspitzen gegen ihre Wange. »Das Blut muss warm sein ... es muss frisch sein.«

»Oh. Du musst es also …« Sie brachte es nicht über sich weiterzusprechen.

Er versteifte sich ein wenig. »Ich werde den Spenderservice rufen.«

Seine Hand schwebte schon über dem Telefon, als der Alarm einer seiner Computer losschrillte und sie beide zusammenzucken ließ.

»Mist«, sagte er. »Endlich!« Christian taumelte hinüber und lehnte sich gegen den Tisch.

Antoinette gelang es, einen Bürostuhl hinter ihn zu schieben, gerade als ihm die zitternden Beine den Dienst versagten, und so landete er auf dem Stuhl statt auf dem Boden.

»Was ist los?« Antoinette beobachtete die aufblitzenden Bildschirme.

»Ich habe Monitor-Software in alle Flughäfen in und um New York eingespeist. Sie benutzt die VÜ, die bereits vor Ort installiert ist.«

»VÜ?«, fragte sie. Nici war der Technik-Fachmann in ihrer Familie.

»Videoüberwachung. Die Software, die wir haben, ist in der Lage, sich in alle schon existierenden Netzwerke einzuschalten, und da wir Aufnahmen von Andrew Williams besitzen, habe ich sie so programmiert, dass ich gewarnt werde, wenn er einen Flughafen betritt. Ich wusste, dass er das früher oder später tun würde.« Christian beugte sich zu einem der Bildschirme vor. »Und hier ist er.«

»Wo? Ich kann ihn nicht sehen«, sagte sie und streckte den Kopf vor.

»Der Blonde dort.« Er deutete auf einen Mann, der Williams allerdings gar nicht ähnlich sah. »Die Software nimmt die Größe und die typischen Bewegungen einer Person zum Maßstab. Es ist schwierig, diese Dinge zu verbergen, auch wenn man sich verkleidet hat.«

Auf dem Schirm erschien das Bild einer anderen Kamera, als sich der Mann dem Ticketschalter näherte. Diesmal konnte Antoinette sein Gesicht deutlich erkennen. Er hatte den Bart abgenommen und die Haare gebleicht, aber diese kleinen, nervösen Augen kannte sie vom Konferenzball. Das war eindeutig Andrew Williams.

Christian tippte etwas ein und erhielt Zugang zum Buchungscomputer der Fluggesellschaft. »Mist, Paris in zwei Stunden. Ich muss ihn aufhalten …«

Er sah aus, als würde er gleich in Ohnmacht fallen, und Antoinette trat einen Schritt näher an ihn heran.

Er stand rasch auf, schwankte und stützte sich am Tisch ab. Sein Atem ging stoßweise. »Muss zum Flughafen …«

Antoinette betrachtete die kränklich graue Färbung seiner Haut. »In diesem Zustand kannst du nirgendwohin gehen. Du hast ja nicht einmal genug Kraft, um ohne fremde Hilfe zu stehen.«

»Ich muss Williams aufhalten. Er ist die beste Spur, die wir haben.« Wieder bohrte sich sein Blick in ihre Kehle, doch dann bemühte sich Christian, Antoinette ins Gesicht zu sehen.

Er richtete sich auf. »Gib mir das Blut, das du mitgebracht hast. Vielleicht reicht es …« Seine Beine gaben nach, und sie fing ihn auf.

Er schob sie beiseite und hob die Hand, doch dann ließ er den Kopf hängen. Er konnte nichts mehr sagen.

Es ist unmöglich, rechtzeitig einen Spender herzubekommen, und das bedeutet … Bevor sie sich eines Besseren besinnen konnte, sagte sie: »Nähre dich an mir.«

Christian sah sie scharf an. Sie erkannte ein Flackern in seinem Gesicht, doch dann schüttelte er den Kopf.

»Nein.«

Antoinette stemmte die Hände in die Hüften und machte sich auf einen Kampf gefasst. »Warum nicht? Du brauchst Blut, und ich habe viel davon. Nimm, was du benötigst, und dann können wir diesen Bastard aufhalten.«

Er schaute weg. »Du weißt nicht, was du da tust.«

»Christian, wir verschwenden hier wertvolle Zeit.« Ihre Hand zitterte, und als sie sich die Haare zurückstrich, schlug ihr das Herz bis zum Hals.

Er schaute sie noch einen Moment lang an, dann regte sich etwas in seinem Gesicht.

Schließlich sagte sie: »Ich muss herausfinden, was mit meinem Vater passiert ist. Und du bist für mich die beste Gelegenheit, um die einzige Spur zu verfolgen, die ich habe.«

Er nahm das Telefon und wählte. »Hier ist Christian. Bringen Sie den Helikopter zu meinem Landsitz. Ich muss so schnell wie möglich den internationalen Flughafen erreichen.«

Antoinette trat näher an ihn heran. Christian nahm ihren Kopf zwischen die Hände und zog sie zu sich, bis seine kalten Lippen die ihren berührten. Wärme strahlte aus ihrer Magengrube ab und brandete gegen die Kälte seines Körpers.

Langsam – schmerzhaft langsam – küsste er sich zu ihrer Kehle vor und hinterließ überall dort Feuer, wo seine eisigen Lippen ihre Haut berührten. Dann küsste er ihren Mund mit wildem Hunger, hinter dem mehr als nur das Verlangen nach Blut steckte.

Er machte sich von ihr los und sah ihr in die Augen. »Bist du dir ganz sicher?«

Antoinette vertraute ihrer Stimme nicht. Sie erwiderte seinen durchdringenden Blick und nickte. Er liebkoste ihre Kehle, berührte sie dabei kaum und knöpfte gleichzeitig ihre Baumwollbluse auf.

»Was tust du da?« Ihre Stimme bebte. Obwohl sie

wollte, dass er weitermachte, war sie nicht sicher, ob sie dazu bereit war.

»Ich muss dir die Bluse ausziehen. Sie ist mir im Weg.« Seine raue Stimme ließ sie erzittern.

»Oh … in Ordnung.« Als er weitermachte, spürte sie, wie sie errötete.

»Solltest du dich nicht beeilen? Du musst ihn erwischen, bevor …«

Was immer sie hatte sagen wollen, flog aus ihrem Gedächtnis davon, als er sich vorbeugte und sanft an ihrem Ohrläppchen knabberte. Seine Lippen waren so kalt auf ihrem warmen Fleisch, so intensiv. Schmerz und Lust brannten gleichzeitig in ihr und versengten sie mit einem Verlangen, das sie nie zuvor verspürt hatte.

»Es dauert ein paar Minuten, bis der Helikopter fertig ist – wir haben genug Zeit«, flüsterte er ihr ins Ohr. Er fuhr ihr mit den Fingerspitzen über das Schlüsselbein, öffnete die Bluse, und sie keuchte auf, als er mit dem Arm ihre Brust berührte. Er hielt inne; in seinen Augen brannte verzehrender Hunger. Antoinette musste den Blick abwenden, um ihr eigenes Verlangen zu verbergen.

»Willst du, dass ich aufhöre?«, flüsterte er.

»Nein …« Ihre Stimme klang selbst in ihren eigenen Ohren atemlos. Sie schluckte schwer und sagte: »Nein, hör nicht auf.«

»Gut.« Er schob ihr die Bluse von den Schultern, und sie fiel zu Boden. Jetzt stand sie nur noch in ihrem dünnen Spitzen-BH und Jeans vor ihm. Die kalte Luft um ihn herum verursachte eine Gänsehaut auf dem nackten Fleisch, und ihre Brustwarzen richteten sich auf.

Sanft legte er ihr eine kalte Hand über den Hintern und drückte sie an sich. Instinktiv bewegte sie sich ein Stück nach hinten, als sie seine langen Fangzähne sah, bis sie noch etwas anderes bemerkte. Er war auf mehr als nur eine Art erregt. Trotz seines geschwächten Zustands drückte sich der Beweis dafür hart gegen ihren Bauch.

Aus irgendeinem seltsamen Grund beruhigte sie das, und sie entspannte sich in seiner Umarmung. Doch als er die Lippen an ihre Kehle legte, erstarrte Antoinette. Seine Fangzähne durchdrangen die Haut, was ihr einen kurzen Schmerz verursachte, aber dann schoss ein Blitz aus reiner Ekstase an ihrem Rückgrat entlang bis zu den Lenden und löste sich in köstlichen Wogen der Lust auf. Antoinettes Knie gaben nach, doch er drückte ihren Körper fest gegen sich.

Elektrische Ströme durchpulsten sie – als würde sie immer wieder von Blitzen der reinen Lust getroffen. Jemand jammerte, und sie begriff, dass sie es selbst war. Sie klammerte sich an ihn, kümmerte sich nicht mehr um sein oder ihr Verlangen. Sie kümmerte sich um überhaupt nichts mehr außer der Befriedigung, die weit jenseits ihrer Vorstellung lag.

Als sie bemerkte, dass seine Lippen warm an ihrer Haut lagen und auch seine Hand nicht mehr kalt gegen ihren Rücken drückte, erschauerte sie. Schließlich glaubte sie, es nicht mehr aushalten zu können, ohne vor Glück zu explodieren, und dann verschwamm ihr Blickfeld.

Nein! Aufhören!

Sie versank in Schwärze.

22 VOR DEM ABFLUG

Christian hob sie an und legte sie auf das ungemachte Bett. Er hatte ihr absichtlich nicht gesagt, dass sie durch ihre Spende außer Gefecht gesetzt sein würde, denn dann hätte sie es sicherlich nicht auf sich genommen.

Sie hatte recht gehabt; es war tatsächlich höchste Zeit gewesen, und da das gesamte Personal eine »keine Spenden«-Klausel in den Arbeitsverträgen hatte, war sie der einzige verfügbare Mensch gewesen. Wenn er sich nicht an ihr genährt hätte, wäre es möglich gewesen, dass Williams ihm entwischte.

So blass und so zerbrechlich.

Sanft strich er ihr die Haare aus dem Gesicht und drückte ihr einen zarten Kuss auf die Stirn. Erleichtert bemerkte er den starken und regelmäßigen Schlag ihres Herzens.

Blut – ihr Blut – sang in seinen Adern und erfüllte ihn mit großer Kraft. Nie zuvor hatte er etwas Ähnliches geschmeckt. Am deutlichsten trat ihre Leidenschaft hervor, heiß und süß tanzte sie auf seinem Gaumen und überdeckte den Stich der Angst. Die zarte Erdigkeit ihrer Trauer blieb zusammen mit der leichten Bitterkeit ihres immer gegenwärtigen Hasses auf seinen Lippen zurück.

Aber da war noch etwas anderes – etwas, das er nie zuvor gekostet hatte. Es war, als würden flüssige Blitze durch seinen Körper jagen, glühend heiß und kraftvoll.

Das rhythmische Heben und Senken ihres Busens hypnotisierte ihn. Es zog ihm die Kehle zusammen, als er mit den Fingerspitzen am Rande des roten Spitzenbesatzes über ihre Brust fuhr. Dann beugte er sich zu ihr hinab und atmete ihren Duft ein. Ihr süßer Atem fuhr an seinen Lippen entlang, als er sie auf die ihren senkte und die seidige Feinheit ihres Mundes genoss.

Der Lärm des herannahenden Helikopters zerbrach den Zauber. Christian seufzte und zog die Laken über Antoinette. Rasch zog er sich um und nahm sein Handy sowie einen gelben Umschlag mit fünftausend Dollar. Als er die Tür erreichte, schaute er zurück auf Antoinettes schlafende Gestalt und fluchte, weil die Zeit nicht ausgereicht hatte, sie so vollständig zu erforschen, wie er es gern getan hätte. Ob sie es zugelassen hätte? Vielleicht – vielleicht auch nicht. Widerstrebend entriegelte er die Tür, öffnete sie und fand seine Mutter davor.

»Verdammt, das wurde auch Zeit. Ich stehe seit zwanzig Minuten hier und hatte schon befürchtet, du wärst tot.« Lilijana brach in Tränen aus und umarmte ihn. »Gott sei Dank sind wir nicht zu spät gekommen. Ist alles in Ordnung mit dir?«, fragte sie und sah ihn mit einer Besorgnis an, die ganz und gar nicht zu ihrem üblichen hochmütigen Gebaren passte.

»Ja, Mutter, es geht mir gut.« Er schlang die Arme um sie und küsste sie auf die Wange. »Es war knapp, aber Antoinette hat mich gerettet.« Wieder warf er einen Blick zurück. »Sie ist schwach und wird vielleicht eine Bluttransfusion brauchen.«

»Natürlich«, sagte seine Mutter und runzelte die Stirn. »Wohin gehst du?«

»Ich muss jemanden davon abhalten, das Land zu verlassen – jemanden, der uns vermutlich zu Viktors Mörder führen wird.«

Kummer blitzte in Lilijanas Blick auf, den sie jedoch rasch unterdrückte. »Dann geh. Ich werde mich um das Mädchen kümmern.«

Wenige Minuten später kletterte Christian in den Helikopter und setzte sich die Kopfhörer auf, bevor er dem Piloten das Zeichen zum Start gab. Das Jaulen der Maschine wurde schriller, als sich die Rotorblätter immer schneller drehten. Schon nach wenigen Minuten befand sich Christian auf dem Weg zum Flughafen.

Der Flug schien ewig zu dauern, aber schließlich erreichten sie New York, dieses glitzernde Meer aus Juwelen, und näherten sich dem John-F.-Kennedy-Flughafen. Christian riss sich die Kopfhörer ab und sprang hinaus, noch bevor der Helikopter den Boden berührt hatte. Dann rannte er auf das Terminal sieben zu, von wo die Maschinen der British Airways starteten. Zu Fuß kam er schneller voran als mit jedem anderen Transportmittel im Flughafen.

Er betrat das Terminal, wurde langsamer und suchte nach der Person, die er vom Helikopter aus kontaktiert hatte, sowie nach Williams. Ein uniformierter Sicherheitsmann näherte sich ihm und lächelte.

»Ich habe Ihren Anruf empfangen, Sir.« Christians Mitarbeiter, der sich als Wachmann getarnt hatte, nickte. »Ich habe den Verdächtigen lokalisiert. Hier entlang, bitte.«

Christian benutzte seine Dienstmarke, um an den Zollbeamten vorbeizukommen, und folgte seinem Mann hinter die Schranken des Zolls. Der Wächter blieb stehen und drehte den Zöllnern den Rücken zu, sodass sie Christian nicht mehr sehen konnten. »Er ist da drüben in der hinteren Ecke.«

Christian warf einen Blick über die Schulter des Wachmanns. Williams trank gerade einen Whiskey, während seine Blicke nervös durch den Raum schossen.

Der Wächter hielt seine Uniformjacke auf. Christian steckte ihm den gelben Umschlag zu, schlüpfte an ihm vorbei und ging auf sein Ziel zu.

Williams schaute auf, und seine Augen weiteten sich, als Christian vor seinem Tisch stehen blieb. Christian knurrte und zog den Mann am Aufschlag seines Jacketts auf die Beine.

»Sie haben kein Recht, mich anzufassen«, sagte Williams und versuchte sein Unbehagen hinter einer Fassade der Gelassenheit zu verbergen.

»Und Sie hatten kein Recht, meinen Freund umbringen zu lassen«, zischte Christian und zog knurrend die Lippen zurück.

Der Assistent des verstorbenen Botschafters wurde auf Christians Fangzähne zugezogen, und der letzte Rest Selbstsicherheit fiel von ihm ab. »Bitte, bitte, tun Sie mir nicht weh«, wimmerte Williams. Entsetzen drang ihm aus allen Poren; der würzige Geruch erfüllte Christians Nase.

»Warum sind Sie nicht zu dem Treffen erschienen?«, fragte Christian.

»Man hat mir befohlen, es nicht zu tun.«

»Wer ist *man*?«

»Ich weiß nicht.« Andrew schaute nach rechts und links; seine Pupillen weiteten sich. Eine Lüge.

»Entweder Sie sagen es freiwillig oder nicht.« Christian grinste breiter, damit der Mann seine Fangzähne deutlich sehen konnte. »Eigentlich würde ich es bevorzugen, wenn Sie es nicht tun.«

Williams Augäpfel rollten fast vollständig in den Kopf hinein. Christian glaubte schon, er habe einen epileptischen Anfall.

»Schon gut, schon gut, aber nicht hier. Bringen Sie mich an einen sicheren Ort. Beschützen Sie mich, und ich sage Ihnen alles, was Sie wissen wollen.«

»Vor wem soll ich Sie beschützen?«, fragte Christian.

»Vor dem Alten. Das ist alles, was ich Ihnen sage, bis ich in Sicherheit bin.«

Christian dachte kurz nach. »Warum sollte ich Ihnen trauen?«

»Weil ich Schutz brauche und Sie Informationen haben wollen.« Williams gespielte Selbstsicherheit war zurückgekehrt, aber nur für eine Sekunde. »Wenn Sie mich finden können, dann kann er das auch. Ich bin ein toter Mann, wenn er sieht, dass ich mit Ihnen spreche.«

»In Ordnung.«

Williams hob seinen Aktenkoffer auf und stolperte neben Christian her, während dieser den früheren Botschaftsassistenten am Arm durch den Ausgang zerrte.

Nachdem sie den halben Weg durch das Terminal zurückgelegt hatten, lockerte Christian seinen Griff ein wenig. Sofort nahm Williams die Gelegenheit wahr und befreite seinen Arm. Er rannte auf die Flughafenpolizei zu, deutete auf Christian und schrie, dieser Mann versuche, ihn umzubringen. Mit übernatürlicher Schnelligkeit hatte Christian ihn nach wenigen Schritten erreicht und wirbelte ihn herum. »Hören Sie mir zu, Sie kleiner Sch…«

Eine Nanosekunde nach dem deutlich hörbaren klackenden Geräusch eines Schusses, der von einem Gewehr mit Schalldämpfer abgegeben wurde, schlug eine Kugel mit einem ekelhaften Knirschen knapp oberhalb des rechten Auges in Williams Schädel ein. Er riss die Augen auf, dann trübten sie sich, als das Leben aus dem Loch in seiner Stirn sickerte. Er war tot, bevor er auf dem Boden aufschlug.

»Heben Sie die Hände über den Kopf und treten Sie zurück«, verlangte eine zitternde Stimme.

Christian krümmte sich zusammen, sein Blick war verschwommen vor Wut.

»Stehen Sie gerade und heben Sie die Hände.« Ein offensichtlich sehr nervöser junger Polizist stand vor ihm und richtete seine Pistole auf ihn.

Christian knurrte und drehte sich in die Richtung, aus der der Schuss gekommen war.

»Das ist die letzte Warnung«, sagte der Polizist mit brechender Stimme.

Christian hörte die Worte, aber sie waren nicht wichtig – nicht so wichtig wie die Ergreifung von Williams' Mörder. Die Passanten tuschelten, jemand schrie, rennende Schritte näherten sich. Christian machte einen Mann aus, der auf einem zwei Stockwerke höher gelegenen Innenbalkon hinter einem Pflanztopf kauerte; er trug einen Hut und eine Sonnenbrille. Als er sein Präzisionsgewehr senkte, zeigte sich eine gerunzelte Narbe, die von der linken Wange bis hinunter zum Kinn verlief.

Ein Mensch.

Ein weiteres Knurren rumpelte in seiner Brust, quoll die Kehle hoch und entwickelte sich zu einem ausgewachsenen Brüllen. Das metallische Klicken von Pistolen umgab ihn, aber Christian beachtete es nicht. Er sprang auf die Beine, rannte los und stieß einen Polizisten beiseite, der sich ihm in den Weg stellte. Der Unglückliche schlitterte über den Boden und prallte gegen einen Müllbehälter.

»Halt!«, riefen Stimmen hinter ihm, aber er hatte nicht die Zeit anzuhalten und Erklärungen abzugeben.

Der Mann sah Christian kommen, schlang sich das Gewehr am Riemen über die Schulter und rannte los. Christian sprang hoch, dann schoss ihm ein starker Schmerz durch die Schulter. Er fiel zwei Stockwerke tief und landete auf dem Rücken. Ein halbes Dutzend Polizisten umgab ihn, und sie zielten mit ihren Pistolen auf seinen Kopf.

Als der Helikopter auf dem Grundstück seines Landhauses aufsetzte, kletterte Christian heraus und betrachtete sein Anwesen. Seine übereilte Abreise und der Versuch, Williams aufzuhalten, hatten ihm nichts eingebracht. Ihr einziger Mittelsmann war tot, und sein Mörder war entkommen. Christian hatte den ganzen Tag in einer Zelle verbracht, während die Polizei seine Identität überprüft hatte.

Nachdem der Paramenschliche Geheimdienst für ihn gebürgt hatte, war er schließlich mit einer Entschuldigung freigelassen worden. Er war zum Hauptquartier gegangen, hatte einen Bericht über Williams' Ermordung abgegeben und sich danach die Kugeln entfernen lassen. Die Wunden waren bereits verheilt und hatten die Projektile in seinem Fleisch eingeschlossen, das deshalb wieder geöffnet werden musste. Narkosemittel wirkten bei Aeternus nicht, und so war die Operation weitaus schmerzhafter, als es die Schüsse gewesen waren.

Je näher er dem Haus kam, desto langsamer wurde Christian. Er hatte versagt. Er blickte hoch zu dem dunklen Fenster des Zimmers, in dem er die schlafende Antoinette zurückgelassen hatte.

War sie noch da? Die Erinnerung an ihr Blut sang noch immer in seinem Körper, aber er hatte keine Zeit, lange darüber nachzudenken. Es gab wichtigere Dinge, die nun seine Aufmerksamkeit beanspruchten, und er hatte schon genug Zeit damit verbracht, sich in Selbstmitleid zu ergehen. Wenn er das nicht getan hätte, würde Williams vielleicht noch leben.

Er betrat das Haus durch den Wintergarten und ging

sofort hoch zu seinem Zimmer. Dort lag Antoinette noch immer und schlief, und Lilijana hatte sich auf dem Sofa in der Ecke zusammengerollt.

Als er an das Bett trat, regte sich seine Mutter. »Christian?«

»Mutter«, sagte er. Er war überrascht, dass sie hier geblieben war.

»Was ist passiert?«, fragte sie.

»Nicht hier«, flüsterte er, denn er wollte Antoinette noch nicht wecken.

Lilijana erhob sich und folgte ihm in das angrenzende Zimmer. »Irgendetwas Großes geht vor sich. Viktors Tod, das Mädchen dort drinnen, deine Reise hierher – all das steht in Verbindung miteinander. Sag mir, was los ist.«

Christian saugte die Luft zwischen den Zähnen ein. Es war an der Zeit, ins Reine zu kommen. »Es hat den Anschein, dass die Unruhen wieder eingesetzt haben.«

Seine Mutter hielt den Kopf schräg und runzelte die Stirn. »Ist es nicht Dante Rubins, der dahintersteckt?«

Christian lief auf dem Teppich hin und her. »Viktor hat nie geglaubt, dass Dante hinter dem Ganzen steckt, und seine Verwicklung darin wurde nie bewiesen.« Er blieb stehen und sah seine Mutter an. »Woher weißt du von Dante? Der RaMPA und das Dezernat haben angeordnet, dass die Akten verschlossen gehalten werden.«

»Du warst nicht der Einzige, dem sich Viktor anvertraut hatte. Er hat mir zwar nicht alles gesagt, aber es war genug, um meine eigenen Schlüsse zu ziehen.« Sie setzte sich in einen großen Ledersessel; ihre Maske der einfältigen Erbin hatte sie nun vollständig abgelegt. In diesem Augenblick wirkte die siebenhundertzweiundfünfzig Jahre zählende Aeternus genauso alt, wie sie war. Die Aura der Macht war von ihr abgefallen, Christian schüttelte den Kopf. Wenige durften sie so sehen, wie sie jetzt war, und selbst für ihn gab es nur selten Gelegenheit dazu.

Sie lächelte, als hätte sie seine Gedanken gelesen. »Die Welt gibt ihre Geheimnisse niemals vor einer selbstsicheren, klugen Frau preis, aber ein flaches, launisches Mädchen kann vieles erfahren, wenn es Augen und Ohren offen hält.« Sie beugte sich im Sessel vor. »Weiß sie, was mit ihrem Vater passiert ist?«

»Ja, Viktor hat es ihr gesagt. Kurz vor seinem Tod.«

»Gut, denn wenigstens das hat sie verdient. Und jetzt musst du mich informieren. Viktor hat mir zwar von Grigores Verschwinden erzählt, aber den Grund dafür kenne ich nicht.« Sie bedachte ihn mit einem missbilligenden, durchdringenden Blick. »Er hat gesagt, dass du mich nicht in diese Sache hineinziehen willst.«

Er fuhr sich mit der Hand über das Gesicht. »Es tut mir leid. Wie immer habe ich dich unterschätzt.«

»Das spielt jetzt keine Rolle mehr«, sagte sie und machte eine wegwerfende Handbewegung. »Hinter wem warst du letzte Nacht her, und was ist schiefgegangen?«

Er erzählte ihr die ganze Geschichte über Grigores Verschwinden, Williams' Verwicklung in die Sache und Viktors Untersuchung, die schließlich zu seiner Ermordung geführt hatte.

Schweigend saß sie da, hörte zu, bis er fertig war, und runzelte die Stirn. Sie stützte den Ellbogen auf der Sessellehne ab und legte nachdenklich die Hand unter das Kinn. »Andrew Williams – das ist der kleine Wurm, der für Sir Roger gearbeitet hat, nicht wahr?«

»Allerdings. Warum?«

»Valerica kennt ihn. Sie waren einmal ein Paar.«

»Seit wann? Ich war der Meinung, Williams bevorzugt Männer.«

»Er mochte beide Geschlechter, wie Viktor. Sie sind

mindestens sechs Monate zusammen gewesen, und zwar vor Grigores Verschwinden. Eigentlich ist er nicht ihr Typ, und als ich sie nach ihm gefragt habe, hat sie gesagt, er sei sehr nützlich.« Ihr Blick wurde finster. »Ich frage mich, ob das etwas mit der Gruppe zu tun hat, der sie angehört.«

»Was für eine Gruppe?«, fragte Christian.

»Eines Abends habe ich zufällig gehört, wie sie mit jemandem telefoniert und ein Treffen verabredet hat. Ich war der Meinung, es handelt sich vielleicht um einen neuen Tanzclub oder eine Erotikgruppe und habe sie gefragt, ob ich mitkommen kann, aber sie hat mich mit einer schwachen Ausrede abgewimmelt. Sie hat es aufgeschrieben ...« Lilijana schaute einen Moment lang auf ihre Hände und strahlte dann. »Der AW-Club, oder so ähnlich.«

Eisklümpchen bildeten sich in seinen Eingeweiden, und er ließ sich schwer auf das Sofa sinken. »Bist du sicher?«

Lilijana beugte sich in ihrem Sessel vor. »Was ist das denn?«

»AW – der Aeternus-Wiedererweckungskult, den Dante vor einem Jahrhundert ins Leben gerufen hat. Unter diesem Banner hat er vor mehr als sechzehn Jahren seine Morde durchgeführt. Wenn Valerica darin verstrickt ist, dann hätte Viktor mir das gesagt.«

»Wenn er es gewusst hätte.« Mit einem Seufzen sank Lilijana zurück in den Sessel. »Valerica war ziemlich wütend auf ihn, weil er die ganzen Jahre hindurch keinen Kontakt zu ihr aufgenommen hat.«

»Dann werde ich möglicherweise nicht in der Lage sein, das Versprechen, das ich Viktor gegeben habe, zu halten. Wenn der AW beteiligt ist, kann nichts mehr Valerica retten.«

Antoinette öffnete die Augen, und ein Lächeln legte sich verstohlen über ihren Mund, als sie sich reckte und streckte. Sie fühlte sich ungewöhnlich wohl.

»Endlich sind Sie erwacht«, sagte Lilijana von ihrem Sessel neben dem Bett aus.

»Wie spät ist es?«, krächzte Antoinette mit ausgetrockneter Kehle.

Lilijana gab ihr ein Glas Wasser, und Antoinette trank es in einem Zug leer. Es schmeckte besser als der vorzüglichste Wein.

»Kurz nach Mitternacht«, antwortete Lilijana, nahm ihr das leere Glas aus der Hand und stellte es auf den Nachttisch.

Auf Christians Nachttisch. Die Erinnerungen kamen wie eine Flutwelle zurück. »Was ist passiert? Wo ist Christian?«

»Sie haben über sechsundzwanzig Stunden geschlafen. Für eine Weile werden Sie sich etwas schwach fühlen, obwohl wir Ihnen eine kleine Transfusion gegeben haben, damit Sie rasch wieder zu Kräften kommen.« Lilijana half Antoinette, sich aufzusetzen, und steckte ihr einige Kissen in den Rücken. »Kavindish wird Ihnen bald eine Brühe bringen.«

Er hatte sie allein zurückgelassen. *Bastard.*

Lilijana legte die Laken um Antoinette und wich ihrem Blick aus. »Seien Sie nicht wütend auf Christian. Er hat das getan, was seiner Meinung nach das Beste war.«

»Er hätte es mir sagen können«, zischte sie.

»Wären Sie so großzügig gewesen, wenn Sie es gewusst hätten?«

Nun war es Antoinette, die wegschaute. »Vermutlich nicht«, gab sie zu.

»Sehen Sie.« Lilijana fuhr damit fort, das Bett zu richten, was jedoch keineswegs notwendig war.

Etwas ist schiefgegangen.

Ist Williams davongekommen? Haben wir keine Spur mehr? Ist mit Christian alles in Ordnung?

Es schnürte ihr die Kehle zu. »Sagen Sie es mir«, krächzte sie.

Endlich stellte Christians Mutter ihre sinnlose Arbeit ein und setzte sich wieder in den Sessel. »Christian kann Ihnen die Einzelheiten berichten, aber er konnte Andrew davon abhalten, seinen Flug zu bekommen.«

Antoinette seufzte und fiel zurück in die Kissen. Wenigstens war er wohlauf. Aber irgendetwas stimmte nicht. Es war ihr klar, dass sie von Lilijana keine weiteren Informationen erhalten würde. Plötzlich begriff Antoinette, dass Lilijana zum ersten Mal mehr als zwei höfliche Worte mit ihr gewechselt hatte.

»Warum sind Sie so freundlich zu mir?«, fragte sie.

Zuerst gab die Aeternus keine Antwort, sondern kräuselte die Stirn – falls sich ihre glatte Stirn überhaupt kräuseln konnte. Schließlich sagte sie: »Sie haben nicht gezögert. Trotz Ihrer Vergangenheit und Ihrer Vorurteile … Sie haben viel riskiert, um Christian zu helfen, als er Hilfe brauchte. Und dafür bin ich Ihnen sehr dankbar.«

Hitze stieg in Antoinettes Wangen. Es war ihr ein Vergnügen gewesen – und das war wörtlich zu verstehen. Aber davon wollte sie Lilijana nichts verraten.

»In den letzten Wochen habe ich eine Menge über die Aeternus gelernt – hauptsächlich von Viktor.« Sie hielt inne und dachte mit einem Gefühl der Zärtlichkeit an ihn. »In der kurzen Zeit, die ich ihn gekannt habe, hat er mir mehr beigebracht, als ich in meinem ganzen Leben als Venatorin gelernt habe.«

Lilijanas Gesichtszüge glätteten sich. »Er hat immer das Beste in uns allen zum Vorschein gebracht.«

Sie liebte ihn. Antoinette hatte das Gefühl, dass sie

nun die wahre Lilijana sah, ohne Maske und Verkleidung.

Kavindish trat mit einem Tablett ein, und sofort änderte sich Lilijanas Verhalten. »Das wurde aber auch Zeit! Ich habe schon vor Stunden nach Ihnen geklingelt.« Sie stürmte durch die Tür, schloss sie aber sanft. Hinter Lilijana steckte mehr, als auf den ersten Blick zu sehen war. Antoinette würde sie nie wieder unterschätzen.

»Guten Abend, Miss«, sagte Kavindish, während er das Tablett über ihren Beinen abstellte und eine Serviette ausschüttelte. Lag da etwa ein Glitzern in seinen Augen? Hatten sich seine Mundwinkel ein wenig hochgezogen?

Er hob die Abdeckung von der Brühe, und Antoinette lief das Wasser im Mund zusammen, als sie das köstliche Aroma einatmete. Sie hatte nicht gewusst, wie hungrig sie war. Außerdem befanden sich auf dem Tablett noch zwei hart gekochte Eier, Toast, Fruchtsaft und Kaffee.

Kavindish legte ihr die Serviette auf den Schoß. »Guten Appetit, Miss.«

»Wo ist Christian?«, fragte sie.

»Im Augenblick ist er verhindert, aber er wird zu Ihnen kommen, sobald es ihm möglich ist.« Kavindish verneigte sich vor ihr und ließ sie allein.

Er war bereits der Zweite, der ihren Fragen nach Christian auswich. Ihr laut knurrender Magen hielt sie von weiteren Sorgen ab, und sie fiel über das Essen her. Als sich Antoinette einen Löffel Suppe in den Mund schob, verbrannte sie sich die Zunge. Danach war sie vorsichtiger, ließ die Brühe auf dem Löffel abkühlen und nahm eine Scheibe frisches, knuspriges Brot, das sie mit viel Butter bestrich. Es war ein einfaches, aber sättigendes Mahl, und allmählich kehrte die Kraft in ihre müden Glieder zurück.

Als sie genug gegessen hatte, nagte etwas anderes an

ihr. Noch immer spürte sie ein Gefühl des Hungers in ihrer Magengrube – aber nicht nach etwas zu essen. In ihrem Körper prickelte es, ihre Lenden fühlten sich schwer an, und die Brustwarzen hatten sich aufgerichtet.

Sie trug ein Nachtgewand statt der Kleidung von der Nacht, als Christian sie …

O mein Gott.

Bei der Erinnerung vibrierte ihr ganzer Körper. Jedes Nervenende kitzelte, jede Faser pochte, und sie begriff, wonach sie hungerte. Für sie hatte es keine Erlösung gegeben, und nun forderte ihr Köper sie ein.

Sie stellte das Tablett beiseite, schlüpfte aus dem Bett und tappte barfuß durch den Raum. Ihr Gepäck stand in der Ecke. Das war seltsam, denn sie hatte es nicht hierher gebracht. Danach würde sie Kavindish später fragen.

Rasch zog Antoinette Trainingskleidung an, dann nahm sie ihren Waffenkoffer. Sicherlich hatte Christian irgendwo im Haus einen Übungsraum, vermutlich im Keller. Dort würde sie es zuerst versuchen. Die körperliche Anstrengung würde ihr helfen, den angestauten Frust abzubauen.

Der Trainingsraum befand sich tatsächlich im Untergeschoss und war viel größer als der in seinem Stadthaus. Sie zog ihr Schwert aus dem Futteral und nahm auf den Matratzen sogleich Kampfstellung ein. Schon nach wenigen Minuten hatte sie sich in dem vertrauten Muster des *Kihon* verloren – der Basis der Kampfkünste.

»Du solltest dich ausruhen.« Christians samtige Stimme unterbrach sie mitten im Schwertschwung.

23 BLUT, SCHWEISS UND HITZE

Sie drehte sich um und stellte fest, dass er lässig im Türrahmen lehnte. Hinter der Sonnenbrille war sein Blick undeutbar.

Sie senkte die Spitze ihres Schwerts. Das Fieber, das bei seinem Anblick durch ihre Adern pulste, traf sie vollkommen unvorbereitet. »Ich bin sauer auf dich.«

»Es tut mir leid, dass ich dir nicht gesagt habe, wie schwach du durch mein Nähren wirst, aber ich war verzweifelt.«

»Ich bin wirklich sauer, weil du mich schon so gut kennst.« Sie übte weiter.

»Du musst dich ausruhen«, sagte er, während er sich vom Türrahmen abstieß und in den Raum trat.

Sie fuhr mit ihren Routineübungen fort. »Was ich brauche, ist gutes, aktives Training.«

»Hättest du gern einen Sparringspartner?«, fragte er.

O Gott, ja. »Nein.«

»Wirklich nicht? Wenn du üben willst, kann ich dir dabei helfen.«

Das glaube ich gern. »Ich ziehe es vor, allein zu trainieren. Das finde ich entspannender.«

»Ich dachte, du willst ein aktives Training haben«, sagte er und wendete auf diese Weise ihre eigenen Worte gegen sie. Er nahm seine Sonnenbrille ab und legte sie auf einen Tisch neben der Tür. Spott lag in seinem Blick. »Hast du Angst?«

»Vor dir? Pah!« Ihre Entrüstung hallte ein wenig zu

laut durch den großen Raum. »Nein.« *Verdammt sei er!*

»Dann trainiere mit mir.«

Er hatte sie in der Hand. »Also gut.«

In seinen Augen glitzerte es, als er zur gegenüberliegenden Wand ging und dort auf einen Knopf drückte. Ein Brett der Vertäfelung glitt zur Seite und enthüllte eine große Anzahl verschiedenster Waffen.

»Alle Achtung«, sagte sie. »Das ist eine beeindruckende Sammlung.«

»Holz oder Stahl?«, fragte er und sah sie über die Schulter hinweg an.

»Stahl natürlich.«

»Dann nimm das hier.« Er warf ihr ein Katana in der Scheide zu, das sie mühelos auffing. Sie legte ihre Waffe beiseite und hielt das japanische Schwert in Augenhöhe, während sie die Klinge zwei Zentimeter herauszog. Sogar in diesem schwachen Licht leuchtete sie. Antoinette entfernte die Scheide, ganz langsam, Zentimeter um Zentimeter, und verlängerte so ihre Vorfreude.

Sie schwang das Schwert und testete sein Gewicht. Es fühlte sich an, als wäre es für ihre Hand gemacht. Die Balance war perfekt. Es war eine wahre Samurai-Waffe, hergestellt von einem Meisterschmied und wunderschön. Antoinette machte einen Ausfall nach rechts und beschrieb dann mit der Klinge einen Kreis.

»Nett«, sagte sie in dem Versuch, lässig zu erscheinen.

Christian wiederholte ihre Bewegungen mit seiner eigenen Waffe, während sie ihre Angriffspositionen einnahmen. Sie beugte sich nach rechts, stellte einen Fuß vor den anderen, wirbelte ihr Schwert herum und schätzte ihn ab.

»Kata oder Freistil?«, fragte er.

»Freistil – eindeutig Freistil.« Sie wollte keine vorgeschriebenen Schritte machen, sondern schnell wie der Blitz sein.

Stille Freude stahl sich in seinen Blick. »Ich hatte gehofft, dass du das sagst.«

Antoinette kniff die Augen zusammen und beobachtete ihn eingehend: Die Art, wie er das Schwert hielt, und jeden Schritt, den er machte, während sie darauf wartete, dass er angriff.

Er schaute nach links, aber eine so offensichtliche List konnte sie nicht dazu verführen, zu schnell zu handeln. In seinen Mundwinkeln zuckte es, und er nickte ihr beinahe unmerklich zu.

»Sag mir endlich, was mit Andrew Williams passiert ist.« Sie blieb stehen und hielt ihr Schwert über dem Kopf.

»Er wurde vor meinen Augen ermordet. Ich habe nichts von ihm erfahren, aber fast hätte er mir gesagt, vor wem er Angst hatte.«

Entsetzt senkte sie die Schwertspitze und verließ ihre Kampfstellung. »Er ist tot? Wie ist das passiert?«

»Ein Schuss in den Kopf.«

»Und der Mörder?«

Er senkte den Blick und hielt ebenfalls mit dem Kreisen inne. »Entkommen.«

»Was jetzt?« Sie richtete sich auf und packte ihr Schwert fester.

»Ich weiß es noch nicht, aber ich habe vielleicht eine neue Spur.«

»Welche?«

»Wollen wir kämpfen oder nicht?«, fragte er und umkreiste sie wieder.

Sie fiel zurück in ihre ursprüngliche Stellung. Christian war wie ein Spiegelbild von ihr, und beide warteten darauf, dass der andere zuerst angriff. Antoinette wollte sich von Christians versteinerter Miene nicht dazu hinreißen lassen, als Erste zuzuschlagen. Sie hielt den Kopf schräg, hob die linke Hand und bewegte einladend die Finger.

Sie hatte kaum Zeit, seinen blitzschnellen Angriff abzuwehren. Die Erschütterungen seines Hiebs fuhren so stark durch ihren Arm, dass sie beinahe das Schwert fallen gelassen hätte.

»He, das ist unfair«, rief sie. »Hinter diesem Angriff stand deine ganze Aeternus-Kraft.«

»Wer hat denn gesagt, dass ich fair sein muss?«

»Na gut, wie du willst.« Sie schnellte nach vorn und schlitzte ihm das Hemd vor der Brust auf. Er betrachtete den Schaden. Eine dünne scharlachrote Linie erschien auf der Haut und heilte sofort wieder.

»Wieso ist dir der Mörder entkommen? Bist du etwa nicht mehr der Beste in deiner Abteilung?«

»Reiz mich nicht.« Er grinste, aber in seinen Augen war es dunkel, als er sich die Überreste seines Hemds vom Leib riss und sie wegwarf. »Die Flughafenpolizei hat auf mich geschossen.«

Antoinette hielt den Blick fest auf ihn gerichtet. Selbst wenn sie es versucht hätte, wäre es ihr unmöglich gewesen, ihn nicht anzusehen. Sein Alabaster-Torso schien geradewegs aus einer griechischen Legende zu kommen. »Also musstest du dich zuerst um sie kümmern, bevor du einen Verdächtigen auf ihrem eigenen Terrain verfolgen durftest?«

Er mochte zwar blass sein, aber jeder Muskel trat aufregend deutlich hervor. Die braunen Brustwarzen bildeten einen genauso reizvollen Kontrast wie die dünne Linie aus schwarzem Haar, die unterhalb des Bauchnabels begann und hinter dem Bund seiner tief sitzenden Trainingshose verschwand. Ihr Blick sank tiefer bis zu den festen Schenkelmuskeln unter dem Stoff. Sie wollte ihre Lippen befeuchten, aber ihr war im wahrsten Sinne des Wortes die Spucke weggeblieben.

»Nein, ich hatte keine Zeit dazu, und ich wollte auch nichts ausplaudern. Du hättest dasselbe getan.« Dann griff er sie wieder an.

Sie duckte sich unter seinen erhobenen Armen hinweg, wirbelte herum und versetzte ihm einen Schlag gegen die Seite. Die Luft wurde ihm aus der Lunge gepresst, doch er drehte sich nur um und grinste.

»Meinetwegen musst du dich nicht zurückhalten«, sagte er.

»Das habe ich auch nicht vor.« Sie hob ihr Schwert wieder.

Bei seinem nächsten Angriff riss sie den Ellbogen hoch und schlug ihm unter das Kinn. Sein Kopf flog zurück.

Während er sich den Kiefer rieb, ging sie in die Hocke, wirbelte mit ausgestrecktem Bein herum und brachte ihn zu Fall. Er stürzte auf den Rücken, und bevor er reagieren konnte, saß sie rittlings auf ihm und presste ihren Mund auf seinen. Der Hunger verzehrte sie. Die Schwerter fielen neben ihnen zu Boden.

Sein Lächeln verriet ihr, dass er ihr erlaubt hatte, ihn zu besiegen und er nur mit ihr spielte. Seine Bauchmuskeln spannten sich unter ihren Schenkeln, Schmetterlinge flogen durch ihren Leib. Er nahm ihr Gesicht in beide Hände und küsste sie mit einer Heftigkeit, die ihrer eigenen gleichkam. Als er sich aufsetzte, schlang sie die Beine um ihn und überkreuzte sie hinter seinem Rücken.

Während ihre Lippen noch aufeinandergepresst waren, stand er auf und nahm sie mit. Sie warf ihm die Arme um den Hals, verstärkte den Druck ihrer Schenkel und schmiegte die Brüste gegen ihn. Ihre straffen Nippel rieben sich an seiner nackten Brust. Er ächzte auf, drückte sie fester, zitterte. Er hatte verloren. Sie hatte ihn besiegt. Nur noch ein wenig mehr …

Zärtlich schob er ihre Beine von seiner Hüfte, stellte sie auf den Boden und machte sich auch von ihren Armen frei. Antoinette fühlte sich leer. Ihr Körper schrie nach Kontakt, aber er entfernte sich von ihr und hob sein Schwert auf.

»Vergiss nicht, dass wir uns in einem Sparringskampf befinden.« Er wandte sich von ihr ab und versuchte so, die Ausbuchtung in seiner Hose zu verstecken.

Als sie sich ebenfalls umdrehte und ihre eigene Waffe wieder an sich nahm, spürte sie, wie er ihr Haarband durchschnitt und mit der flachen Seite der Klinge den Zopf löste. Jetzt spielte er wirklich mit ihr.

Sie machte eine heftige Bewegung auf ihn zu, und die Haare flogen ihr vor das Gesicht. Mit der einen Hand schob Antoinette sie beiseite, mit der anderen hob sie ihre Klinge.

»Jetzt herrscht Gleichstand«, sagte er und bleckte die weißen Zähne in einem selbstzufriedenen Lächeln.

»Ach, glaubst du das wirklich?« Sie bemühte sich, nicht zu grinsen.

Das Spiel hatte gerade erst begonnen, und sie war fest entschlossen, es zu gewinnen. Abermals umkreisten sie einander, und die Spitzen ihrer Schwerter berührten sich beinahe.

Sein Blick wühlte ihr Innerstes auf. Flüssiges Feuer sammelte sich in ihrem Bauch, breitete sich über die Innenseite ihrer Schenkel aus und fuhr ihr bis in die Zehenspitzen. Sie packte das Schwert fester, entspannte dann wieder ihren Griff und wartete auf den perfekten Augenblick.

Bevor sie es bemerkt hatte, war er hinter ihr, legte den

Arm unter ihre wogenden Brüste und drückte sie mit dem Rücken an seine Brust. Genauso schnell ließ er sie wieder los und wich von ihr zurück. Sie spürte, wie ihre Hose herunterrutschte; er hatte sie aufgeschnitten. Der Stoff sammelte sich um ihre Füße, und sie trat ihn fort. Nun stand sie mit dem Schwert an ihrer Seite da und trug nichts mehr außer ihrem Tanga und dem Sporttop. Ihre Brüste waren schwer, und die Nippel schrien förmlich nach seiner Berührung. Ihr Atem ging stoßweise, und die pulsierende Stelle zwischen ihren Beinen verlangte danach, ausgefüllt zu werden.

Genug. Antoinette wusste genau, wie sie das bekam, was sie haben wollte. Sie steckte die Klinge unter den Bund ihres Hemds und schlitzte es auf. Das Material gab nach, und ihre schmerzenden Brüste waren frei. Sie würde ihn haben, und zwar zu ihren eigenen Bedingungen. Mit einem bösen Grinsen senkte sie den Kopf und fügte sich einen oberflächlichen Schnitt über der linken Brust zu. Als sie den scharfen, köstlichen Schmerz spürte, blinzelte sie langsam und atmete heftig. Karmesinrote Perlen bildeten sich, während sie den Blick auf ihn richtete und ihn herausforderte. Sie war sicher, dass er ihr nun nicht mehr widerstehen konnte.

Christians Pupillen zogen sich zusammen und richteten sich auf die anwachsende rote Linie. Sein Gesicht veränderte sich; es zeugte von rauem Hunger und der animalischen Kraft, ihn zu stillen. Er zog die Lippen zurück, enthüllte voll ausgefahrene Fangzähne und öffnete den Mund.

»Du spielst mit dem Feuer, Antoinette«, knurrte er.

»Dann verbrenne mich«, keuchte sie.

Sie hatte das letzte Wort kaum ausgesprochen, als er sein Schwert beiseitewarf. Bevor es auf den Boden prallte, hatte er bereits den Raum durchquert, sie an sich gerissen und gegen die Wand gedrückt. Die Luft wurde ihr aus der

Lunge gepresst, aber sie bemerkte es kaum. Er schob sie an der Wand hoch, bis ihre Brüste in Höhe seines Mundes waren, drückte die Lippen auf die Wunde und versiegelte sie. Er knurrte – es klang nicht ganz unglücklich. Sie ächzte, vergrub die Hände in seinem Haar und schlang ihm die Beine um den Brustkorb.

Seine Lippen schwebten dicht vor ihrem Nippel. Er schaute hoch zu ihr, und in seinen Augen glitzerte es schelmisch. Antoinette bog den Rücken durch und versuchte, die angespannte Warze näher an seinen Mund heranzubringen. Aber er bewegte sich im Einklang mit ihr. Sein Atem wühlte die Luft zwischen seinen Lippen und ihrem Fleisch auf, und er folterte sie mit dem Versprechen der Ekstase, die er ihr aber noch verweigerte.

Endlich nahm er den harten Nippel zwischen die Lippen und fuhr mit der Spitze des Fangzahns darüber. Ohne Vorwarnung kam sie; der Orgasmus traf sie vollkommen unerwartet und unvorbereitet. Antoinette presste die Arme gegen die kalte Wand und warf den Kopf zurück. Sie drückte den Rücken noch stärker durch, und ihre Beine zitterten, als sie wieder und wieder vor Lust aufschrie, während die Wellen der Befriedigung sie durchfuhren.

Aber es reichte noch nicht. Sie brauchte mehr. Sie brauchte ihn tief in ihrem Inneren. Als er sie heruntergleiten ließ, küsste sie ihn heftig, und sein harter Schaft drückte gegen sie, als sie den Boden unter den Füßen wiederfand. Antoinette zerrte an seiner Trainingshose. Schließlich hatte sie das Kleidungsstück so weit heruntergeschoben, dass sie seine zitternde Rute in die Hand nehmen konnte. Sie benutzte die Wand in ihrem Rücken als Stütze, hob die Beine wieder um seine Hüften und schob ihren Tanga zur Seite, sodass er in sie hineingleiten konnte.

Ihre Schamlippen schlossen sich um ihn, und sie versuchte ihn so tief wie möglich in sich aufzunehmen. Mit einem harten Stoß füllte er sie ganz aus. Wieder drückte sie den Rücken durch und schrie vor köstlichen Schmerzen auf. Sie packte seine Schultern; ihre Schenkel waren glitschig vor Schweiß. Er zog sich fast ganz aus ihr zurück und stieß wieder in sie.

Er hielt sie an den Hüften fest, senkte den Blick und beobachtete, wie er in sie ein und aus drang. Dieser Anblick nahm ihr den Atem, und mit jedem Stoß wurde ihre Lust intensiver.

»Beiß mich«, jammerte sie.

»Nein ... noch zu früh ... hast dich noch nicht ganz erholt«, keuchte er, während er immer wieder in sie stieß, bei jedem Mal härter.

»Bitte, bitte, ich brauche dich.«

Sein Blick verbrannte ihre Seele. Einen Moment lang bewegte er sich nicht, und sein Blick glitt zu ihren Lippen. Antoinette leckte sie gerade. Er ächzte und beugte sich vor. Dann knabberte er an ihr.

Ein metallischer Geschmack erfüllte ihren Mund, als er sie dicht an sich drückte. Er saugte an ihrer Unterlippe und hämmerte nun wieder in sie hinein, immer härter und schneller. Der Druck in ihr stieg und stieg, bis sie geradewegs auf den nächsten Orgasmus zusteuerte. Sie stieg höher und höher, bis sie ganz oben war – und eilig über den Rand stürzte.

Christian grunzte, stieß ein letztes Mal zitternd zu und kam ebenfalls.

Antoinettes abgerissener Atem dröhnte ihr in den Ohren; sie war schweißgebadet, die Brust hob und senkte sich, und alle Knochen schienen aus den zitternden Gliedern verschwunden zu sein. Er steckte noch in ihr, und als er sich zurückzog, verspürte sie einen kurzen Augenblick des Verlusts.

Sanft schob er ihr die Haare aus dem Gesicht und sah ihr tief in die Augen. »Habe ich dir wehgetan?«

Sie seufzte ob seiner unerwarteten Zärtlichkeit. »Nur im besten Sinne. Nichts, was ein langes Bad nicht wieder richten würde.«

»Dein Wunsch ist mir Befehl«, sagte er, trat sich die Trainingshose von den Beinen und festigte den Griff um ihre Hüften.

Antoinette schlang ihm die Arme um den Hals und legte den Kopf an seine Schulter, während er sie nackt durch das Haus trug. Dies und ihre intime Umarmung schienen ihm nicht peinlich zu sein. Er brachte sie zu einem riesigen Raum mit einer in den Boden eingelassenen Badewanne, die wie ein kleiner Pool das Zimmer beherrschte. Sanft setzte er sie am Rand ab und drehte die Hähne auf, dann zündete er die vielen Kerzen an, die in Nischen überall an den Wänden standen.

Wie viele Frauen mochte er in diesem Raum schon verführt haben? Und warum sollte das wichtig für sie sein?

Christian goss parfümierte Badeessenz ins Wasser. Der Duft von Sandelholz und Lavendel erfüllte den Raum. Sie zog den Tanga aus und senkte sich in das heiße, besänftigende Wasser, dann schaute sie auf und bemerkte, dass er sie ansah.

Diese Seite hatte sie an ihm bisher noch nicht gesehen und auch nicht erwartet. Das Bad war schnell voll; die Wanne war so tief, dass sie fast darin schwimmen konnte. Sie tauchte unter, und die Stille unter Wasser beruhigte ihre verwirrten Gedanken. Normalerweise hätte sie den Mann, mit dem sie gerade Sex gehabt hatte, so schnell wieder vergessen, wie es dauerte, ihre Hose wieder anzuziehen.

Aber diesmal war es anders. Christian war noch immer in ihrem Kopf. Als sie wieder an die Oberfläche kam, sah sie, dass er zu ihr in die Wanne gestiegen war.

Sie wischte sich das Wasser aus dem Gesicht und lächelte.

»Komm her«, sagte er und griff nach dem Shampoo.

Sie ließ sich zwischen seinen Beinen nieder, und er rieb ihr den parfümierten Schaum in die Haare. Antoinette lehnte sich zurück, als er mit seinen himmlischen Fingern ihre Kopfhaut massierte und all ihre Vorbehalte vertrieb. Schließlich war es nur Sex gewesen – oder?

Die heißen Hände, die Seifenblasen und das warme Wasser nahmen alle Schmerzen und Qualen von ihr. Ihre Spannung ließ nach, und sie wurde weich wie Brei.

Sanft massierte Christian den Schaum ein. Eine solche Intensität hatte er noch nie verspürt. Niemals. Nicht einmal mit Dominique, seiner Frau, und besonders nicht mit dieser berechnenden Schlampe von Carolina. Seine Hand hielt auf Antoinettes vollkommener Stirn inne.

Carolina. Bei dem Gedanken an sie zog sich ihm die Brust zusammen, aber er empfand nicht die schrecklichen, brennenden Schmerzen, die er erwartet hatte. Sie hatte ihn zum Narren gehalten, von Anfang an. Viktor hatte es gewusst und ihn gewarnt, aber er hatte nicht glauben wollen, dass sie ihn so schamlos missbrauchte.

Umschlungene Menschen neigten dazu, zu Dreniern zu werden, denn ihnen fehlte die Kontrolle über ihre Nahrungsbedürfnisse. Er war sich so sicher gewesen, dass er Carolina dabei helfen konnte, die Blutlust zu überwinden und ihren Hunger zu kontrollieren. Aber er hatte versagt, und sie hatte sich gegen ihn gewandt und versucht, ihn für ihre Morde verantwortlich zu machen.

Wenn er bloß hinter ihre betörende Schönheit geblickt und die selbstsüchtige, verdorbene Prinzessin erkannt hätte, die sie in Wirklichkeit gewesen war. Aber das hatte er nicht. Und er hatte den Preis dafür bezahlt. Einen Preis, den er nie wieder zahlen wollte. Die Erinnerung an ihre spöttische Miene, die sich plötzlich zu schierem Entsetzen gewandelt hatte, als er sie enthauptet hatte, verfolgte ihn noch immer.

Antoinette regte sich und brachte ihn zurück in die Gegenwart und zu dem warmen Körper zwischen seinen Knien. Ihr Kopf rollte gegen seine Brust, und er streichelte sie sanft, während ihr warmer Atem seine Haut liebkoste. Sie atmete tief und langsam. Sie war eingeschlafen.

Antoinette war ganz anders als Carolina – in der Tat sogar das vollkommene Gegenteil. Aber das garantierte nicht, dass sie auch auf lange Sicht anders sein würde. Schließlich war sie noch ein Mensch.

»He«, raunte er ihr leise ins Ohr. »Warum legst du dich nicht noch ein wenig ins Bett?«

Sie öffnete die Augen und lächelte. Es war nicht das übliche vorsichtige Lächeln, das nie ihre Augen erreichte. Dieses hier ging bis in ihre Seele; es war das erste ehrliche Lächeln, das er bei ihr gesehen hatte. Und es machte sie so ungeheuer schön, dass es ihm beinahe das Herz brach.

»Das ist eine gute Idee.« Sie drehte sich um, küsste ihn sanft auf die Lippen, fuhr rasch mit der Zunge über seine Nasenspitze und kletterte aus der Badewanne.

Sein Blick wanderte über ihre geschmeidigen Glieder und die vollkommenen Proportionen, die durch etliche Jahre Training hart erarbeitet worden waren. Auf ihrer linken Hinterbacke war eine Prellung erschienen, und ein handförmiges Mal verdunkelte ihren rechten Oberarm. Er war grob gewesen, aber sie hatte Vergnügen daran gefunden und seine Heftigkeit erwidert. Er rieb sich das Kinn und erinnerte sich, wie sie ihm den Ellbogen dagegengerammt hatte. Er hatte mehr als nur den physischen Akt genossen; sie forderte nicht nur seinen Körper, sondern auch seinen Geist heraus. Aber war wirklich so viel mehr an ihr? Carolina kam ihm wieder in den Sinn, und er schlug sich diesen zerstörerischen Gedanken aus dem Kopf. Er maß dieser Sache zuviel bei. Es war schließlich nur Sex gewesen ... oder?

Antoinette nahm einen der flauschigen Bademäntel vom Haken und wickelte sich darin ein. Ihre Hand ruhte bereits auf dem Türknauf, als sie sich zu ihm umdrehte. »Danke. Das war schön.«

Und dann war sie verschwunden.

Nachdem sich Christian angezogen hatte, ging er nach unten und fand dort Lilijanas Koffer sowie mehrere Einkaufstaschen von teuren Geschäften vor der Haustür. Seine Mutter saß in der Bibliothek und las in einem Magazin. Als er auf sie zuging, schloss sie sofort das Hochglanz-Modeheft, aber zuvor hatte er noch einen Blick auf die *Financial Times* werfen können, die sie dahinter verbarg.

»Wie geht es ihr?«, fragte sie und blätterte geistesabwesend die Seiten um.

»Sie schläft wieder.« Er ging zur Bar und schenkte sich einen Whiskey ein.

Sie bedeutete ihm, er solle ihr ebenfalls einen Drink bringen, und er gab ihr sein eigenes Glas, bevor er sich ein neues eingoss.

»Sie geht dir nicht mehr aus dem Sinn, oder?« Lilijana schlug die langen, solariumgebräunten Beine übereinander.

Christian kämpfte gegen den Frosch in seiner Kehle und tat ihre Bemerkung mit einer Handbewegung ab. »Ich weiß nicht, wovon du sprichst.«

»Doch, das weißt du.« Sie nippte an ihrem Glas. »Du hast diesen besonderen Blick.«

Christian stellte sein unangerührtes Glas zurück auf die Bar. »Mach dich nicht lächerlich.«

»Du hast einen zusätzlichen Funken verspürt – etwas Besonderes. Es steht dir deutlich ins Gesicht geschrieben.« Sie erhob sich und ging auf ihn zu. »Weißt du, dass dein Vater das Gleiche gespürt hat, als er sich zum ersten Mal an mir genährt hat?«

»Ja, aber du hattest Verborgenenblut.«

Wissend hob sie eine Braue und nahm einen weiteren kleinen Schluck aus ihrem Glas.

Endlich ergab sich ein deutliches Bild. »Wie? Wann? Offenbar weiß Antoinette es nicht.«

»Keiner von Nicolaes Abkömmlingen weiß es. Wie sollte es deinem Vater sonst möglich gewesen sein, ihn einzustellen? Ignatius kannte die Wahrheit. Er wusste, dass Nicolaes Mutter eine Verborgene war – genau wie ich.«

»Ein Petrescu würde doch niemals eine Verborgene heiraten«, wandte Christian ein.

»Natürlich nicht wissentlich, aber Nicolaes Vater hat es nie gewusst, und auch nicht sein Bruder, der Mörder … Emil.« Lilijana bereitete es noch immer Schwierigkeiten, diesen Namen auszusprechen. »Ihre Mutter hat es Nicolae erst auf dem Sterbebett erzählt, und er hat es niemandem verraten.«

»Aus Scham zweifellos«, meinte er.

Lilijana schüttelte den Kopf. »Christian, du solltest es besser wissen. Nicolae hat seine Kinder geliebt, und die Familie war ihm immer sehr wichtig – insbesondere seine Mutter.« Lilijana machte ein trauriges Gesicht.

Christian wusste, dass sie jetzt an ihre eigene Mutter dachte, die in die Prostitution gezwungen worden war, um Lilijana in einer rauen und herzlosen Welt ernähren zu können. Sie war sowohl von den Menschen als auch von den Aeternus abgelehnt und schließlich von einem ihrer Kunden ermordet worden.

»Das erklärt Antoinettes Begabungen und ihr Einfühlungsvermögen, was Tiere angeht«, sagte Christian.

Lilijana stellte ihr leeres Glas auf der Bar ab. »Ja. Manchmal kommen die Gene in späteren Generationen stärker durch, und das scheint bei Antoinette der Fall zu sein. Aber ich glaube nicht, dass sie es erfahren sollte. Bei ihrer Vergangenheit könnte es sie zu sehr erschüttern.«

Das Dröhnen von Rotorblättern wurde in der Dunkelheit hinter dem großen Erkerfenster immer lauter. Ein einzelner Lichtschaft erschien über den Bäumen.

»Oh, gut, da kommt meine Fluchtmöglichkeit zurück in die Zivilisation.« Lilijana kehrte zu ihrem üblichen Verhalten der hochnäsigen Reichen zurück – fast. Sie nahm ihre Handtasche und blinzelte ihm zu, bevor sie ihre diamantenbesetzte Designer-Sonnenbrille aufsetzte.

Er ergriff ihre Hand, bevor sie sich umgedreht hatte. »Danke, Mutter.«

Sie hielt die Hand unter sein Kinn, und ganz kurz verrutschte ihre Maske. »Mach das nie wieder mit mir.«

Er zog sie an sich und drückte ihr einen Kuss auf die Wange. »Pass auf dich auf.«

Sie streichelte ihm kurz über die Wange und senkte die Hand. »Kavindish! Kavindish, wo sind Sie?«

Der Butler erschien wenige Sekunden später und trug bereits ihre Taschen.

»Es ist Zeit. Ich weiß nicht, wie Christian es schafft, Ihre Inkompetenz zu ertragen«, schnaubte sie.

Kavindishs Blicke schossen zwischen Christian und seiner Mutter hin und her. »Das verstehe ich auch nicht, Miss Lilijana. Ich bin sehr froh, einen so verständnisvollen Arbeitgeber zu haben.«

Lilijana stapfte zur Tür, und als sie Kavindish erreicht

hatte, beugte sie sich zu ihm vor und flüsterte ihm zu: »Passen Sie auf mein Baby auf.«

»Das tue ich immer, Miss Lilijana.«

Nachdem sie ein flüchtiges Lächeln gezeigt hatte, reckte sie die Schultern, warf ihr Haar zurück und schritt durch die Tür. »Kommen Sie endlich und trödeln Sie nicht so. Ich habe nicht die ganze Nacht Zeit.«

24 ZURÜCK IN DIE WIRKLICHE WELT

Als Liebhaber war Christian genauso unersättlich wie Antoinette. Sie genoss es jedes Mal, wenn er sie nahm. Manchmal trieben sie es grob und rau, beinahe gewalttätig, und dann wieder waren sie sanft, zärtlich und langsam. Aber wie wunderbar es auch sein mochte, Antoinette brachte es nicht über sich, den ganzen Tag neben ihm zu schlafen. Das war ihr zu intim.

Sie genoss das, was sie zusammen hatten, und dachte nicht an die Zukunft. Doch als Christian einige Tage, nachdem er beinahe in den Dunklen Schlaf gefallen war, zu ihr sagte, es sei an der Zeit, nach New York City zurückzukehren, gefiel ihr das gar nicht. Sie wusste, dass sich alles ändern würde, sobald sie wieder in der wirklichen Welt waren.

Sie befanden sich gerade eine Stunde im Stadthaus, als ein heftiges Klopfen die Vordertür erschütterte. Antoinette legte die Zeitung beiseite, die sie gerade durchblätterte.

Als sie in die Diele kam, war Susan bereits an der Haustür. Oberon drückte sich an dem Dienstmädchen vorbei und blieb vor Antoinette stehen.

»Sie sind zurück!« Der stechende Blick seiner schwarzen, von tausend Fragen erfüllten Augen bohrte sich in sie.

Und sie wusste, warum er hier war, denn seine Miene ließ keine andere Erklärung zu. »Sie haben ihn gesehen.«

»Ja.« Oberon richtete sich auf und überragte sie bei

Weitem. »Er ist hierhergekommen und hat nach Ihnen gesucht.«

Angst brandete in ihr auf, wurde aber rasch durch Wut über Dantes Dreistigkeit ersetzt. »Haben Sie ihn erwischt?«

»Nein, er konnte wieder einmal entkommen.« Oberon schaute auf seine Füße. »Ich war nicht auf ihn vorbereitet, weil ich nicht erwartet hatte, dass er so schnell wieder auf den Beinen ist, nachdem Sie ihn mit Silberkugeln vollgepumpt haben.«

»Von wem sprechen Sie?«, fragte Christian vom oberen Ende der Treppe.

»Sie haben es ihm nicht gesagt?«, fragte Oberon und hielt den Kopf schräg.

Sie versuchte sich einzureden, dass dazu keine Zeit gewesen war, aber in Wahrheit wusste sie, dass Christian ihr ohne jeden Beweis niemals geglaubt hätte, und außerdem war sie nicht bereit gewesen, die Geborgenheit seines Landsitzes so schnell wieder aufzugeben.

»Was soll sie mir gesagt haben?«, fragte Christian, als er den Fuß der Treppe erreicht hatte.

»Wir hatten einen Zusammenstoß mit Dante Rubins – er ist der Fanghurenschlitzer.«

Christian wirkte, als hätte er eine Ohrfeige erhalten, und sah Antoinette tief verletzt an. »Sind Sie sicher, dass es nicht bloß ein Gestaltwandler oder so etwas war?«

»Es war eindeutig Dante. Ich habe seinen Geruch nach all den Jahren wiedererkannt«, sagte Oberon. »Und wir haben ihn seitdem noch einmal gesichtet.«

»Wo?«, fragte Christian und trat auf ihn zu.

»Hier. Im Park gegenüber.«

Antoinette erbebte.

Christian legte den Arm um sie. »Haben Sie das aus einer verlässlichen Quelle?«

»Aus einer sehr verlässlichen.« Oberon schaute auf Christians Hand an Antoinettes Hüfte, dann hob er den Blick, sah ihm in die Augen und fuhr fort: »Ich habe ihn selbst gesehen.«

Antoinette machte sich aus Christians Umarmung frei. Sie musste sich dieser Sache allein stellen, und aus irgendeinem Grund hatte sie den Eindruck, dass dem Ursier nicht gefiel, was er soeben gesehen hatte. Doch warum sollte sie das stören? Allerdings konnte sie sich nur auf sich selbst verlassen – auf niemanden sonst. Egal, wie gut der Sex war.

Oberon starrte sie noch eine Minute lang an und wandte sich dann an Christian. »Es sieht so aus, als sollten wir zusammenarbeiten.«

»Vielleicht.« In Christians Stimme schwang unterdrückte Wut mit. Auf Oberon oder auf sie? Sie wusste es nicht.

»Sehen Sie, Laroque, ich weiß, dass wir uns schon früher die Köpfe eingeschlagen haben, und das werden wir auch wieder tun. Dante hat Sir Roger getötet, also ist er in diese Verschwörung verwickelt, die Sie und Dushic untersucht haben. Und jetzt haben wir die Gelegenheit herauszufinden, wer dahintersteckt, wenn wir zusammenarbeiten. Wenn wir das schaffen, dann haben wir den Mörder von Dushic, Williams, dem Botschafter und allen anderen.«

Christian wandte den Blick ab. Antoinette konnte fast hören, wie er nachdachte. Oberon hatte recht, und Christian wusste es.

Er wandte sich wieder an den Ursier. »Ihnen und mir ist klar, dass Dante weder den Verstand noch die Gerissenheit und auch nicht die Selbstbeherrschung besitzt, um so etwas allein durchzuziehen.«

Oberon nickte. »Er ist masochistisch, gefährlich und

völlig verrückt, wenn Sie meine Meinung hören wollen, aber jemand anderes zieht die Fäden, und wir müssen herausfinden, wer es ist.«

Christian lächelte. »Oberon, Sie sind wohl doch nicht der dickköpfige Hurensohn, für den ich Sie immer gehalten habe.«

»Doch, der bin ich.« Oberon verschränkte die massigen Arme vor der Brust. »Aber das bedeutet nicht, dass ich dumm bin. Ich darf nicht einmal offiziell an diesem Fall arbeiten, aber er lässt mich nicht in Ruhe. Sind Sie also dabei?«

»Ich habe eine Spur, der ich morgen Nacht nachgehen will.«

»In Ordnung. Ich komme nach Sonnenuntergang zurück.« Oberon holte einen kleinen Schlüsselanhänger in Form eines Schädels hervor und wirbelte die Schlüssel an seinem Zeigefinger herum. »Und passen Sie auf sie auf. Dante will sie unbedingt haben.«

Antoinette zitterte, und diesmal befreite sie sich nicht aus Christians Arm. »Das werde ich.«

Oberon nickte und ging. Sie lauschte dem Klang seiner Harley Davidson, bis er in der Ferne verwehte, und drehte sich dann zu Christian um.

»Was ist das für eine Spur?«, fragte sie.

Er wandte ihr den Rücken zu. »Es ist nichts Konkretes. Ich möchte es nicht sagen, bevor wir sie nicht untersucht haben.«

»Ich war der Meinung, dass wir zusammenarbeiten.«

Er schwieg eine Weile. »Es handelt sich um etwas, das ich über den Kult herausgefunden habe.«

»Den AW-Kult?«

Er senkte den Kopf, hob ihn wieder und sah sie an. »Valerica könnte darin verwickelt sein.«

Antoinettes Augen füllten sich mit Tränen, denn sie

sah wieder vor sich, wie Viktor auf dem Asphalt des Parkplatzes gelegen hatte, als Christian ihm sein Versprechen gegeben hatte. »Es tut mir leid«, flüsterte sie ihm ins Ohr.

Er drehte sich um und schlang die Arme um sie. »Es muss dir nicht leidtun. Ich habe Viktor zwar versprochen, Valerica zu beschützen, aber wenn sie wirklich mit dieser Sache zu tun hat, kann ich mein Versprechen unmöglich halten.«

»Du tust das Richtige.« Sie machte sich von ihm los und sah ihn an. »Aber beschütze sie, wenn du kannst.«

Sie und Valerica hatten nichts füreinander übrig, aber Viktor war ein guter Mann und darüber hinaus ihr Freund gewesen. Christian küsste sie – zuerst sanft, doch dann feuriger, als sein Verlangen wuchs.

»Sollten wir nicht wenigstens in dein Zimmer gehen, bevor das Personal uns sieht?«, flüsterte sie zur Decke, während er ihr winzige Küsse auf den Hals drückte. Ohne ein weiteres Wort hob er sie auf und trug sie nach oben.

Christian erwachte und fand das Bett neben sich leer vor – wie üblich. Die Sonne ging bald unter, und der allgegenwärtige Nebel der Tagesstunden lag noch über seinen Gedanken.

Der Hunger tobte in seinen Adern. Er musste sich nähren, bevor er nach draußen ging. Er hatte darauf geachtet, sich nicht bei Antoinette zu bedienen, als sie sich geliebt hatten. Außerdem war es noch zu früh, um das Haus zu verlassen. Er setzte sich auf die Bettkante und fuhr sich mit der Hand über das Gesicht, dann stand er auf und zog sich an.

Er fand sie dort, wo er es erwartet hatte: Sie lag bäuchlings in ihrem eigenen Bett, hatte die Laken weggetreten, und nur ein knappes Höschen bedeckte ihren festen Hintern. Während des Tages verließ sie ihn stets, um zu duschen und allein zu schlafen. Es kränkte ihn, dass sie nicht bei ihm bleiben wollte.

Cerberus hob den Kopf und wedelte mit dem Schwanz; er lag an seinem Stammplatz am Fußende von Antoinettes Bett. Christian schob eine blonde Locke beiseite und küsste sie aufs Ohr. Sie schnurrte. Mit seinen Küssen fuhr er an ihrem Rückgrat entlang, hielt bei der Tätowierung inne, bewegte sich dann wieder nach oben und küsste die Seite ihrer Brust, die gegen das Laken drückte. Sie drehte sich um, damit er besser an sie herankam, aber er richtete sich auf und versetzte ihr einen leichten Klaps auf den Po.

»Guten Abend, Schlafmützchen«, sagte er und genoss den Anblick ihrer Nacktheit.

»Hm ... das ist ja ein netter Weckruf.« Sie lächelte und streckte sich. »Aber du willst doch jetzt nicht aufhören, oder?«

»Hast du vergessen, dass Oberon in weniger als einer Stunde hier sein wird?«

»Ach ja – und du willst deine alte Freundin besuchen.«

Keine Spur von Verärgerung oder Eifersucht lag in ihrer Stimme; es war nur eine Feststellung, und doch tat ihm dieses Fehlen jeglicher Emotionen weh. Es ist nur Sex ... oder?

Wen willst du damit zum Narren halten?

Sie hob den Oberkörper, rollte auf die Knie und drückte ihren nackten Busen gegen seine Brust. »Sicherlich kannst du ein paar Minuten erübrigen, bevor du gehst, wenn du mich schon so angenehm geweckt hast.« Sie ergriff seine Hand und führte sie an ihr Höschen.

Seine Finger glitten in ihre heiße Öffnung, die feucht

vor Erregung war. Er ächzte auf, und seine Hose fühlte sich plötzlich viel enger an als noch vor wenigen Augenblicken.

Sie fuhr mit der Hand an seinem Torso entlang bis zu der Ausbuchtung in der Hose. »Ah, da ist ja das, was ich haben will.« Sie zog den Reißverschluss auf, bückte sich und nahm ihn in den Mund.

O Gott. Er stieß die Hüften vor, damit sie mehr von ihm in sich aufnehmen konnte, und als er sich wieder zurückzog, fuhr sie mit der Zunge über die Eichel. Sofort fuhren seine Fangzähne aus. Er spürte, wie ihr das Blut durch die Adern floss, und es krampfte ihm den Bauch zusammen.

»Nein«, sagte er und machte sich unter großen Schwierigkeiten von ihr los. »Ich muss mich erst nähren.«

Sie lehnte sich auf den Fersen zurück. »Es ist schon eine Woche her, seit du Blut von mir genommen hast, und Kavindish hat mich mit einer Menge rotem Fleisch gefüttert.«

Christian schüttelte den Kopf. Ihr Blut schmeckte ihm immer besser, und das war gefährlich. »Das ist keine gute Idee.«

»Warum nicht? Du bist hungrig, und ich bin hier.«

»Du bist nicht meine Fangdame.«

Sie lehnte sich zurück und legte die Hände auf ihre Schenkel. »Wir sind uns doch einig, Christian. Es ist nur Sex und sonst nichts. Du solltest diese Sache nicht für ernster halten, als sie ist.«

»Es tut mir leid.« Er streckte die Hände aus und zog sie zu sich heran. »Ich will dich bloß nicht ausnutzen. Vor ein paar Wochen hättest du mir noch den Kopf abgerissen, wenn ich so etwas auch nur angedeutet hätte.«

»Seitdem habe ich einiges dazugelernt.« Sie sah ihm in die Augen und in die Seele. »Ich hätte es dir nicht angeboten, wenn ich es nicht wollte. Außerdem habe ich auch einiges davon.«

»Ach ja? Was denn?«, neckte er sie.

Sie bewarf ihn mit dem Kissen und wurde dann wieder ernst. »Ich werde weiterhin Drenier jagen und töten. Aber ich glaube, ich begreife jetzt den Unterschied zwischen einem Aeternus und einem Drenier. Früher habe ich euch alle in einen Topf geworfen, doch dann hat Viktor mir die Augen geöffnet. Außerdem ist es ja nicht für immer und ewig.«

Den Gedanken, dass sie ihn irgendwann wieder verlassen würde, konnte er nicht ertragen, und er brachte sie zum Schweigen, indem er sie küsste. Sie wandte ihm das Gesicht zu, und er nahm es zwischen die Hände und küsste sie immer heftiger, bis er es nicht mehr aushielt. Er beugte sich vor und schob sie sanft mit seinem Körper zur Seite, bis sie quer auf dem Bett lag. Sie schlang die Beine um seine Hüften und drückte ihren Venushügel gegen ihn.

»Erst nähre ich mich«, murmelte er an ihren Lippen und bewegte die Hände an ihrem Körper entlang. Er streichelte sie, begehrte sie, riss ihr das Höschen fort.

»Ich wünschte, du würdest das nicht immer tun, denn mir gehen allmählich die Höschen aus«, sagte sie, während sie sich auf die Ellbogen stützte und auf die zerfetzten Überreste ihrer Unterwäsche schaute.

Er grinste. »Ich kaufe dir neue.«

Sie legte sich wieder auf den Rücken. Er küsste ihre Schamlippen und genoss den Geschmack. Sie stöhnte und drückte sich gegen seine forschende Zunge. Er drang tiefer in ihre heiße, feuchte Öffnung ein. Ihr Fleisch pulsierte. Er fuhr mit der Zunge in ihr ein und aus, während sie immer lauter stöhnte und die Hände in seinem Haar vergrub.

Er machte sich von ihr los und betrachtete ihr Gesicht, als er die Zunge durch seinen Mittelfinger ersetzte und gleichzeitig ihren harten Kitzler mit dem Daumen rieb. Mit verschleiertem Blick sah sie ihm zu, und ihre Hüften bewegten sich im Einklang mit seinen Bewegungen, die immer schneller wurden. Sie warf sich ihm entgegen, sodass seine Finger tiefer und tiefer in sie eindrangen.

Er beugte den Kopf über die Stelle zwischen Venushügel und Schenkel und bohrte seine Fangzähne in die heiße Ader, die knapp unter der weichen, zarten Haut pulsierte. Sie schrie seinen Namen und bäumte sich auf, als sie schnell und heftig kam. Während ihr Orgasmus abklang, trank er ihren süßen Nektar. Wie er sich nach diesem Geschmack verzehrte!

Als er genug hatte, versiegelte er die Einstichstellen, stützte sich auf den Händen ab und schob sich über sie.

◂▸

Christian schwebte über Antoinette; sein hartes Glied drückte gegen ihre Hüfte, und sein Gesicht leuchtete vor frischem Blut.

Sie bewegte sich rasch unter ihm, und sein Lächeln verschwand kurz, als sie ihn von sich warf und rittlings auf ihn setzte. Seine Überraschung wurde jedoch sofort von Verlangen ersetzt. Sein Blick glitt über ihren Körper wie unsichtbare Finger, unter denen sich ihre Haut kräuselte und die Brustwarzen aufrichteten. Als er nach ihrem Busen griff, packte sie seine Handgelenke und hielt sie über seinem Kopf fest.

»Zuerst nähre ich mich«, murmelte sie, so wie er es vorhin getan hatte. Dann ahmte sie seine Bewegungen auf ihrem Körper nach; sie küsste ihn, streichelte ihn und glitt immer weiter abwärts.

Als sie seine Unterhose erreicht hatte, schob sie sie ihm

über die Hüften, an den Beinen entlang und hielt sie schließlich hoch. »Siehst du, das war doch gar nicht so schwer – und du kannst sie sogar noch einmal anziehen.«

Er kicherte. »Ich habe verstanden.«

Sie beugte sich wieder über ihn, nahm seine seidenglatte Rute in den Mund, öffnete ihn weit, damit sie so viel wie möglich in sich aufnehmen konnte. Die Haare fielen ihr ins Gesicht, strichen ihr an den Wangen entlang und legten sich auf seine Lenden.

Christian nahm Antoinettes Haare in die Hand und schob sie beiseite. »Ich will dich sehen.« Seine Stimme war schwer vor Verlangen.

Sie verzog den vollen Mund zu einem Lächeln und sah ihn an, während sie sich an seinem Schaft auf und ab bewegte. Sie spürte, wie sich in ihm die Spannung aufbaute, und hörte auf. Er ächzte und wäre beinahe vom Bett gefallen, als sie an der zarten Innenseite seines Schenkels knabberte.

Zwischen ihren Schenkeln fühlte es sich schwer und leer an. Sie musste gefüllt werden. Also setzte sie sich auf seine Hüfte und führte ihn in ihre feuchte Öffnung ein. Er bewegte sich nicht, sondern lag einfach nur da, während seine Rute in ihrer Höhlung verschwand. Langsam hob sie die Hüften und senkte sie wieder. Zischend stieß er die Luft durch zusammengebissene Zähne und zitterte unter ihr. Sie wiederholte die Bewegung. Christian schloss die Augen, öffnete die Lippen leicht, und seine langen Fangzähne ragten hervor. Anstatt davon abgestoßen zu sein, erregte sie dieser Anblick inzwischen.

Sie glitt wieder auf ihm herunter, und diesmal kam er ihr auf halbem Weg entgegen. Beide hielten inne, bohrten die Blicke ineinander und verharrten völlig reglos – nur ihr Fleisch zitterte, und ihre Herzen schlugen schwer. Antoinette hörte, wie das ihre laut hämmerte, während das des Aeternus zwar langsamer, aber nicht weniger mächtig unter ihren Handflächen schlug.

Sie schaukelte mit den Hüften vor und zurück und wurde stetig schneller und heftiger. Bald erwiderte er ihre Bewegungen mit den Hüften und stieß immer wilder von unten gegen sie.

Mit jeder Hand ergriff er eine Brust und drückte die festen Nippel. Sie warf den Kopf in den Nacken; die Haare flogen ihr gegen Rücken und Hintern und streiften auch Christians Schenkel.

Er hob die Hüften immer höher, packte sie bei der Taille und drückte sie auf sich herunter, während er immer härter von unten stieß. Plötzlich rutschten seine Schultern vom Bett, und der Kopf fiel nach hinten. Er stieß einen Schrei aus, als er die letzten harten, zitternden Stöße vollführte.

Sie lag auf seiner Brust, vollkommen erschöpft. »Fühlst du dich jetzt nicht besser?«, fragte sie. »Ich weiß, dass du es tust.«

Christian streichelte ihr über die Wange. »Ja.«

Aber seine Stimme klang fern, beinahe traurig.

25 LIEBEN UND VERLIEREN

Christian blieb keine Zeit für eine Dusche. Oberon war mit einem weiteren Mitglied seines Teams erschienen. Dylan Jordan stand breitbeinig in der Diele, hatte die Hände hinter dem Rücken verschränkt und trug militärische Professionalität zur Schau.

»Es ist vielleicht keine gute Idee, diesen Kontakt mit zu vielen Agenten zu verschrecken.«

»Dyl ist hergekommen, um auf Antoinette aufzupassen, während wir unterwegs sind«, sagte Oberon.

»Glauben Sie wirklich, dass das nötig ist?«, fragte Christian. »Schließlich ist mein Personal auch hier.«

Oberon sagte mit tödlicher Ernsthaftigkeit: »Antoinette hat sechs Silberkugeln in Dante Rubins' Körper abgefeuert, und er läuft trotzdem noch herum. Er hat dieses Haus beobachtet, und Antoinette ist genau sein Typ, wenn Sie wissen, was ich meine. Also, was glauben Sie?«

»Sie haben recht. Sicherheit geht vor.«

Oberon lenkte das Motorrad zum Bürgersteig vor dem Mietshaus, dessen Adresse Lilijana Christian genannt hatte. Der Ursier hatte ihn dazu überredet, auf dem Sozius der Harley mitzufahren, und so waren sie in Windeseile am Ziel.

Christian stieg ab und fuhr sich mit der Hand durch die Haare. »Valerica ist eine sehr zerbrechliche Person, und ich habe Viktor vor seinem Tod versprochen, auf sie aufzupassen. Gehen Sie also bitte sanft mit ihr um.«

»Würden Sie sie auch beschützen, wenn sich herausstellt, dass sie an seiner Ermordung beteiligt war?«, fragte Oberon.

»Zwillinge sind bei euch Animaliern vielleicht nicht so selten, aber bei den Aeternus sind sie es.«

»Ich wusste nicht, dass sie Zwillinge waren.« Oberon warf das Bein über den Sitz.

Christian schaute an dem hohen Gebäude empor. »Viktor und Valerica hatten eine Verbindung zueinander, die sogar bei unserer Art selten ist. Sie hat immer gespürt, ob er noch lebt und wie es ihm geht, und durch seinen Tod wird sie stark gelitten haben. Bestimmt ist sie noch immer sehr schwach.«

»Trotzdem könnte sie etwas wissen, das uns neue Wege für unsere Nachforschungen eröffnet. Zumindest hoffe ich das, denn inzwischen halte ich mich an jedem Strohhalm fest, wie ich zugeben muss. Wenn wir Dante Rubins nicht finden ...« Er zuckte die Schultern.

Christian ergriff Oberon am Arm. »Ich will als Erster mit ihr sprechen. Allein.«

»Ausgeschlossen, Laroque.« Oberon streckte das Kinn vor. »Ich will nichts verpassen, das wichtig sein kann.«

Christian ließ die Hand sinken. »Dann erlauben Sie mir wenigstens, die Unterhaltung zu führen. Wie ich schon sagte, sie ist sehr zerbrechlich.«

Oberons schwere Stiefel polterten hinter ihm über den Marmorboden, als er zur Portiersloge ging. Christian hielt dem alten Mann hinter der Theke den Dienstausweis vor, und Oberon zeigte seinen.

»Wir wollen mit Valerica Dushic sprechen«, sagte Christian.

Der Portier warf einen Blick auf ihre Ausweise und deutete mit dem Kopf auf den Aufzug. »Das Penthouse.«

»In Ordnung, Laroque, ich lasse Ihnen den Vortritt«, sagte Oberon, als sie im Aufzug nach oben fuhren. »Zumindest fürs Erste.«

»Danke.«

Valerica öffnete ihnen die Tür. Sie trug eine kurze Seidenrobe und lächelte breit. Sofort warf sie die Arme um Christians Nacken und küsste ihn auf die Wange. Hinter ihr spielte laute Musik, die von Gesprächen und Gelächter begleitet wurde. Sie hatte offenbar Gäste eingeladen – das hatte er nicht erwartet.

»Komm herein, setz dich zu uns, und bring deinen Freund mit«, sagte Valerica. »Oh, Sie sind aber ein großer Junge.« Mit der Hand fuhr sie über Oberons Arm und Brust.

»Ja – sehr zerbrechlich.« Er hob eine Braue und warf Christian einen kurzen Blick zu, während sie Valerica in die Wohnung folgten.

Christian beachtete ihn nicht. »Wir sind nicht hier, um zu feiern, Valerica. Wir müssen mit dir reden.«

Ihre erzwungene Fröhlichkeit fiel von ihr ab, kehrte aber rasch zurück. »Fragen kannst du mir später stellen.«

Sie ergriff seine Hand und zog ihn in den Raum, in dem mehr als ein Dutzend Paare tanzten, herumknutschten und Sex hatten.

Oberon ging zur Stereoanlage und schaltete sie aus. »Ihr alle – raus mit euch!«, rief er, zog seinen Ausweis hervor und hielt ihn hoch.

Alle hielten inne und sahen ihn an. Als er seinen Befehl mit einem tiefen Knurren unterstrich, bewegten sich die Besucher wieder; sie sammelten ihre Kleider ein und zogen sich rasch an. Nach wenigen Minuten war die Wohnung leer.

»Spielverderber«, schmollte Valerica und stampfte mit dem Fuß auf. »Was glaubt ihr denn, wer ihr seid?«

»Valerica, was machst du hier?«, fragte Christian und legte ihr die Hand sanft auf den Unterarm. Am liebsten hätte er sie durchgeschüttelt, aber es hätte nichts gebracht.

»Ich vergnüge mich …« Gereizt schob sie die Unterlippe vor, trat auf ihn zu und fuhr ihm mit der Hand über den Brustkorb. »Wie wäre es mit uns? Dein Freund kann gern mitmachen. Wie heißt er denn?« Sie schenkte Oberon ein verführerisches Lächeln.

Er hielt den Kopf schräg, sah Christian an und hob fragend eine Braue.

»Das ist Oberon DuPrie, ein Mitarbeiter aus dem Dezernat.« Christian packte sie bei den Handgelenken. »Valerica, das nimmt dir nicht den Schmerz«, flüsterte er.

Tränen traten in ihre Augen, sie widersetzte sich ihm nicht. »Nein, aber es hilft mir, die Leere zu vergessen, die mein Herz auffrisst.«

Christian nahm sie in die Arme, doch sie schob ihn gleich wieder von sich.

»Ich kann diese Menschenhure überall an dir riechen«, höhnte sie. »Sie ist eine Venatorin, Christian. Sie tötet solche wie uns.«

»Nein, sie tötet Drenier. Genau wie Viktor und ich es getan haben, wenn wir auf einen gestoßen sind.« Er sprach mit ruhiger und sanfter Stimme, denn er wusste, dass Valerica kurz vor dem Zusammenbruch stand.

Oberon wandte sich ab. Zum Glück besaß er einen Sinn für Anstand.

»Alle Menschen sollten zu unseren Füßen kriechen. Früher sind wir ihre Herren gewesen. In den alten Zeiten haben sie uns als Götter verehrt. Und jetzt müssen wir sie bezahlen, wenn wir uns nähren wollen. Der AW …« Sie riss die Augen auf, als sie begriff, wohin ihre tobende Wut sie geführt hatte.

Oberon drehte sich um und ragte hoch über ihr auf. »Was ist mit dem AW?«

Sie reckte die Schultern. »Wir glauben an unser Recht, uns nicht denjenigen unterwerfen zu müssen, die unsere Nahrungsquelle sind.«

»Ist das so?«, fragte Oberon. »Könnten Sie uns das vielleicht etwas näher erläutern?«

Sie hielt den Kopf schräg und schaute zu Oberon empor. Es war, als könnte sie nicht verstehen, was er gerade gesagt hatte. Christian ergriff sie am Arm, zog sie sanft von Oberon weg und führte sie ins Wohnzimmer.

»Sag uns, was du weißt.« Christian sprach leise und ruhig und hoffte, nicht bedrohlich zu klingen, während er sie mit sanfter Gewalt auf das plüschige Sofa drückte.

»Nein. Ihr beide seid vom Dezernat, und ihr werdet bloß versuchen, es zu unterbinden.« Sie verschränkte die Arme vor der Brust und lehnte sich in das Polster des Sofas.

»Es ist meine Aufgabe, die Leute zu schützen«, sagte er. »Diese Morde sind falsch.«

»Morde?« Sie machte große Augen, und ihr Kiefer klappte herunter. »Glaubst du etwa, wir haben etwas mit Viktors Tod zu tun?« Erstaunt schüttelte sie den Kopf. »Ich kann einfach nicht glauben, dass du mich für fähig hältst, in seine Ermordung verwickelt zu sein. Ich rede von der Petition.«

»Petition?«, knurrte Oberon und beachtete Christians warnenden Blick nicht. »Was für eine Petition?«

Valerica runzelte die Stirn. Sie sah Oberon an, als sei er nicht bei Verstand. »Die, durch die der RaMPA gebeten werden soll, das Verschwinden von mehreren Dutzend Paramenschen während der letzten zehn Jahre offiziell zu untersuchen.«

»Wovon redest du?«, fragte Christian.

»Seit die Gilde Paramenschen in ihren Schulen zulässt, hat es mehrere tödliche Unfälle unter den paramenschlichen Studenten gegeben, und etliche sind einfach verschwunden.«

»Die Ausbildung zum Venator und vor allem die Prüfungen sind gefährlich. Dabei kommt es oft zu Unfällen«, sagte Oberon.

»Ja, aber das ist außerhalb der Prüfungen geschehen. Früher waren es zwei oder drei solcher Unfälle im Jahr, aber in den letzten beiden Jahren waren darin über fünfzig Paramenschen verwickelt, oder sie sind verschwunden. Im Gegensatz dazu hat es nur zehn Menschen getroffen«, sagte sie.

»Warum haben wir bisher nichts davon gehört?«, wollte Oberon wissen.

»Weil die Gilde es verheimlicht.«

»Aber warum sollte sie das tun?«, fragte Christian.

»Ich weiß nicht. Das Dezernat sagt, wir wollen bloß Ärger machen. Angeblich sind schon immer Leute verschwunden. In keinem einzigen Fall wurden Hinweise auf eine Straftat gefunden, heißt es. Der AW hat eigene Beweise gesammelt, die dem RaMPA vorgelegt werden sollen, aber wenn die Gilde oder das Dezernat das herausfinden sollten, werden sie uns zum Schweigen bringen.«

»Das war also der Grund, warum ihr Kontakt zu Andrew Williams aufgenommen habt.«

»Hat er euch das gesagt?« Sie hielt den Kopf schräg und sah ihn an. »Dann werde ich ihn umbringen.«

»Ich fürchte, dafür ist es schon zu spät. Jemand ist Ihnen zuvorgekommen«, sagte Oberon.

Christian stöhnte innerlich auf. *Taktvoll wie immer, Oberon.*

Ihre Augen weiteten sich vor echter Überraschung. »Was?«

Sie spielte nicht. Christian wusste immer, wann Valerica log, denn dann veränderten ihre Augen die Farbe.

Ihr Blick glitt von Christian zu Oberon und zurück, und sie ließ die Schultern hängen. »Wann?«

»Vor ein paar Nächten. Er wollte gerade aus dem Land fliehen«, sagte Christian. »Hat er dir irgendetwas gesagt?«

Sie schüttelte den Kopf, und ihre Augen blickten in die Ferne, als sie sich in Gedanken verlor. »Er wusste nicht viel, was die Gilde angeht. Sir Roger war ein Angeber und hat Andrew eher wie einen Sklaven als wie einen Assistenten behandelt. Dann, vor etwa zwei Monaten, ist er plötzlich sehr verschlossen geworden und hatte Albträume. Im Schlaf hat er etwas von einem *Alten* gesagt.«

Alarmglocken schrillten laut in Christians Kopf. Er wandte sich an Oberon. »Williams hatte Angst und wollte vor jemandem geschützt werden, den er *der Alte* genannt hat.«

»Dante?«, fragte Oberon.

Valerica schaute rasch auf. »Dante? Dante Rubins? Ich dachte, er ist tot.«

»Das dachten wir auch, bis ich ihm in letzter Zeit gleich zweimal begegnet bin«, knurrte Oberon.

Christian sah sie an. »Was weißt du über Dante?«

Valerica runzelte die Stirn. »Eigentlich gar nichts, aber Andrew hat andauernd über einen Mann geredet, den er D. R. genannt hat.« Valerica beugte sich vor und griff nach einer Zigarettenschachtel, die auf dem Tisch lag. »Er war nicht damit einverstanden, dass der Alte diesen Mann benutzt – er hat immer gesagt, dass D. R. psychisch instabil und gefährlich ist. Ich vermute, damit war Dante gemeint.«

»Und was ist mit diesem AW-Kult?«, fragte Christian. »Wie ist er in diese ganze Sache verwickelt?«

Sie zog eine Zigarette aus der Schachtel und zündete sie an. Dann nahm sie einen tiefen Zug und antwortete: »Der AW ist nicht mehr dieselbe Organisation, die er einmal war. Die meisten seiner Ideale beziehen sich auf die Rechte der Paramenschen und die Forderung, dass die Menschen ihnen nicht vorschreiben dürfen, was sie zu tun und zu lassen haben. Rubins hat daraus einen radikalen Kult gemacht, aber er war verrückt. Wir haben uns wieder weit davon entfernt. Heute ist die Arbeit des AW eher philosophisch und politisch.« Valerica rollte das Filterende zwischen den Fingern hin und her und warf einen Blick zur Wohnungstür.

»Wollen Sie damit sagen, dass es sich bloß um einen Haufen alter Aeternus handelt, die über die guten alten Zeiten reden und die heutige Welt verdammen?«, fragte Oberon.

»Nein.« Sie schlug die Beine übereinander und blies den Rauch in seine Richtung. »Es steckt mehr dahinter. Wir haben diese Petition organisiert, und wir veranstalten Spendenpartys und Versammlungen des Komitees.«

»Sie meinen wohl Sexpartys«, schnaubte Oberon. »Wie vorhin.«

Sie sah ihn an, zog erneut an ihrer Zigarette und warf zum zweiten Mal einen Blick zur Tür.

Oberon ließ die Arme hängen. »Ich glaube, wir werden hier nicht mehr viel erfahren, Laroque. Der AW scheint seinen Biss verloren zu haben.«

Allmählich glaubte Christian, dass Oberon recht hatte. »Weißt du noch irgendetwas, das uns helfen könnte, Viktors Mörder zu finden?«

Valerica beugte sich vor und drückte den Zigarettenstummel im Aschenbecher aus. Sie schüttelte den Kopf und wirkte nun so zerbrechlich, wie er es zu Beginn erwartet hatte.

Er ergriff ihre Hand. »Ruf mich an, wenn dir noch etwas einfällt.« Er legte ihr einen Finger unter das Kinn und hob es. »Oder wenn du etwas brauchst – irgendetwas.«

Sie nickte, und nun liefen ihr die Tränen an den Wangen herunter. Er machte sich Sorgen um sie. Sie war nie besonders stark gewesen, hatte stets im Schatten ihrer Mutter und ihres Bruders gelebt.

Als er aufstand, kam ein junger Mann mit einer Papiertüte durch die Tür. Er sah zuerst Valerica und dann Christian und Oberon an. »Was ist hier los? Wer sind Sie?«

Wieder einmal hielt Oberon seinen Dienstausweis hoch.

Der Mann warf einen Blick darauf und fuhr Oberon an: »Sie belästigen uns.«

Oberon packte ihn beim Hemd und hob ihn hoch. »Wer zum Teufel sind Sie?«, knurrte er.

»Er lebt hier.« Valerica stand auf. »Bitte lassen Sie ihn los.«

Oberon löste seinen Griff, und der junge Mann fiel auf den Hintern. Sie rannte zu ihm und half ihm aufzustehen. Christian roch, dass der Junge frisch erweckt war.

Valericas neuer Freund warf sich in die Brust und brüllte: »Das ist Körperverletzung! Ich kann Sie dafür …«

»Ist schon in Ordnung, Ricky, Baby, sie wollten gerade gehen«, sagte Valerica und schlang ihm die Arme um die Hüften.

Er nahm ihr Gesicht zwischen die Hände und küsste die tränenfleckigen Lider. »Ist alles in Ordnung mit dir, Baby?«

Sie nickte und lächelte ihn an. Es war kein ganz glückliches Lächeln, aber es hatte Potenzial. Zum ersten Mal seit Jahrhunderten sah sie einen anderen Mann als Christian mit Verehrung im Blick an. Obwohl dieser Knabe noch ziemlich jung war, hatte er Mut und Kraft, und das war genau das, was Valerica brauchte. Und er konnte ihr etwas geben, das Christian ihr nie hatte geben können. *Liebe.*

Christian streckte Ricky die Hand entgegen. »Passen Sie gut auf sie auf.« Er sah dem Mann in die Augen. »Und behandeln Sie sie so, wie sie es verdient hat.«

Der junge Mann wirkte überrascht, aber er ergriff Christians Hand und drückte sie fest. »Ja, Mann, das werde ich.«

Christian zog Valerica zu sich und küsste sie auf die Stirn. »Auf Wiedersehen, Valerica.«

»Auf Wiedersehen«, flüsterte sie.

Als sie wieder vor dem Gebäude standen, blickte Oberon an der Fassade hoch. »Sagen Sie, Christian, war einmal etwas zwischen ihr und Ihnen?«

Christian zuckte die Schultern. »Wir kennen uns schon sehr lange. Warum?«

»Dieser Junge hat wie ein Doppelgänger von ihnen ausgesehen.«

»Blödsinn.«

»Von dort aus, wo ich gestanden habe, konnte ich Sie beide kaum auseinanderhalten.« Verwirrt schüttelte Oberon den Kopf.

Christian wechselte das Thema. »Wohin gehen wir jetzt?«

Oberon stemmte die großen Hände in die Hüften. »Ich weiß nicht. Vielleicht zu Ihnen, wo wir unsere Aufzeichnungen vergleichen können?«

26 GEFLÜSTER IM DUNKELN

Antoinette beendete ihre Übungen und ging zurück in ihr Zimmer. Ihre Muskeln zitterten von der Anstrengung, doch sie dachte an nichts anderes als daran, wie lebendig sie sich gefühlt hatte, als Christian und sie sich geliebt hatten.

Sex war nie besonders wichtig für sie gewesen. Ihre Jungfräulichkeit hatte sie im Alter von sechzehn Jahren an ein Bürschchen aus der Akademie verloren. Es war ein völlig vernachlässigbares zweiminütiges Fummeln im dunklen Geräteraum mit einem Achtzehnjährigen aus einer anderen Klasse gewesen. Sie hatte bloß wissen wollen, weshalb um diese Sache solches Aufheben gemacht wurde, und war zu dem Schluss gekommen, dass es viel Lärm um nichts war.

Der Junge war grob in sie eingedrungen, nachdem er ein wenig ihre Brüste massiert und die Nippel gezwickt hatte. Er hatte einige Sekunden lang in sie gestoßen und war dann zitternd gekommen. Danach hatte er seine Hose zugeknöpft und sie mit einigen Blutergüssen und unbefriedigt auf den übereinandergestapelten Turnmatten liegen gelassen. Den Rest des Schuljahrs hatte er sie nicht einmal mehr angesehen.

Manchmal ging sie nach einer Tötung in eine Bar und musste sich vergewissern, dass sie noch ein menschliches Wesen war. Dann arbeitete sie ihr Adrenalin bei einem raschen Ritt auf dem Rücksitz irgendeines Autos oder an der Mauer einer dunklen und schmutzigen Gasse mit einem gesichtslosen Mann ab.

Manchmal besorgte ihr »Freund« sogar ein Hotelzimmer, aber sie blieb nie länger als unbedingt nötig. Und wenn sie niemanden fand, mit dem sie schlafen wollte, fing sie stattdessen einen Streit an. Ein guter Kampf verbrauchte ungefähr genauso viel Energie und war manchmal sogar befriedigender.

Sie hatte noch nie einen Mann getroffen, mit dem sie öfter als einmal schlafen wollte. Bis jetzt.

Es war nur Sex, oder?

Mehr durfte es nicht geben. Eines Tages könnte er ihr Feind sein. *Ist es falsch, mit seinem Feind zu schlafen?*

Ein Klopfen an der Tür riss sie aus ihren Gedanken. War Christian etwa schon zurück?

»Herein, ich bin angezogen«, antwortete sie.

Dylan drückte die Tür auf und stand mit einem Tablett auf der Schwelle. »Der Butler hat mich gebeten, Ihnen das mitzubringen, da ich sowieso zu Ihnen gehen wollte.«

»Ah, mein Babysitter.«

Er ging durch das Zimmer und stellte das Tablett mit Milch, einem Sandwich und einem Apfel auf dem Tisch ab. Der gute Kavindish wusste genau, dass sie nach ihren Übungen immer hungrig war.

Dylan ging zum Fenster und überprüfte, ob es fest geschlossen war. Antoinette setzte sich, zog ihre Turnschuhe aus, wischte sich die Hände ab, nahm das Sandwich und biss herzhaft hinein. Es war mit Roastbeef und viel Senf belegt – genauso, wie sie es mochte.

»Warum glaubt Oberon, dass ich Ihren Schutz brauche?«, fragte sie mit vollem Mund.

Dylan drehte sich am Fenster um und betrachtete sie eingehender. »Unterschätzen Sie Rubins nicht. In diesem Lagerhaus hätte er beinahe uns alle erwischt, und das Überraschungsmoment war unsere einzige wirksame Verteidigung. Jetzt weiß er, dass wir hinter ihm her sind. Beim nächsten Mal wird er sich darauf einstellen.«

»Sie glauben doch nicht wirklich, dass er mich hier angreifen wird, oder?« Sie nahm einen weiteren großen Bissen.

»Vielleicht nicht, aber es kann nicht schaden, vorbereitet zu sein.« Er begab sich wieder zur Tür. »Ich glaube, ich werfe noch einmal einen Blick auf die Umgebung.«

»Danke, Dylan. Ich wollte nicht undankbar erscheinen. Ich wehre mich nur gegen den Eindruck, ich könnte nicht selbst auf mich aufpassen.«

»Dante ist halt ein ganz fieser Bursche, das ist alles.« Er lächelte und zwinkerte ihr zu. »Rufen Sie, wenn Sie etwas brauchen, und vergessen Sie nicht, Ihre Milch zu trinken«, sagte er, bevor er die Tür schloss.

Antoinette verspeiste den Rest ihres Sandwichs und trank die Hälfte der Milch. Dann zog sie ihr Oberteil aus und war gerade auf dem Weg in die Dusche, als ihr Handy klingelte.

Sie klappte es auf. »Hallo?«

»Antoinette?«

Sie erkannte die Stimme sofort. »Lucian! Wie geht es Ihnen?«

»Gut; ich befinde mich auf dem Weg der Besserung. Ich muss den Arm in der Schlinge tragen, damit die Schulter richtig heilt, aber ansonsten fühle ich mich prima. Und was ist mit Ihnen? Sind Sie noch in New York?«

»Ja, ich wohne bei Christian.« Sie setzte sich auf das Bett und schlug ein Bein unter sich.

»Machen sie Ihnen noch immer das Leben schwer?«, fragte er.

»Nein, kaum.« Wie viel sollte sie ihm über diesen Fall erzählen? »Sie glauben, sie wissen jetzt, wer der Angreifer ist.«

»Oh, das ist ja großartig! Sie sind also aus der Schusslinie?«

»Ich glaube schon.«

»Wenn ich irgendwie helfen kann, lassen Sie es mich bitte wissen.«

»Machen Sie sich bitte keine Mühe. Ich vermute, es wird bald einen Durchbruch geben. Christian ist der Meinung, dass noch jemand an der Sache beteiligt ist.«

»Wirklich? Haben Sie eine Ahnung, um wen es sich handeln könnte?«

»Nein. Außerdem ist es bisher noch nicht mehr als eine Theorie.«

»Bitte seien Sie vorsichtig. Ich will nicht, dass Ihnen etwas zustößt. Hören Sie …« Lucian hielt inne. »Ich wollte es erst zur Sprache bringen, wenn ich wieder in New York bin, aber falls Sie die Zeit haben sollten, wäre es großartig, wenn Sie in der Akademie einmal ihre Venatoren-Künste vorführen könnten.«

»Das würde ich sehr gern tun.« Sie mühte sich einhändig aus ihrer Trainingshose. »Wann?«

»Darüber werde ich in ein paar Wochen mit Ihnen reden, wenn ich nach New York reisen und meinen Spezialisten aufsuchen muss. Aber Sie sind jederzeit in meinem Landhaus willkommen.«

»Danke. Ich werde es mir überlegen.« Diese Reise würde sie keinesfalls machen, solange Dante noch in Freiheit war.

»Falls Sie sich entschließen sollten, mich zu besuchen, rufen Sie mich einfach an, und dann werde ich für alles andere sorgen.«

»Das werde ich, Lucian, aber jetzt habe noch etwas zu erledigen«, sagte sie.

»Gut, wir reden später weiter.«

Nun war es Zeit für eine Dusche.

Als Antoinette das Badezimmer wieder verließ, fühlte sie sich sauber und erfrischt. Sie band ihre noch feuchten Haare zu einem Zopf zusammen, nahm den Apfel, den sie sich aufgespart hatte, vom Tablett und schnitt ihn mit dem kleinen Messer aus ihrer Armeehose in Scheiben. Gerade als sie sich das erste Stück in den Mund schieben wollte, stellten sich ihr die Nackenhaare auf, und eine schwache Brise kühlte ihre Haut, die noch warm von der Dusche war. Jemand befand sich im Raum. Als Dante aus den Schatten trat, wirbelte sie herum.

»Hallo, Kleines.« Sein Atem liebkoste ihre Haut. »Jetzt gibt es nur noch uns zwei.«

Als Antoinette zurückwich, stieß sie mit dem Oberschenkel gegen den Tisch, und der Apfel fiel ihr aus den Fingern. Ihr Blick glitt hinüber zur Tür. »Wie bist du hier hereingekommen? Christian hat Alarmanlagen an allen Fenstern.«

Er lachte. »Glaubst du wirklich, so etwas könnte mich aufhalten?« Eine sanfte Brise trieb durch das offene Fenster hinter ihm herein.

Antoinette machte eine Finte nach links, schoss gleich darauf nach rechts, aber der Schlüssel drehte sich im Schloss der Tür und flog in Dantes Hand. »Wir wollen doch nicht, dass uns jemand stört, oder?« Er steckte den Schlüssel in die Tasche.

Sie sprang zu ihrem Handy, das auf der Anrichte lag. Wieder kam er ihr zuvor. Das Telefon flog aus dem Fenster.

Dante schritt auf sie zu, und sie wich zurück, bis sie die Wand im Rücken spürte. Ihre Finger schlossen sich um das Messer und erinnerten sie so daran, dass es noch da war.

Von der anderen Seite der Schlafzimmertür drangen kratzende und knurrende Geräusche herein. Offensichtlich spürte Cerberus, in welcher Gefahr sie sich befand.

Dante stemmte die Hände rechts und links neben ihrem

Kopf gegen die Wand und beugte sich zu ihr vor. »Es ist Zeit, Kleines.« Er lächelte, und seine Fangzähne glitzerten. »Es ist Zeit, dass ich endlich deine süßen Köstlichkeiten schmecke.«

»Nein.« Sie rammte ihm das Messer bis zum Griff in den Bauch. »Das ist es nicht.«

Seine Augen weiteten sich vor Überraschung, und er schaute hinunter auf den Griff, der aus ihm herausragte. Sie nutzte die Gelegenheit, schoss unter seinen Armen hinweg, sprang aus dem Fenster und kletterte so schnell wie möglich an der Regenrinne hinunter. Dabei riss sie sich die Fingerknöchel und die nackten Füße auf. Als sie den Boden erreicht hatte, sah sie hoch.

Sein Mund verzog sich zu einem bösartigen Grinsen; der Messergriff ragte noch immer aus seinem Bauch hervor. »Lauf«, sagte er, zog sich das Messer heraus und warf es auf den Asphalt. Er hüpfte aus dem Fenster und landete wenige Fuß von ihr entfernt. »Komm, wir spielen Fangen.«

Antoinette machte einige Schritte zurück und stolperte über etwas Großes und Weiches. Der metallische Geruch von Blut drang ihr in die Nase, und sie schaute hinunter auf einen kopflosen Leichnam. Nicht weit davon entfernt starrten Dylans leere Augen aus seinem abgetrennten Haupt.

Sie unterdrückte den Schrei, der in ihr aufstieg, und kämpfte sich auf die Beine. Dabei ertastete sie ihr Handy. In der Hoffnung, dass es noch funktionierte, steckte sie es ein.

Dann rannte sie los.

Doch bevor sie die Straße erreicht hatte, traf sie etwas am Hinterkopf, und die Welt um sie herum wurde schwarz.

Cerberus' Jaulen begrüßte Christian, als er nach Hause kam. Kavindish trat aus der Küche; er trug seinen Überzieher.

»Was ist das für ein Aufruhr?«, fragte Oberon, der Christian ins Haus gefolgt war.

»Ich weiß nicht, aber der Hund ist offenbar völlig außer sich.« Dann traf ihn die Erkenntnis. Es gab nur eines, was den Hund so aufzuregen vermochte. »Antoinette!«

Christian rannte die Treppe hoch; Oberon und Kavindish folgten ihm. Er fand Cerberus, wie dieser wild an ihrer Tür kratzte, knurrte und jaulte und versuchte, sich einen Weg durch den Teppich und den Boden zu graben.

Christian drückte die Klinke hinunter. Die Tür war verschlossen. Er hämmerte gegen das Holz. »Antoinette, mach die Tür auf!«

Nichts.

»Was ist los?«, fragte Oberon.

»Sie hat von innen abgesperrt und antwortet nicht«, sagte Christian. Er drehte sich um und sah, wie sich Oberon entkleidete. »Was machen Sie da?«

»Ich will mir meine Kleidung nicht ruinieren.« Oberon streckte Kavindish sein Jackett entgegen. »Bitte passen Sie für mich darauf auf.«

Der Butler verneigte sich und nahm das Jackett, dann streckte er den Arm für die anderen Kleidungsstücke aus.

»Treten Sie zurück«, sagte Oberon, als er nackt war. Die Muskeln an seinen Armen kräuselten sich, und seine Finger wurden dicker. Fasziniert sah Christian zu, wie sein Körper anschwoll und noch größer und massiger wurde, als er ohnehin schon war. Haare wuchsen ihm auf der Brust und hinterließen nur dort kahle Stellen, wo sich seine Tätowierungen befanden. Der Pelz breitete sich auf seinem Torso und den Gliedmaßen aus und bedeckte auch sein Gesicht. Lange, scharfe Klauen sprossen aus den Fingerspitzen; das Gesicht wurde runder und die Nase spitz. Nach wenigen Sekunden stand ein gewaltiger Grizzlybär auf den Hinterbeinen, sein großer Kopf streifte die Decke.

In Bärengestalt fiel Oberon auf alle viere. Tausendfünfhundert Pfund reinster Wut trafen auf den Boden. Sein Fell kräuselte sich und schimmerte vor Anstrengung. Cerberus duckte sich und wich zurück. Nach einigen Schlägen flog der Türrahmen nach innen, und die Tür schlug auf den Boden. Oberon machte Platz, damit Christian eintreten konnte. Cerberus rannte zwischen seinen Beinen hindurch zum Fenster und bellte die Gasse unter ihm an.

Oberon schnüffelte und brummte. Ein Stuhl war umgekippt, und Christian bückte sich und hob einen Apfel auf. Die Frucht hatte sich dort ein wenig verfärbt, wo ein Stück abgeschnitten worden war. Der Hund bellte weiter, und Christian fand einen Blutstropfen auf dem Fenstersims. Es war Aeternus-Blut. Er verrieb es zwischen den Fingerspitzen, roch daran und hielt es dem Bären unter die Nase. »Dante?«

Oberon stellte sich auf die Hinterbeine, zog die Lefzen zurück, entblößte lange, weiße Zähne, streckte den Kopf vor und brummte Christian an. Dann schrumpfte der Bär. Das Fell verschwand, als wäre es in die Poren gesaugt worden, und wurde durch Schweiß ersetzt, der Oberons toffeefarbene Haut bedeckte. Er stand auf und stemmte die Hände in die Hüften. Seine Nacktheit schien ihn nicht im Mindesten zu stören. »Dante. Sein Geruch ist hier überall.«

»Und der von Antoinettes Angst. Können Sie ihn aufspüren?«, fragte Christian.

»Ja, aber in Bärengestalt ist es leichter für mich. Ich habe mich nur verwandelt, um besser hier herauszukommen.« Er steckte den Kopf durch das Fenster. Seine Muskeln zogen sich zusammen, als er hinaussprang und auf dem Boden landete. Christian folgte ihm und bog die Knie durch, um den Aufprall abzumildern. Er war ganz auf Antoinette eingestellt, und ihr angstgetränkter Duft war hier in der Gasse noch stärker als oben.

Oberon kauerte über einem Leichnam, der Geruch von Blut war überall. Für einen Sekundenbruchteil hatte Christian befürchtet, es könnte Antoinette sein, doch es war das falsche Blut.

Oberon erhob sich. Heiße Wut brannte in seinen Augen. »Er hat Dylan getötet.«

Christian roch den Zorn und die Trauer, die der Ursier von sich gab. Sein Freund war umgebracht worden – wie gut er dieses Gefühl kannte!

»Wir holen ihn uns«, knurrte Oberon.

Hitze stieg in Christians Brust auf. Er ballte die Fäuste. »Hier entlang.«

Oberon verwandelte sich wieder, während er die Gasse entlanglief. Am Ende bog er in die Straße ein und hielt den großen Kopf dicht über dem Boden.

Das Geräusch eines angerissenen Streichholzes teilte sich Antoinettes benommenen Sinnen mit. Der Schwefelgeruch holte sie aus dem Nebel. Metall kreischte. Sie öffnete ein Auge und sah, wie eine rostige Kerosinlampe angezündet wurde. Schmerz explodierte in ihrem Kopf und blendete sie. Sie schloss das Auge wieder.

Als die Übelkeit und das Pochen nachließen, versuchte sie es noch einmal. Diesmal war es nicht ganz so schlimm, und schließlich gelang es ihr, die Augen vollständig zu öffnen.

Als sie sich zu bewegen versuchte, klirrten Ketten. Ihre Schultern schmerzten, und Nadeln schienen in ihren Händen zu stecken, denn ihre Arme waren über dem Kopf angebunden. Sofort wurde ihr Kopf klar, und sie grunzte gegen den Knebel an, der in ihrem Mund steckte. Im Rücken spürte sie kalten Stein oder Beton. Sie war mit Fesseln an die Wand gekettet.

In ihrem Bauch stieg Panik auf, die sie sofort zu unterdrücken versuchte. Es hatte keinen Sinn, den Kopf zu verlieren. Aber wo war sie?

Ein dunkler Umriss durchquerte ihr verschwommenes Blickfeld. »Du bist aufgewacht. Gut. Es macht keinen Spaß, wenn du bewusstlos bist.«

Dantes kühle Stimme ließ den kalten Klumpen der Panik in ihrer Magengrube anwachsen. Seine finstere Gestalt kam näher.

Antoinette blinzelte und kniff die Augen mehrmals zusammen, damit sie wieder klar sehen konnte, und sie versuchte herauszufinden, wo er sie gefangen hielt. Die Lampe warf flackernde Schatten an die grauen Betonwände, aber das Licht wurde immer heller, als er etliche Kerzen im Raum entzündete. Irgendwo tropfte Wasser, und drei Gänge führten von dem Raum weg in die Dunkelheit. Es sah aus wie die Abzweigung eines Abwasserkanals.

Als sie sich in der behelfsmäßigen Folterkammer umsah, gefror ihr das Blut zu Eis. Aus einem Regal starrten sie tote Augen an. Das Grauen war in die Gesichter der fehlenden Fanghurenköpfe eingeätzt. Sie glänzten, als wären sie lackiert worden. Unter dieser makabren Ausstellung waren Dutzende Bilder an die Wand geheftet. Auf einigen war Antoinette allein zu sehen, auf anderen in Begleitung. Und da war eines von Christian, wie er sich über Viktors Leichnam beugte; Trauer und Entsetzen verzerrten seine Züge. Ein anderes zeigte Antoinette auf der Party, wie sie sich in ihrem eleganten Kleid bei Lucian untergehakt hatte.

Er hatte sie beobachtet.

Es gab viele Bilder von Lucian an der Wand – einige zusammen mit ihr, auf anderen war er nur allein oder mit Personen zu sehen, die ihr unbekannt waren. Sie war offenbar nicht die Einzige, von der Dante besessen war.

Lucian ist in Gefahr.

»Gefällt dir meine Werkstatt?«, fragte Dante, der sie mit kalter Eindringlichkeit anstarrte.

Antoinette sank das Herz. Sie bewegte die Hände, zerrte an ihren Fesseln, aber sie gaben nicht nach. Als sie an sich hinunterschaute, musste sie feststellen, dass auch ihre Füße gefesselt waren und in einer kleinen Metallwanne standen. Sie schloss die Augen und betete stumm, Christian möge sie finden, bevor es zu spät war.

»Mach dir keine Sorgen. Christian und sein ursischer Freund werden nicht in der Lage sein, uns zu entdecken«, sagte er, als ob er ihre Gedanken gelesen hätte. »Wir haben die ganze Nacht für uns.«

Er entzündete eine weitere Lampe und hängte sie über Antoinettes Kopf. »Ich möchte nicht, dass dir etwas Wichtiges entgeht«, sagte er und küsste sie auf die Stirn. Ihre Haut kräuselte sich vor Abscheu. Sie versuchte den Kopf wegzudrehen, doch nun kicherte er nur noch lauter.

»Womit sollen wir anfangen? Wie wäre es mit einem Abendessen und einer Show? Du wirst das Abendessen sein, und dann kommt die Show.« Dantes kaltes Lächeln spaltete sein Gesicht, und sie spürte, wie ihr Hass an die Oberfläche trieb und ihr die Kehle mit bitterer Galle ausbrannte.

Die Betonwand kühlte ihren Rücken, und sie erkannte, dass sie nur Unterwäsche trug. Aufgrund der Kälte hatten sich ihre Brustwarzen schmerzhaft aufgerichtet. Verzweifelt wollte sie ihre Blößen bedecken, aber da ihre Hände gefesselt waren, war sie vollkommen hilflos.

Er bewegte sich näher an sie heran, leckte sich die Lippen, öffnete den Mund und zeigte ihr seine voll ausgefahrenen Fangzähne. Ein Zittern der Angst schlängelte sich durch ihren Bauch. Instinktiv wusste sie, dass sein Biss ihr nicht die heiße Lust schenken würde, die sie bei Christian verspürte, sondern nur Schmerz.

Er zog sich langsam aus, faltete seine Kleidung sorgfältig zusammen und legte sie auf ein hohes Regalbrett. Endlich stand er vor ihr, nackt und halb erregt.

Nun erst nahm Antoinette die rostbraunen und schwarzen Flecken auf dem Boden wahr. Getrocknetes Blut. Hier also hatte er die anderen Frauen umgebracht.

Von einer Bank an der Wand nahm er ein Messer – es war dasselbe, mit dem sie ihn zu erstechen versucht hatte. »Nachdem du es benutzt hast, habe ich es noch ein wenig geschärft.«

Er hielt die Klinge ins Licht und drehte sie, sodass Antoinette die neue Schneide deutlich erkennen konnte. »Ich will, dass es sogar noch besser wird als mit deiner Mutter.« Sein Lächeln wurde breiter, als sie vor ihm zurückzuckte. »Darauf habe ich so lange gewartet.«

Er kam auf sie zu, grinste sie an, und sie drückte sich dicht gegen die Wand und zerrte an ihren Fesseln. Mit der flachen Seite der Klinge fuhr er ihr über den unbedeckten Teil des Busens.

Sie schrie gegen den Knebel an, teils aus Frustration, teils aus Wut. Sie kniff die Augen zusammen und sah ihn an.

Sein Grinsen wurde noch breiter und seine Erektion größer, als er das Messer zwischen ihren Brüsten hindurchführte und den Spitzenstoff des Büstenhalters durchschnitt. Unter dem Gewicht ihres Busens gab er nach. Dantes Augen glitzerten vor irrem Verlangen, als er auch die Schulterriemen durchtrennte, und mit einem leisen

Stöhnen leckte er sich die Lippen, während er sich die Fetzen über die Schulter warf.

Antoinette kämpfte gegen die Übelkeit an, die in ihr hochstieg.

Er betrachtete ihr Gesicht, als er ihr Höschen zerfetzte. Nun war sie vollkommen nackt. Sie erwiderte seinen Blick. Sie würde ihm nicht zeigen, wie erniedrigt sie sich fühlte. Der Hass auf ihn durchflutete sie und brachte eine Art stillen Wahnsinn mit.

»Und jetzt wollen wir etwas Spaß haben.« Hunger brannte in seinen kalten Augen, als er sich an ihr rieb.

Sie spürte seine Erektion an ihrer Hüfte und versuchte ihm auszuweichen, aber er drückte nur noch stärker und fuhr ihr mit der Klinge oberhalb der Brüste quer über den Leib. Sein Glied zuckte.

Versengender, scharfer Schmerz brannte auf ihrer Brust. Er drückte ihre Wangen zusammen, sodass sie ihn ansehen musste und den Kopf nicht abwenden konnte, während er die Klinge an die Zunge hob und ihr Blut schmeckte.

Er runzelte die Stirn und spuckte angewidert aus. »Du Hure! Erst lässt du ihn an dich heran, und dann hast du dein Blut mit abscheulich schmeckendem Hass verunreinigt.«

Er versetzte ihr eine Ohrfeige, und ihr Kopf schlug gegen die Betonwand. In Antoinettes Ohren klingelte es, dunkle Sterne schwebten vor ihren Augen. Erneut schlug er sie.

Gelächter stieg in ihrer Kehle auf und brach aus ihrem Mund hervor. Es war, als ob eine andere Person lachen würde. Sie konnte nichts dagegen tun.

Dante schien verwirrt zu sein und stürmte zur anderen Seite des Raums.

Als er zurückkam, hatte er sich wieder gefasst. »Egal – ich werde trotzdem meinen Spaß haben.«

Er fuhr mit der Handfläche über ihre Wunde und leckte sie ab. Dann warf er den Kopf zurück und seufzte, während er mit der Hand an seinem Schaft entlangfuhr und ihn mit ihrem scharlachroten Blut beschmierte.

Er sah sie mit lustverschleierten Augen an. »Du wirst bluten, und du wirst schreien.«

Er riss ihr den Knebel aus dem Mund und schnitt ihr mit dem Messer zuerst in den linken und dann in den rechten Oberschenkel. Trotz der entsetzlichen Schmerzen biss sie sich auf die Lippe und erstickte ihre Schreie, bis ein warmer, metallischer Geschmack ihren Mund erfüllte.

»Komm.« Dante rieb sich an ihr und fuhr mit der Faust an seinem Glied auf und ab. »Ich will deine Stimme hören.«

Er brachte ihrem Bauch ein halbes Dutzend Schnittwunden bei. Sie waren zwar nicht tief, bluteten aber stark, und die ganze Zeit über masturbierte er in ihrem Blut.

Antoinette versuchte, seinen Anblick nicht ertragen zu müssen, indem sie die Augen schloss. Noch immer kämpfte sie gegen den Schrei an, der in ihrer Kehle steckte. Sie spürte, wie ihre Schenkel feucht und klebrig wurden, schaute an sich hinunter und sah, wie das Blut um ihre Füße eine Lache bildete, genau wie in ihren Albträumen.

Ich werde sterben. Endlich brach der Schrei aus ihr hervor.

◂▸

Oberon tappte in Bärengestalt vor Christians Haus herum, schnupperte und bewegte sich im Kreis.

Dann verwandelte er sich zurück. »Sie war hier, und Dante ebenfalls. Und genau hier endet die Spur.« Er sah

Christian an. »Er hält uns zum Narren. Das alles gehört zu seinem Spiel.«

Ein Heulen kam aus Richtung des Hauses. Cerberus. Christian rannte auf das Gebäude zu. »Kavindish«, rief er und rannte durch die Tür. »Wo ist der Hund?«

Der Butler erschien. »Ich habe ihn im Keller eingesperrt, Sir. Ich wollte nicht, dass ihm etwas zustößt.«

»Ich glaube, er spürt sie auch«, sagte Christian und öffnete die Kellertür.

Cerberus schoss heraus und rannte zum nächsten Fenster, doch Kavindish öffnete rasch die Vordertür für ihn. Der Hund verließ sofort das Haus und blieb auf der gegenüberliegenden Straßenseite stehen. Er schnüffelte, knurrte und scharrte auf dem Boden.

Oberon kam herbei. »Was ist hier los?«

»Er weiß, wo sie ist.«

Der Ursier zog die Hose an, die Kavindish ihm gegeben hatte; dann ging er in die Hocke und untersuchte das Gebiet. »Reifenspuren. Jemand ist vor nicht langer Zeit von hier mit hoher Geschwindigkeit abgefahren. Er hat sie weggebracht – aber wohin?«

Christian wandte sich an den Butler. »Haben Sie versucht, Miss Petrescus Handy zu erreichen?«

»Ja, Sir, aber sie nimmt nicht ab. Es befindet sich nicht in ihrem Zimmer; dort habe ich alles danach abgesucht.«

Oberon holte ein Handy aus den Satteltaschen, die er von dem in der Nähe parkenden Motorrad abgenommen hatte. Er klappte es auf und sagte: »Ich brauche eine Verbindung zu Antoinette Petrescus Handy; ihre Nummer liegt auf meinem Schreibtisch. Geben Sie die Koordinaten ein, sobald Sie sie haben.«

»Natürlich, der GPS-Chip! Kommen Sie, wir nehmen meinen Geländewagen.«

Christian führte Oberon zu der Tiefgarage, und Cerberus folgte ihnen. Er brachte es nicht übers Herz, dem Hund zu befehlen, hier zu bleiben. Als der Wagen die Garage verließ, klingelte Oberons Handy.

»Sicher?«, fragte er, nachdem er einige Sekunden zugehört hatte, und klappte dann das Telefon zu.

»Wo?«, fragte Christian.

»Die Koordinaten gehören zu dem leerstehenden Gebäude, in dem wir ihn beim letzten Mal in die Enge getrieben haben.«

»Natürlich! Nachdem sich herausgestellt hatte, dass es sich um einen Satanistentempel handelt, wurden alle Überwachungskräfte abgezogen. Dylan hatte ...«

Oberon drehte sich um und schaute aus dem Fenster.

Christian sah den Ursier von der Seite an. »Tut mir leid.«

Oberon nickte. »Ich weiß bloß nicht, was ich seiner Schwester sagen soll.« Er richtete sich in seinem Sitz auf und geriet mit dem Kopf gegen das Wagendach. Der Sitz ächzte unter seinem Gewicht. »Aber jetzt müssen wir erst einmal Antoinette finden, bevor er sie auch noch umbringt.«

Christians Herzschlag setzte kurzzeitig aus. Er konnte den Gedanken nicht ertragen, sie zu verlieren – jetzt, wo sie ... was? Was für eine Art von Beziehung hatten sie? Er wusste es nicht, und es war ihm auch egal – er musste sie einfach nur retten.

Den Rest der Fahrt schwieg Oberon, und Christian konzentrierte sich ganz darauf, schnellstmöglich an ihr Ziel zu gelangen. Der schwarze Geländewagen trug die Abzeichen des Dezernats, und die Sirenen heulten, aber er musste trotzdem auf die anderen Verkehrsteilnehmer achten und vorsichtig fahren. Am liebsten hätte er jeden umgefahren, der ihm in die Quere kam. Antoinette war in Gefahr, nichts anderes zählte.

Als sie das verlassene Gebäude erreicht hatten, parkte Christian den Wagen, und Oberon holte zwei 9-Millimeter-Berettas hervor.

Christians Haut kitzelte, und Cerberus stieß ein leises Knurren aus. Antoinette war in der Nähe; sie spürten es. Der Hund rannte los. Christian folgte ihm und klopfte Oberon auf die Schulter, als er an ihm vorbeikam.

Sie eilten in das Gebäude und wurden nicht langsamer. Mit jedem Schritt wurde das Gefühl von Antoinettes Nähe stärker, bis sie schließlich den Keller erreicht hatten.

»Hier haben wir ihn beim letzten Mal gefunden«, sagte Oberon und sah sich in dem kalten, leeren Raum um. Cerberus beschnüffelte die große steinerne Plattform mit den Einritzungen, die in der Mitte des schmutzigen Bodens stand. Er jaulte und kratzte am Fundament des Podests. Oberon trat zusammen mit Christian näher heran. Jetzt spürte er sie noch deutlicher. Sie hatte Schmerzen ... so große Schmerzen ...

Er drückte heftig gegen das Podest, und es bewegte sich. Er mühte sich noch mehr ab, und Oberon half ihm. Schmerzen durchfuhren seine Muskeln. Nein, nicht seine eigenen Schmerzen, sondern ihre. Dieser Bastard brachte ihr Schnittwunden bei. Christian spannte alle Muskeln an, und nun wich das Podest ganz zurück und enthüllte ein Loch im Boden.

Sofort sprang Christian hinein, drehte sich um und fing Cerberus auf, der ihm nachgesprungen war. Oberon folgte ihnen. Ein dunkler Abwasserkanal erstreckte sich nach links und rechts.

Cerberus jaulte leise und drehte den Kopf nach links. Der überwältigende Gestank nach menschlichem Unrat, Ratten und Müll vermochte nicht den darunterliegenden Geruch menschlicher Verwesung und frischen Grauens zu verdecken.

Christian machte einen Schritt voran, aber die Hand des Ursiers legte sich ihm auf die Schulter. Oberon hielt den Finger gegen die Lippen und bildete die Worte: *Wir brauchen ihn lebend.*

Christian nickte knapp, und sie gingen weiter den Abwasserkanal entlang. Unterwegs schickte er unablässig beruhigende Gedanken an Cerberus, damit der Hund keinen Lärm machte, während sie sich einem flackernden Lichtfleck näherten und die Luft immer stärker mit dem Geruch von Angst, Wut und frischem Blut erfüllt wurde.

Oberon und Christian betraten gemeinsam den Raum. Obwohl Christian schon mehrere Kriege erlebt hatte, hätte ihn nichts auf das Grauen vorbereiten können, dass er hier vorfand. Etliche Köpfe mit blonden Haaren lagen in Regalen an den Wänden; die Augen waren entfernt und durch smaragdgrüne Glaskugeln ersetzt worden.

Von Dante war nichts zu sehen. Christian deutete mit dem Lauf seiner Pistole nach vorn, umrundete einen Betonpfeiler und sah Antoinette, die nackt an die gegenüberliegende Wand gekettet war. Der Kopf war ihr auf die Brust gesunken, und sie war über und über mit Blut bedeckt.

Bei diesem Anblick blieb Christian das Herz stehen. Er rannte zu ihr, steckte die Pistole in den Halfter und kniete sich neben sie. Sie atmete flach und leise. Ihre Haare hingen blutverklebt herunter. Sanft hob er ihr Gesicht und schob die feuchten Locken beiseite. Ihre Lider flatterten, und sie öffnete die Augen. Sein Name formte sich auf ihren Lippen, aber kein Laut drang zwischen ihnen hervor. Es war so viel Blut!

Er würde sie verlieren – genau wie Viktor – genau wie Dominique und wie seinen Vater.

Ein scharlachroter Tropfen erschien plötzlich auf seinem Unterarm. Christian starrte ihn an. *Woher kam er?*

Er richtete den Blick nach oben. Eine ungeschlachte Gestalt hielt sich an der Decke über ihm fest. Glitzernde graue Augen starrten ihn aus einem scharlachrot angemalten Gesicht an.

Blut!

Die Gestalt war von Kopf bis Fuß mit Blut beschmiert – mit Antoinettes Blut. Die Gestalt zischte ihn an, entblößte ihre Fangzähne und ließ sich fallen.

Christian reagierte zu spät. Das nackte rote Wesen landete vor seinem Fuß und schleuderte ihn gegen die Wand.

Dante!

Christian schlug mit dem Rücken gegen ein Rohr. Durch den Aufprall wurde ihm die Luft aus der Lunge gepresst, das knirschende Geräusch von brechenden Knochen hallte durch den höhlenartigen Raum. Christian war gelähmt und hilflos; sein Rückgrat war zerschmettert. Er konnte nur daliegen und zusehen, wie Dante mit dem Fingerknöchel in einer scheußlichen Parodie von Zuneigung über Antoinettes Gesicht fuhr.

»Sie gehört mir – mir allein.« Seine weißen Zähne hoben sich deutlich von der rot angemalten Haut ab.

Antoinette bewegte den Kopf und ächzte; sie widersetzte sich seiner Berührung. Christian schaute an Dante vorbei zu Oberon, der von hinten auf ihn zukroch und seine Pistolen auf den Kopf des Wahnsinnigen gerichtet hatte.

Dante machte eine lässige Handbewegung, und der Ursier wurde gegen die Säule geschleudert. Staub und Betonsplitter stoben auf. Oberon brach zusammen und lag bewusstlos am Boden, während der Staub auf seine Dreadlocks niederrieselte.

»Und jetzt dürft ihr zusehen, wie ich sie für immer zu der Meinen mache.« Dante biss sich in die Faust. Sein dunkles Blut trat aus und vermischte sich mit Antoinettes hellerem Rot auf seiner Haut. Er saugte an der Wunde und hob Antoinettes Gesicht, sodass ihre Lippen auf einer Höhe mit den seinen lagen.

In diesem Moment öffnete sie die Augen. Grauen lag in ihrem Blick, als sie erkannte, was er vorhatte. Sie versuchte den Kopf zurückzuziehen, seinem Kuss zu entgehen, aber Dante schloss den Raum zwischen ihren Mündern.

»Neeein!«, schrie Christian.

Wie aus dem Nichts sprang Cerberus den wahnsinnigen Aeternus an und schloss die Kiefer um Dantes Unterarm. Das reichte, um ihn von Antoinette wegzudrücken, doch dann warf er den Hund gegen die Wand, vor der Christian lag, und es ertönte ein schreckliches Knacken.

Ein Schuss löste sich, und Dantes rechtes Ohr war verschwunden.

Oberon hatte die Pistole auf ihn gerichtet, während er sich auf die Knie kämpfte. Dante zog die Hand von seinem Ohr weg; ein Stück Fleisch lag darin. Er sah zuerst Oberon und dann Christian an, bevor er über die wenigen herumstehenden Möbel hinwegsprang und in einem der Abwasserkanäle verschwand.

Oberon richtete sich auf. Seine Knochen knackten und knirschten, als er sich in einen Bären verwandelte.

Christians Rücken verheilte, aber es ging nicht schnell genug. Er kroch auf Antoinette zu, während seine Knochen gegeneinanderrieben und scheuerten, als die Rippen zusammenwuchsen.

Der Bär landete auf allen vieren und drehte sich in die Richtung, in die Dante verschwunden war.

»Helfen Sie Antoinette«, rief Christian.

Der Bär tappte auf ihren schlaff in den Ketten hängenden Körper zu, drehte sich dann wieder in Richtung Abwasserkanal und brüllte enttäuscht auf. Schließlich riss er die Ketten von der Wand, wobei sich auch ein großes Stück Beton löste.

Antoinette brach in Oberons gewaltigen pelzbedeckten Armen zusammen. Er legte sie auf den Boden und riss auch die Beinfesseln ab.

Endlich hatte Christian sie erreicht und tastete nach ihrem Puls. Er war zwar noch da, wurde aber schwächer – und zwar sehr schnell.

Oberon nahm wieder Menschengestalt an. »Ist sie tot?«

»Nein, aber sie hat eine Menge Blut verloren.«

Oberon kniete sich auf der anderen Seite neben sie. »Zu viel. Sie wird es nicht schaffen – nicht einmal, wenn wir sie in ein Krankenhaus bringen würden. Sie ist verloren.«

»Noch nicht.« Christian biss sich ins Handgelenk und saugte ein wenig Blut ein. Er würde beenden, was Dante begonnen hatte, und sie dadurch retten.

Er legte ihren Kopf zurück und teilte die kalten, bleichen Lippen, dann drückte er den Mund darauf und zwang Antoinette, seinen Ewigkeitskuss anzunehmen. Schließlich trank sie, und ihre Kehle arbeitete schwer daran, seine lebensspendende Essenz zu schlucken. Hoffnung flammte in ihm auf.

Er überprüfte nochmals ihren Puls. Ihr Herz schlug unregelmäßig unter seinen Fingerspitzen. Dann setzte es aus. Es war zu spät.

»Nein«, knurrte er. »Du darfst nicht gehen. *Das lasse ich nicht zu!*«

27 EWIGE VERÄNDERUNGEN

Christian drückte ihren Kopf nach hinten, kniff ihr die Nase zu und atmete in ihre Lunge hinein. Oberon massierte ihren Brustkorb, und gemeinsam versuchten sie, den Blutkreislauf wieder in Gang zu bringen, damit die Aeternus-Enzyme genug Zeit hatten, die DNA-Mutation in Gang zu setzen.

Plötzlich holte sie tief Luft und hustete. Christian spürte unter seinen Fingerspitzen, die an ihrem Hals lagen, wie das Herz wieder schlug.

»Jetzt«, sagte Oberon und trat zurück, »müssen Sie ihr noch mehr Saft geben.«

Christian biss sich noch einmal ins Handgelenk und hielt es gegen ihre Lippen. Diesmal trank sie – sie tat einen tiefen Zug. Er spürte ihr Saugen, als das Blut in sie hineinfloss und ihren Körper durchrüttelte. Am Ende musste er den Arm wegnehmen, damit sie nicht zu viel trank.

Er beugte sich zurück und seufzte, dann schaute er Oberon an. »Jetzt hat es angefangen.«

»Sie hat einen langen Kampf vor sich.« Oberon sah Christian an. »Geben Sie mir Ihr Handy, bevor Sie gehen. Ich will einen Bericht über das hier abliefern.«

Christian warf ihm sein Handy zu, bevor er Antoinettes fast schwerelosen Körper aufhob. Seine Knochen waren zwar schon geheilt, schmerzten aber noch. Er biss die Zähne zusammen und trug Antoinette aus dem Abwasserkanal, der zu einem Leichenhaus geworden war.

Christian parkte seinen Geländewagen halb auf dem Bürgersteig. Es war ihm alles egal; er wollte bloß Antoinette so schnell wie möglich nach drinnen bringen. Kavindish öffnete die Tür, und Christian lief an ihm vorbei, blieb aber am Fuß der Treppe stehen.

»Ich brauche Ihre Hilfe – und eine Menge Blut.«

»Ja, Sir«, sagte der Butler.

»Schicken Sie Susan hoch, damit sie sich um Antoinette kümmert.« Christian stieg die Treppe zu Antoinettes Zimmer empor. Er betrachtete die zerschmetterte Tür und ging dann weiter zu seinen eigenen Zimmern.

Vorsichtig legte er sie aufs Bett, stützte ihren Kopf mit einigen Kissen ab und schob ihr das blutverkrustete Haar aus dem Gesicht. »Es tut mir so leid«, flüsterte er gegen ihre Wange. »Bitte vergib mir.«

Ihre Lider flatterten, und sie öffnete die Augen. »Christian?«, krächzte sie und verlor wieder das Bewusstsein.

Wenige Minuten später trat Susan ein und erstarrte. »Sollten wir sie nicht in ein Krankenhaus bringen, Sir?«

»Da kann man ihr jetzt nicht mehr helfen.« Christian nahm die Schüssel aus Susans zitternden Händen und stellte sie auf dem Nachttisch ab; dann ergriff er das verängstigte Mädchen bei den Schultern. »In den nächsten Stunden wird sie schreckliche Schmerzen leiden. Vielleicht wird es sogar Tage dauern, bis sie nachlassen. Ihr Körper wird von innen auseinandergerissen werden. Wenn sie es schafft … Ich sage *wenn*, denn du musst darauf vorbereitet sein, dass sie es möglicherweise nicht schafft …«

Er verstummte und schluckte, denn er wusste nicht, ob er selbst sich dieser Tatsache stellen konnte. »Wenn sie es schafft, wird sie danach eine Aeternus sein, aber es wird schwierig und nicht angenehm.« Christian drückte ihr den Arm. »Kannst du damit umgehen?«

Die Augen des Mädchens füllten sich mit Tränen. Es sah Antoinette an, reckte die Schultern und hob das Kinn. »Ja, Sir.«

»Gutes Mädchen.« Er klopfte ihr auf den Arm. »Zuerst müssen wir sie säubern und nachsehen, wie schlimm ihre Wunden sind.«

Kavindish kam mit einem Kühler herein, in dem sich mehrere Beutel Blut befanden.

»Ich werde noch mehr brauchen«, sagte Christian.

»Ich habe bereits weitere Beutel bestellt, die innerhalb einer Stunde geliefert werden«, sagte Kavindish. »Sie werden ihre ganze Kraft brauchen, wenn Sie sie durchbringen wollen.«

Christian ergriff den Butler an den Schultern. Er hatte es nie bedauert, dass er Kavindish während des Ersten Weltkriegs in Meuse-Argonne vor dem Tod errettet hatte, indem er ihn umschlungen hatte – doch noch nie war Christian glücklicher darüber gewesen als jetzt.

»In Ordnung. Susan, hol warmes Wasser, damit wir das Blut abwaschen können. Kavindish, wir brauchen Verbandzeug und saubere Mullbinden.«

Susan kehrte mit einer dampfenden Schüssel aus dem Badezimmer zurück und tauchte ein Handtuch ins Wasser. Sie schaute auf Antoinette hinunter, als wäre sie unsicher, wo sie anfangen sollte.

»Du kümmerst dich zuerst um die Füße, und ich nehme mir den Kopf vor«, sagte Christian.

Sie hielt den Kopf leicht zur Seite geneigt und schaute ihn an. Ihr Blick wurde klarer. Christian nickte dem Mädchen aufmunternd zu, als es sich niederbeugte und mit der Arbeit begann.

Bis sie fertig waren, hatte Susan ein Dutzend Mal frisches Wasser holen müssen. Kavindish half beim Verbinden der Wunden – es waren sehr viele. Dante hatte ganze

Arbeit geleistet. Wenn sie Antoinette eine Chance geben wollten, dann mussten sie verhindern, dass sich vor dem Ende der Verwandlung Infektionen ausbreiteten. Jetzt stand ihr Leben auf Messers Schneide – sie konnte leicht sowohl zur einen als auch zur anderen Seite kippen. Die nächsten Stunden würden alles entscheiden.

Als sich Christian auf einen Stuhl neben ihr Bett setzte, hielt Kavindish ihm ein Glas Blut hin. »Sie braucht bald Nahrung, Sir. Sie sollten sich vorbereiten.«

»Danke, Kavindish – für alles.«

»Es wird nicht leicht werden, Christian.« Kavindish war plötzlich nicht mehr so förmlich. Nun stand nicht der Diener, sondern der Freund vor ihm. »Sehr wahrscheinlich wird ihr Körper die Veränderung ablehnen. Möglicherweise war es schon zu spät.«

»Ich weiß, aber ich musste es versuchen.« Christian betrachtete das Gesicht der Schlafenden. »Ich durfte nicht auch noch sie verlieren – nicht ohne Kampf.«

»Ich weiß, alter Freund.« Kavindish hielt Christian ganz kurz an der Schulter fest und sah ihn verständnisvoll an, dann kehrte der Diener in ihm zurück. »Ist sonst noch etwas, Sir?«

»Nein. Ich bleibe bei ihr.« Christian lehnte sich auf seinem Stuhl zurück und trank das Blut, das Kavindish ihm gegeben hatte. Es war geschmacksneutral, und beim zweiten Glas hätte er beinahe gewürgt, aber Kavindish hatte recht. Er brauchte seine ganze Kraft für das Martyrium, das ihnen bevorstand.

Wenn man jemanden umschlingen wollte, reichte ein einziges Nähren mit Aeternus-Blut nicht aus. Sowohl für den Umschlingenden als auch für den Umschlungenen war es ein langer und schwieriger Prozess. Antoinette würde immer wieder von seinem Blut trinken müssen, damit die Aeternus-Enzyme während der Umwandlung stets aufgefüllt wurden. Christian bereitete sich auf die erste Wache vor.

◆

»Wie geht es ihr?«, fragte Oberon von der Tür her.

Christian wischte sich mit dem Handrücken über das Kinn und schaute auf die Armbanduhr. Es war erst ein paar Stunden her, aber es kam ihm vor wie eine ganze Ewigkeit.

Er drehte sich zu Oberon um. »Bisher keine Veränderung, aber sie wird bald genährt werden müssen.«

Wie um seine Aussage zu bestätigen, jammerte Antoinette im Schlaf auf und schlug um sich. Christian setzte sich auf das Bett, zog sie an sich heran, öffnete sein Handgelenk und zwang ihren Mund gegen die blutende Wunde. Sie drehte den Kopf hin und her und versuchte dem Blut zu entgehen, aber er hielt sie immer fester, bis sie sich ihm nicht mehr widersetzen konnte. Schließlich saugte sie an der Wunde, und sein Blut floss in sie. Bald war sie wieder bewusstlos.

»Wie oft müssen Sie das machen?«, fragte Oberon.

»Ungefähr alle paar Stunden, aber bei jedem Mal wird sie mehr trinken.«

Die Physiologie der Aeternus war anders als die der Menschen, und eine Erweckung konnte ohne die Notwendigkeit einer Blutzufuhr von außen geschehen, auch wenn sie schwierig und qualvoll war.

Eine Umschlingung hingegen war etwas ganz anderes. Die menschliche DNA musste auf dramatische Weise verändert werden, und dabei starben die meisten Menschen. Sie überlebten die Umwandlung nicht.

»Wir Animalier können keine Menschen in unsere Spezies verwandeln. Man muss mindestens ein animalisches Elternteil haben.« Oberon schaute hinunter auf Antoinette, die jetzt wieder friedlich schlief. »Ich glaube, ich würde die Last nicht ertragen, die Sie auf sich genommen haben.«

Christian verstand ihn. Man konnte es als Fluch oder als Segen betrachten. Würde Antoinette ihm für das danken, was er mit ihr gemacht hatte, oder würde sie ihn hassen? Würde sie eine Aeternus werden oder eine Drenierin wie Carolina? Die Zeit würde es zeigen. Er war gezwungen abzuwarten. Zuerst musste sie es überleben. Das war wichtiger als alles andere.

»Wie sieht es aus?«, fragte Christian, weil er das Thema wechseln wollte. »Haben Sie etwas gefunden?«

Oberon ließ die breiten Schultern hängen. »Nichts außer den Fotos von ihr und Moretti.« Er trat ans Bett und schaute auf die schlafende Antoinette hinunter. »Ich habe Moretti davon in Kenntnis gesetzt, aber am liebsten würde ich zu ihm gehen und mir seine Sicherheitsvorkehrungen anschauen.«

»Ich kann einfach nicht glauben, dass Dante noch lebt«, sagte Christian.

Dunkle Wut blitzte in Oberons Augen auf, und er ballte die Fäuste. »Ich wünschte, wir hätten den Bastard geschnappt.«

Zorn loderte heiß und schwer in Christians Bauch. »Wenn ich ihn in die Finger bekomme, wird er für das hier leiden müssen.«

Oberon betrachtete Antoinette weiterhin. »Wissen Sie, sie hat nie Angst vor mir gehabt, obwohl ich versucht habe, sie einzuschüchtern. Sie ist einer der mutigsten Menschen, die mir je begegnet sind. Ich kenne nicht viele Menschen – und auch nicht viele Paramenschen –, die eine solche Tortur überleben können. Es tut mir leid, wenn ich daran denke, welche Schwierigkeiten ich ihr gemacht habe.«

»Sie ist eine lizensierte Venatorin, und deshalb ist sie daran gewöhnt, mit unvernünftigen Ungeheuern umzugehen.«

»Touché.« Oberon grinste breit. »Wenn wir noch etwas finden sollten, werde ich Sie benachrichtigen. Aber jetzt werde ich mich erst einmal mit einem Freund treffen, der Nachforschungen über dieses Verschwinden der Paramenschen angestellt hat, von dem Viktors Schwester uns berichtet hat. Vielleicht gibt es da eine Verbindung.«

»Vielleicht.« Christian wollte aufstehen, aber Oberon hob die Hand. »Ich finde allein hinaus.«

Ein durchdringender Schrei riss Christian aus dem Schlaf.

»Es brennt!«, kreischte Antoinette und kratzte sich die Haut an den Armen.

Susan stand an der anderen Seite des Betts. »Nein, Miss, tun Sie das nicht«, sagte sie und versuchte Antoinette davon abzuhalten, sich die Verbände von ihren Verletzungen zu reißen.

Es war ihr bereits gelungen, einige Schnittwunden wieder zu öffnen.

»Neeiin!«, schrie Antoinette und warf Susan quer durch das Zimmer.

Das arme Mädchen schlug gegen die Wand und sackte am Boden zusammen. Kavindish rannte zu ihr.

»Ist sie in Ordnung?«, fragte Christian und hielt Antoinettes Handgelenke fest. Sie wehrte sich heftig.

»Ja, Sir«, sagte Kavindish. »Ich werde mich um sie kümmern.«

Er half dem benommenen Dienstmädchen beim Aufstehen und untersuchte ihre Augen.

»Wir müssen Antoinette fesseln«, sagte Christian.

»Aber zuerst muss sie wieder genährt werden. Halten Sie sie bitte dabei fest.«

Kavindish trat ans Bett und drückte Antoinette die Arme gegen die Seiten, während Christian erneut sein Handgelenk öffnete. Er packte ihren Kopf und zwang sie, sein Blut zu trinken, bis sie endlich wieder ruhig wurde. Als er sie losließ, schaute er auf und stellte fest, dass seine Mutter in der Tür stand.

»Was machst du hier?«, fragte Christian. Er konnte darauf verzichten, dass sie ihm sagte, wie unverantwortlich er gehandelt hatte, so wie sie es getan hatte, als er Kavindish während des Kriegs umschlungen hatte.

»Ich will helfen«, sagte sie und stellte sich neben das Bett.

Der Butler vermied es, sie anzusehen, und beugte sich über Susan.

»Sie verändert sich schnell«, sagte Christian. »Zu schnell. Es wird ihren Körper zerreißen.«

Lilijana nickte knapp und legte die Hand auf Antoinettes Stirn. »Christian, sie verbrennt.« Sie riss die Laken weg.

Er tastete selbst nach Antoinettes Stirn. Schon nach wenigen Sekunden hatte ihr Körper auf die Zufuhr frischen Blutes reagiert. »Kavindish, bringen Sie so viel Eis her, wie Sie bekommen können. Wenn wir es nicht schaffen, ihre Temperatur zu senken, werden sich ihre Organe verflüssigen.«

Christian rannte ins Badezimmer und drehte den Kaltwasserhahn voll auf. Kavindish erschien mit einigen Eiskübeln und rannte sofort los, um weitere zu holen. Sogar das stark mitgenommene Dienstmädchen kam herbei und trug einen Kübel. Christians Meinung von diesem Menschenkind stieg noch einmal um mehrere Grade.

»In die Badewanne damit«, sagte er, während er Antoinettes fiebrigen, bewusstlosen Körper vom Bett aufhob. Eis schwamm bereits auf der Wasseroberfläche, als Kavindish einen weiteren Kübel hineinkippte.

»Noch mehr«, befahl Lilijana, die noch immer in der Tür stand.

Vorsichtig senkte Christian Antoinette in das eisige Wasser. Sie riss die Augen auf und schlug um sich, als sie die Kälte spürte. Sie kämpfte gegen ihn an, schrie dabei, und ihr Herz raste so schnell, dass er schon glaubte, es würde durch den Brustkorb brechen. Irgendwie war es ihm gelungen, sie so unterzutauchen, dass das meiste Wasser in der Wanne verblieb, als Kavindish mit noch mehr Eis zurückkehrte. Wie gut, dass der Butler die Schnelligkeit eines Aeternus hatte.

»Sie muss hierbleiben, bis das Fieber abklingt«, sagte Lilijana.

Christian nickte und spürte, wie ihn die Erschöpfung überfiel.

»Geh und ruh dich aus«, sagte Lilijana. »Ich übernehme das nächste Nähren.«

Christian schüttelte den Kopf. »Sie braucht mein Blut.«

»Sie braucht Blut aus deinem Stammbaum, Christian.« Sie schob ihm die Haare aus den Augen. Es war etwas, das sie seit seiner Kindheit nicht mehr getan hatte. »Wenn du dich weiterhin so unbarmherzig antreibst, hast du bald nicht mehr die Kraft, ihr oder dir zu helfen.«

Sie hatte recht. Er ließ es zu, dass seine Mutter Antoinettes Kopf oberhalb des Wasserspiegels hielt. Er brauchte Schlaf und Blut – und das Schlimmste kam erst noch.

Antoinette versuchte die Augen zu öffnen, aber sie schmerzten so sehr. Wo war sie? Wo war Dante? Panik durchfuhr sie, und sie versuchte sich zu orientieren. Alles tat ihr weh. Ihr Körper schien von einem Laken aus Eis umgeben zu sein, aber ihr Innerstes brannte. Stimmen umschwirrten sie, und sie schrie ihnen zu, still zu sein. Lärm toste in ihrem Kopf, doch sie konnte kein einziges Wort verstehen.

Hände zogen an ihr. Sie kämpfte dagegen an, schlug und trat um sich. Als sie ein Paar losgeworden war, nahm ein anderes seinen Platz ein. Es waren Ungeheuer. Sie starrten sie mit roten, hasserfüllten Augen und verzerrten Gesichtern an und verhöhnten sie. Ihr Magen drehte sich um, als eine der Kreaturen die Hände in ihr versenkte und an ihren Organen zerrte.

»Neeiin!«, kreischte sie. »Lasst mich in Ruhe, fasst mich nicht an …«

»Psst«, beruhigte sie eine vertraute Frauenstimme.

»Mama?«, rief sie.

»Ich bin hier, mein Kind«, flüsterte ihre Mutter und glättete Antoinettes Haare. »Psst … trink nur, mein Baby. Gutes Mädchen, trink.«

Schmerz presste ihren Körper zusammen, als Antoinette die Hand ihrer Mutter ergriff und daraus trank. Welch ein Nektar, welch ein Himmel. Er vertrieb die Schmerzen, und sie trank, bis alles davontrieb und sie zurück in die kühle, süße Dunkelheit glitt …

Christian öffnete die Badezimmertür und sah, wie Kavindish Antoinettes Oberkörper über dem Wasserspiegel hielt, während seine Mutter neben der Wanne saß und das Handgelenk gegen Antoinettes Mund drückte, ihr über die Haare streichelte und besänftigende Worte zuflüsterte.

»Das Fieber weicht. Wir können sie jetzt aus der Wanne heben«, sagte Lilijana.

Antoinettes Haare waren feucht und sauber; jemand hatte sie gewaschen. Christian warf einen Blick auf Susan, die eine neue Prellung an der Wange hatte. Das arme Mädchen sah aus, als hätte es einige Runden gegen einen Preisboxer hinter sich, aber es war dageblieben.

»Geh zurück«, sagte er zu seiner Mutter, hob Antoinettes nackten Körper aus der Badewanne und trug sie zum Bett.

Die Verbände waren völlig durchnässt, und er schnitt sie mit einer Schere auf. Die Wunden darunter waren bereits verheilt und hatten rosafarbene Narben hinterlassen. Bald würden auch sie nicht mehr zu sehen sein.

»Das ist ein gutes Zeichen«, sagte Lilijana über seine Schulter.

Christian wagte kaum zu hoffen. Er ging hinüber zu Susan, hob ihr Kinn und betrachtete die Blutergüsse sowie die geschwollene Lippe. »Sie wird zu stark. Es ist Zeit, dass du gehst.«

Susans Augen füllten sich mit Tränen. »Bitte, Sir, ich kann …«

»Nein, du kannst nicht. Es ist jetzt viel zu gefährlich – für euch beide. Sie hat schon dein Gesicht verwüstet. Bald wird ihr Durst unstillbar sein, und du siehst nach einem sehr schmackhaften Mahl aus.« Christian wischte ihr mit dem Daumen die Tränen von der Wange. »Sie wird sich nicht beherrschen können. Wenn sie dich vollkommen aussaugt, seid ihr beide verloren. Du wirst sterben, und Antoinette wird zu einer Nekrodrenierin.«

Susan senkte den Blick.

»Es wird bald vorbei sein, so oder so«, sagte er und klopfte ihr auf die Schulter. »Dann kannst du zurückkommen und dich wieder um sie kümmern.« Er drückte dem Mädchen einen Kuss auf die Wange und flüsterte: »Danke.«

»Ja, Sir«, erwiderte das Mädchen.

Antoinettes friedliche Gestalt lag still auf dem Bett, aber er wusste, dass diese Ruhepause nicht lange andauern würde. Lilijana saß an der anderen Seite und wartete. Keiner von ihnen sagte etwas.

Zwei Stunden später kreischte Antoinette und hielt sich die Hände gegen die Ohren. »Macht, dass es aufhört! Macht, dass das Summen aufhört!«, schrie sie.

»Sie spürt, dass die Sonne aufgeht«, sagte Lilijana am Fußende des Betts.

Christian öffnete erneut sein Handgelenk und drückte etwas Blut in ein Glas. Inzwischen war sie so stark, dass er nicht mehr gegen sie kämpfen wollte. Antoinette beobachtete ihn und leckte sich die Lippen. Aber als er sich ihr näherte, kroch sie rückwärts zur anderen Seite des breiten Betts; Angst erfüllte ihren fiebrigen Blick. Er stellte das Glas auf den Nachttisch, und sobald er sich weit genug entfernt hatte, sprang sie darauf zu und trank es gierig leer, wobei ihr ein wenig Blut an den Mundwinkeln herunterrann.

Als sie fertig war, warf sie das Glas gegen die Wand, wo es in tausend Splitter zerbrach. Sie schrie und stieß den Nachttisch um, schleuderte ihn durch die Luft und verfehlte Christians Kopf nur knapp. Dann sprang sie aus dem Bett, huschte in eine Ecke des Zimmers und kauerte sich dort zusammen.

»Mehr!«, brüllte sie.

»Es ist Zeit«, sagte Lilijana und öffnete den Kühler. Sie packte den ersten Beutel mit Blut und gab ihn Christian.

Vorsichtig näherte er sich der wildäugigen Antoinette und hielt ihr den Beutel entgegen.

Sie beobachtete ihn vorsichtig und schien ihn nicht zu erkennen. Dann schoss sie vor, zerrte ihm den Beutel aus den Händen und drückte sich wieder in die Ecke.

Antoinette riss den Beutel auf wie ein wildes Tier. Karmesinrotes Blut lief ihr am Kinn herunter und bildete Flecken auf ihrem Nachthemd. Sie leckte es auf und saugte laut, bis sie den leeren Beutel enttäuscht beiseitewarf.

»MEHR!«, kreischte sie; ihre frisch ausgebildeten Fangzähne glitzerten.

Lilijana gab ihrem Sohn den nächsten Beutel, und der Prozess wurde wiederholt.

Nach einem halben Dutzend dieser mit Blut gefüllten Beutel schloss Antoinette die Augen. Sie rollte sich auf dem Boden zu einer Kugel zusammen und war bald wieder eingeschlafen.

»Die Verwandlung ist fast abgeschlossen«, sagte Lilijana. »Die nächsten Stunden sind entscheidend, und es gibt nichts, womit du ihr dabei helfen könntest. Diese Schlacht muss sie allein schlagen.«

Christian nickte. Er betrachtete die Unordnung im Zimmer, während Kavindish bereits die Möbel richtete und die Scherben auflas. Christian entfernte Antoinettes blutdurchtränktes Nachthemd und warf es in die Ecke, bevor er sie aufhob und ins Bett brachte.

»Ich übernehme die letzte Wache«, sagte er zu seiner Mutter.

»Bist du sicher?«, fragte sie, denn sie wusste ebenso gut wie er, dass sie möglicherweise nie mehr erwachte. Selbst wenn sie wieder zu sich kam, war es sehr unwahrscheinlich, dass Antoinette ihm für das, was er mit ihr gemacht hatte, danken würde.

Er bedeckte ihre Blöße. »Ich will allein mit ihr sein.«

»In Ordnung, aber ich bleibe in der Nähe, falls du mich brauchst.« Sie wartete noch einen Augenblick lang, dann verließ sie das Zimmer.

28 AUF DER FLUCHT

Antoinette schlug die Augen in dem allzu hellen Zimmer auf und schloss sie rasch wieder. Ihr brummte der Kopf, und in ihrem Körper prickelte es, als gäbe es winzige Rasierklingen in ihrem Blutkreislauf, die sie von innen schnitten. Durst! Sie war so durstig! Sie versuchte zu schlucken, doch das brachte nur ein Röcheln ihrer ausgetrockneten Kehle hervor, und sie hatte einen metallischen Geschmack im Mund. Dann erinnerte sie sich. *Dante …*

Sie zuckte vor einem lauten, kratzenden Geräusch neben ihrem Kopf zurück, setzte sich auf und schirmte die Augen gegen das grelle Licht ab. Mit diesem Licht schien etwas nicht zu stimmen, denn es war viel zu gleißend für eine gewöhnliche Glühbirne.

»Es ist in Ordnung …« Christians Stimme drang zu ihr durch; sie war klebrig wie Honig und doppelt so süß. »Du bist in Sicherheit.«

Sie stieß einen Seufzer der Erleichterung aus, schlang die Arme um ihn und drückte ihn so fest, wie sie konnte. »Du hast ihn aufgehalten?«

»Ja – fürs Erste.« Die Enttäuschung in seiner Stimme war deutlich zu hören.

»Er ist noch in Freiheit?«

»Ja.«

Sie versuchte sich zu erinnern, was geschehen war, nachdem Dante sie die Gasse entlanggejagt hatte, aber es schien alles ausgelöscht zu sein. Antoinette hörte, wie ein Wasserhahn im Badezimmer ohrenbetäubend laut tropfte.

Der Lärm und die Stimmen von der Straße waren geradezu durchdringend, und sie fragte sich, wo sie war. Alles schien so übersteigert zu sein. Blut – sie roch Blut, und es roch gut. In ihrem Gaumen kitzelte es. Sie tastete mit der Zunge in ihrem Mund herum und stieß gegen die scharfkantige Spitze eines Zahns. Eines Fangzahns?

»Was hast du mit mir gemacht?«, fragte sie und klammerte sich an Christians Wärme, die Geborgenheit versprach.

»Er hätte dich beinahe getötet.« Er nahm ihr Gesicht zwischen die Hände und sah ihr bis in die Seele. »Wenn ich nur ein paar Sekunden später gekommen wäre …«

Sie schob ihn von sich weg und sprang aus dem Bett. *O Gott, nein.*

»Sag mir, dass du es nicht getan hast, Christian.«

Er blickte hinunter auf seine Hände. Antoinette sah sie so deutlich, dass sie jedes einzelne Haar auf ihnen erkannte. Sie hörte den langsamen Schlag seines Herzens – viel langsamer als den ihren – doch nein, so war es nicht mehr.

»Christian?«, wiederholte sie, und in ihrem Kopf drehte sich alles, als sie allmählich begriff, was das bedeutete.

»Es war die einzige Möglichkeit, dich zu retten«, flüsterte er.

»NEIN!« Sie schüttelte den Kopf, wollte es nicht glauben.

»Antoinette, bitte hör mir zu. Du wärest sonst gestorben – es war keine Zeit mehr für irgendetwas anderes.« Er streckte die Hände aus.

Sie schlug sie beiseite und drückte sich mit dem Rücken gegen die Wand. Sie wollte so weit von ihm entfernt sein wie möglich. »Dann hättest du mich sterben lassen sollen.«

Er hob den Blick und sah sie an. »Das konnte ich nicht.«

»Ich wäre lieber tot als ... das hier.« Sie wischte sich die Handflächen an den Schenkeln ab, als wären sie schmutzig, und erkannte zum ersten Mal, dass sie nackt war. Sie riss ein Bettlaken an sich und wickelte sich hinein.

»Ich dachte, du kennst unsere Art gut und wirst es nicht als solche Last empfinden.«

»Ich bin ein ... Ich war ein Mensch. Und jetzt bin ich ...« Sie verstand die verworrenen Gedanken nicht, die ihr durch den Kopf schossen. Aber ein Wort war klar und deutlich, und es machte ihr Angst. *Nekrodrenie.*

Er streckte die Hände aus, aber sie wich vor ihnen zurück.

»Nicht«, zischte sie. »Fass mich nicht an.«

Schmerz lag in seinem Blick. Er zog die Hände zurück, als hätte er sich am Feuer verbrannt. Antoinette wandte sich ab, lief zur Kommode, holte ein sauberes T-Shirt sowie eine Hose hervor und zog sich rasch an.

Schriller Lärm erfüllte plötzlich das Zimmer, und sie hielt sich die Ohren zu. Christian zog ein Handy aus der Tasche, klappte es auf und lauschte. Ohne etwas zu sagen, schloss er es wieder. »Ich muss gehen.«

»Wohin?«, fragte sie mit Verwirrung und Sorge im Blick.

»Das sage ich dir, wenn ich zurückkomme«, versetzte er und lief aus dem Zimmer.

»Das glaubst du nur«, sagte sie ins leere Zimmer hinein. »Dann werde ich nicht mehr hier sein.«

Antoinette sprang über das Bett, und das Summen in ihren Ohren ließ nach. Wohin konnte sie gehen?

Nach Hause! Vielleicht konnte Lucian ihr helfen, dorthin zu gelangen.

Sie hielt inne. *Lucian …*

Etwas blitzte in ihrem Kopf auf.

Eine Betonwand, einige blonde Köpfe mit Glasaugen und leuchtender, lackierter Haut.

Und …

Fotos – viele Fotos von ihr und Lucian.

Dante war hinter Lucian her …

Sie nahm das Telefon und wählte. Ein Diener antwortete nach dem zweiten Klingeln, und die Stille schien ewig zu währen, als er seinen Arbeitgeber holte.

»Antoinette?«, drang Lucians Stimme endlich durch den Telefonhörer.

Erleichterung durchflutete sie. »Gott sei Dank, es geht Ihnen gut. Kann ich zu Ihnen kommen?«

»Warum?« Seine Stimme klang warm und besorgt. »Was ist los?«

»Das werde ich Ihnen erklären, wenn ich bei Ihnen bin«, sagte sie.

»In Ordnung. Ich schicke jemanden, der sie herbringen wird. Wann?«

»So schnell wie möglich.«

Antoinette legte auf und holte ihren Rucksack unter dem Bett hervor. Sie ging zur Kommode und stopfte ihre Kleidung hinein, ohne sie vorher zu falten, und zog dann eine Jeans heraus.

»Wohin wollen Sie?«, fragte Lilijana von der Tür her.

Antoinette machte weiter und sah sie nicht einmal an. »Weg.«

»Sie sollten hierbleiben. Wir können Ihnen helfen.«

Antoinette schnaubte verächtlich. »Ich will Ihre Hilfe nicht. Ich muss …« Sie konnte auf sich selbst aufpassen. »… weg von hier.«

Lilijana seufzte. »Wovor haben Sie Angst?«

Antoinette hielt inne. Zum ersten Mal bemerkte sie,

wie entsetzt sie war – über sich selbst. Sie drehte sich zu Christians Mutter um. »Wissen Sie, wie viele Umschlungene zu Dreniern werden?«

»Wovor haben Sie mehr Angst: vor der Nekrodrenie oder vor meinem Sohn?«

Antoinette packte weiter. Diese Frage wollte sie nicht beantworten – nicht einmal sich selbst.

»Vielleicht hilft es Ihnen, wenn Sie etwas mehr über die Geschichte unseres Volkes erfahren.«

»Ich weiß genug. Das ist das Erste, was wir auf der Akademie beigebracht bekommen.« Das stetige Brummen in Antoinettes Ohren ließ nach, und auch das Prickeln in ihrem Blut hörte auf, als sie den Reißverschluss ihres Rucksacks zuzog und sich über die Arme rieb.

»Was Sie jetzt spüren, ist die untergehende Sonne.« Lilijana setzte sich an das Bettende.

»Was?« Sie wandte sich wieder der Aeternus-Frau zu.

»Das Prickeln und Summen lässt nach, wenn die Sonne untergeht. Bald ist es Nacht, und Ihre Kraft wird auf dem Höhepunkt sein – zumindest die geringe Kraft, die Sie als frischgebackene Aeternus haben.«

»Sie *spüren* die Sonne?«

»Ja, aber das haben Sie doch bestimmt schon gewusst. Sie haben es auf der Akademie gelernt, nicht wahr?« Lilijanas Stimme tropfte vor Sarkasmus, doch dann wurde sie wieder sanfter. »Sie brauchen jede Hilfe, die Sie bekommen können – vor allem jetzt. Er hat es nur getan, um Sie zu retten.«

Antoinette seufzte und setzte sich auf den Bettrand. »Ich weiß, aber ...« Sie runzelte die Stirn und hielt den Kopf schräg. »Warum helfen Sie mir überhaupt?«

»Weil ich einmal in derselben Lage war wie Sie jetzt. Damals hat Christians Vater mich umschlungen.«

»Sie wurden umschlungen?« Antoinette hatte immer

geglaubt, dass Lilijana auf sie herunterschaute, weil sie bloß ein Mensch war.

»Ja, und daher weiß ich, was Sie durchmachen. Und jetzt werde ich Ihnen das sagen, was Christians Vater mir kurz nach meiner Umschlingung gesagt hat.« Lilijana stand auf und ging im Zimmer hin und her. Sie schien nach den richtigen Worten zu suchen. Schließlich blieb sie stehen und ließ die Hände sinken. »Vor Tausenden von Jahren, als die Menschen gerade erst von den Bäumen heruntergekommen waren und sich noch in kalten, dunklen Höhlen versteckten, verunglückte ein außerirdisches Raumschiff auf diesem Planeten. In diesem Schiff befand sich eine Rasse aus einer fernen Galaxie, die vor einem uns unbekannten Bösen geflohen war.

Da ihre Technik bei dem Aufprall vollkommen zerstört worden war, blieb ihnen nichts anderes übrig, als sich an die Umgebung anzupassen, in der sie gefangen waren. Unter den Überlebenden befanden sich viele verschiedene Clans, und sie alle gingen in verschiedene Richtungen, um bei ihrer Anpassung den größtmöglichen Erfolg zu erzielen.« Lilijana streckte die Arme aus. »Wir, die Aeternus, sind unseren außerirdischen Vorfahren, den Glarachni, am ähnlichsten. Sie konnten ihre DNA so manipulieren, dass sie in der Lage waren, mit den Menschen eine Symbiose einzugehen und zu dem zu werden, was wir heute sind. Wir überleben, indem wir aus dem menschlichen Hämoglobin das nehmen, was wir brauchen – genauso wie damals.

Aber die Animalier haben einen anderen Weg eingeschlagen. Sie haben die DNA verschiedener Tiere ihrer eignen hinzugefügt und konnten daher eine größere Bandbreite an Nahrung aufnehmen, aber sie haben natürlich auch die Eigenschaften der Tiere angenommen, mit denen sie sich gekreuzt haben. Und dann gibt es noch die Magier, das Meervolk, und viele weitere andere Abarten. Die außerirdische Rasse ist schon lange verschwunden, aber wir, ihre Kinder, leben dank der Menschen weiter, die unsere Retter waren.«

»Was hat das alles mit mir zu tun?«

»Es gibt noch einen anderen Grund, warum ich Ihnen helfe. Sie hatten schon immer Aeternus-Blut in Ihren Adern. Bevor Christian die Verwandlung begonnen hat, waren Sie eine Verborgene.« Lilijana machte einen Schritt auf sie zu und streckte die Hände aus.

»Nein.« Antoinette schüttelte den Kopf und wich zurück. »Sie lügen.«

Lilijana hob eine Braue. »Wirklich? Haben Sie sich nie gefragt, warum Sie so gut mit Tieren umgehen können? Dieser Hund hätte sich zum Sterben niederlegen sollen, als er Viktor verloren hatte. Aber er hat es nicht getan – Ihretwegen. Er wusste sogar, wo er Sie finden konnte.«

Zum ersten Mal dachte sie an Cerberus. »Wo ist er?«

»Der Hund? Er lebt, aber er ist schwer verletzt. Er hat viele gebrochene Knochen. Der Tierarzt wollte Christian überreden, Cerberus einschläfern zu lassen, aber er hat sich geweigert.«

Antoinette richtete sich auf. »Wird er wieder gesund?«

»Ja, er ist in guter Pflege. In der besten, die für Geld zu haben ist.«

»Gut. Dann kann ich in dem Wissen gehen, dass er wieder gesund wird.«

»Es ist Ihnen hoffentlich klar, dass Sie in Gefahr schweben, der Nekrodrenie zu erliegen, wenn Sie uns jetzt verlassen.« Lilijana ergriff ihren Arm. »Christian braucht Sie.«

Tränen traten ihr in die Augen. Sie schluckte schwer und wandte sich wieder ihrem Rucksack zu. »Ich kann nicht.«

Susan erschien in der Tür. »Da draußen ist ein Mann, der sagt, dass er Sie zum Flughafen bringen soll.«

»Oh, Susan, was ist denn mit deinem Gesicht passiert?«, fragte Antoinette.

Das Mädchen senkte den Blick. »Es war ein Unfall.«

»O mein Gott, das habe ich dir angetan, nicht wahr?« Antoinette krampfte sich der Magen zusammen, als sie Susans gerissenen Lippen und die großen Blutergüsse ansah, die sich auf der rechten Gesichtshälfte ausgebreitet hatten. »Das ist ja furchtbar. Fast hätte ich die einzige Person in diesem Haus umgebracht, der ich voll und ganz vertraue.«

»Sie waren nicht Sie selbst«, weinte Susan.

»Es tut mir so leid.« Antoinette wischte ihre Tränen ab und ergriff den Rucksack. »Sag dem Fahrer, dass ich gleich komme.«

»Wohin wollen Sie?«, fragte Lilijana.

»Es ist besser, wenn Sie das nicht wissen.«

Antoinette ging die Treppe hinunter, schritt durch die Tür und blickte nicht zurück. Sie hatte nicht vor, je wieder Christians Haus zu betreten.

◆

Lucian wartete an der Tür auf Antoinette, als der Wagen vor dem großen Landhaus hielt. Er sah besser aus, als sie erwartet hatte, jünger fast, obwohl sein rechter Arm noch in einer Schlinge ruhte. Offensichtlich tat ihm die Landluft gut. Allerdings zuckte er zusammen, als sie seine freundliche Umarmung erwiderte.

»Entschuldigung«, sagte sie. »Ich wollte nicht so fest zudrücken.«

»Es ist alles noch ein wenig … empfindlich«, sagte er, machte einen Schritt zurück und musterte sie von oben bis unten, während er ihren Arm festhielt. »Etwas ist anders geworden.«

Antoinette nickte langsam. »Können wir uns drinnen unterhalten?«

»Sicher. Hector wird sich um Ihr Gepäck kümmern«, sagte Lucian und winkte dem großen Diener zu, der an der Tür wartete. Er führte sie in sein Wohnzimmer und bedeutete ihr, auf einem der Sofas Platz zu nehmen.

»Ich weiß nicht, wo ich anfangen soll«, sagte sie. »Seit ich Sie zum letzten Mal gesehen habe, hat sich so vieles verändert. *Ich* habe mich verändert ...«

»Sie sind umschlungen worden, nicht wahr?«

Sie sah ihn an und erwartete, Grauen und Abscheu in seinem Blick zu erkennen, aber stattdessen fand sie nur Mitleid und Wärme.

»Das ist also der Grund, warum Sie weggehen mussten. Hat Christian es getan?«

Sie nickte. Sie konnte noch immer nicht darüber reden. »Aber das ist nicht der einzige Grund für mein Kommen. Sie sind in Gefahr.«

Er tat ihre Bemerkung mit einer Handbewegung ab und lächelte. »Das glaube ich nicht, denn ich habe hier viele Sicherheitsvorkehrungen getroffen. Ich habe sie sogar noch verstärkt, als Oberon DuPrie mir gesagt hat, dass Dante Rubins lebt und auf dem Weg hierher sein könnte.«

Sie hätte es wissen müssen. Aber wenn Dante tatsächlich hierherkam, würde sie den Bastard endlich umbringen können.

Lucian wandte sich an den Butler, der mit Antoinettes Gepäck erwartungsvoll in der Tür stand. »Bring Miss Petrescus Sachen bitte auf ihr Zimmer.«

»Danke«, sagte sie zu dem stillen Butler.

»Hector kann nicht sprechen«, sagte Lucian, »und er

ist auch nicht besonders klug. Aber er ist verlässlich.« Lucian setzte sich neben sie auf das Sofa, ergriff ihre Hand und rieb die Knöchel mit dem Daumen. »Und jetzt sagen Sie mir, was passiert ist.«

Das tat sie. Endlich ergoss sich alles in einem wahnsinnigen Wortschwall, den sie nicht mehr kontrollieren konnte. Sie erzählte ihm, was Dante ihr angetan und wie Christian sie umschlungen hatte. Als sie fertig war, lehnte sich Lucian verblüfft zurück.

Er schüttelte den Kopf. »Was für eine Ironie des Schicksals. Wenn Ihr Vater nicht schon tot wäre, dann wäre er jetzt ein freier Mann.«

Die Tatsache, dass ihr Vater noch lebte – zumindest hatte er vor wenigen Wochen noch gelebt –, hatte sie bei ihrer Schilderung ausgelassen. Sie hatte es nicht absichtlich getan, sondern einfach vergessen.

Er schob den Kopf näher an sie heran. »Da ist etwas, das Sie mir noch nicht gesagt haben.« Er legte ihr den Finger unter das Kinn und hob ihr Gesicht. »Antoinette, Sie können mir vertrauen.«

»Mein Vater ist nicht gestorben«, sagte sie. »Sein Tod war nur vorgetäuscht. Er hat in den letzten Jahren verdeckt für Viktor Dushic in Europa gearbeitet, aber jetzt scheint er wirklich verschwunden zu sein.«

»Hat man eine Ahnung, was mit ihm geschehen ist?«

Sie schüttelte den Kopf und senkte den Blick. »Abgesehen von Dante gibt es keine weiteren Spuren. Deshalb muss ich Dante finden und von ihm erfahren, was mit meinem Vater passiert ist.«

»Ich bin so froh, dass Sie zu mir gekommen sind.« Er zog sie sanft an seine unverletzte Seite und strich ihr tröstend über die Schulter. »Haben Sie Ihrer Familie schon von den neuen Ereignissen berichtet?«

»Nein.« Sie machte sich schnell von ihm frei, und die

Panik erschuf Schmetterlinge in ihrem Bauch. »Dazu hatte ich noch keine Zeit, aber ich glaube auch nicht, dass ich das schon kann. Sie sind bisher der Einzige, der es weiß. Nun können Sie bei mir nach Anzeichen suchen, ob ich der …«

»… der Nekrodrenie erliege«, beendete er den Satz für sie.

O Gott … bitte nicht. »Ja.«

Er klopfte ihr sanft auf die Hand. »Ich glaube nicht, dass das nötig ist. Sie sind eine starke junge Frau.«

Sie seufzte. »Sie sind nicht der Erste, der mir das sagt, aber ich befürchte, die Kontrolle zu verlieren – das fürchte ich mehr als alles andere.«

»Und ich glaube, dass Sie es genau deswegen schaffen werden.«

»Vielleicht, aber ich fühle mich besser, wenn ich weiß, dass Sie mich beobachten.«

»Wäre ein Aeternus nicht eher dazu in der Lage, Ihnen zu helfen? Christian vielleicht?«

Antoinette schüttelte den Kopf. »Es gibt da noch … andere Dinge.«

»Ich verstehe.«

Sie sah ihm in die Augen. »Außerdem sind Sie der weltberühmte Experte für paramenschliche Rassen. Wer wäre also besser dazu geeignet?«

»Es wäre eine einzigartige Gelegenheit für mich. Also gut, ich helfe Ihnen auf jede mir mögliche Weise.« Er stand auf. »Kann ich Ihnen übrigens etwas anbieten? Sind Sie hungrig?«

Bei diesem Gedanken drehte sich ihr der Magen um, und sie schüttelte den Kopf.

»Ich habe einige Blutvorräte für den Fall angelegt, dass ich eine Transfusion oder eine Operation benötigen sollte, während ich hier bin. Deswegen kann ich Ihnen etwas anbieten, aber ich werde gleich noch mehr bestellen.« Er streckte die Hand aus und führte sie zur Tür. »Kommen Sie, ich führe Sie herum.«

Lucians Haus war bezaubernd; es wurde von erdigen Farben und europäischem Charme beherrscht und wirkte wie eine toskanische Villa. An den Wänden hingen Gemälde, die italienische Landschaften zeigten, kleine Marmorstatuen standen auf schmiedeeisernen Podesten, und Holzmöbel sowie Terrakottakübel mit großblätterigen Pflanzen schmückten die Ecken. Antoinettes Absätze klapperten über Steinfliesen.

Als sie im Korridor an einem Türdurchgang mit einer Plastikabdeckung vorbeikamen, deutete Lucian darauf und sagte: »Ich lasse einiges umdekorieren, und deswegen herrscht hier große Unordnung. Daher ist es besser, wenn wir diesen Bereich meiden.«

Die Gegenwart von Baugerüsten und Absperrungen machte ihr deutlich, wie unpassend es für Lucian sein musste, dass sie einfach auf seiner Türschwelle erschienen war. »Ich werde versuchen, mich von hier fernzuhalten.«

»Das wäre gut«, meinte er und runzelte die Stirn. »In diesem Bereich ist es furchtbar schmutzig, und die Arbeiten gehen viel langsamer voran, als die Handwerker es mir versprochen haben.«

»Es tut mir leid, dass ich Sie so überfallen habe. Ich wusste nicht ...«

»Antoinette!« Lucian legte ihr die Hand auf die Schulter und drehte sie um, sodass sie ihn ansah. »Um ehrlich zu sein, kann ich im Augenblick sehr gut ein wenig Gesellschaft gebrauchen – das heißt, wenn Sie bereit sind, etwas Zeit mit mir armem, altem Invaliden zu verbringen.« Lucian zuckte mit der unverletzten Schulter und lächelte.

Antoinette konnte nicht anders, als sein Lächeln zu erwidern. »Sie sind wohl kaum alt, Lucian.«

»Danke, meine Liebe«, sagte er. »Aber seit der Schießerei fühle ich mich so.«

Sie gingen weiter den Korridor entlang, bis Lucian vor einer Tür stehen blieb. »Das hier ist Ihr Zimmer. Sie können es so lange haben, wie Sie wollen.« Mit seiner unverletzten Hand umschloss er ihre Finger. »Wenn Sie etwas brauchen, wird Hector Ihnen weiterhelfen.«

Der große Butler trat plötzlich aus den Schatten. Für einen so mächtigen Mann war er sehr leise und betrachtete Antoinette auf eine Art, die ihr nicht gerade das Gefühl gab, willkommen zu sein. Lucian winkte ihn fort, und der Diener verschwand in dem Korridor, durch den sie hergekommen waren.

»Und nun muss ich Ihnen eine gute Nacht wünschen«, sagte Lucian. »Es ist schon sehr spät, und ich brauche im Augenblick viel mehr Ruhe als früher.« Sanft berührte er seine verwundete Schulter.

»Natürlich«, sagte sie. »Und vielen Dank für alles. Ich wusste nicht, an wen ich mich sonst hätte wenden sollen.«

»Sagen Sie nichts weiter.« Er beugte sich vor und küsste sie auf die Stirn. »Sie müssen mir nichts erklären. Morgen Abend werden wir uns wieder unterhalten. Auch Sie müssen gesund werden und brauchen Ruhe.«

»Ja, bis morgen Abend. Gute Nacht.«

Er ließ sie allein. Das Zimmer war genauso schön wie der Rest des Hauses. Ein großes Himmelbett dominierte den Raum; unzählige Kissen lagen darauf. Weitere Gemälde im toskanischen Stil mit Trauben, Weinbergen und Bauern, die auf Feldern arbeiteten, schmückten die Wände. Im angrenzenden Badezimmer stand eine alte Wanne mit Löwenfüßen, und der Raum strahlte einen ländlichen Charme aus, den sie sonst nur aus Einrichtungsmagazinen kannte.

Zu ihrer Überraschung fühlte sie sich nicht schläfrig. Da sie umschlungen worden war, nahm sie an, dass sie erst bei Sonnenaufgang müde wurde. Sie warf die überzähligen Kissen vom Bett und zog sich aus, dann kroch sie unter die Laken und hatte die Augen bereits geschlossen, noch bevor ihr Kopf auf dem Kissen lag.

29 ENTHÜLLUNGEN

Als sie erwachte, fühlte sie sich unwohl. Ihr Magen krampfte sich in periodisch wiederkehrenden Schmerzen zusammen, und in ihrem Kopf tobte es. Da ihr Blut nicht prickelte, musste die Sonne bereits untergegangen sein. Offensichtlich hatte sie sowohl die letzte Nacht als auch den vergangenen Tag durchgeschlafen.

Nachdem sie sich angezogen hatte, fand sie Lucian im Speisezimmer vor, wo er gerade sein Abendessen einnahm.

»Guten Abend, Sie Schlafmützchen«, sagte er und stand auf, um sie zu begrüßen. »Ich hatte schon die Hoffnung aufgegeben, dass Sie mir Gesellschaft leisten.«

»Es tut mir leid. Ich wollte nicht so lange schlafen.«

Er tat ihre Bemerkung mit einer knappen Handbewegung ab. »Das gehört zu dem Prozess, den Sie durchlaufen. Soweit ich weiß, ist zwei oder drei Tage nach der Veränderung viel Schlaf notwendig, damit sich der Körper auf die neuen Gegebenheiten einstellt. Wie fühlen Sie sich?«

Sie zuckte die Schultern und warf einen Blick auf seinen Teller. »Hungrig, durstig – ich weiß nicht genau, was von beidem.«

»Das war zu erwarten. Beides ist jetzt für Sie zur treibenden Kraft geworden. Ich habe ein wenig Blut kommen lassen.«

Sie erschauerte, und er lachte. »Sie werden sich daran gewöhnen.«

»Ich weiß.« Sie rümpfte die Nase. »Ich erinnere mich bloß an nichts anderes als daran, in diesem Zustand aufgewacht zu sein. Für mich ist das alles noch immer nicht ganz real, und wenn ich meinen ersten Trunk zu mir nehme, muss ich auch bereit dafür sein. Ich glaube, das bin ich jetzt noch nicht.«

»Es heißt, die Schmerzen seien so stark, dass es Sie verrückt machen würde, wenn Sie sich daran erinnern könnten.« Lucian hob sein Weinglas und gab dem in der Nähe stehenden Diener ein Zeichen. »Trinken Sie wenigstens einen Rotwein mit mir.«

»In Ordnung.«

Der reiche Duft des dunkelroten Merlot regte ihre Sinne an. Antoinette nahm einen Schluck. Die Flüssigkeit explodierte regelrecht in ihrem Mund; es war ein Aufruhr überwältigenden Geschmacks. Dies war der beste Wein, den sie je gekostet hatte.

Lucian beobachtete sie. »Alle Sinneseindrücke sind schärfer, wenn Sie zum Aeternus geworden sind.« Er hob sein Glas an die Lippen und trank es leer. »Wie finden Sie den Wein?«

»Großartig.« Sie leerte ihr eigenes Glas und wartete darauf, dass die übliche Wirkung einsetzte. »Normalerweise steigt mir Wein sofort in den Kopf.«

»Aufgrund Ihrer neuen Physiologie können Sie Alkohol nun besser vertragen. Wenn Sie zu viel trinken, werden Sie weiterhin betrunken, aber Ihr Körper kann den Alkohol schneller abbauen, sodass Sie die Wirkung nicht so lange spüren werden.« Er stand von seinem Stuhl auf und streckte den Arm aus. »Begleiten Sie mich auf einen kurzen Spaziergang durch den Garten?«

»Sehr gern.« Sie schob ihren Stuhl zurück und ergriff den ihr dargebotenen Arm.

Er führte sie durch das Haus und hinaus in den duftenden Garten. Die Luft war frisch, frei von Verschmutzung oder Smog und roch nach aromatischen Pflanzen.

Die Sterne leuchteten hell am tintenschwarzen, mondlosen Himmel, aber alles war für Antoinette so klar zu erkennen, als wäre Tag. Zum ersten Mal entspannte sie sich in ihrem neuen Selbst. Eine Grille zirpte laut unter einem Busch. Antoinette folgte dem Klang und sah, wie das kleine Tier die Hinterbeine gegeneinanderrieb. Eine Katze schlich durch den Garten und jagte hinter einer braunen Maus her, die durch die herabgefallenen orangefarbenen, goldenen und roten Blätter einer alten Eiche huschte.

Sie empfand die vielen Einzelheiten, die sie nun erkennen konnte, als Furcht einflößend. Von den Mustern im Blattwerk bis zu den Einzelheiten der Ziegelmauern sah sie alles mit nie dagewesener Deutlichkeit. Die Herbstblätter raschelten auf dem Boden, als der sanfte Wind sie beiseiteblies; die Eiche knarrte und ächzte in einer eigenen Sprache, und die Nacht war voller Schönheit und Leben.

»Gefällt es Ihnen?«, fragte Lucian und lächelte.

»Ja«, flüsterte sie und bemerkte umso mehr, je genauer sie hinsah und lauschte. »Macht es Ihnen etwas aus, wenn ich mich für eine Weile hier hinsetze? Ich möchte gern …« Sie zuckte mit den Schultern. »Sie wissen schon.«

»Nehmen Sie sich die Zeit, die Sie brauchen.« Lucian lächelte. »Der Doktor würde mir die Haut vom Leib ziehen, wenn er wüsste, dass ich in dieser kalten Nachtluft herumspaziere.«

»Lucian«, rief sie ihm nach, als er davonging.

Er drehte sich um.

»Danke.«

Fragend hob er eine Braue. »Wofür?«

»Für alles«, sagte sie und trat auf ihn zu. »Dafür, dass

Sie mich bei sich wohnen lassen, dass Sie mir Raum zum Atmen geben, und dass Sie nicht nach Christian fragen.«

»Wenn Sie dazu bereit sind, werden Sie mir alles sagen«, meinte er. »Und wenn nicht« – er zuckte mit den Schultern – »dann geht es mich halt nichts an.«

Sie war dankbar für seine Freundlichkeit, und eines Tages würde Antoinette sie ihm vergelten. Sie musste sich nur noch überlegen, wie.

Antoinette saß stundenlang verloren in ihrer neuen Welt der Wunder. Sie hörte und sah alles – von der großen Eule, die in der alten Eiche hockte, bis zu den winzigsten Käfern, die durch das Gras und die Blätter am Boden krochen. Die Nacht sprach zu ihr auf eine Weise, wie sie es nie zuvor getan hatte. Ihr war schwindlig, fast so, als hätte sie Drogen genommen.

Die Nacht ging rasch vorbei, während Antoinette im Garten saß, und bevor sie es bemerkt hatte, wurde der Himmel im Osten heller. Das Knirschen und Knarren der Eiche und des Hauses, das vorhin noch sehr musikalisch geklungen hatte, wurde nun grell und verursachte ihr Zahnschmerzen. Auch das Rascheln der Blätter wurde zu laut. Alles schien zu lärmen, und bald hatte sie pochende Kopfschmerzen. Als der östliche Himmel eine rosige Färbung annahm, begab sie sich nach drinnen und ging zu Bett. Ihr Leben würde nie wieder so sein wie früher.

Antoinette zog sich das Kissen über den Kopf und weinte sich über das, was sie verloren hatte, in den Schlaf.

Am folgenden Abend quälte sie der Hunger. Sie war vor Sonnenuntergang erwacht, hatte sich davor gefürchtet, das Zimmer zu verlassen, und war auf und ab gelaufen. Schließlich ertrug sie es nicht länger und ging zur Tür. Die Klinke zerbrach unter ihren Fingern, und sie riss die Tür aus den Angeln. Dabei hatte sie nicht einmal kräftig gezogen. Das Licht schien viel zu grell zu sein, und als sie an der Standuhr in der Diele vorbeiging, war das Ticken ohrenbetäubend.

»Es tut mir leid, aber zu spät zu kommen, scheint mir zur Gewohnheit zu werden«, sagte sie, als sie das Esszimmer betrat.

Lucian wischte sich mit der Serviette über den Mund und stand auf. »Das war zu erwarten, denn Sie sind jetzt eine Kreatur der Nacht. Sie werden bald wieder zu Kräften kommen und auch während der Tagesstunden aufstehen können.«

Abermals setzte sie sich ihm gegenüber, aber diesmal waren das Klappern des Bestecks auf seinem Teller und das Klirren des Glases fast zu viel für sie. Unruhig rutschte sie auf ihrem Stuhl hin und her.

Als er zu Ende gegessen hatte, schob er seinen Stuhl zurück. »Kommen Sie, ich will Ihnen etwas Besonderes zeigen.«

Er führte sie durch den Garten zu einem großen Gewächshaus. Drinnen war die Luft stickig vor feuchter Erde, Regen und verwesenden Pflanzen, wozu sich der Duft von Blumen und anderen Gewächsen gesellte. Liebevoll berührte Lucian die einzelnen Pflanzen, als sie an ihnen vorbeikamen: Orchideen, Veilchen und Rosen waren die am leichtesten zu erkennenden unter den vielen Arten, die hier wuchsen.

»Hier entlang.«

Lucian geleitete sie in einen anderen warmen und feuchten Raum, der mit großblätterigen Pflanzen aus dem Regenwald angefüllt war. Dann erreichten sie einen Raum in der Mitte des gewaltigen Glashauses. Er legte die Hand auf einen Scanner, und mit einem Klicken öffnete sich die Tür.

Hier wuchs eine Rose, wie Antoinette noch nie eine gesehen hatte. Sie hielt den Atem an und trat auf die nächste Blüte zu. Sie war blau – ein echtes Blau, nicht malvenfarben oder purpurn wie manche anderen Rosen, die als Blau bezeichnet wurden. Die äußeren Blütenblätter hatten eine kräftige, tiefe Mitternachtsfarbe, die nach innen zu verblüffendem Kobalt wechselte.

»Ist das nicht großartig?«, fragte Lucian.

»Ja«, flüsterte sie und tastete mit Ehrfurcht nach der Blume. »Das ist das Schönste, was ich je gesehen habe.«

»Ich nenne sie Elisabetha.« Zärtlich streichelte er die Blätter. »Nach meiner verstorbenen Mutter.«

»Verstorben?«

»Ja. Sie ist gestorben, als ich noch ein Junge war.«

»Das tut mir leid.« Antoinette berührte ihn sanft am Arm und verstand nun die Trauer in seinem Blick.

»Die Lieblingsblume meiner Mutter war die Rose, und ihre Lieblingsfarbe war Blau. Daher habe ich mich viele Jahre lang abgemüht, ihr zu Ehren diese perfekte blaue Rose zu züchten.«

Antoinette ging um den Strauch herum und betrachtete die noch geschlossenen Knospen zwischen den Blüten. Mit ihren neuen Augen, den Aeternus-Augen, erkannte sie die Perfektion besser, als es jeder Mensch konnte. Sie beugte sich vor und atmete den ungewöhnlichen, leicht würzigen Rosenduft ein.

»Hier.« Lucian brach eine Blüte ab, die sich erst kürzlich geöffnet hatte.

Sie griff danach und hatte beinahe Angst, solche Schönheit zu berühren.

»Autsch!«, rief er, als sie die Blume ergriff. »Ich hätte sie wegzüchten können, aber was ist Schönheit ohne Dornen wert?«

Ein winziger Blutstropfen erschien auf seinem Finger.

Das Blut war kaum zu sehen, aber Antoinettes geschärfte Sinne bemerkten es sofort. Der satte Kupfergeruch überlagerte alles andere, während die kleine rote Perle größer wurde. Ihr Mund wurde trocken, und die Kehle zog sich zusammen. Sie war so besessen von dem kleinen Tropfen, dass sie ihre ausgefahrenen Fangzähne erst bemerkte, als sie sich damit auf die Lippe biss.

Blut perlte über ihre Zunge. Sie kauerte sich nieder, und ein Knurren rasselte in ihrer Brust. *O Gott, dieser Duft!* Sie musste davon kosten.

Lucian steckte sich den Finger in den Mund, und Antoinette schloss die Augen, während sie fantasierte, wie sie seine Hand ergriff und die Zähne in die Pulsader schlug. Seine Kehle pulsierte vor unbändigem Leben, und ein Zischen drang über ihre Lippen, als sie sich fragte, wie er wohl schmeckte. Sie wollte es herausfinden.

Unsicherheit kroch in seinen Blick. »Antoinette?«

Sie kauerte sich noch tiefer. Etwas in ihrem Kopf schrie danach, den Nektar kosten zu wollen, der durch seine Adern floss. Sie hörte das Pumpen seines Blutes, roch seine köstliche Angst. Ihr ganzer Körper pulsierte vor Verlangen, sich in seine Kehle zu verbeißen und an das rote Gute unter seiner heißen Haut zu gelangen.

»Antoinette, hören Sie auf damit«, befahl er, und ihr Kopf zuckte unter einer heftigen Ohrfeige zur Seite.

Der Schmerz war kaum zu spüren, er war nicht mehr als eine sanfte Berührung, reichte aber aus, um den roten Nebel aus ihrem Kopf zu vertreiben.

»Es tut mir so leid«, weinte sie und ließ den Kopf hängen. »O Gott, ich hätte Sie töten können, Lucian.«

»Sie müssen Ihr Verlangen beherrschen. Sie müssen sich nähren.« Er öffnete die Tür.

Nach wenigen Sekunden richtete sich Antoinette wieder auf und folgte ihm durch das Konservatorium und den Garten ins Haus, wo Lucian sofort nach einem Dienstmädchen klingelte.

»Bring das besondere Mahl, das ich für Miss Petrescu habe vorbreiten lassen«, sagte er zu dem Mädchen, als es erschien.

Kurze Zeit später kehrte es mit einem Tablett zurück, auf dem ein Kristallglas sowie eine dazu passende Karaffe mit einer tiefroten Flüssigkeit standen. Bei dem Gedanken, dieses Blut zu trinken, drehte sich Antoinette der Magen um. Es war, als befänden sich tausend Würmer darin – bis das Dienstmädchen den Stöpsel von der Flasche nahm.

Ein köstlicher, schwerer Duft erfüllte die Luft, besser als Wein, besser als alles, was Antoinette je gerochen hatte. Sie seufzte, schloss die Augen und atmete das wunderbare Aroma ein, wobei ihr das Wasser im Munde zusammenlief.

Der Gaumen ihres Oberkiefers kitzelte, und sie berührte ihn mit der Zunge. Diesmal hielt sie ihre Sinne unter Kontrolle. Sie spürte, wie ihre Fangzähne gegen den Gaumen stießen und dort hinunterglitten, wo die inneren Schneidezähne die äußeren berührten. Sie hatte erwartet, dass es wehtat, spürte aber keinerlei Schmerz. Es war sogar ein recht angenehmes Gefühl, und ihr Körper erbebte.

Die mächtigste Erregung, die sie je gespürt hatte, überfiel sie – es war eine Erregung von Geist, Körper und Seele. Ihre Haut prickelte, ihre Brustwarzen richteten sich auf, ihre Lenden wurden schwer und pulsten vor intensiver erotischer Hitze.

Antoinette nahm die Karaffe und goss die karmesinrote Flüssigkeit in das Glas. Sie schlug mit so wunderbaren kleinen Wellen gegen das Kristall, dass Antoinette gar nicht aufhören wollte. Das Aroma machte sie schwindlig, und ihr Verlangen war so groß, dass es ihr die Kehle zuschnürte.

Antoinette hob das Glas, und zitternd vor Vorfreude brachte sie es an den Mund. Die kalte Berührung des Kristalls an ihren Lippen ging dem ersten Tropfen des Himmels voraus, der in ihrem Mund explodierte. Voller Ekstase schrie sie auf und wollte gleichzeitig vor Freude weinen. Die Flüssigkeit rann ihr in goldenem Glühen die Kehle hinunter und entzündete jeden Nerv auf dem Weg der vollkommenen Verzückung. Als sie den letzten Tropfen getrunken hatte, seufzte sie auf. »O mein …«

»So etwas habe ich in meinem ganzen Leben noch nie erlebt«, sagte Lucian ehrfürchtig. »Ich habe schon früher Aeternus trinken sehen, aber niemals so.«

Sie schenkte sich nach und nahm einen weiteren Schluck. Es war noch immer köstlich, aber nicht mehr so intensiv wie beim ersten Mal. Dennoch trank Antoinette mit Feuereifer. Zufrieden steckte sie den Verschluss auf die Karaffe, in der sich noch ein wenig Blut befand.

»Gut gemacht, meine Liebe.« Lucian lehnte sich zufrieden zurück. »Sie haben Ihren ersten Test bestanden.«

»Habe ich das?«

»Ja. Sie haben aufgehört und nicht mehr getrunken, als Sie gebraucht haben.«

Sie lächelte; die Nachwehen des Nährens reizten noch immer ihre Nerven. Sie fühlte sich besser – nein, viel mehr als das. Sie war wie neu geboren, lebendig und voller Energie. Die Uhr in der Diele schlug die neunte Stunde, und sie bemerkte, dass es nicht mehr so durchdringend und grell klang wie zuvor. Sie konnte sogar den Klang in sich ein wenig abschwächen.

»Ich muss Sie jetzt allein lassen, meine Liebe. Ich muss meine Medizin nehmen und mich dann ausruhen.« Er ergriff ihre Hand. »Ist das in Ordnung für Sie?«

»Ja.« Sie errötete und fühlte sich vollkommen dumm.

»Es geht mir schon viel besser. Ich kann einfach nicht glauben, dass ich es so lange hinausgeschoben habe.«

»Das lag an Ihrer Menschlichkeit, aber da Sie jetzt eine Aeternus sind, müssen Sie auch wie eine solche denken. Jeder Aeternus braucht Blut zum Leben – das ist auch für Sie jetzt eine unumstößliche Tatsache. Wenn Sie hungern, beschwören Sie damit nur die Gefahr herauf, sich selbst zu verletzen – oder jemand anderen.«

Sie senkte den Kopf, denn sie konnte ihm nicht in die Augen sehen. »Ich schäme mich für das, was im Gewächshaus passiert ist.«

»Das müssen Sie nicht.« Er nahm ihr Gesicht zwischen die Hände.

Lucian war so verständnisvoll; er war so gut zu ihr. Würde ihre eigene Familie genauso offen gegenüber ihrer Verwandlung sein, oder würde sie Antoinette von nun an anders behandeln? Sie hatte noch nie eingehend über die Auswirkungen nachgedacht, die diese Verwandlung auf ihre Familie haben würde, denn es war schon schwierig genug gewesen, selbst mit dieser neuen Situation zurechtzukommen. Sie sollte Sergei anrufen und es ihm mitteilen. Bald.

Antoinette begab sich auf ihr Zimmer und suchte nach etwas, womit sie sich die Zeit vertreiben konnte. Sie nahm ein ausgiebiges Bad und kämmte sich die Haare, aber danach war es erst zehn Uhr – noch viel zu früh für ein Geschöpf der Nacht.

Nichts in ihrem Zimmer reizte sie. Vielleicht würde sie unten eine Beschäftigung finden. In Lucians Arbeitsraum stand ein großer Fernsehapparat, und vielleicht konnte sie einen alten Film im Nachtprogramm sehen.

Antoinette begab sich dorthin, setzte sich auf das Sofa und schaltete sich durch die Kanäle. Nach zehn Minuten wurde ihr langweilig. Sie fand nur Einkaufsprogramme, seichte Nachrichtensendungen, schlechte Komödien und noch schlechtere B-Movies. Als sie schließlich bei einem alten Dracula-Film mit Christopher Lee landete, gab sie angewidert auf.

In der Vergangenheit waren die volkstümlichen Vampirgeschichten in der Hauptsache Propagandafilme gewesen, die den Menschen Angst einjagen und die Trennung zwischen den Rassen aufrechterhalten sollten. Die heutigen Bücher und Filme hingegen bemühten sich um eine Entmystifizierung, indem sie die Vampire als Helden darstellten, die eine Welt des Bösen bekämpften. Das war beinahe noch schlimmer. Jeder Spinner wollte zum Vampir werden, und viele starben bei dem Versuch.

Doch das Buch, mit dem alles angefangen hatte – Bram Stokers *Dracula* – basierte tatsächlich auf dem schrecklichsten aller Nekrodrenier, der auf dem europäischen Kontinent großes Unheil angerichtet hatte.

Antoinette stand vom Sofa auf und wandte sich den Bücherregalen hinter ihr zu, die bis unter die Decke reichten. Hier befanden sich vor allem Lexika und Geschichtswerke, aber es gab auch eine kleinere Literaturabteilung mit Bänden von Edgar Allen Poe, Shakespeare und Robert Louis Stevenson – nur Klassiker, nichts Zeitgenössisches. Antoinette fuhr mit dem Finger über die Rücken, zog hier und da ein Buch heraus und blätterte es durch.

Dann stieß sie auf einen Band, bei dessen Anblick sie erstarrte. Er war in altes Leder gebunden und wirkte sehr vertraut auf sie, denn er sah aus wie ein Buch, das sie kürzlich bei ihrem Onkel gesehen hatte. Es trug sogar das Familienwappen auf dem Rücken. Sie zog es aus dem Regal. Das Wappen schmückte den Vorderdeckel, aber statt der Initialen NP stand dort EP.

Als sie die erste Seite aufschlug, fand sie den Grund dafür heraus. Es gehörte Emil Petrescu – dem Verräter.

Den Text verstand sie nicht, denn er war in der Sprache ihrer rumänischen Vorfahren geschrieben. Sie sprach zwar ein wenig Rumänisch, sodass sie ihren Onkel zu verstehen vermochte, aber sie konnte es nicht lesen.

Irgendwo ging eine Alarmsirene los, und sie ließ das Buch fallen.

Dante.

Sie wirbelte herum, erstarrte; ihr Blut gefror.

Er stand in der Tür und beobachtete sie. »Ich hatte ja gehofft, dass ich noch ein wenig Zeit mit dir verbringen kann, aber das hier ist viel besser, als ich zu träumen gewagt habe.«

»Lucians Sicherheitsleute werden in einer Minute hier sein«, sagte Antoinette, nachdem ihre anfängliche Überraschung verflogen war. Sie hatte gewusst, dass er kommen würde; sie hatte sogar auf ihn gewartet.

Sein grausames Lachen brachte ihre Zuversicht zunächst ins Wanken. Aber nun war sie eine andere. Sie war stärker als je zuvor. Einmal hätte er sie beinahe getötet, aber sie würde nicht zulassen, dass er irgendjemandem in diesem Haus etwas antat. Sie mochte zwar nur eine frischgebackene Aeternus sein, während er schon viele Jahrhunderte alt war, aber sie besaß etwas, das die meisten anderen neu Umschlungenen nicht hatten: eine Ausbildung zur Venatorin.

Als er gelassen auf sie zukam, ging sie in die Hocke und bereitete sich auf den Kampf vor. Sie konnte nicht einfach auf Dante zustürmen, denn dann wäre sie nicht mehr im Vorteil. Nein, sie musste warten, bis er den ersten Zug machte.

Ihre neue Zuversicht schien ihn zu überraschen. Er blieb stehen, hielt den Kopf schräg und betrachtete sie eingehender. Sein allzu siegesgewisses Lächeln, das sie verunsichern sollte, wich ein wenig.

Schritte ertönten draußen auf dem Gang und näherten sich der Bibliothek. Als Lucian das Zimmer betrat, drehte sich Dante um.

»Lu…«, konnte Dante gerade noch sagen, bevor Lucian ihn erschoss.

Der wahnsinnige Aeternus fiel wie ein Stein zu Boden und lag unbeweglich einige Fuß von Antoinette entfernt. Lucian schoss erneut.

Antoinette lockerte ihre angespannten Muskeln, eilte auf Lucian zu und umarmte ihn. »Gott sei Dank, Ihnen ist nichts passiert.«

Sie hockte sich neben Dante und fühlte nach seinem Puls, der unter ihren Fingerspitzen noch sehr langsam und stetig schlug.

Gut. Sie wollte, dass dieser Bastard für seine Verbrechen bezahlte.

»Er lebt noch«, sagte sie, ohne aufzuschauen.

»Ich weiß«, erwiderte Lucian mit tonloser Stimme.

Etwas rammte ihre Schulter und warf sie nach hinten. Kälte erfasste ihren Arm und breitete sich rasch im ganzen Körper aus. Sie sackte auf dem Boden zusammen, und ihr wurde schwarz vor Augen.

30 RATTEN IM LOCH

Antoinette öffnete die Augen. Sie lag noch auf dem Fußboden der Bibliothek. Sie versuchte aufzustehen. Aber es ging nicht, sie war gelähmt. Sie versuchte ihre Beine zu bewegen. Nichts. Nicht einmal die Zehen reagierten. Sie versuchte die Hände gegen die Wand zu stützen, um sich hochzudrücken. Wieder nichts. Ihre Arme lagen still da und gehorchten ihrem Geist ebenso wenig wie der Rest ihres Körpers. Panik stieg in ihr auf.

Was ist mit mir passiert? Vielleicht handelte es sich um eine Nebenwirkung ihrer Verwandlung.

Der Butler stapfte auf sie zu.

Gott sei Dank. Lucian wird wissen, was zu tun ist.

Sie versuchte den Mund zu öffnen und etwas zu sagen, aber kein Laut drang zwischen ihren Lippen hervor.

Hector hob sie grob mit einer Hand auf und warf sie sich über die Schulter wie einen Sack Getreide. Ihre Arme hingen herunter und pendelten im Rhythmus seiner Schritte, während er sie aus dem Zimmer trug. Abgesehen von den Fäden im Stoff von Hectors Jackett konnte sie nicht viel sehen, denn ihr Gesicht lag gegen seinen Rücken gedrückt. Sie fühlte alles, war aber nicht in der Lage, sich zu bewegen. Sie hatte die Kontrolle über ihren Körper vollkommen verloren.

Plastik knisterte, dann glitt es kühl über ihre Haut – es war die Plane, die den in Renovierung befindlichen Teil vom Rest des Hauses abtrennte. Also brachte der Butler sie nicht in ihr Zimmer.

Jeder Laut verstärkte das Gefühl der Anspannung in ihr – ein metallenes Knacken hinter ihr, das Öffnen von Aufzugtüren. Hector betrat die enge Kabine und drehte sich um; der überwältigende Geruch seines Schweißes verursachte ihr Schwindelgefühle.

Eine elektronische Tastatur piepte, als der Butler einige Knöpfe drückte. Der Boden schaukelte; Antoinette drehte sich der Magen um. Es ging abwärts. Aber wohin? Entsetzen durchfuhr ihre Brust, als sie über ihre vollkommene Hilflosigkeit nachdachte.

Die Türen öffneten sich, und der Geruch von Desinfektionsmitteln drang ihr in die Nase und überlagerte für einen Moment den Gestank nach Verwesung und Tod. Sie gingen einen Korridor entlang, auf den von beiden Seiten Laute der Verzweiflung und des Schmerzes sowie der Geruch von ungewaschenen Körpern und Ausscheidungen drangen. Antoinette würgte. Ihre inneren Muskeln schienen durch die Droge nicht beeinträchtigt zu sein. Ihr Herz schlug noch in dem neuen, langsamen, aber stetigen Rhythmus, und ihr Würgereflex war offensichtlich unbeeinträchtigt, aber ihre Glieder blieben weiterhin unbeweglich.

Etwas packte ihre Haare.

»Bitte …«, krächzte eine mitleiderregende Stimme, bevor eine Locke mitsamt den Wurzeln ausgerissen wurde.

Sie passierten eine weitere elektronische Tür, hinter der es glücklicherweise still war, und hier war auch die Luft viel besser. Schließlich betraten sie einen Raum, in dem es weniger hell war als in den neonerleuchteten Korridoren.

»Ich habe Ihnen Gesellschaft bringen lassen«, höhnte Lucian irgendwo vor ihr.

»Bastard!« Christians vertraute Stimme war voller wilder Wut. Ihr Herz krampfte sich zusammen. Christian? Christian war hier?

Hector legte sie auf eine kalte, harte Oberfläche einige Fuß über dem Boden und trat zurück. Lucian beugte sich über sie; seine Augen waren matt und kalt.

O mein Gott, er hat mir das angetan. Das kann doch nur ein Albtraum sein.

»Es tut mir leid, dass Ihr neues Quartier nicht so bequem ist wie das alte, aber hier haben Sie wenigstens freundliche Gesellschaft.« Er drehte ihren Kopf, sodass sie die andere Seite des Raums sehen konnte.

Der einzige Mensch, dem sie außerhalb ihrer Familie vertraut hatte, hatte sie auf die schrecklichste Weise betrogen.

Tische aus rostfreiem Stahl und Operationslampen befanden sich zwischen ihr und einer Reihe kleiner Zellen, die durch glänzende Stäbe voneinander getrennt waren. Oberon lief in einer dieser Zellen auf und ab, und in einer anderen stand Christian, hatte die Zähne gebleckt und knurrte.

»Lassen Sie sie in Ruhe, Sie pervertierter Mistkerl«, zischte Christian durch zusammengebissene Zähne. »Oder ich werde Sie ...«

Lucian riss an Antoinettes Haaren und entblößte ihre Kehle. Eine kalte Klinge presste sich gegen ihre Haut, die sogleich brannte. Silber. Ein stummer Schrei schoss durch ihren Geist, Tränen traten ihr in die Augen.

Christians Blick zeugte von hilfloser Wut, und sie sah am Rande ihres Blickfelds, wie der knurrende Ursier gegen die Gitterstäbe hämmerte. Ein blitzender Stromschlag warf ihn gegen die Rückwand seiner Zelle. Zitternd kam er wieder auf die Beine und knurrte frustriert.

Oberon kniff die Augen zusammen. »Ich werde Sie töten, Moretti.«

Lucian lachte. »Das wird schwierig sein, Bärenmann, da du hinter Gittern bist.« Er legte die Hände rechts und links neben Antoinettes Kopf und zog ihn hoch, bis seine Stirn an der ihren lag und sich ihre Münder beinahe berührten. »Keine Angst, die Wirkungen der Droge werden in ungefähr einer Stunde nachlassen.«

Er ließ ihren Kopf einfach los, sodass er mit einem erschütternden Knirschen zurück auf die harte Oberfläche fiel. Dann schloss er den Käfig hinter sich.

»Ruhen Sie sich aus«, sagte er. »In den nächsten Tagen werden Sie alle Kraft brauchen, die Sie haben.«

Er ließ Antoinette hilflos und gelähmt zurück. Sie war gefangen in ihrem eigenen Körper, gefangen durch Vertrauen und unangebrachte Loyalität. Tausend Fragen schossen ihr durch den Kopf – Fragen, auf die sie keine Antworten hatte. Die ganze Zeit versuchte sie ihren Körper zu bewegen und irgendeine Reaktion von ihm zu bekommen. Schließlich wurde sie mit dem Zucken eines Fingers belohnt. Das war immerhin ein Anfang. Sie konzentrierte sich noch stärker und war bald in der Lage, die ganze Hand zu bewegen und sogar die Arme zu heben.

»Es wird jetzt sehr schnell nachlassen, aber du wirst furchtbare Kopfschmerzen haben«, sagte Christian.

Sie drehte den Kopf und sah ihn an. Er hockte auf den Fersen in der Mitte seiner Zelle, hatte die Ellbogen auf die Knie gestützt und die Finger ineinander verschränkt.

Nun traf sie der Kopfschmerz und blendete sie. Es dauerte einige Minuten, bis er so weit abgeklungen war, dass sie die Augen wieder öffnen konnte, doch das Licht fühlte sich noch immer zu hell und grell an. Die Kopfschmerzen wurden zu einem erträglichen Pochen, und sie setzte sich auf. Zwar traute sie ihren zitternden Beinen noch nicht, aber sie versuchte trotzdem, sich hinzustellen. Zu ihrer großen Überraschung gelang es ihr.

»Halt dich von den Stäben fern, sie sind mit irgendeiner Art von Energie geladen«, warnte Christian.

Die Haare auf ihren Armen richteten sich auf, und es knisterte, als sich Antoinette den Stäben näherte. Doch Christians Anblick war ihr willkommener, als sie es je für möglich gehalten hätte.

»Ist alles in Ordnung mit dir?«, fragte er und sah sie aufmerksam an.

Sie nickte und erwiderte seinen Blick. Er sah so gut aus, so sehr nach … Christian. »Ich bin noch etwas zitterig und habe keine Ahnung, was hier los ist. Was ist mit Dante passiert?«

Oberons Blick glitt zu der Zelle neben ihr.

Dort lag Dantes Körper auf dem Boden – reglos.

Christian runzelte die Stirn. »Ich hatte mich schon gefragt, ob sie vielleicht zusammenarbeiten.«

»Warum sollte sich Lucian mit Dante zusammengetan haben?«, fragte Antoinette.

Christian hob eine Braue. »Warum sollte Lucian auf uns schießen?«

»Ich weiß es nicht.« Sie sackte wieder auf die Plattform.

»Jetzt sind wir schon zu dritt«, sagte Oberon, während er erneut auf und ab lief.

»Wo wir gerade davon reden – was machen Sie eigentlich hier?«

Oberon blieb stehen und sah Christian an.

»Oberon hatte den Tipp bekommen, dass Dante hierher unterwegs war«, erklärte Christian. »Wir hatten die Fotos an der Wand im Abwasserkanal gesehen und angenommen, dass auch Lucian eines seiner Ziele ist.«

»Wir sind hergekommen, weil wir Lucians Sicherheitslage überprüfen und auch Dante erwischen wollten.« Oberon trat näher an die Gitterstäbe und zuckte mit den Schultern.

Übelkeit überfiel sie, und einen Moment lang verschwamm alles im Raum. Sie senkte den Kopf zwischen die Knie.

»Antoinette!« Christians Stimme klang gebrochen.

Sie schaute auf und tat die Sorgen und Bedenken, die ihm ins Gesicht geschrieben standen, mit einer einzigen Handbewegung ab. »Warum habt ihr Dante nicht einfach eine Falle gestellt und mehr Männer hergebracht?«

Oberon verschränkte die dicken Arme vor der Brust.

»Weil wir vom Chef der AGV deutlich darauf hingewiesen wurden, dass wir mit diesem Fall nichts zu tun haben«, sagte Christian.

»Dieser Mistkerl Roberts!« Oberon spuckte aus und lief wieder auf und ab, wobei er die Hände zu Fäusten ballte und wieder öffnete. Er erinnerte Antoinette an einen Bären, den sie einmal in einem Zirkus gesehen hatte. Er war genau wie Oberon in einem kleinen Käfig herumgelaufen und hatte leise, traurige Laute von sich gegeben.

»Wie dem auch sei, Lucian war einverstanden, uns zu empfangen«, fuhr Christian fort. »Und während wir uns unterhalten haben, kam einer seiner Männer herein. Ich habe ihn sofort an seiner Narbe erkannt. Es war der Mann, der Andrew Williams erschossen hatte.«

Oberon blickte finster drein. »Ich hatte keine Ahnung, was los war. Diese beiden Kerle haben sich angestarrt, und Laroque hat plötzlich nach seiner Pistole gegriffen.«

»Und dann hat Lucian uns mit denselben Pfeilen beschossen, die auch dich gelähmt haben«, beendete Christian den Bericht.

»Eine sehr wirkungsvolle Waffe – ich hätte sie gern selbst«, sagte Oberon nachdenklich.

Antoinette klappte die Kinnlade herunter. »Oberon – er hat damit auf Sie geschossen!«

»Ich weiß, aber es ist trotzdem eine gute Waffe. Damit

könnten wir einen Täter zu Fall bringen, ohne jemand anderen zu gefährden. Es sei denn, sie kann bei Menschen großen Schaden anrichten.«

Sie rollte mit den Augen und wandte sich wieder an Christian. »Wie lange seid ihr schon hier?«

»Wir sind sofort hergekommen, als ich wusste, dass du die Verwandlung überstanden hattest«, sagte er.

Der Grund für ihren Aufbruch erschien ihr im Lichte der neuesten Ereignisse längst nicht mehr so wichtig. Dennoch wandte sie den Blick ab und schluckte den Kloß herunter, der sich in ihrem Hals gebildet hatte.

Oberon und Christian mussten kurz vor ihr hier angekommen sein. Sie waren ihr so nahe gewesen, und Antoinette hatte es nicht gewusst. »Wisst ihr, was Lucian vorhat?«

Oberon lief hin und her wie ein eingesperrtes Tier.

»Nichts Gutes, wie ich vermute, aber er hat bis vorhin noch nicht mit uns gesprochen. Der große Knabe bringt uns Nahrung, was seltsam ist, falls Lucian vorhaben sollte, uns umzubringen«, sagte Christian.

Ein eisiges Kichern ertönte aus der angrenzenden Zelle. Dante kämpfte sich auf die Beine. »Er will euch nicht umbringen. Aber das würdet ihr euch wünschen, wenn er fertig ist mit euch.«

»Rubins, du kranker Drecksack!« Oberon zog die Schultern hoch und ballte die massigen Fäuste. »Was weißt du denn schon?«

»Ich weiß eine Menge über Lucian – wie nennt er sich heute noch gleich?« Er schnippte mit den Fingern, als wäre ihm die Antwort nach mühsamem Nachdenken eingefallen. »Ah, ja, Moretti.«

»Was meinst du damit?«, fragte Christian.

Aber Dante bedachte ihn bloß mit einem schiefen Grinsen und tippte sich gegen die Nase.

»Hallo, Kleines.« Der Blick von Dantes grauen, toten Augen schien sie zu durchbohren. »Wie ich sehe, hat Christian beendet, was ich angefangen habe. Eine Ironie des Schicksals, nicht wahr? Nun bist du zu dem geworden, was du verabscheust, auch wenn ich geplant hatte, dich sofort zur Drenierin zu machen. Das wäre doch noch schöner gewesen – die Jägerin wird zur Beute. Aber dafür ist es noch nicht zu spät, denn wenn der Hunger wächst und wie ein Tier an deinen Eingeweiden frisst …«

»Es reicht!«, brüllte Christian.

Antoinettes Haut prickelte. Sie rieb und kratzte sich die Arme, aber dadurch wurde es nur noch schlimmer. Dante hatte recht, sie konnte noch immer zur Nekrodrenierin werden. Sie war befleckt, böse.

Antoinette fiel auf alle viere und übergab sich, erbrach aber nichts als Luft. Ihr Körper produzierte keine Verdauungssäure und auch keine Galle mehr. In ihrem System befanden sich nur noch die Enzyme, die zur Aufspaltung des menschlichen Blutes nötig waren.

Dantes Kichern floss über sie wie kaltes Spülwasser.

»Sehen Sie nur, wie leicht Sie es ihm machen«, sagte Lucian von der Tür her. »Er hat Macht über Sie, weil Sie sie ihm geben.«

»Bastard!«, spuckte Christian aus.

Lucian ging hinüber zu dem Operationstisch in der Mitte des Raums. »Was ist los? Genießen Sie Ihre kleine Wiedervereinigung etwa nicht?« Lucian sah sie an. Die Wärme, die sie früher in seinen Augen gesehen hatte, war vollkommen verschwunden.

Der Butler trat ein und brachte Handschellen mit. Dante starrte Lucian an, Unsicherheit flackerte in seinem Gesicht auf.

Dante bewegte sich näher an die Stäbe heran. »Was zum Teufel haben Sie vor, Moretti?«

»Deine kleinen außerplanmäßigen Aktivitäten haben zu viel Aufmerksamkeit erregt. Du bist zu einer Belastung geworden.«

Dante packte die Gitterstäbe mit beiden Händen. Der elektrische Schlag schleuderte ihn unter heftigem Knistern nach hinten.

Ozongestank drang zu Antoinette vor, als sich der gestürzte Aeternus wieder auf die Beine kämpfte. Bald stand er wieder aufrecht, aber er zitterte stark. »Sie haben gesagt, solange ich meine Arbeit erledige, ist es Ihnen egal, was ich nebenher mache.«

»Aber du hast deine Arbeit nicht erledigt.« Lucian sah Antoinette an. »Du solltest sie umbringen, doch stattdessen hast du die anderen hergeführt.«

Schmerz durchschnitt ihr Herz wie eine eisige Klinge. Er hatte ihren Tod tatsächlich gewollt. Sie öffnete den Mund und schloss ihn wieder, ohne dass sich Wörter auf ihrer Zunge gebildet hätten.

»Sie schulden mir etwas, Moretti!«, schrie Dante. »Schon seit Jahrzehnten mache ich die Drecksarbeit für Sie.«

In Lucians Augen loderte die Wut. »Ich schulde dir gar nichts.«

Dante warf sich in die Brust. »Ich habe Sie den richtigen Leuten vorgestellt, und ich habe Ihnen alle Hindernisse aus dem Weg geräumt.«

»Du hättest an deinen Verbrennungen in diesem Lagerhaus sterben können. Nur aufgrund meiner Fähigkeiten hast du überlebt. Du schuldest mir dein Leben. Alles lief gut, bis du mit deinen perversen kleinen Gewohnheiten die Aufmerksamkeit auf dich gezogen hast.«

»Sie waren doch derjenige, der mir diese Gewohnheiten eingeimpft hat, als Sie mir den Auftrag gegeben haben, ihre Mutter zu töten.« Dante drehte den Kopf ruckartig in Antoinettes Richtung. »Obwohl ich den Grund dafür nie verstanden habe. Sie war doch keine Bedrohung oder so etwas. Aber sie war ein Sahnestückchen.«

»Was?« Antoinette konnte noch immer nicht begreifen, dass Lucian sie tot sehen wollte, ihre ganze Welt geriet aus den Fugen. Sie musste sich auf den Boden setzen. »Sie haben die Ermordung meiner Mutter befohlen?«

Lucian straffte die Schultern, und sein Blick glitt an ihr vorbei, bevor er sich wieder auf Dante richtete. Dann kniff Lucian die Augen zusammen, und ihm gelang ein tödliches Lächeln, obwohl er seine eiskalte Miene beibehielt.

Antoinette konnte den Mann, den sie zu kennen geglaubt hatte, nicht länger ansehen.

»Außerhalb dieses Labors habe ich keine Verwendung für Sie, aber ich bin sicher, dass Sie von unschätzbarem Wert für meine Forschungen sein werden.« Lucians Stimme war so kalt wie seine Miene, als er den Strom in den Gitterstäben abstellte.

Dantes Augen weiteten sich, und etwas, das Antoinette nie für möglich gehalten hätte, zeigte sich in seinem Gesicht: nackte und reine Angst.

»Das können Sie mir nicht antun«, sagte Dante mit zitternder Stimme. »Bitte, Lucian – das dürfen Sie nicht!«

Lucian gab keine Antwort. Er nickte Hector zu und zog eine echte Pistole hervor. »Sei ein guter Junge und wehre dich nicht, wenn Hector dir die Fesseln anlegt. Diese Pistole ist nicht zum Betäuben gedacht.«

Der große Mann musste sich bücken, als er die Zelle betrat, aber sobald er darin war, bewegte er sich viel schneller, als Antoinette es bei ihm vermutet hätte. Er legte die Handschellen zuerst um das eine Gelenk und wirbelte Dante dann herum, damit er sich das zweite vornehmen konnte.

Als sie die Panik in Dantes Gesicht sah, bekam Antoinette eine Gänsehaut. Er hatte ihr den Rücken zugewandt. Es hatte eine Zeit gegeben, da sie ihn mehr als alles andere gefürchtet hatte.

Und nun war er nichts mehr. Nur ein Werkzeug. Ein Mittel zu Lucians Zwecken. Sie war ein Narr gewesen, weil sie zugelassen hatte, dass er ihr Leben beherrschte. Nun war sie frei von ihm. Sie hatte gewonnen, aber es war ein hohler Sieg, der einen bitteren Nachgeschmack hinterließ.

Zwei weitere Männer betraten den Raum mit einer fahrbaren Bahre. Zuerst erkannte Antoinette sie nicht, doch der zweite blinzelte ihr zu, als er an ihr vorbeiging. Es war der schmierige junge Kerl aus der Schule. Lucian hatte auch das alles vorgetäuscht. Er hatte die ganze Zeit mit ihr gespielt.

Sie stand auf und reckte die Schultern. Oberon sah sie an; Besorgnis und Wut spiegelten sich in seinem Gesicht. Christians Blick hingegen war starr auf den ersten Mann gerichtet. Antoinette betrachtete ihn nun ebenfalls. Eine große, runzlige Narbe lief seitlich an seinem Gesicht entlang. Das musste der Mann sein, der Williams erschossen hatte.

Sie hoben Dante auf die Bahre und stopften ihm einen Knebel in den Mund. Dann fesselten sie ihm die Füße mit zwei weiteren Handschellen. Der schwache Geruch von verbranntem Fleisch deutete an, dass die Fesseln aus Silber bestanden.

Dann waren sie genauso schnell verschwunden, wie sie hergekommen waren.

31 WER IST HIER DIE MISSGEBURT?

Christian wusste, dass Dante dies alles und noch mehr verdient hatte, aber sein Ausdruck des reinsten Grauens war erschreckend. Welche Art Forschung mochte Lucian hier unten betreiben, die sogar ein solches Ungeheuer wie Dante entsetzte? Offenbar handelte es sich um nichts Gutes und sicherlich um etwas Ungesetzliches, wenn er dafür sogar zwei Agenten des Dezernats gefangen nahm.

Oberon lief wieder auf und ab. Immer wenn er sich umdrehte, gab er ein leises, grollendes Knurren von sich, und seine Blicke schossen umher. Dem Bären in Oberon gefiel es nicht, in einem Käfig eingesperrt zu sein.

»Wir müssen hier raus«, knurrte er und schlug gegen die hintere Wand der Zelle. Seine Knochen brachen bei dem heftigen Aufprall. Er fluchte und hielt sich die Hand vor das Gesicht. »Sie heilt nicht mehr so schnell, wie sie sollte. Wir müssen einen Weg hinaus finden.«

»Niemand entkommt meinem Bruder.«

Alle drehten sich um und bemerkten, dass vor Hector ein seltsames, etwa sieben oder acht Jahre altes Mädchen stand. Ihr Kleid war im frühen neunzehnten Jahrhundert in Mode gewesen, und die langen hellblonden Haare fielen ihr in Locken über den Rücken, während sie auf dem Kopf mit einem rosafarbenen Band zusammengehalten wurden.

Die Bewegungen des Mädchens strahlten die Selbstsicherheit einer viel älteren Person aus. Er spürte ihre Macht.

»Geh und halte nach Lucian Ausschau«, sagte sie zu dem Diener.

Er nickte und verneigte sich leicht. Christian bemerkte die Zärtlichkeit im Blick des Butlers, als er das kleine Mädchen ansah. Es war das erste Mal, dass Christian bei dem großen Mann so etwas wie Menschlichkeit feststellte.

Das Mädchen ging zu einem Podest, auf dem eine Steintafel mit eingeritzten Runen und Symbolen stand. »Mit diesem Talisman dämpft Lucian die Kräfte all derer, die hier unten festgehalten werden.« Sie berührte eines der Symbole. Oberon hielt seine verletzte Hand hoch. Unter der Haut kräuselte es sich wie von Dutzenden tanzender Käfer, und schließlich vermochte er die Hand wieder zu öffnen und zu schließen.

»Deshalb konnte Dante seine telekinetischen Fähigkeiten nicht einsetzen«, sagte Antoinette.

Das kleine Mädchen berührte das Symbol noch einmal und ging hinüber zu Antoinettes Zelle. »Du musst das Petrescu-Mädchen sein, von dem Lucian gesprochen hat.«

Antoinette hielt den Kopf schräg und starrte das Kind an.

Missgeburt.

»Wer bist du?«, fragte Christian.

Sie richtete die großen, traurigen, aber sehr klugen grünen Augen auf ihn. »Ich heiße Elisabetha, aber mein Bruder Lucian nennt mich Lisbet.« Sie klang seltsam förmlich, als hätte sie die englische Sprache mühsam erlernen müssen. Jede Silbe war betont.

»Wenn Lucian dein Bruder ist, warum hält er dich dann hier unten zusammen mit den anderen Tieren gefangen?«, fragte Oberon.

»Weil sie eine von uns ist«, sagte Christian.

»So ungefähr.« Lisbet zeigte ihr seltsam alt wirkendes Kleines-Mädchen-Lächeln. »Ich bin ein besonderer Fall – ein weiteres Tier, das im Käfig gehalten werden muss.« Sie ging zu Oberons Zelle und schaute an ihm hoch. »Meine Mutter wurde umschlungen, als ich noch in ihrem Leib war. Ich bin das, was die Aeternus eine Missgeburt nennen.«

Christian ließ sich schwer auf die Bank sinken. »Deiner Größe und äußeren Erscheinung nach müsstest du über hundert Jahre alt sein.«

Lisbet lächelte traurig. »Ja. In wenigen Monaten werde ich hundertundzwanzig.«

»Wie kann dann Lucian dein Bruder sein? Er ist ein Mensch«, sagte Antoinette.

»Ja, er ist ein Mensch, und er ist mein natürlicher älterer Bruder.«

Nun traf Christian die Erkenntnis mitten ins Herz – es war phantastisch, alles passte zusammen. Lucians seltsamer Geruch. Er und nicht Dante war der Alte, von dem Williams gesprochen hatte. Nun ergab alles einen Sinn.

»Antoinette, das hier ist eine entfernte Verwandte von dir: die Tochter von Emil und Elisabetha Petrescu«, sagte Christian.

Antoinette hielt den Kopf schräg und runzelte verwirrt die Stirn.

»Mein Bruder hat gesagt, dass du schlau bist. Er hasst dich fast so sehr, wie er sie hasst.« Lisbet deutete mit dem Kopf auf Antoinette.

»Warum sollte er mich hassen?«, fragte Antoinette.

»Weil du ein Abkömmling des Verräters Nicolae bist. Lucian kann nicht begreifen, wie unser Onkel seinen eigenen Bruder dem Roten Henker übergeben konnte.« Ihr Blick bohrte sich in Christian. »Ja, ich weiß, wer du bist, und ob du es glaubst oder nicht, mein Bruder versteht dein Verlangen nach Rache. Er respektiert es sogar. Aber er kann nicht verstehen, warum du für den Geheimdienst arbeitest und dafür sorgst, dass das Abkommen eingehalten wird. Er arbeitet schon seit Jahrzehnten daran, dieses Abkommen und all jene zu vernichten, die es unterstützen.«

»Wenn Lucian wirklich ein Mensch und Emils Sohn ist, wie konnte er dann so lange überleben?«, fragte Oberon.

»Durch mein Blut«, antwortete Lisbet. »Meine Mutter wurde spät in ihrer Schwangerschaft angegriffen; es war ein Vergeltungsschlag gegen meinen Vater. Sie hat sich durch die Verwandlung gekämpft und mich zur Welt gebracht, was sie wiederum getötet hat. Das ist der Grund, warum mein Vater einen so großen Hass auf die Aeternus hatte.«

»Eine schwangere Frau zu umschlingen, verstößt gegen das Edikt des Ältestenrats, denn es birgt zu viele Gefahren für Mutter und Kind«, sagte Christian. »Aber wenn es in einem frühen Stadium der Schwangerschaft geschieht, also im ersten Drittel, und die Mutter erfolgreich umgewandelt wird, kann das Kind als normaler Aeternus geboren werden. Wenn es später passiert, kommt das heraus, was ihr hier vor euch seht.«

Lisbet zuckte bei seinen letzten Worten zusammen.

Antoinettes Blick wurde immer verwirrter. »Dann hat also Lisbet entgegen jeder Wahrscheinlichkeit überlebt. Aber wieso ist Lucian zu dem geworden, der er jetzt ist?«

Lisbet ging in dem Raum herum und fuhr mit der Hand über die Oberfläche des Tischs. »Lucian war damals sechs Jahre alt, und als unser Vater hingerichtet wurde, hat uns der Arzt, der mich zur Welt gebracht hat, bei sich aufgenommen, aber nicht aus Menschenfreundlichkeit ...« Lisbet verstummte, und winzige Runzeln bildeten sich auf ihrer glatten, bleichen Stirn. »Er hat Lucian zu seinem Lehrling gemacht, aber in Wirklichkeit war er kaum mehr als ein Sklave. Und ich wurde zu einem Musterbeispiel ...« Die Runzeln wurden tiefer. »Ich will es einmal so ausdrücken. Lucian hat sein Handwerk von dem guten Doktor gründlich gelernt.«

Antoinette stöhnte auf. »Aber damals warst du noch ein Baby.«

Christian spürte keinen Hass bei Lisbet. »Du teilst die Rachegelüste deines Bruders nicht?«

Sie schüttelte den Kopf, und ihre Locken hüpften. »Meiner Erfahrung nach erschafft Rache nur weitere Rache. Es ist ein ewiger Kreislauf der Zerstörung, der in unkontrollierbare Wut mündet und alles und jeden beiseitefegt.«

Solch kluge Worte aus einem so unschuldigen Mund wirkten regelrecht obszön. Lisbet war ein lebendes Paradoxon – weder Kind noch Frau.

»Warum gehst du nicht weg?«, fragte Antoinette. »Warum lässt du ihn nicht hier allein zurück?«

Lisbets kindliches Lachen war mit Ironie durchsetzt. »Wie hat der Bärenmann es so passend gesagt? Tiere in Käfigen. Ich bin genauso eine Gefangene wie ihr. Aus meinem Blut hat der Doktor ein Serum entwickelt, das sein Leben verlängern sollte. Er hat mit Lucian experimentiert, und als es zu funktionieren schien, hat er es bei sich ausprobiert. Er ist auf schreckliche Weise gestorben. Lucian hat es perfektioniert, aber es wirkt bei ihm nur deshalb, weil wir blutsverwandt sind. Das Serum muss immer wieder frisch hergestellt werden, denn es wird schon nach wenigen Tagen schlecht und lässt sich deshalb nicht lagern. Er würde mich also niemals gehen lassen.« Lisbet sah Christian durchdringend an. »Außerdem – wohin sollte ich gehen? Ich weiß, was eure Art mit mir machen würde.«

»Das ist schon lange her. Der Ältestenrat hat sich seit dem Abkommen sehr verändert. Er ist inzwischen stärker vom Mitleid der Menschen beeinflusst.«

»Wovon redest du?«, fragte Antoinette.

Lisbet seufzte. »Die meisten derjenigen, die wie ich auf die Welt gekommen sind, haben ihren ersten Geburtstag nicht erlebt, denn der Ältestenrat hat sie ermorden lassen.«

Christian hielt Antoinettes anklagendem Blick stand. Er war nicht verantwortlich für das, was in der Vergangenheit geschehen war, und er verspürte keine Schuldgefühle deswegen.

»Vor einem Jahrhundert war die Welt noch anders. Inzwischen hat sich vieles verändert«, sagte Oberon, der Christian zu Hilfe kam.

Lisbets Blicke schossen im Raum umher; allmählich zeigten sich erste Zweifel in ihren Augen.

»Sie haben recht«, sagte Antoinette. »Der Ältestenrat ist dem RaMPA genauso unterstellt wie die anderen paramenschlichen Körperschaften. Das ist Sinn und Zweck des Abkommens.«

Lisbets Augen weiteten sich vor Überraschung. »Lucian hat gesagt, dass das Abkommen die Menschen zu Sklaven der paramenschlichen Rassen macht. Und ihr wollt mir erzählen, dass die Rassen jetzt Verantwortung für ihre Taten übernehmen müssen?«

Hector stürmte in den Raum und gestikulierte wild.

»Ich muss gehen. Mein Bruder kommt, und er darf mich nicht hier finden. Bitte verratet ihm nicht, dass ihr mich gesehen habt.« Das Mädchen rannte mit wehenden Haaren hinaus.

Hector folgte ihr und kehrte wenige Sekunden später mit einem Servierwagen voller Beutel mit roten Flüssigkeiten darin zurück; außerdem befanden sich Plastiktabletts mit Früchten und Gemüse darauf. Nahrung für Paramenschen.

Antoinette bemerkte Lisbets rosafarbenes Haarband auf dem Boden vor der Tür. Sie musste es verloren haben, als sie aus dem Raum gehastet war. Antoinette öffnete den Mund und wollte Hector warnen, aber da betrat Lucian bereits das Zimmer. Sie hielt den Atem an. Er schritt achtlos über das Haarband hinweg; seine Aufmerksamkeit war ganz von Hector eingenommen, der sich an dem Servierwagen zu schaffen machte.

»Bist du noch immer nicht fertig?«, höhnte Lucian.

Hector sah seinen Herrn mit traurigen, tief in den Höhlen liegenden Augen an. Antoinette versuchte den Diener dazu zu bringen, nach unten zu sehen. Christian hielt den Kopf schräg und schaute sie fragend an. Rasch warf sie einen Blick auf den Boden, wo das Seidenband lag. Er riss die Augen auf und blickte hinüber zu Lucian.

»Ich gehe jetzt in mein Arbeitszimmer. Wenn du hier fertig bist, bringst du mir Kaffe«, befahl Lucian, während er einige Akten aus einem Schrank am hinteren Ende des Raums zog.

Auf dem Weg nach draußen würde er das Haarband bestimmt bemerken. Antoinette musste es verhindern. Als sie sich noch den Kopf zermarterte, wie ihr das gelingen sollte, kam Christian ihr zu Hilfe.

»Was haben Sie mit uns vor, Moretti?«

Lucians Stirn, die gerade noch gerunzelt gewesen war, glättete sich, und ein Lächeln hob die dünnen Lippen. Warum hatte sie die grausamen Linien seines Mundes bisher nicht bemerkt? Sie mussten schon immer da gewesen sein.

»Alles zu seiner Zeit.« Lucian trat an Christians Gitterstäbe heran.

Während seine Aufmerksamkeit auf Christian gerichtet war, gab Antoinette Hector ein Zeichen, er solle einen Blick auf das Haarband vor seinen Füßen werfen. Als er es bemerkte, sah er zuerst sie und dann Lucian an, bevor er einen Blutbeutel vom Servierwagen kippte. Als er ihn aufhob, steckte er das Band heimlich in die Hosentasche.

»Wie viele Paramenschen haben Sie hier unten gefoltert und getötet?«, fragte Christian, damit sich Lucian weiter mit ihm befasste.

»Nicht alle sind gegen ihren Willen hier. Einige sind ziemlich dankbar für die Pflege und den Schutz, die ich ihnen gebe.«

»Wie Dante Rubins?«, erwiderte Christian.

Lucian zuckte mit den Schultern. »Dante war ein Sonderfall. Er hatte seine Nachteile und seine kleinen Besonderheiten, aber er war auch sehr nützlich.«

»Zum Beispiel, als er Sir Roger umgebracht und Ihnen zu einem Alibi verholfen und damit den Weg zum Botschafterposten beim RaMPA freigemacht hat. Sie sind über jeden Verdacht erhaben, weil Sie bei dem Versuch, Sir Roger zu verteidigen, vor vielen unbeteiligten Zeugen schwer verletzt worden sind.«

Lucian hob eine Braue. »Laroque, Sie sind ja ein ganz Gerissener.«

»Aber es geht noch weit darüber hinaus, nicht wahr?«, fragte Christian.

Lucian wich dieser Anschuldigung selbstgerecht aus. »Sie sind doch derjenige, der hier die Geschichten erzählt.«

»Sie haben sich bis an die Spitze gemordet, und Marianna Petrescu sollte die berühmte Petrescu-Familie in Verruf bringen, als Grigore zum Abtrünnigen wurde. Aber Sie haben nicht damit gerechnet, dass er Ihr Schoßhündchen aufspürt und es fast umgebracht hätte.«

»Dante wurde schwer verletzt, und es dauerte mehr als ein Jahrzehnt, bis er sich von seinen Verbrennungen erholt hatte. Aber am Ende hat es meiner Sache nur geholfen. Das war ein wirklich unerwarteter und angenehmer Nebeneffekt. Ich konnte der Gilde trotz der Einwände von solchen Schwarzsehern wie Sergei einige neue Regeln auferlegen.«

Antoinette hob ruckartig den Kopf. »Die Zulassung der Paramenschen zur Gilde.«

»Das war einer der Punkte. Wie ich schon sagte: Man kann paramenschliche Schwächen besser studieren, wenn man sie glauben macht, dass man mit ihnen zusammenarbeitet.« Lucians selbstgefällige Miene machte sie rasend. »Und es war eine sehr schöne Dreingabe, dass ich mich gleichzeitig an Ihrer Familie rächen konnte. Wer hätte denn vorhersehen können, dass Ihr Vater denselben Verschwindetrick benutzt, den wir bei ihm angewendet haben? Ich war sehr überrascht, als dieser Narr von Williams ausgeplappert hat, dass er Grigore gesehen hat.«

»Sie wussten davon?«, fragte Antoinette.

»Selbstverständlich. Wer hat denn Ihrer Meinung nach diesen dämlichen Dushic umbringen lassen? Mein Mann ist ein guter Scharfschütze. Würden Sie dem nicht zustimmen, Christian? Immerhin hat er Andrew Williams in einem belebten Flughafen vor Ihren Augen erledigt.«

Christian erstarrte zu Stein; er war blass geworden und verhielt sich totenstill. Mit dieser einfachen Bemerkung hatte Lucian ihm gegenüber gestanden, dass er für Viktors Tod verantwortlich war, und er hatte ihm gleichzeitig die Identität des Schützen verraten.

Lucian war böse – er war das reine, vollkommene und abgrundtiefe Böse. In all den Jahren, die Antoinette nun schon Drenier jagte, war ihr noch nie solche Niedertracht begegnet. Und trotz seines Alters und der Abhängigkeit vom Blut seiner Schwester war Lucian im Grunde noch ein Mensch.

»Was haben Sie mit meinem Vater gemacht?«, wollte sie wissen.

Er tat ihre Frage mit einer knappen Handbewegung ab. »Darüber müssen Sie nicht mehr nachdenken. Sie sollten sich eher um sich selbst sorgen.«

»Ich werde Sie töten, Moretti«, knurrte Oberon.

»Das hast du schon einmal gesagt, Bärenmann.« Lucian lachte. »Aber du steckst noch immer in diesem Käfig.«

Hector stieß den Servierwagen um – ob absichtlich oder nicht, konnte Antoinette nicht sagen. Zumindest ergoss sich alles, was darauf gelegen hatte, über den Boden. Oberon brüllte vor Lachen, und Lucians Gesicht wurde dunkel.

»Du unbeholfener Idiot!«, schrie er Hector an. »Räum das auf und füttere die Tiere!« Er sah sich kurz um und konzentrierte sich dann auf Antoinette, die er böse anlächelte. »Aber diese drei hier bekommen nichts. Wir wollen einmal sehen, wie fröhlich sie nach ein paar Tagen ohne Nahrung noch sind.«

Sofort wurde Oberon wieder ernst. Lucian stürmte in rasender Wut aus dem Raum, während sich Hector daran machte, die Unordnung zu beseitigen.

Aber Antoinette hatte etwas ganz anderes im Kopf. »Hector, hast du meinen Vater gesehen?«

Der große Butler nickte langsam.

»Lebt er noch?«

Wieder war ein knappes Nicken die einzige Antwort.

Vor Freude schlug ihr Herz schneller. *Gott sei Dank*. Sie schloss die Augen und stieß zitternd den Atem aus. »Kannst du mich zu ihm bringen?«

Langsam bewegte er den Kopf nach links und rechts und sah sie wieder an.

»Aber er ist hier?«

Ein Nicken.

»Kannst du mich zu ihm bringen?«, bettelte sie verzweifelt.

Wieder schüttelte er den Kopf und verneigte sich kaum merklich, bevor er den Servierwagen aus dem Raum schob.

Noch lange, nachdem er weg war, behielt Antoinette die Tür im Blick, weil sie hoffte, er würde mit ihrem Vater wiederkommen. Aber das tat er nicht.

32 UMARMEN UND VERSCHLINGEN

Lucian kehrte weder am nächsten noch am übernächsten Tag zurück. Auch Lisbet zeigte sich nicht. Während der dritten Nacht in der Zelle lag Antoinette auf dem Rücken und starrte die weiß gekachelte Decke an. Zumindest glaubte sie, dass es die dritte Nacht war, denn sie hatte jegliches Zeitgefühl verloren.

In den letzten Stunden war Oberon immer aufgeregter geworden und lief andauernd in seinem Käfig auf und ab. Christian schien sich in seinen Gedanken verloren zu haben; er saß in der Ecke und hatte die Augen geschlossen. Antoinette fragte sich, ob der Hunger der beiden Männer ebenfalls mit jeder Minute zunahm, wie es bei ihr der Fall war. Der Durst überlagerte alle anderen Gedanken – Blut, der Geschmack davon, das Gefühl, wie es ihr die Kehle hinunterrann, und das Gefühl der Macht, das es ihr verlieh. Ein leises Knurren drang über ihre Lippen.

»Denk nicht daran«, sagte Christian.

Sie fuhr zusammen. »Was?«

Er hatte seit Stunden geschwiegen. »An den Hunger. Ich spüre, wie er in dir immer stärker wird.« Er öffnete die Augen und sah sie an. »Denk nicht daran, sonst wird es nur noch schlimmer.«

»Ich kann nichts dagegen tun. Ich versuche es, und dabei schiebt er sich bloß immer stärker in den Vordergrund.« Der Hunger hatte alles andere verdrängt, sogar die Sorgen um ihren Vater, was sie entsetzte. Sie konnte an nichts anderes mehr denken als an das knurrende Hungertier, das durch ihre Gedanken schlich. Und die Erinnerung daran, wie nahe Christian dem Dunklen Schlaf gewesen war, suchte sie andauernd heim.

»Du musst lernen, ihn zu beherrschen, denn sonst beherrscht er dich. Die meisten Drenier erwischt es kurz nach der Umschlingung, weil sie den Blutdurst noch nicht kontrollieren können.« Christian beugte sich vor. »Meditation ist der beste Weg, das Ziel zu erreichen. Setz dich in die Mitte der Zelle, wende dich mir zu und schließ die Augen.«

Das ist doch Wahnsinn. Wie soll er mir aus dieser Entfernung helfen?

»Vertraue mir«, sagte er mit leiser Stimme.

Sie tat, was er gesagt hatte, und fühlte sich dabei wie ein dummes Mädchen.

»Du musst in dein Innerstes hineinreichen und das Tier des Hungers erfühlen.«

Ein Tier? Sie riss die Augen auf. Schon seit einiger Zeit spürte sie, wie es sie belauerte. *Woher weiß er das?*

»Es lebt in uns allen«, sagte Christian, als könnte er ihre Gedanken lesen. »Gib ihm eine Gestalt – gib ihm Leben und mach es real.« Seine Stimme floss über sie und nahm die Anspannung aus ihren Schultern.

Dunkelheit kroch in Antoinettes Geist und bewegte sich verstohlen hinter ihren Gedanken. Sie versteifte sich und atmete tief ein. Sie hatte Angst.

»Spürst du es?« Christians sanfte und leise Stimme stärkte sie. »Das Tier will dich verschlingen, aber das darfst du nicht zulassen.«

Sie nickte und konzentrierte sich ganz auf die knurrende Bestie, die sich in den Schatten ihres Geists verbarg.

»Du musst es streicheln, es umschmeicheln oder schlagen – du musst alles tun, was in deiner Macht steht, um es zu beherrschen.« Seine Stimme war so nah, als flüstere sie ihr direkt ins Ohr – fast spürte sie seinen Atem auf ihrem Hals.

Sie wollte sich dem Tier nicht stellen. Es wäre besser, wenn es in seinem Versteck blieb. Sie spürte, wie das Tier des Hungers in der Dunkelheit kauerte, als ob es sich darauf vorbereitete, Antoinette anzuspringen. Sie wich zurück. Die Angst erschuf einen Knoten in ihrer Kehle und machte ihr das Schlucken schwer. Sie wollte weglaufen, aber dann würde das Tier sie von hinten anfallen und verschlingen. Sie würgte ihre Angst hinunter, drehte sich um und stellte sich der Bestie.

Wie konnte sie ein solches wildes Wesen besänftigen? *Mit Musik natürlich.* Instinktiv summte sie ein französisches Schlaflied, das ihre Mutter ihr immer dann vorgesungen hatte, wenn sie schlecht geträumt hatte. Das Tier wurde still und schnurrte, aber sie brachte es noch immer nicht über sich, es anzusehen.

»Funktioniert es? Wird das Tier leiser?«, fragte Christian.

Erneut nickte sie. Sie wagte nicht zu sprechen, sondern summte weiter.

»Wenn du so weit bist, musst du dich dem Tier nähern und seine Existenz anerkennen. Erst dann wirst du wirklich in der Lage sein, es zu kontrollieren.«

»Nein …« Ihre Lider öffneten sich flatternd. »Ich werde es niemals anerkennen können. Niemals.« Sie ballte die Fäuste so fest, dass sich ihre Fingernägel in die Handflächen bohrten.

Christians Blick wurde matt. »Wenn du das Biest nicht umarmen kannst, wird es dich verschlingen.«

Oberon lief nicht mehr auf und ab, sondern stand reglos da und hatte die Augen geschlossen. Als er sie wieder öffnete, war die Wildheit teilweise aus ihnen gewichen, und er schien etwas ruhiger zu sein. Verschämt zuckte er mit den Schultern, als er bemerkte, dass die anderen beiden ihn ansahen. »Ich habe nur gerade mein inneres Tier berührt – in meinem Fall den inneren Bären. Netter Trick, Laroque.«

»Das hat mir mein Vater beigebracht, und in solchen Zeiten hilft es.« Christian lehnte sich zurück und schloss die Augen. »Es gibt Zeiten, in denen das Tier entfesselt werden muss, aber es muss immer unter Kontrolle bleiben.«

Ihr sank das Herz. Jeder Tag würde einen neuen Kampf gegen ihre neue Natur bringen. Jeden Tag würde sie gegen das Tier ankämpfen müssen, damit es sie nicht verschlang. *Wenn Christian sie doch bloß nicht*... Sie hielt inne. Es hatte keinen Zweck, darüber nachzudenken.

Die Tür zum Laboratorium wurde geöffnet, und Antoinette spannte sich an, aber es war nur Lisbet, die im Rahmen stehen blieb und sich zögerlich umschaute. Schließlich kam sie näher und berührte die Tafel auf dem Podest.

»Die anderen können uns nicht hören«, sagte sie zu Antoinette, als sie näher gekommen war. »Der Talisman birgt eine mächtige Magie, und daher sind wir hier vor diesen kleinen schwarzen Kästchen sicher.«

»Du meinst die Überwachungskameras.«

Das Mädchen zuckte mit den Schultern. »Er hat sie oben im Haus – kleine schwarze Kästchen, durch die er alles beobachtet. Aber der Talisman verhindert, dass er sieht oder hört, was hier vorgeht. Niemand kann diesen Bereich durch Magie oder Technik finden.«

»Warum beziehst du die beiden nicht mit ein?« Antoinette deutete mit dem Kinn auf Christian und Oberon.

Die Männer standen so nahe vor den Gitterstäben, wie sie es wagen konnten, und auf ihren Gesichtern zeichnete sich große Besorgnis ab.

»Weil ich mit dir allein sprechen will. Schließlich gehörst du zur Familie.« Lisbet reckte die Schultern. »Wir sind blutsverwandt, nicht wahr? Ich muss wissen, ob alles, was sie gesagt haben, wahr ist. Würde die Welt mich so akzeptieren, wie ich jetzt bin?«

Das Bild von Katerina und Sergei, wie sie Antoinette und ihren Bruder aufgenommen hatten, blitzte in ihrem Kopf auf. Katerina hatte sie eng an ihren gewaltigen mütterlichen Busen gedrückt und dabei besänftigende Laute von sich gegeben. Die Petrescu-Familie würde einen der ihren immer beschützen. Katerina liebte Kinder, insbesondere kleine Mädchen – sie hatte drei eigene gehabt. Obwohl Lisbet nur dem Äußeren nach ein Kind war, würde Katerina sie bestimmt sehr mögen.

Antoinette kniete nieder, sodass sie auf Augenhöhe mit dem Mädchen war. »Ich werde dich zu unserer Familie bringen, und sie wird dich mit offenen Armen aufnehmen.« Aber konnte sie sich dessen wirklich so sicher sein? Ja, das konnte sie. Warum hatte sie so viel Zeit verschwendet und war nicht sofort nach Hause gegangen?

»Mein Bruder sagt, er versucht ein Heilmittel zu finden. Aber ich weiß nicht, ob ich ihm glauben kann. Er sagt, dass die Impfstoffe, die er erschafft, den Leuten helfen.«

»Was für Impfstoffe?«, fragte Antoinette.

»Er hat noch ein Laboratorium wie dieses hier in einem anderen Teil des Hauses, wo er Seren entwickelt und an den Gefangenen testet. Aber ich habe sie schreien gehört, und ich habe sie sterben gehört.« Lisbet beugte sich vor und flüsterte: »Wenn ich euch bei der Flucht helfe, nimmst du mich dann mit?«

»Ja«, sagte Antoinette.

Lisbet stieß den Atem aus und wirkte erleichtert. »Dann seid bereit, wenn Hector und ich zu euch kommen.«

»Warum nicht jetzt gleich?«, fragte Antoinette.

Das kleine Mädchen hielt den Kopf schräg. »Weil Lucian noch hier ist, und wenn er uns erwischt, wird er euch töten. Wir müssen warten, bis er das Haus verlässt.«

»Es ist wichtig, dass wir Kontakt mit den Behörden aufnehmen. Kannst du das für uns tun?«

»Vielleicht kann Hector das erledigen.«

Das Mädchen schenkte ihr ein letztes, zuversichtliches Lächeln und löschte den Talisman-Zauber wieder, bevor es aus dem Raum lief.

»Sie wird uns helfen«, sagte Antoinette zu den beiden anderen.

»Können wir ihr vertrauen?«, fragte Christian.

»Ja«, antwortete Antoinette. »Ich glaube, das können wir.«

Die Stunden zogen sich dahin, und von Lisbet oder Hector war nichts zu sehen. Antoinette tigerte in ihrer Zelle auf und ab.

»Ich glaube, sie hat nur mit uns gespielt«, brummte Oberon, während er die acht Quadratfuß seines Käfigs immer wieder abmaß.

Antoinette seufzte und setzte sich auf ihre Pritsche. Der bittere Geschmack der Enttäuschung brannte in ihrem Rachen. Vielleicht hatte er recht. Ihre Augenlider wurden schwer, und sie fiel in Schlaf.

»Wach auf, es ist Zeit.« Lisbets sanfte Worte bliesen über Antoinettes Ohr hinweg.

Sie hatte stundenlang geschlafen und fühlte sich nun stärker, auch wenn der Hunger noch an ihren Eingeweiden nagte. Hector stand bei ihrer offenen Zellentür Wache, und Lisbet wartete neben ihm. Vor Aufregung leuchteten ihre Augen.

Antoinette rannte zu dem Talisman. »Wie funktioniert dieses Ding?«, fragte sie, als ihre Hand bereits über den mystischen Symbolen schwebte, die in den Stein eingemeißelt waren.

»Das würde ich nicht tun, wenn ich Sie wäre.« Die kalte Stimme brachte ihr eiliges Flüstern zum Verstummen.

Sie warf einen Blick über die Schulter und musste feststellen, dass es wirklich nicht bloß Einbildung war. Vor Entsetzen setzte ihr Herzschlag aus. Lucian und zwei seiner Männer hatten Pistolen auf sie gerichtet.

Hector zog Lisbet hinter sich und schien genauso überrascht zu sein wie sie.

»Glauben Sie wirklich, dass ich so dumm bin?«, fragte Lucian. »Ich weiß schon seit einiger Zeit Bescheid über Hector und meine Schwester. Außerdem habe ich das Haarband auf dem Boden gesehen, und das war der Beweis, der mir noch gefehlt hatte. Aber ich wollte sehen, wie weit das hier gehen würde und ob meine eigene Schwester tatsächlich in der Lage ist, mich zu betrügen.« Lucian streckte Lisbet die Hand entgegen. »Komm her.«

Sie bewegte sich nicht, und Hector stellte sich breitbeinig vor sie.

»Hab keine Angst, Lisbet. Ich bin dein Bruder und würde dir niemals etwas antun. Aber ich würde nicht zögern, diesem großen Dummkopf eine Kugel zwischen die Augen zu verpassen.«

Der unsichere Blick des Mädchens flog hinüber zu Antoinette, bevor sie hinter ihrem Beschützer hervorkam. Hector schüttelte den Kopf und packte sie am Arm.

»Alles wird gut.« Lisbet lächelte ihn an und streichelte zärtlich seine große Hand.

Die tapfere kleine Kindfrau ging auf ihren Bruder zu. Als sie ihn erreicht hatte, versetzte ihr Lucian mit der flachen Hand eine so heftige Ohrfeige, dass sie gegen die Wand geschleudert wurde. Sie sackte zu Boden, und eine karmesinrote Spur zog sich an der Wand entlang. Dann richtete er die Pistole auf Hector und schoss. Hectors Hinterkopf explodierte in einem Schauer aus Knochen, Blut und Hirn, der sich über den Operationstisch hinter ihm ergoss. Sein Körper glitt zu Boden. Lisbet schrie seinen Namen und kroch zu seinem Leichnam.

»Bastard!«, zischte Christian. »Sie hat getan, was Sie verlangt haben.«

»Aber nicht schnell genug«, murmelte Lucian.

Antoinette machte einige Schritte auf ihn zu und blieb stehen, als Lucian seine Pistole auf sie richtete. Konnte sie ihn erreichen, bevor er schoss? Das war zweifelhaft. Der Talisman unterdrückte noch immer ihre Schnelligkeit und Kraft. Der Geruch des Blutes rief in ihr etwas hervor – Hunger. Das Tier kreiste in ihr, es knurrte und wollte auf die Jagd gehen. Sie schloss die Augen und hieß es willkommen. Als es sich näherte, verließ sie der Mut, und sie schreckte vor ihm zurück. Es kreiste weiter.

Lisbet hob das tränennasse Gesicht und nickte ihr kaum merklich zu.

»Mach es«, flüsterte Christian aus seiner Zelle.

»Komm zu mir«, wisperte sie.

Und das Tier kam. Es raste aus der finsteren Ecke in ihrem Geist auf sie zu und packte Antoinettes geistiges Abbild mitten im Sprung.

Lisbet wich zurück und lenkte die Aufmerksamkeit der anderen auf sich, indem sie das Podest mit dem Talisman umstieß. Die Steintafel zersprang in ein Dutzend Stücke, die wie zerbrochene Fragmente von Antoinettes Leben über den Boden schlitterten.

In dieser Sekunde fügte sich alles zusammen.

Antoinette riss die Augen auf, aber sie fühlten sich an,

als gehörten sie nicht mehr ihr allein. Sie ging in die Hocke, und ein tiefes Knurren bildete sich mitten in ihrer Seele. Alles wurde scharf, alles wurde langsam. Die beiden Männer bei Lucian hoben die Pistolen höher. Antoinette roch ihre Angst, und das Tier in ihr brüllte triumphierend – genau wie sie selbst.

Schüsse wurden abgefeuert, aber sie konzentrierte sich nur auf Lucian, sprang ihn an, warf ihn auf den Rücken und hockte sich rittlings über ihn.

Seine Augen weiteten sich, und der Geruch seines Entsetzens überspülte ihre geschärften Sinne. Sie atmete ihn tief ein, kostete davon, genoss. Das Tier forderte Blut, und sie musste ihren Durst stillen.

Antoinette beugte sich über ihre Beute und beschnüffelte sie. Das rauschende Blut unter seiner Haut war wie ein uraltes, lockendes Lied. Ihre Fangzähne fuhren zu voller Länge aus, und sie riss an seiner Kleidung, damit die Halsschlagader entblößt wurde. Sie senkte den Kopf und biss zu; ihre Fangzähne durchstachen seine weiche, zarte Haut.

Heiß und schwer spritzte ihr der rote Nektar in den Mund. Das Flaschenblut, das sie bisher genossen hatte, war nicht annähernd vergleichbar mit der Gewalt dieses Stroms. Sie schluckte, warf den Kopf zurück und heulte vor Freude, während sich sein Blut über die Bodenfliesen ergoss.

Sie trank mehr, saugte ihn aus, bemächtigte sich seiner Essenz in einem Akt, der noch viel intimer war, als Sex je sein konnte. Sie wollte ihn haben, diesen Mann unter ihr – sie wollte alles von ihm in sich haben.

»Antoinette – HÖR AUF!«

Hände zerrten an ihr. Ihr Schrei der Enttäuschung hallte in ihren Ohren, als sie nach dem trat, der es wagte, ihr Nähren zu unterbrechen.

»Antoinette, beherrsche es – beherrsche das Tier in dir.« Hände schüttelten sie durch und rissen sie zurück.

Sie brüllte vor Verzweiflung, bis etwas Heißes und Scharfes von hinten in ihre Schulter drang und sie entsetzt losließ.

»Bekämpfe es«, knurrte Christian ihr ins Ohr. Sein Atem fuhr heiß über ihre Haut. Seine Worte, durchtränkt vom Duft ihres eigenen Blutes, drangen durch ihre Raserei hindurch.

Sie mühte sich ab, kämpfte gegen das Tier an, stieß es zurück, schlug auf es ein, besänftigte es gleichzeitig, bis es wieder in die Schatten ihrer Psyche zurückglitt. Als sie die Augen öffnete, sah sie, dass Christian sie festhielt und Lucian vor ihren Füßen lag. Sein Atem war ein kurzes, scharfes, entsetztes Keuchen.

»Was hast du aus mir gemacht?«, schluchzte sie, wandte das Gesicht ab und wischte sich die klebrige Feuchtigkeit ab, die ihr Kinn überzog. Ihre Hände waren blutbeschmiert.

Christian drehte sie zu sich um, zog sie an seine Schulter, umarmte sie und hielt sie fest an sich gedrückt. »Es wird mit der Zeit besser. Das verspreche ich.«

Sie entspannte sich ein wenig, doch dann stieß sie ihn von sich. Sie konnte es nicht tun. Nicht jetzt. Alles war so intensiv. Der Raum schien viel heller geworden zu sein, die Geräusche waren lauter, und sogar ihre Haut leuchtete.

Drohend stand Oberon über einem der Männer, die mit Lucian hergekommen waren. Er war Antoinette fremd, aber sie kannte den anderen, der wenige Fuß von Christians Zelle entfernt wie ein Sack auf dem Boden lag. Seine Kehle war aufgerissen, und eine Blutlache bildete sich um ihn herum auf dem Boden. Die Narbe auf seinem bleichen Gesicht wies ihn als Lucians Scharfschützen und Viktors Mörder aus. Auch Christian warf einen Blick auf den Leichnam. Seine Miene war kalt und undeutbar.

»Wie bist du aus der Zelle herausgekommen?«, fragte sie ihn.

»Lisbet«, sagte er nur, hob den Blick und sah sie an. Über den Toten musste nichts weiter gesagt werden.

Das kleine Mädchen jammerte, während es Hectors Hand hielt und sein Blut ihr hübsches rosafarbenes Kleid befleckte.

Antoinette bückte sich und untersuchte Lisbets Kopfwunde. Sie hatte sich bereits geschlossen, nur eine Blutschliere war übrig geblieben. *Gott sei Dank*.

Lucian setzte sich aufrecht hin, riss ein Stück Stoff aus seinem Hemd und hielt es sich gegen den Hals. Oberon zerrte ihn auf die Beine und drückte Lucians Händen nach unten. Antoinette warf einen Blick auf Lucians Verletzung. Die Einstichstellen schlossen sich bereits wieder, was Lucian Lisbets Blut zu verdanken hatte.

Antoinette fuhr mit dem Finger über die Stirn des kleinen Mädchens, und Lisbets Lider hoben sich flatternd. Tränen hinterließen silbrige Linien auf ihren Wangen.

»Er hat auf mich aufgepasst und war mein einziger Freund«, schluchzte sie.

»Lucian Moretti«, knurrte Oberon, »ich verhafte Sie wegen Anstiftung zum Mord, Experimenten an Paramenschen, Entführung, Behinderung von Ermittlungsarbeit und allen anderen Straftaten, die mir im Zusammenhang mit Ihnen noch einfallen werden. Sie werden vor dem Gericht des Dezernats erscheinen müssen. Die Gilde wird so schnell wie möglich von Ihren illegalen Aktivitäten in Kenntnis gesetzt.«

Lucian lachte auf. Das war nicht gerade die Reaktion, die Antoinette erwartet hatte.

»Was ist daran so lustig?«, fragte Oberon.

»Glauben Sie wirklich, die Mitglieder der Gilde wissen nicht, was ich hier mache? Was glauben Sie wohl, woher ich meine Versuchsobjekte bekomme? Diese Sache reicht bis in die höchsten Kreise.« Er steckte die Hand in die Jackentasche und sah Oberon mit überheblicher und selbstgerechter Miene an.

Erst als Lucian den Arm ausstreckte und Lisbet packte, erkannte Antoinette, dass er sich die ganze Zeit hindurch langsam auf sie zubewegt hatte.

Er hielt Lisbet eine Spritze an die Kehle. »Das ist Silbernitrat. Ich wollte es bei einem von Ihnen zu Demonstrationszwecken einsetzen, aber so ist es auch gut.«

Er drückte die Nadelspitze gegen Lisbets Hals, ohne die zarte Haut zu durchdringen.

»Lucian, sie ist Ihre Schwester, Ihr eigen Fleisch und Blut. Wenn Sie sie gehen lassen, werden wir dafür sorgen, dass Sie einen fairen Prozess bekommen«, sagte Christian, während er langsam um den Tisch herumging und Oberon von der anderen Seite aus näher kam.

Lucian lachte. »Es gibt viele, die mich tot sehen wollen, weil sie Enthüllungen befürchten. Ich weiß zu viel. Und wenn ich von meiner Schwester getrennt werde, bin ich sowieso innerhalb weniger Wochen tot. Ich brauche ihr Blut. Wenn ich also sterben muss, dann nehme ich sie mit. Und jetzt gehen Sie weg von mir.«

Lisbets kleine Hand streifte ein Tablett mit Instrumenten, die mit metallischem Klappern zu Boden fielen. Antoinette fühlte sich vollkommen hilflos, bis sie bemerkte, dass sich Lisbets Faust um irgendetwas geschlossen hatte. Plötzlich rammte das kleine Mädchen ihrem Bruder eine andere Spritze in den Oberschenkel.

Überrascht riss Lucian die Augen auf. Oberon stürzte auf ihn zu und hob ihn am Hemdkragen hoch, während

Christian Lisbet packte und rasch aus seiner Reichweite brachte.

Der Bär in Oberon kam zum Vorschein; er zog die Lippen zurück und knurrte, doch dann ließ er Lucian los. »Sie sind es nicht wert, dass ich für Sie meine Karriere opfere.«

Lucian taumelte; die leere Spritze ragte aus seinem Schenkel hervor. Mit zusammengekniffenen Augen starrte er Oberons breiten Rücken an und hob die Spritze in seiner Hand.

»Hinter Ihnen!«, warnte Christian.

Oberon knurrte und schlug nach Lucian aus, der gegen einen Schrank flog, in dem die Flaschen und Glasbehälter klirrten und umstürzten. Lucian fiel zu Boden, und ein großer herabfallender Krug machte ihn bewusstlos, während um ihn herum die anderen Flaschen am Boden zerschellten.

Reglos lag er da, als eine letzte Flasche vom Bord kippte und mit beinahe anmutiger Langsamkeit fiel. Als sie auf die anderen Chemikalien traf, entzündeten sie sich, und Flammen und Splitter schossen durch die Luft.

Lisbet beobachtete, wie die Flammen um den Körper ihres Bruders leckten. Trotz allem, was er ihr angetan hatte, war er noch immer ihr Bruder, und das hier sollte sie nicht sehen müssen. Antoinette zog sie beiseite. Lisbet schlang die Arme um ihre Hüften und vergrub das Gesicht in Antoinettes Bauch.

Die Flammen züngelten an den Wänden hoch, kletterten zur Decke und huschten über den Boden. Sie breiteten sich so schnell aus, dass sie Lucians Körper schon nach wenigen Sekunden vollkommen bedeckt hatten. Die anderen standen reglos da und sahen entsetzt zu.

»Raus hier!«, rief Christian endlich. »Nehmt den da mit.« Er deutete auf den zweiten Wächter.

Oberon zog ihn am Kragen auf die Beine. Eine weitere kleine Explosion erschütterte den Raum, und alle zuckten instinktiv zusammen. Schließlich jagte eine dritte Explosion hindurch.

»Weg hier – *sofort*!«, rief Oberon.

33 FEUER UND EIS

Antoinette leitete Lisbet auf den Ausgang zu, aber das kleine Mädchen blieb vor der Tür stehen und sah zurück auf Hectors Leiche. Oberon schob die beiden voran, und Christian folgte ihnen dichtauf, während er den Wächter hinter sich herzog.

Christian schloss die schwere Metalltür hinter ihnen, und sofort wurde es vollkommen still um sie herum. Der Raum war schallgeschützt.

Lisbet tippte einen Code in das elektronische Schloss, sodass sie durch eine zweite Tür zu einer Abzweigung von Korridoren kamen, die in drei Richtungen wegführten. An dem Gang vor ihnen lagen zu beiden Seiten Zellen, und am Ende war ein Aufzug zu sehen. Weitere Korridore zweigten nach rechts und links ab.

»Hier unten muss es Dutzende Räume geben«, flüsterte Antoinette.

Oberon sah sich um und deutete mit dem Kopf auf den Gang unmittelbar vor ihnen. »Dort liegen zwölf Zellen, sechs zu jeder Seite. Drei weitere Korridore zweigen in jede Richtung ab, also gibt es sieben Blocks zu je zwölf Räumen, insgesamt also etwa vierundachtzig. Haben wir genug Zeit, um jeden zu evakuieren?«

»Wir können es nur hoffen. Wir müssen uns beeilen«, sagte Lisbet.

»Wie viel Zeit bleibt uns?«, fragte Christian.

»Das hängt davon ab, wie lange das Feuer auf den Raum hinter uns beschränkt bleibt. Hector konnte die

Alarmanlagen abschalten, aber wenn das Feuer diesen Bereich hier erreicht, wird der Alarm im Wächterhaus angehen. Wenn die Männer dort nicht von Lucian bestätigt bekommen, dass es sich um falschen Alarm handelt, haben sie Anweisung, den gesamten Komplex abzuriegeln und Giftgas in die Luft einzuleiten, damit alles, was hier noch lebt, umgebracht wird.«

»Dann müssen wir das verhindern.« Christian hielt Oberon eine der Pfeilpistolen entgegen, die er Lucians Männern abgenommen hatte. »Glauben Sie, Sie können mit den Wachen oben fertig werden?«

»Aber mit Vergnügen«, antwortete er.

Lisbet hielt sich weiterhin an Antoinettes Hand fest. Oberon machte ihr Angst. Antoinette drückte sie und schenkte ihr ein Lächeln, von dem sie hoffte, dass es beruhigend wirkte.

»Was ist mit dem hier?«, fragte Oberon und sah den Wächter, der gegen die Wand gelehnt auf dem Boden saß, finster an.

»Wenn wir ein Seil hätten, könnten wir ihn fesseln«, meinte Antoinette.

Christian zog sein Baumwollhemd aus und warf es ihr zu. Nun trug er nur noch ein enges T-Shirt. »Hier, nimm das.«

»Ich überlasse ihn euch beiden«, sagte Oberon und ging auf den Lift zu.

Der Stoff war durchtränkt von Christians Geruch. Antoinette unterdrückte ihr Verlangen, die Nase darin zu vergraben, und riss das Hemd in Streifen. Sie hatte keine Zeit, sich um ihre verworrenen Gefühle zu kümmern. Es gab viel Wichtigeres zu tun …

»Ich muss meinen Vater finden«, sagte Antoinette, während sie sich neben den Wächter hockte und ihm die Hände fesselte.

Lisbet berührte Antoinette an der Schulter. »Er ist im zweiten Gang in der letzten Zelle von links.«

»Geh zu ihm«, sagte Christian. »Lisbet und ich lassen inzwischen die anderen Gefangenen frei.«

Antoinette nickte und lief den Korridor entlang. Keine der Türen in diesem Gang hatte ein elektronisches Schloss; sie waren lediglich mit Metallstäben verriegelt. Antoinette riss diese von den bewohnten Zellen ab, bis sie an jene kam, in der Lisbet zufolge ihr Vater sitzen sollte. Doch stattdessen fand sie einen alten Mann, der auf dem Rand seiner Pritsche saß. Hier musste ein Missverständnis vorliegen. Es schien die richtige Zelle zu sein, aber wo war der dunkelhaarige Riese mit dem breiten Lächeln, an das sie sich so deutlich erinnerte? Konnte dieser verhutzelte alte Mann wirklich ihr Vater sein?

Antoinette schaute noch einmal in die Zelle und hob den Riegel. Verwirrung entstand unter den übrigen befreiten Gefangenen, als Lisbet um die Ecke bog und sie zum Aufzug führte.

Der alte Mann in der Zelle bewegte sich nicht, sondern saß nur da und stützte den Kopf in die Hände. Antoinette ging vor ihm auf die Knie, ergriff die dünnen, zerbrechlich wirkenden Handgelenke und zog sie sanft von seinem Gesicht weg.

Mit matten Augen sah er sie an und runzelte die Stirn. »Marianna?«, flüsterte er krächzend.

Sie stieß einen Seufzer aus, »Nein, Papa. Ich bin es.« Tränen traten ihr in die Augen. Er sah uralt aus, sogar älter als Sergei. »O Papa, was hat er mit dir gemacht?«

Seine Augen wurden etwas klarer. »Antoinette – mein kleines Mädchen?« Er streckte eine zitternde Hand aus, zog sie aber sogleich wieder zurück. »Nein, das ist nur ein weiterer grausamer Traum, der mich verspotten will.« Tränen quollen aus seinen Augen und zeichneten eine silberne Spur auf sein eingefallenes, ausgemergeltes Gesicht.

Ein Schluchzen drang zwischen ihren Lippen hindurch, als sie seine Hand küsste, und ihre Wangen waren tränenfeucht. »Das ist kein Traum. Ich bin hier, Papa. Ich bin gekommen, um dich nach Hause zu bringen.«

Er streckte die dünnen Arme aus und umfing sie mit all der Verzweiflung eines Menschen, der unter Schock stand. Sein Körper bebte unter starken Schluchzern, die ihr das Herz zerrissen. Diese abgemagerte Karikatur des großen, stolzen Mannes sehen zu müssen, der ihr Vater einst gewesen war, überstieg ihre Kräfte.

Einige Minuten umarmten sie einander, aber die Zeit lief ihnen davon. Antoinette bezwang die Wut, die sie zu verzehren drohte. Am liebsten hätte sie jemanden für das, was ihrem Vater angetan worden war, in der Luft zerrissen. Wenn Lucian nicht schon tot wäre, hätte sie ihn jetzt tausendfach zerfetzt. Aber sie musste ihren Vater außer Gefahr bringen; um alles andere konnte sie sich später kümmern.

Sie machte sich aus seiner Umarmung frei und wischte sich die heißen Tränen aus dem Gesicht. »Wir müssen gehen, Papa.«

Ein lautes Donnern erschütterte den Komplex und setzte die Alarmsirenen in Gang. Die Korridore wurden sofort in rotes Blitzlicht getaucht.

Antoinette half ihrem Vater aufzustehen. Es entsetzte sie, wie die Kleider von seinem halb verhungerten Leib herabhingen. Lucian hatte ihm offenbar kaum etwas zu essen gegeben. Sie schluckte ihr Entsetzen herunter, als sie sah, dass seine Beine fast zu schwach waren, um ihn zu tragen, bezwang ihr Mitleid und half ihm. Dieser uralte Mann war nicht mehr der Gott ihrer Kindheit.

Seine dünnen Beine gaben nach, und sie schlang den

Arm um die skelettartige Hüfte ihres Vaters. Trotzdem konnte sie nicht verhindern, dass er zusammenbrach, und sie bückt sich, um ihn aufzuheben. Er versuchte sich ihr zu widersetzen; Stolz und Verärgerung zeigten sich auf seinem Gesicht. Das war wieder der Vater, an den sie sich erinnerte.

»Bitte, wir haben keine Zeit mehr«, rief sie durch den Lärm der Sirenen.

Er sah sie noch einen Augenblick lang an, dann verschwand die Entschlossenheit in seiner Miene, und er gab auf. Er wog so wenig, dass Antoinette ihn sogar ohne ihre Aeternus-Kräfte mit Leichtigkeit hätte tragen können. Seine Verlegenheit verschwand, als er die Augen zusammenkniff und seine Tochter aufmerksam betrachtete.

Antoinette trat aus der Zelle und sah, dass Oberon mit einem heruntergekommenen Haufen Paramenschen vor dem Aufzug stand.

»Haben Sie das Gebiet gesichert?«, rief sie durch den Lärm der Sirenen und das Chaos.

Er nickte und trieb die Gefangenen in den Lift.

»Wo ist Christian?«

»Ich glaube, er untersucht ein weiteres Labor, über das er gestolpert ist. Es liegt in der Nähe eines Lastenaufzugs, mit dem er die anderen Gefangenen nach oben befördern will.«

Das Knistern des Feuers kam näher und wurde von einer weiteren kleinen Explosion unterstrichen.

Christian!

Antoinette wandte sich an Oberon. »Ich muss ihm helfen. Kümmern Sie sich bitte um meinen Vater.« Sie rannte zurück durch den Gang.

»Antoinette!«, rief der alte Mann.

»Ich bin bald wieder bei dir, Papa. Das verspreche ich!«, brüllte sie über die Schulter, während sie lief.

Die rauchgeschwängerte Luft stach ihr in die Augen, und dadurch hätte sie das Labor beinahe übersehen. Vor der Tür kam sie schlitternd zum Stillstand.

Christian war drinnen und lud kleine Phiolen in einen Metallbehälter. Dieser Raum war fast identisch mit dem, in dem Lucian sie festgehalten hatte, doch es gab einen großen Unterschied. Statt mit Zellen waren die Wände hier mit bis zur Decke reichenden Gefrierschränken bedeckt, in denen Tausende vielfarbige Phiolen standen.

Der Körper eines Laborassistenten in weißem Kittel – falls man das, was von ihm übrig geblieben war, noch als Körper bezeichnen konnte – lag in mehreren Stücken verteilt auf dem Boden. Antoinettes Fangzähne stießen ihr gegen den Gaumen, als sie das alte vergossene Blut bemerkte, aber es roch abgestanden, sodass sie ihr Verlangen nach Nahrung leicht bezwingen konnte.

Christian folgte ihrem Blick, bevor er sich wieder an die Arbeit machte. »Ich habe ihn so vorgefunden. Einige Gefangene sind sehr lange hier gewesen.« Er war fertig, schraubte den Deckel auf und sah sich um. »Das hier war Lucians wahre Arbeit. Er hat biochemische Waffen entwickelt, die nur auf paramenschliche DNA reagieren und für Menschen unschädlich sind.«

»O mein Gott«, flüsterte Antoinette.

»Wir müssen raus hier.« Er nickte auf eine Stoppuhr an der Wand, die 5.59 zeigte und abwärts zählte. »Leider hat unser unglücklicher Freund hier sie noch in Gang setzen können, bevor die Insassen die Gelegenheit für eine kleine Racheaktion genutzt haben.«

Ein gedämpftes Grollen wurde lauter. »Wir sollten uns beeilen, denn das Feuer wird bald hier sein«, rief sie.

Christian warf sich die Behälter über die Schulter. »Dann lauf!«, schrie er.

Sie zog die Labortür hinter ihnen zu und folgte Christian zum Lastenaufzug. Doch das Feuer war schneller gewesen. Es blockierte den Korridor vor ihnen mit einer Flammenwand und den Trümmern der eingestürzten Decke.

»Mist«, sagte Christian. »Wir müssen den anderen benutzen.«

Er packte ihre Hand und zerrte sie zurück. Das Feuer leckte über die Wände neben ihnen, die Flammen schlugen bis zur Decke, es wurde immer heißer, und der Rauch verdichtete sich. Wäre Antoinette noch ein Mensch gewesen, hätte sie nun ernste Schwierigkeiten zu atmen.

Vor ihnen fiel ein brennender Deckenbalken zu Boden Antoinette hielt sich den Arm vor das Gesicht, als die Funken durch die brennende Luft wirbelten. Christian sprang über das Hindernis und nahm sie mit. Die Haut auf ihrem Gesicht fühlte sich gespannt und trocken an.

Sie hatten den anderen Aufzug fast erreicht, als die roten Signallampen zu flackern begannen. Ein elektrisches Knistern ertönte, und das Brüllen des Feuers, das sich wie ein lebendiges Tier auf sie stürzte, wurde noch lauter. Christian drückte auf den Knopf in der Wand.

Es schien eine Ewigkeit vergangen zu sein, als sich die Türen endlich öffneten. Antoinette betrat den Aufzug zuerst, und hinter ihr brach die Decke zusammen und bedeckte Christian mit Schutt. Ein großes Betonstück traf ihn an der Schläfe und machte ihn bewusstlos.

»Christian!«, kreischte sie, und ihr Herz krampfte sich in ihrer Brust zusammen.

Sie griff nach seiner Hand und zerrte den Ohnmächtigen in den Lift. Dann drückte sie den »Aufwärts«-Knopf, sobald Christian im Lift lag.

Nichts geschah.

»Komm schon!«, rief sie und drückte immer wieder auf den Knopf.

Noch immer nichts. Das Feuer kam näher. Als Aeternus konnte sie zwar Hitze und Rauch überleben, nicht aber Feuer.

Wie rasend hämmerte Antoinette wieder gegen den Knopf. Zu ihrer Erleichterung schlossen sich endlich die Türen, und der Lift stieg nach oben. Sie lehnte sich gegen die Wand, starrte das Schild an, auf dem stand: »Im Fall eines Feuers nicht benutzen«, und lachte in beinahe hysterischer Erleichterung.

Christian ächzte. Sie kniete sich hin, bettete seinen Kopf in ihren Schoß und schob ihm die Haare dort beiseite, wo er von dem Betonblock getroffen worden war. Unter dem verkrusteten schwarzen Blut verheilte die Platzwunde bereits, aber er war noch immer bewusstlos.

»Christian!« Antoinette streichelte ihm sanft über das Gesicht. »Kannst du mich hören?«

Er ächzte zur Antwort, erwachte aber nicht. Sie hatte keine Ahnung, wie lange es dauerte, bis ein Aeternus eine solche Kopfwunde überstanden hatte. Plötzlich begriff sie, wie hilflos er sich gefühlt haben musste, als sie im Sterben gelegen hatte. Sie würde alles tun, um ihm zu helfen, so wie Christian alles für sie getan hatte. Tränen stiegen in ihr hoch. Jetzt war wirklich die passende Zeit für eine solche Erkenntnis …

Der Lift fuhr noch immer nach oben. Sie wusste nicht mehr, wie lange die Fahrt nach unten gedauert hatte, aber die Reise schien kein Ende zu nehmen.

Der Boden unter ihr erzitterte wie von einem Erdbeben, und der Aufzug kam mit einem lauten Schlag zum Stillstand.

»Nein!«, schrie sie und hämmerte wieder auf die Knöpfe ein.

Die Bombe im Labor musste detoniert sein. Das Licht

in der Kabine flackerte, knisternde Geräusche ertönten, und das hohe Kreischen von Metall gegen Metall außerhalb des Lifts zerrte an ihren Nerven.

Christian lag noch immer bewusstlos mit dem Kopf in ihrem Schoß, während es im Aufzug beständig heißer wurde. Sie saßen in der Falle. Panik brodelte knapp unter der Oberfläche ihres Bewusstseins, aber Antoinette durfte ihr nicht nachgeben. Das würde ihr und Christian nicht helfen, hier herauszukommen.

Und dann wurde der Aufzug in Finsternis getaucht. Was würde denn noch alles schiefgehen? Nach wenigen Sekunden hatten sich ihre Augen an die Dunkelheit gewöhnt, und sie konnte wieder sehen. Zum zweiten Mal war sie froh, kein Mensch mehr zu sein. Allmählich lernte sie ihre neuen Fähigkeiten zu schätzen. Wenn es ihr bloß gelänge, ihren Hunger zu bezwingen! Wenigstens konnte sie jetzt nicht mehr so leicht sterben und hatte deshalb eine Chance, es lebend nach draußen zu schaffen.

Aber sie durfte nicht einfach hier herumsitzen und auf Hilfe warten, die möglicherweise nie kam. Sie schaute sich um und bemerkte die Deckenluke. Sanft legte sie Christians Kopf auf den Boden, sprang nach oben und zerrte an der Luke. Sie war versperrt. *Natürlich.*

Sie packte den Rand der Luke und stieß den Fuß mit aller Kraft dagegen. Sie schlug nach oben auf, und Antoinette benutzte ihren Schwung, um sich auf den Lift zu katapultieren.

Flaschenzüge und Kabel waren das Einzige, was die Kabine hielt. Der Geruch nach brennendem Schmierfett und Ozon erfüllte den heißen, dunklen Schacht. Antoinette blickte nach oben und erkannte eine Tür etwa zwanzig Fuß über sich. Nur zwanzig Fuß – das war leicht zu schaffen. Allerdings nur, wenn Christian wieder bei Bewusstsein war.

»He!«, rief sie und bildete mit den Händen einen Trichter um den Mund. »Ist da oben jemand?«

Der Aufzug erzitterte unter ihr und sackte einige Fuß in die Tiefe. Antoinette fiel auf die Knie. Das Knirschen von Metall und das Ächzen gespannter Kabel waren in dem engen Raum deutlich zu hören. Rauch quoll an den Seiten der Kabine vorbei.

Antoinette steckte den Kopf wieder durch die Luke. »Christian!« rief sie in dem Versuch, ihn aufzuwecken.

Er regte sich, kam aber nicht ganz zu sich. Ihnen blieb keine Zeit mehr, denn der Aufzug zitterte schon wieder unter ihr, und sie kletterte vorsichtig in die Kabine zurück. Ihre neue Kraft erlaubte es ihr, Christian vom Boden aufzuheben und ihn durch die Öffnung auf das Dach zu schieben. Es war schwierig, aber sie schaffte es. Der Aufzug zuckte erneut. Sie erstarrte, bis er sich wieder beruhigt hatte, dann kletterte sie so schnell und vorsichtig wie möglich ebenfalls wieder auf das Kabinendach.

Christian auf die Seite zu ziehen, war leicht. Ihn die schmale Versorgungsleiter hochzuschieben, war hingegen eine ganz andere Sache.

Als sie die Hand um die erste warme Stahlsprosse legte, stürzte die Kabine noch einige Fuß in die Tiefe. Christians Gewicht zerrte an ihrem Arm und riss sie beide nach unten. Was jetzt? Sie konnte nicht nach oben klettern, während sie mit der einen Hand Christians Gewicht trug.

In diesem Augenblick ächzte er, schlug die Augen auf und blinzelte verwundert. Als er nach unten schaute, packte er sofort die Sprosse neben ihrem Knie. Die Behälter, die er noch immer über der Schulter trug, klapperten gegen die Metallleiter.

»Was ist passiert?«, fragte er.

»Das erkläre ich dir, wenn wir hier herausgekommen sind«, antwortete sie und ließ seine Hand los. Sie seufzte und dankte still dafür, dass sie nun doch wieder eine Chance hatten. Das Ächzen der Kabel ertönte abermals im Schacht.

»Wir sollten uns beeilen«, rief er durch den Lärm hindurch.

Antoinette kletterte hoch, setzte einen Fuß über den anderen, ergriff eine Sprosse nach der anderen. Licht drang durch die Tür über ihr, die immer weiter aufgedrückt wurde. Sie kletterte noch schneller darauf zu, als Oberon den Kopf durch den Spalt steckte. Dann schob er die schweren Türen mit den Schultern weiter auseinander.

»Nicht so langsam!«, rief er.

In ihrer Hast verfehlte Antoinette die nächste Sprosse und rutschte aus, aber sie hielt sich mit den Händen fest, sodass sie nicht fiel. Als Christian die Leiter über ihrer Schulter packte und ihr den Arm um die Hüfte legte, atmete sie tief durch.

»Sei vorsichtig, aber klettere weiter«, drängte er.

Und genau das tat sie – mit überraschender Schnelligkeit.

Das Peitschen von reißenden Kabeln und das ohrenbetäubende Quietschen von Metall erfüllten den Schacht. Antoinette warf einen Blick nach unten und sah, wie der Aufzug unter ihnen in die Tiefe raste. Er schlug unten auf und explodierte in einem Feuerball. Dadurch mussten alle Türen eingedrückt worden sein, denn nun stieg das Feuer rasch den Schacht hoch.

Immer wieder warf Antoinette während des Kletterns einen Blick über die Schulter. Der Feuerball raste mit erstaunlicher Geschwindigkeit auf sie zu.

Wir schaffen es nicht. Sie waren noch immer einige Fuß von der rettenden Tür entfernt. Einen halben Herzschlag später legten sich nach einer letzten ungeheuren Kraftanstrengung Oberons starke Hände um ihre Handgelenke und zogen sie aus dem Schacht. Christian sprang hinter ihr heraus und schob Oberon beiseite, bevor er sie auf den Boden presste und ihren Körper mit dem seinen schützte, während die heißen Flammen durch die offene Tür drangen.

34 EIN SCHREI IN DER NACHT

Die Flammen erstarben genauso schnell, wie sie in den Raum eingedrungen waren. Christians Gewicht drückte Antoinette zu Boden, und sie wagte weder sich zu bewegen noch zu atmen. Sein Gesicht war nur wenige Zentimeter von ihrem entfernt, und seine blauen Augen wurden dunkler, während er sie ansah und ihr mit den Fingerspitzen über Wangen und Lippen fuhr.

»Alles in Ordnung mit dir?«, krächzte er.

Ihr versagte die Stimme; sie konnte nur nicken.

»Gut.« Sein Blick wurde matt, und er rollte von ihr herunter.

Der Geruch nach verbranntem Fleisch und Haar überwältigte ihre Sinne und drehte ihr den Magen um. Sie setzte sich auf und drehte Christian auf den Bauch. Es schnürte ihr die Kehle zu, als sie sein geschwärztes Jackett sah, durch dessen Brandlöcher man versengte Haut erkennen konnte.

»Mein Gott, Christian.« Ihre Stimme war zurückgekehrt.

Oberon stemmte sich vom Boden hoch und kroch zu Antoinette herüber.

Er betrachtete die Verbrennungen und beugte sich dicht über Christian. »Laroque, Sie wissen genau, wie man einen spektakulären Auftritt hinlegt.«

Zu ihrer Überraschung kicherte Christian.

»Wir sollten Sie von hier wegbringen.« Oberon griff unter Christians Arme und hob ihn hoch.

Der Aeternus ächzte. Teile seines geschmolzenen Jacketts fielen auf den Boden. Sein Körper war bereits in den Heilungsprozess eingetreten, und neue, rosige, gesunde Haut zeigte sich.

Ein Zittern unter Antoinettes Füßen wurde immer stärker, bis es das ganze Haus erschütterte, als würde es von einem Erdbeben durchgerüttelt.

»Los!«, rief Christian, als er endlich wieder auf den Beinen stand und die Hand nach Antoinette ausstreckte.

Die drei rannten durch das Gebäude, während es immer stärker bebte. Die Kronleuchter klirrten, Bilder fielen von den Wänden und Möbel stürzten um. Aber sie schafften es bis zur Tür und aus dem Haus und standen nun inmitten von Dutzenden Blitzlichtern und wilder Aktivität auf dem Rasen.

Bianca Sin hatte sich über eine dünne Gestalt gebeugt und schaute auf, als die drei herauskamen. Sie sprach kurz mit dem Sanitäter neben ihr, bevor sie zu ihnen herüberkam.

»Sie haben sie gefunden«, sagte sie.

»Ich muss wissen, wo mein Vater ist«, sagte Antoinette und schaute sich unter den versammelten Leuten um.

»Christian hat schlimme Brandwunden, und es wäre gut, wenn Sie sich ebenfalls untersuchen ließen, Antoinette«, sagte Oberon. »Bianca, können Sie ihnen helfen?«

»Nein, es geht mir gut«, wandte Christian ein. »Antoinette, such nach deinem Vater. Ich muss auch mit ein paar Leuten reden.«

Sie rannte auf dem feuchten Rasen zwischen den befreiten Gefangenen umher. Alle zeigten die gleiche Miene der Ungläubigkeit – als erwarteten sie, jeden Augenblick aufzuwachen und festzustellen, dass sie von der Freiheit nur geträumt hatten. Auf der rasenden Suche nach ihrem

Vater schaute sie unter jedem Laken nach, das eine Person verbarg.

Schließlich erspähte sie ihn in der Nähe einer Reihe von gefesselten Wächtern und rannte auf ihn zu. Ein Sanitäter kümmerte sich um ihn. Erleichterung und Freude kämpften in ihr um die Oberhand, als sie ihm die Arme um den Hals warf. Er hielt sie fest, streichelte ihr mit zitterigen Händen über den Rücken und schob sie dann ein wenig zurück. »Ich möchte dich ansehen«, sagte er.

Sie setzte sich, und er spielte mit einer ihrer Locken, so, wie er es getan hatte, als sie ein kleines Kind gewesen war.

»Du siehst genau wie deine Mutter aus«, sagte er, und Tränen traten ihm in die Augen.

Antoinette saugte die Gesichtszüge ihres Vaters in sich ein und schaute sich dann nach Lisbet um. Das Mädchen saß nicht weit entfernt von ihnen; es wirkte so winzig und verloren und vollkommen allein.

»Komm her, Lisbet«, sagte Antoinette zu dem kleinen Mädchen mit den Augen einer uralten Frau. »Das hier ist mein Vater Grigore.«

Grigore streckte die Hand aus und hielt sie unter Lisbets Kinn. »Mein Gott, Antoinette, sie sieht aus wie du, als du klein warst.«

Lisbet lächelte den alten Mann an. »Lucian hat gesagt, ich sehe aus wie unsere Großmutter.«

»Sie gehört zur Familie, Papa«, erklärte Antoinette. »Und sie kommt mit uns.«

Antoinette wusste, dass ihr Vater erst einundfünfzig Jahre alt war, aber er sah aus, als wäre er mindestens siebzig. Er nickte unablässig, sah von Antoinette zu Lisbet und wieder zurück. Auf seinem erschöpften alten Gesicht lag ein Lächeln.

Antoinette musste mit Christian reden. Sie hockte sich vor ihren Vater und ergriff Lisbets Hand. »Ihr beiden wartet hier. Ich komme bald zurück und werde euch nach Hause zu Katerina und Sergei bringen.«

Ihr Vater nickte. »Das ist gut. Sergei wird sich freuen. Und dann kannst du mir erzählen, wie du zu einer Aeternus geworden bist.«

Sie spürte, wie jemand sie beobachtete, und drehte sich um. Für einen Sekundenbruchteil glaubte sie, Dante neben einem Rettungswagen stehen zu sehen. Dann trat jemand vor sie, und sie verlor ihn aus den Augen. Das Gefühl, ein Déjà-vu gehabt zu haben, verschaffte ihr Gänsehaut. Lucian hatte ihn getötet – und wenn nicht, dann hatte Oberon ihn inzwischen sicherlich gefangen genommen. Sie musste ihn danach fragen.

Drei Helikopter dröhnten über ihr und peitschten die Luft durch ihre Rotoren nach unten.

»Bleibt hier«, warnte Antoinette Lisbet und ihren Vater.

Sie lief auf das Feld, das an Lucians Haus grenzte. Dort landeten die Hubschrauber. Christian und Oberon warteten bereits am Ende des Felds und begrüßten nun die Personen, die aus den Helikoptern stiegen. Christians Rücken war vollkommen verheilt und sah lediglich noch etwas rosig und narbig aus – ein deutlicher Beweis für seine Aeternus-Kraft.

Er hob den Metallbehälter über den Kopf und gab ihn einer Frau in einer schwarzen Jacke. Dann entledigte er sich der Überreste seines verbrannten Hemds und zog das Jackett an, das sie ihm überreicht hatte und das mit dem seinen identisch war. Er nahm den Behälter wieder an sich und warf ihn sich über die Schulter, während er auf einen der Männer im Anzug zuging.

»Großkanzler«, sagte er und streckte die Hand aus.

»Agent Laroque«, antwortete der Mann mit französischem Akzent. »Ihre Männer haben unsere Aufmerksamkeit auf diese Sache hier gelenkt. Glücklicherweise hatten wir eine Klausurtagung nicht weit von hier entfernt abgehalten, auf der wir die Nachfolge von Sir Roger als unserem Botschafter beim RaMPA besprochen haben.«

Sie wollten nur ihre Macht absichern. Antoinette fasste sofort eine Abneigung gegen den Chef der Gilde. Er war zu glatt und ölig.

Der Großkanzler hatte einen Stock mit Silberknauf, schien ihn aber nicht zu benötigen. »Ich habe ein Krisentreffen des Gildenrats einberufen, das sofort eröffnet wird, wenn ich mit meinem Bericht zurückgekehrt bin. Können Sie mir mitteilen, was hier geschehen ist?«

»Ich glaube, dazu ist Oberon DuPrie besser geeignet, Sir«, sagte Christian. »Ich muss sofort zum Hauptquartier zurückkehren, meine Vorgesetzen unterrichten und das hier in unser Labor bringen.« Christian hielt einen der Behälter hoch, die er aus dem Keller von Lucians Haus mitgenommen hatte.

Der Großkanzler kniff ganz kurz die Augen zusammen. »Und was ist das?«, fragte er scheinbar unschuldig.

Antoinette konnte er nicht zum Narren halten, und auch nicht Oberon. Der Ursier stand in der Nähe, hatte die Arme vor der Brust verschränkt und sah den Mann finster an.

»Bloß etwas, das wir identifizieren möchten, bevor wir uns auf wilde Spekulationen einlassen.« Christian war der Frage elegant ausgewichen. »Wie ich schon sagte, kann Oberon DuPrie, der offiziell der AGV angehört, Sie über die Lage am besten in Kenntnis setzen, Sir.«

Antoinette drehte sich zu einem Mann um, der vor Schmerz aufjammerte. Er war einer von Lucians menschlichen Wächtern und hatte mehrere tiefe Wunden an den Beinen davongetragen. Er streckte sie aus und biss die Zähne zusammen, als ein Sanitäter das Blut aus einer der Wunden wusch.

Antoinette war nicht durstig – zumindest nicht so sehr, wie sie es gewesen war, als sie Lucian angegriffen hatte. Aber der Geruch frischen Menschenblutes erinnerte sie an ihren Appetit, und das inzwischen vertraute Knurren setzte in einer dunklen Ecke ihres Geists ein. Dort, wo das Tier hauste.

»Komm mit«, flüsterte ihr Christian ins Ohr.

Er war hinter sie getreten, und ihr Herzschlag setzte ganz kurz aus, als sie seinen Atem im Nacken spürte. Das Tier in ihr knurrte erneut – diesmal aber hungerte es nicht nur nach Blut.

»Was?«, fragte sie und verschloss das Tor zur Dunkelheit in sich etwas leichter als beim letzten Mal.

»Komm mit mir zurück nach New York. Ich will dir helfen, es durchzustehen.« Er packte sie bei den Unterarmen und drehte sie um. »Als ich dachte, ich verliere dich …«

»Ich kann nicht.« Sie strich ihm mit der Hand über die Wange, und eine Träne rann an ihrem Gesicht hinunter.

»Warum nicht?«, fragte er und trat einen Schritt zurück.

Antoinette schaute hinüber zu ihrem Vater, der gerade von einem Sanitäter behandelt wurde. Und zu Lisbet, die alles und jeden in ihrem Leben verloren hatte. Antoinette wusste, wie es war, den Boden unter den Füßen zu verlieren. Aber die beiden waren nicht der einzige Grund. Wie sollte sie Christian sagen, dass sie nicht sicher war, ob sie ihm verzeihen konnte, was er mit ihr gemacht hatte – selbst wenn er dabei die besten Absichten gehabt hatte?

Sie seufzte und wandte sich wieder Christian zu. »Ich weiß nicht, ob ich dir danken oder dich hassen soll für das, was du aus mir gemacht hast. Ich weiß nicht, wie ich mich fühle oder was ich überhaupt noch fühle. Du hast alles in mir auf den Kopf gestellt, und ich habe keine

Ahnung, welchen Gefühlen ich vertrauen darf.« Sie sah ihm in die Augen und hielt seinem Blick mit aller Kraft stand. »Wie kann ich mit dir zusammen sein, wenn ich nicht mehr weiß, wer oder was ich bin?« Sie wischte sich einige Tränen weg. »Ich weiß nicht einmal mehr, wohin ich gehöre …«

»Antoinette, bitte …« Er streckte die Hand nach ihr aus, aber sie wich vor ihm zurück. Wenn er sie berühren sollte, würde ihre Entschlossenheit dahinschwinden. Sie musste sich von ihm entfernen, damit sie klar denken konnte. Antoinette schaute über die Schulter auf Lisbet und ihren Vater. Sie brauchten sie.

»Jetzt gehöre ich erst einmal zu meiner Familie. Ich muss sie nach Hause bringen.«

Als er sie ansah, lagen Schmerz und Schuldgefühle in seinem Blick. Er wollte wieder nach ihr greifen, nahm aber den Arm herunter. Nach einem letzten forschenden Blick drehte er sich rasch um, ging zu dem wartenden Helikopter und gab dem Piloten das Zeichen zum Start, ohne sich noch einmal umzudrehen.

Sie sah zu, wie der Hubschrauber im Nachthimmel verschwand. Entsetzliche Leere breitete sich in ihr aus und nahm ihr den Atem. Sie würde irgendwann wieder verschwinden – oder?

Antoinette wischte eine weitere Träne fort und drehte sich um.

◂▸

Antoinette rollte von der Turnmatte. Ihre Übungen waren inzwischen vollkommen mühelos, und ihr brach nicht einmal mehr der Schweiß aus, wie sehr sie sich auch anstrengen mochte. Sie trainierte eher aus Gewohnheit, als um körperlich fit zu bleiben.

Cerberus saß neben der Tür und hob den Kopf, als sie

näher kam. Aufgeregt schlug er mit dem Schwanz auf den Boden. Christian hatte ihr den Hund geschickt, da er andauernd gejammert hatte, und sie war froh über seine Gesellschaft.

Antoinette hatte diese Schule schon immer geliebt, aber nun schien sie ihr zu klein und zu einengend zu sein.

Bei Lisbet war das aber nicht der Fall. Wie Antoinette vorhergesagt hatte, hatte die Familie die kindgleiche Aeternus mit offenen Armen willkommen geheißen. Es kümmerte sie nicht, dass sie – und inzwischen auch Antoinette – keine Menschen waren. Sie gehörten zur Familie, und nur das zählte.

Sergei hatte das Training mit den begabteren Studenten auf ein neues Niveau gehoben, denn nun hatte er einige echte Paramenschen als Hilfe.

Nach einem ganzen Jahrhundert im Verlies blühte Lisbet in der Freiheit der Schule auf, und jedermann schloss sie sofort ins Herz.

Allmählich begriff Antoinette, dass ihre Vorurteile nicht von den anderen geteilt wurden. Die Erholung ihres Vaters war fast so wundersam wie die von Lisbet. Sein ausgemergelter Körper hatte wieder Fleisch angesetzt, und sein Lachen war zurückgekehrt. Aber oft hatte er noch seine stillen Augenblicke, und sie redeten häufig über Viktor. Antoinettes Vater ging noch am Stock, und sein Haar war vorzeitig ergraut, aber die Lebenskraft, an die sie sich so deutlich erinnerte, war zurückgekehrt, und nun sah er so alt aus, wie er in Wirklichkeit war.

Inzwischen half auch er Sergei bei der Ausbildung des Nachwuchses. Die beiden steckten oft die Köpfe zusammen und ersannen neue und wunderbare Trainingsprogramme zur Folterung der Studenten.

Lisbet und Papa verbrachten ebenfalls viel Zeit miteinander. Er hatte Antoinettes Kindheit fast ganz verpasst, und Lisbet hatte keinen Vater gehabt. Obwohl er die kleine Aeternus nicht wie ein Kind behandelte, schienen beide es doch manchmal zu genießen, wenigstens so zu tun. In gewisser Weise machte es Antoinette etwas eifersüchtig, weil Lisbet etwas hatte, das sie selbst ihrem Vater nie geben konnte.

»Komm, mein Junge, wir gehen«, sagte Antoinette zu Cerberus.

Antoinette schlenderte aus dem Trainingsraum und der Wolke aus menschlichem Schweiß und Leder. Früher waren diese Gerüche tröstlich für sie gewesen, doch jetzt empfand Antoinette sie als erstickend und überwältigend. Ihr Stolz hielt sie davon ab, Christian anzurufen, doch es war nicht nur das. Ihr neuer Körper erstaunte sie noch immer, und das Tier in ihr regte sich bisweilen, auch wenn sie immer besser darin wurde, ihm gegenüberzutreten. Manchmal trauerte sie um das Leben, das sie früher geführt hatte, und hier zu sein, machte es nicht gerade einfacher. Antoinette war gefangen zwischen dem Hass auf Christian und dem Verlangen nach seiner Stimme und seinen Berührungen.

»Antoinette!« Einer der jüngeren Studenten rannte auf dem Gang hinter ihr her. »Da ist jemand vom Dezernat, der Sie sehen will.«

Ihr Herz tat einen Sprung. Christian ... endlich war er zu ihr gekommen. In diesem Augenblick begriff sie, wie sehr sie auf ihn gewartet hatte. »Wo ist er?«

»Er redet gerade drüben in der Haupthalle mit Ihrem Vater«, sagte der junge Mann.

Sie rannte ein paar Schritte, blieb stehen und lief unruhig auf und ab. Was war, wenn er nur hergekommen war, weil er sich nach dem Befinden ihres Vaters erkundigen wollte? Oder nach dem von Lisbet?

Als sie sich der Halle näherte, sah sie, wie ihr Vater

und Lisbet mit jemandem sprachen, der von einer Mauer verdeckt wurde. Ihr Vater sah, wie sie näher kam, und lächelte sie an, bevor er und Lisbet in die entgegengesetzte Richtung davongingen. Ihr Herz schlug schneller, und sie zwang sich gleichzeitig, langsamer zu werden. Sie fühlte sich benommen, und ihr war leicht ums Herz. Wie sehr sie ihn vermisst hatte!

Antoinette umrundete die Mauer. »Sie!«

Die Enttäuschung zwang sie fast in die Knie, ihr Magen krampfte sich zusammen, und es hätte ihr beinahe das Herz zerrissen. *Er ist es nicht.*

»Es freut mich ebenfalls, Sie zu sehen.« Oberon lächelte und verschränkte die langen Arme vor der Brust.

»Tut mir leid«, sagte sie. »Ich hatte erwartet ...« Sie verstummte kurz. »Was machen Sie denn hier?«

»Ich wollte sehen, wie es Ihnen geht«, sagte er.

»Es geht mir prima«, log sie.

Er hob eine Braue. »Wirklich?«

»Ja. Warum auch nicht? Ich bin bei meiner Familie, und sie braucht mich.« Sogar in ihren eigenen Ohren klang es hohl und leer.

»Eigentlich bin ich hier, um Ihnen einen Job anzubieten, aber anscheinend habe ich nur meine Zeit verschwendet.« Er ging auf die Tür zu.

»Was für ein Job?« Es klang viel zu neugierig.

Er verbarg sein Grinsen nicht rasch genug. »Ich stelle ein neues Team zusammen.« Er schaute weg. »Nach den Ereignissen im Zusammenhang mit Lucian wollen sie ein Spezialistenteam haben, das sie bei besonderen paramenschlichen Verbrechen zu Rate ziehen können – insbesondere bei solchen, wo Verdacht auf rasseübergreifenden Terrorismus oder politische Destabilisierung besteht. Die Leute ganz oben sind durch Lucians Verbrechen aufgeschreckt.«

»Zu welcher Abteilung würde ein solches Team gehören?«

»Wir sind autonom und nur dem Unterausschuss des RaMPA berichtspflichtig. Fürs Erste werden wir in New York stationiert sein und unsere Gelder vom RaMPA und der Akademie erhalten. Zu unseren Aufgaben gehört auch das Unterrichten, aber dabei handelt es sich nur um eine Nebenbeschäftigung. Auf diese Weise sind wir in der Lage, nach besonders begabten Studenten Ausschau zu halten, die wir zu Agenten ausbilden können.«

»Und warum gerade ich?«, fragte sie. »Ich bin sicher, dass es geeignetere Personen gibt als mich.«

»Ja, eine Menge sogar, aber ich brauche jemanden, dem ich vertrauen kann. Ich habe gesehen, was Sie können und wozu Sie in der Lage sind. Außerdem sind Sie jetzt nicht mehr bei der Gilde zugelassen, und ich bin der Meinung, dass Ihr großes Talent nicht brachliegen darf.«

»Oh!« Sie warf einen Blick über die Schulter. Ihr Vater und Lisbet sahen von der Küchentür aus zu ihr herüber, wichen aber schnell zur Seite, als sie bemerkten, dass Antoinette sie erspäht hatte. »Sie haben davon gehört?«

»Meinen Sie damit, dass Sie mitten in einer Anhörung durch die Gilde aufgesprungen sind und den Großkanzler angeklagt haben, Lucians Aktivitäten vertuscht zu haben? Oder spielen Sie darauf an, dass Ihre Lizenz widerrufen wurde, weil Sie seine Leibwächter zusammengeschlagen haben, als Sie den Saal nicht verlassen wollten?«

»Ich kann noch immer nicht glauben, dass diese Bastarde damit durchgekommen sind.« Sie schaute an ihm hoch. »Gibt es irgendwelche Spuren von Dante?«

»Nein. Falls Lucian ihn nicht getötet haben sollte, ist er mit ziemlicher Sicherheit im Feuer umgekommen. Weder Christian noch ich haben ihn in den Zellen gefunden, die wir geräumt haben. Aber in der ganzen Verwirrung könnten uns einige Gefangene entgangen sein.«

Antoinette war sich nicht so sicher wie Oberon. Als sie an das Gesicht neben dem Krankenwagen dachte, erzitterte sie.

»Die Gilde mag zwar glauben, dass sie damit durchgekommen ist, aber warum bin ich Ihrer Meinung nach wohl hier? Das Dezernat kann die Gilde nicht offen anklagen, genauso wenig wie der RaMPA, aber wir können sie insgeheim beobachten. Was sagen Sie? Sind Sie interessiert oder nicht?«

New York – und Christian. Sie schaute hinüber zu ihrem Vater und Lisbet, die sie immer noch beobachteten.

Antoinette seufzte. »Lassen Sie mir etwas Zeit zum Überlegen. Ich rufe Sie in ein paar Tagen an.«

»Denken Sie nicht zu lange nach. Wir haben schon unseren ersten Fall und brauchen Sie vor Ablauf dieser Woche in New York. Alles Weitere erkläre ich Ihnen, wenn Sie dort sind.« Er holte einige Papiere aus der Innentasche seiner Jacke. »Ihre Aufnahme ist bereits genehmigt worden, aber Sie müssen noch diese Formulare ausfüllen.« Dann griff er in seine Hosentasche. »Und hier ist Ihr Ausweis.«

»Woher wussten Sie, dass ich den Job annehme?«

Er sah sie lange an, bevor er sagte: »Sie brauchen die Jagd.«

»Weil ich jetzt eine Aeternus bin?«

»Nein, Sie waren schon vorher eine Jägerin.«

Nachdem er gegangen war, kam ihr Vater auf sie zu. »Was hat er denn gewollt?«

»Er hat mir einen Job angeboten«, sagte sie.

»Und du wirst ihn annehmen?«, fragte Lisbet mit einem Strahlen im Gesicht.

»Warum?«, fragte Antoinette ein wenig verletzt. »Willst du mich unbedingt loswerden?«

Lisbet sah verlegen drein. »Nein, so habe ich das nicht gemeint.«

Grigore legte ihr besänftigend die Hand auf die Schulter. »Du weißt, dass es nicht so ist, Antoinette. Du bist hier nicht glücklich. Wir haben deutlich gesehen, wie du hier herumläufst, während dein Blick in die Ferne geht. Du musst jagen, denn du bist eine Jägerin.«

»Komisch, Oberon hat vorhin dasselbe gesagt«, sagte Antoinette. »Worüber habt ihr miteinander gesprochen?«

Er lächelte und legte ihr die Hand unter das Kinn. »Er hat mich angerufen und gefragt, ob du an diesem Job Interesse haben könntest. Da habe ich ihm gesagt, dass er schon herkommen und es selbst herausfinden muss.«

Sie senkte den Blick. »Ich wollte auf euch aufpassen.«

»Auf mich muss niemand aufpassen.« Er kniff die Lippen zusammen und runzelte die Stirn. »Außerdem sorgen Katerina und Lisbet wie zwei alte Glucken dafür, dass ich mit jedem Tag stärker werde. Ich unterrichte zusammen mit Sergei und habe vor, deinen Bruder und seine Frau in London zu besuchen – vielleicht zur Geburt meines ersten Enkels.«

Nun hob sich die Last von ihren Schultern. Erst jetzt, wo Antoinette sie nicht mehr tragen musste, bemerkte sie, dass sie da gewesen war. Die beiden hatten recht. Sie musste jagen.

Antoinette umarmte ihn heftig. »Danke, Papa.«

◆

Antoinette stand vor Christians Haus. Sie hatte ein flaues Gefühl im Magen, und ihre Hände zitterten, als sie Cerberus' Leine fester packte. Sie hob die Faust, wollte klopfen, ließ sie wieder sinken.

Wird er mich sehen wollen, oder wird er mich wegschicken?

Erneut hob sie die Hand, doch bevor ihre Knöchel die massive Eichentür berührten, wurde sie geöffnet.

»Guten Tag, Miss«, sagte Kavindish auf seine übliche steife Art.

»Hallo.« Antoinette spähte über seine Schulter und hoffte, einen Blick auf Christian zu erhaschen. Sie war ganz atemlos.

Dann erschien er hinter dem Butler; seine Miene war undeutbar.

Sie holte tief Luft. Er war zu Hause. »Glauben Sie, er wird mir erlauben, hierzubleiben?«, fragte sie Kavindish, ohne den Blick von Christian abzuwenden.

Christian schloss die Augen und drehte sich um. Ihr sank das Herz.

»Wie geht es deiner Familie?«, fragte er nach einer schieren Ewigkeit.

»Alle sind gesund und munter«, sagte sie. »Mit mir oder ohne mich.«

»Hast du inzwischen herausgefunden, wer du bist?«

Sie hatte vergessen, wie seine Stimme auf sie wirkte.

»Noch nicht, aber ich hatte gehofft, du kannst mir dabei helfen.«

Christian sah ihr in die Augen. In diesem Blick lagen tausend Worte. Dann trat er vor und nahm sie in die Arme. Einen halben Atemzug später trafen seine Lippen auf die ihren.

Bald machte sich Christian wieder von ihr los und lächelte sie an. Antoinette lachte durch ihre Tränen hindurch und warf einen Blick auf Kavindish. Zum ersten Mal, seit sie ihn kannte, wich seine stoische Miene einem breiten Grinsen.

»Ich glaube nicht, dass er Sie wieder gehen lässt«, sagte der Butler, während er ihr Gepäck aufnahm. »Willkommen daheim, Miss. Wir haben Sie vermisst.«

GLOSSAR

Älteste: Die ältesten und weisesten der Paramenschen. Der Ältestenrat der Aeternus trifft innerhalb des RaMPA all jene Entscheidungen, die Auswirkungen auf die Aeternus haben. Es handelt sich um Ehrenämter, denn die Autorität des Rats wurde durch die Bildung des RaMPA aufgehoben. Die Mehrheit der Mitglieder des Ältestenrats dient inzwischen dem RaMPA.

Aeternus: Eine Vampirrasse, die zum Überleben menschliches Blut zu sich nehmen muss; allerdings sind die Aeternus nicht die lebenden Toten aus der Legende. Sie sind eine Symbiose mit den Menschen eingegangen, von denen sie sich nähren. Ein Aeternus hat entweder Aeternus-Eltern, oder er wird zu einem Angehörigen dieser Rasse, wenn er umschlungen wird (siehe Umschlingung). Die geborenen Aeternus leben bis zu ihrem fünfundzwanzigsten Geburtstag wie Menschen, bevor sie erweckt werden. Diejenigen, bei denen keine Erweckung stattgefunden hat, werden Verborgene genannt.

Animalier: Animalier sind zum Teil Mensch, zum Teil Tier und unterscheiden sich von den Gestaltwandlern. In der Familie der Animalier gibt es drei Untergruppen: die Ursier (Bärenmenschen), die Felier (Katzenmenschen) und die Kanier (Hundemenschen). Jede dieser Untergruppen besteht wiederum aus mehreren Abteilungen, d. h. zu den Feliern gehören auch Tiger, Panther, Löwen, Pumas etc.

Zwischen den einzelnen Gruppen herrschen starke Rivalitäten. Menschen können nicht zu Animaliern gemacht werden; dies kann nur durch Geburt geschehen. Aber es ist für einen Menschen möglich, sich mit einem Animalier zu paaren, wobei das Kind eine fünfzigprozentige Chance hat, zu seinem animalischen Erbe *erweckt* zu werden. Genauso ist es zwischen den einzelnen Untergruppen: Das Kind aus einer Verbindung der Vertreter zweier verschiedener Gruppen kennt seine Zugehörigkeit erst, wenn es *erweckt* wird.

Blutbann: Extremer Zustand sexueller Erregung. Beim Menschen wird er durch eine kleine Menge Aeternus-Blut hervorgerufen, das entweder unmittelbar in die Vene gespritzt oder ins Auge geträufelt wird. Verborgene sind für seinen Einfluss noch empfänglicher. Wenn sich ein Mensch in den Klauen des Blutbanns befindet, kann auch der dafür verantwortliche Aeternus den Auswirkungen erliegen. Wenn ein bestimmter Punkt in der Erregung des Aeternus erreicht ist, muss er sich dem Blutbann bis zum Ende ergeben.

Blutsauger: Begriff, der hauptsächlich für einen Drenier gebraucht wird, aber auch als Beleidigung für einen Aeternus dient.

Drenier: siehe Nekrodrenie

Dunkler Schlaf: Ein langer, traumloser Zustand, der bis zu hundert Jahre andauern kann. Ein Aeternus kann in den Dunklen Schlaf fallen, wenn er länger als eine Woche weder Nahrung noch Schlaf bekommt. Nur die Zeit und große Mengen Blut können die Auswirkungen des Dunklen Schlafs aufheben.

Erweckung: Erreichen der paramenschlichen Volljährigkeit, bei dem die paramenschlichen Fähigkeiten aktiviert werden. Der Zeitpunkt dafür ist je nach Rasse unterschiedlich.

Ewigkeitskuss: Eine Mischung aus dem Blut eines Aeternus oder Nekrodreniers und dessen Speichel, die aus dem Mund des Umschlingenden in den Mund des Umschlungenen geträufelt wird. Wenn ein Aeternus den Ewigkeitskuss spenden will, muss er dazu die Einwilligung des Empfängers haben, es sei denn, es geht um Leben und Tod. Ein Nekrodrenier fragt für gewöhnlich nicht – er tut es einfach.

Fangdame: Ein weiblicher Mensch, der von einem Aeternus in Luxus gehalten wird und ihn dafür nährt sowie ihm sexuell zu Willen ist.

Fanghure: Abwertende Bezeichnung für all jene, die jedem beliebigen Aeternus Blut und Sex geben und dafür Geld und/oder Blut zum Stacheln (siehe Stacheln) erhalten.

Fangjungfrau: Ein Mensch, der noch nie einen Aeternus aus seiner – oder ihrer – Halsschlagader genährt hat.

Gestaltwandler (oder Wandler): Gestaltwandler – oder Wandler, wie sie oft einfach nur genannt werden – besitzen die Fähigkeit, ihren Körper durch Magie anderen Gestalten anzugleichen. Auch nach der Verwandlung behalten sie ihr eigenes Bewusstsein, können aber einige Charakteristika der neuen Gestalt annehmen; zum Beispiel können sie fliegen, wenn sie die Gestalt eines Vogels angenommen haben. Im Gegensatz zu den Animaliern, die teils Mensch, teils Tier sind, werden die Wandler nicht zu dem Tier, das sie nachahmen.

Glarachni: Eine uralte Rasse, bestehend aus mehreren Clans, die vor Tausenden von Jahren mit ihrem Raumschiff auf der Erde notgelandet sind. Sie haben sich an ihre neue Umgebung durch Verwandlung ihrer eigenen DNA angepasst und mit Elementen ihres neuen Planeten verbunden. Jeder Clan verwandelte sich gemäß den Gegenden, in denen sie sich ansiedelten, in eine eigene paramenschliche Rasse. Sie sind die Ahnen der Aeternus.

Kugel oder kugeln: Eine Kristallkugel wird von einer Hexe benutzt, um Bilder von einer Person zu erhalten, während sie ihre Geschichte erzählt. Wird im Allgemeinen zur Wiederholung von Verbrechensabläufen benutzt, ist aber wegen der Subjektivität des Zeugen oder Verdächtigen bei Gericht nicht als Beweismittel zugelassen. Jedoch kann das Kugeln wertvolle Einblicke in ein Verbrechen liefern, das den Ermittlern wichtige Hinweise verschafft.

Meervolk: Eine kaum bekannte Rasse von Paramenschen, die im Meer leben. Es ist bekannt, dass sie sich manchmal mit den Menschen paaren, aber dies kommt nur selten vor, und die Nachkommen überleben meistens nicht.

Missgeburt: Ein Kind, dessen Mutter zu einem späten Zeitpunkt der Schwangerschaft umschlungen wurde. Im Gegensatz zu einem Kind von Aeternus-Eltern, das nach fünfundzwanzig Jahren erweckt wird, geschieht dies bei einer Missgeburt schon nach ihrem ersten Lebensjahr, und sie scheint nur alle fünfzehn Jahre um ein Jahr zu altern. Die meisten erreichen den ersten Geburtstag jedoch nicht.

Nekrodrenie: Eine Krankheit, die entsteht, wenn ein Aeternus einen Menschen während des Nährens vollkommen aussaugt, was in einem Todesrausch endet. Abhängigkeit ist unvermeidlich und erfolgt sofort. Der Tod ist das einzige Heilmittel dagegen. Wenn sich ein Aeternus Nekrodrenie zugezogen hat, wird er als Nekrodrenier oder Drenier bezeichnet.

Paramenschen: Veränderte Menschen, einschließlich der Aeternus, Animalier, Gestaltwandler, Zauberer und dem Meervolk. Sie alle beginnen ihr Leben als Menschen und verwandeln sich je nach ihrer Unterart und Rasse auf verschiedene Weise zu Paramenschen.

Spender: Ein Mensch, der freiwillig als Mitglied einer Spendenagentur einen Aeternus mit seinem Blut nährt. Eine Blutspende kann entweder gesammelt und in Flaschen gefüllt werden, oder der Spender bietet dem Aeternus unmittelbar seine Halsschlagader an. Spender genießen hohes Ansehen im Gegensatz zu Fanghuren, die kaum mehr als Prostituierte sind.

Stacheln: Eine menschliche Praxis, einige Tropfen Aeternus-Blut mit einem verdünnten Amphetamin zu mischen und dann intravenös zu spritzen. Dies verstärkt die Wirkung des Betäubungsmittels und stachelt zu einem extremen Sexrausch an. Diese Praxis ist illegal und führt zur Abhängigkeit. Diejenigen, die sich stacheln, zerstören am Ende die Fähigkeit ihres Körpers, weiße Blutkörperchen zu bilden, was zum Tode führt. Ein Mensch, der sich stachelt, wird Stachler genannt.

Umschlingen: die Umwandlung eines Menschen in einen Aeternus oder Nekrodrenier durch den Ewigkeitskuss. Es handelt sich um einen gefährlichen Prozess, der oft mit dem Tod des Menschen endet, denn nur einer von zehn umschlungenen Menschen erreicht den Zustand einer vollkommenen Verwandlung. Ein Mensch, der von einem Nekrodrenier umschlungen wird, wird selbst zum Nekrodrenier und verfällt dem Todesrausch. Allerdings kommt es selten vor, dass ein Nekrodrenier die nötige Selbstbeherrschung aufbringt, einen Menschen nur zu umschlingen. Menschen, die den Ewigkeitskuss überleben, werden Umschlungene genannt.

Thaumaturg (Zauberer): Eine Rasse, die Magie praktiziert, um die Lebens- und Todesenergie für sich nutzbar zu machen, z. B. Hexen, Druiden, Schamanen etc. Jede Rasse benutzt Magie auf eine ihr eigene Weise und zu ihren eigenen Zwecken. Weiße Hexen benutzen zum Beispiel die Lebensenergie zum Wohle anderer, während dunkle Hexen die Todesenergie zur eigenen Bereicherung und zum Hervorbringen von Chaos einsetzen.

Todesrausch: Rauschzustand, in den ein Nekrodrenier eintritt, wenn er einen Menschen bis auf den letzten Tropfen leer getrunken hat.

Unruhen, die: In den frühen Neunzigern gab es in Europa einen Aufruhr in der Aeternus-Gemeinschaft, der beinahe zum Auseinanderbrechen des RaMPA geführt hätte. Es wurden Attentate verübt, und die Zahl der Nekrodrenier stieg aufgrund von absichtlichen Infektionen, was zu großen Spannungen mit den Menschen führte. Diese Ereignisse schienen nach dem Tod von Dante Rubins aufzuhören, der später als der mutmaßliche Aufrührer benannt wurde, was aber nie bewiesen werden konnte. Die Gründe hinter den Unruhen wurden nie bekannt und schienen mit Dantes Tod weggefallen zu sein.

Venator: Eine Art Kopfgeldjäger, der Prämien für die Gefangennahme oder Vernichtung von paramenschlichen Gesetzesbrechern erhält. Für gewöhnlich sind die Venatoren Menschen, aber in den letzten Jahren haben sich auch Paramenschen zu ihnen gesellt. Jeder Venator muss ausgebildet, amtlich bestellt und bei der Gilde registriert sein, bevor er auf die Jagd gehen darf. Im letzten Jahr der Ausbildung an der Gildenakademie muss der angehende Venator ein hartes Examen bestehen. Er muss sich auf verschiedenen Gebieten spezialisieren, zum Beispiel in der Vernichtung von Nekrodreniern, der Jagd auf dunkle Zauberer oder das Aufspüren von verbrecherischen Animaliern.

Verborgener: Jemand, der von paramenschlichen Eltern abstammt und nicht im vorbestimmten Jahr seiner Art erweckt wurde, sondern als Mensch weiterlebt. Verborgenenblut kann durch viele Generationen weitergegeben werden.

REGIERUNGSORGANISATIONEN

Akademie für Paramenschliche Studien: Eine Hochschulinstitution für paramenschliche Studien, die sowohl Menschen als auch Paramenschen besuchen können. Alle zukünftigen Venatoren müssen drei Jahre an der Akademie verbringen und sich dort auf das Abschlussexamen vorbereiten. Es besteht aus einer Reihe von äußerst strapaziösen körperlichen und geistigen Prüfungen, die die Fähigkeit eines Kandidaten als Venator beweisen und ihn zu einer Spezialisierung auf Nekrodrenier, Animalier oder dunkle Thaumaturgen bewegen sollen. Es werden auch andere Kurse angeboten, z. B. paramenschliches Recht, gemeinsame Thaumaturgie, paramenschliche Gerichtsmedizin, um nur einige zu nennen.

Dezernat für Paramenschliche Sicherheit (»Das Dezernat«): Die übergeordnete Abteilung, die für die Durchsetzung der vom RaMPA beschlossenen Gesetze zuständig ist. Das Dezernat besteht aus vielen Abteilungen und Zweigstellen. Die folgenden vier Abteilungen sind nur einige von denen, die zusammen das Dezernat bilden.

1. **Paramenschliche Geheimdienstabteilung (Geheimdienst):** Hier werden Informationen über Banden und verbrecherische paramenschliche Gruppen gesammelt, für gewöhnlich durch verdeckte Ermittler.
2. **Abteilung für persönliche Sicherheit:** Gewährt Schutz für Amtsträger und Prominente, stellt Leibwächter bereit.
3. **Nekrodrenische Kontrollabteilung:** Ist verantwortlich für die Überwachung der Nekrodrenier und die Festlegung der Kopfgeldprämien.
4. **Abteilung für Gewaltverbrechen (AGV):** Ein Team, das schwere Gewaltverbrechen untersucht, die entweder von Paramenschen oder gegen sie begangen wurden.

Gilde: Eine Organisation, die von den Menschen als Bestandteil des RaMPA-Abkommens gegründet wurde und Schutz vor den Paramenschen bietet. Die Gilde ist verantwortlich für die Vergabe der Lizenzen an die Venatoren. Wenn diese lizenziert sind, müssen sie einen Teil ihrer Kopfprämien an die Gilde abführen.

Petrescu-Ausbildungsschule: Eine der vielen kleinen Institutionen, die junge Menschen aufnehmen und Körper, Geist und Seele durch akademische Studien und strenge Kampfsportübungen ausbilden. Diese besondere Schule hat sich einen guten Ruf für die Vorbereitung auf die Venatoren-Ausbildung erworben. Wer als Venator arbeiten will, muss zunächst eine solche Schule besucht haben.

Rat für Menschliche und Paramenschliche Angelegenheiten (RaMPA): Ein Rat ähnlich dem der vereinten Nationen, der aus den Botschaftern der Menschen und Paramenschen zusammengesetzt ist. Der RaMPA erlässt die Gesetze, die das Zusammenleben von Menschen und Paramenschen regeln. Er wurde aufgrund des RaMPA-Abkommens von 1887 eingesetzt, nachdem es zu einem bitteren und blutigen Krieg zwischen den Aeternus und einer Allianz aus Animaliern und Menschen gekommen war. Seit der Gründung des Rats hat die Mehrheit der anderen paramenschlichen Rassen das Abkommen ebenfalls unterzeichnet und sich damit unter das Gesetz begeben.

DANKSAGUNG

Ich habe immer davon geträumt, die Danksagung für mein erstes Buch zu schreiben, aber jetzt, da es fertig ist, empfinde ich diese Aufgabe als ziemlich schwierig und einschüchternd. Als Erstes möchte ich meiner fabelhaften Agentin Jennifer Schober danken – nicht nur, weil du meine Hand bei einer Preisverleihung gehalten hast, sondern vor allem für deinen unerschütterlichen Glauben an mich. Deine Unterstützung bedeutet mir mehr, als ich ausdrücken kann. Ebenfalls möchte ich Karen Solem für die weisen Ratschläge und Empfehlungen sowie meiner Lektorin Diana Gill und der Lektoratsassistentin Emily Krump für die Zusammenarbeit danken, die ich durch und durch genossen habe.

Außerdem möchte ich allen Personen danken, die mir geholfen haben, zur Schriftstellerin zu werden. Es ist unmöglich, euch alle namentlich zu nennen, aber ihr wisst, wer gemeint ist – angefangen bei den Clayton Critters bis zu den veröffentlichten Autoren, die mir ihren Rat angeboten haben. Einen Dank an alle, die mein Werk in Wettbewerben bewertet haben – insbesondere an Serena, deren Glaube daran, dass dieses Buch veröffentlicht wird, mir in dunklen Tagen weitergeholfen hat.

Ich danke meiner örtlichen Schreibgruppe sowie Margarete vom Intrigue Bookstore für die unerschöpflichen Inspirationsquellen und dafür, dass wir uns in deinem fabelhaften Buchladen treffen dürfen. Ein besonderer Dank geht an die Go-Gos – AJ, Erica, Kirsty und Jo – und an Melissa, die mich allesamt bemitleidet, beglückwünscht, kritisiert und es mit mir ausgehalten haben. Ihr Mädels packt es! Cathy – du hast einen ganz besonderen Platz in meinem Herzen. Ich danke dir für deine »Verdammt gute Story«-Rede, als die Dämonen des Zweifels mit mir gespielt haben, und für deine endlose Unterstützung, indem du diese Geschichte immer wieder gelesen hast.

Zuletzt möchte ich den wichtigsten Dank aussprechen: den an meine erweiterte Familie, einschließlich meiner Eltern Betty und Tim, Bob und Donna, und an meine Schwiegermutter Joan dafür, dass ihr mich ermutigt habt, meinem Traum zu folgen. Insbesondere möchte ich meiner Mutter, meiner Tante Jean und meinem Vetter Deb dafür danken, dass sie mich unermüdlich angefeuert haben. Und schließlich möchte ich meinen Kindern Corey und Seamus sowie meinem Mann David danken – der Liebe meines Lebens, mein Fels in der Brandung, mein Held. Ohne euch hätte ich all dies niemals geschafft.